토피카
스쿨

THE TOPEKA SCHOOL
by Ben Lerner

BEN LERNER

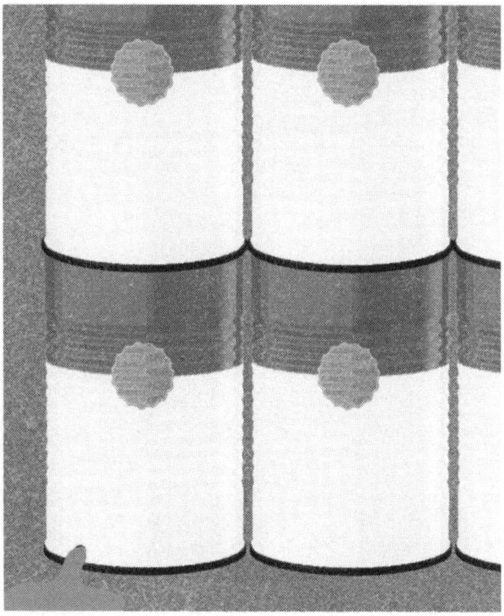

토피카 스쿨

벤 러너 장편소설

강동혁 옮김

Topeka

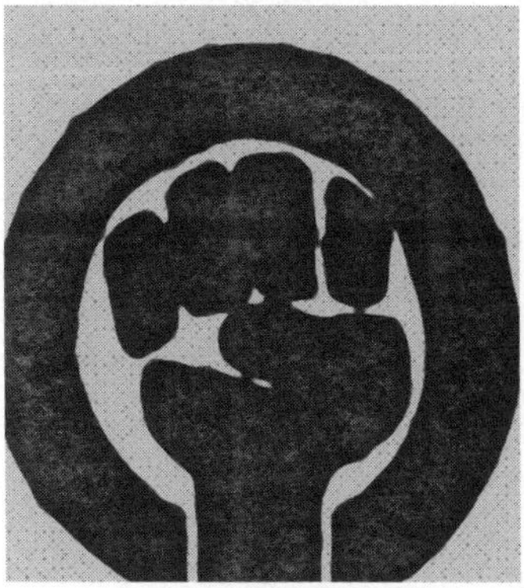

문학동네

일러두기

1. 주석은 모두 옮긴이주다.
2. 본문 중 고딕체는 원서에서 이탤릭체로, 볼드체는 대문자로 강조한 부분이다.
3. 장편소설과 기타 단행본은 『 』, 시와 희곡 등의 작품명은 「 」, 연속간행물, 방송 프로그램, 곡명 등은 〈 〉로 구분했다.

나의 형 맷에게

차례

대런은 금속 의자로 거울을 산산조각내는 자신의 모습을 상상했다. 그는 거울 너머 어둠 속에 사람들이 있으며 그들이 그를 볼 수도 있다는 사실을 TV를 봐서 알고 있었다. 얼굴에 닿는 시선의 압력이 느껴지는 것만 같았다. 슬로모션으로 유리 조각이 비처럼 쏟아져내리고 그들의 존재가 드러났다. 대런은 그 장면을 일시 정지했다가 되감은 다음 유리 조각이 떨어지는 모습을 다시 지켜보았다.

검은 콧수염이 있는 남자는 계속 무엇을 마시고 싶은지 물었고 대런은 결국 뜨거운 물을 마시고 싶다고 말했다. 남자는 음료를 가지러 나갔고 콧수염이 없는 다른 남자가 대런에게 지낼 만하냐고 물었다. 얼마든지 두 다리를 뻗어도 좋아.

대런은 가만히 있었다. 콧수염이 있는 남자는 김이 나는 갈색 종이컵과 빨간색 빨대 한 줌, 작은 스틱 차들을 가지고 돌아왔다. 네스카페, 립턴, 스위트앤로. 어느 독을 마실지는 네가 선택해. 대런은 그 말이 농담이라는 것을 알았다. 이들은 그를 독살하지 않을 것이다. 벽에는 포스터가 붙어 있었다. **당신에게는 권리가 있습니다**. 포스터에는 대런이 읽을 수 없는 작은 글자들도 인쇄되어 있었다. 그것 말고는 콧수염이 없는 남자가 이야기하는 동안 쳐다볼 만한 것이 없었다. 이곳의 전등은 학교의 전등과 비슷했다. 드물게 불려나갈 때마다 학교의 불빛은 괴로울 정도로 밝았다.("대런에게 지구를 주자꾸나." 그라이너 선생님의 목소리. 반 아이들의 익숙한 웃음소리.)

대런은 나무 합판에 긁어서 쓴 이니셜과 별, 암호들을 내려다보았다. 손가락으로 그것들을 따라가며 아직도 수갑이 채워져 있는 양 손목을 한데 모았다. 남자 중 한 명이 대런에게 자신을 보라고 요구했고 대런은 그 요구에 따랐다. 처음에는 그의 눈을(파란색이었다), 그다음에는 그의 입술을 보았다. 입술이 대런에게 다시 이야기해보라고 지시했다. 그래서 대런은 파티에서 큐볼을 집어던진 이야기를 해주었다. 다른 남자가 그의 말을 막았다, 목소리는 다정했지만. 대런, 처음부터 다시 말해야 해.

물을 마시면 입안이 타들어가는 듯했지만 대런은 두 번 홀짝였다. 머릿속에서는 거울 뒤로 사람들이 모여들었다. 엄마, 아빠, 조너선 박사님, 맨디. 대런은 자기가 큐볼을 던진 이유는 늘 그래왔기 때문이라는 점을 그들에게 이해시킬 수 없었다. 신입생이 대런의 평소 별명을 부르기 한참 전부터, 당구대 코너포켓에서 큐볼을 꺼내 그 무게를, 합성수지의 차가움과 매끄러움을 느껴보기 전부터, 사람들로 가득한 어둠 속으로 그 공을 던져버리기 전부터 큐볼은 허공에 떠서 천천히 회전하고 있었다. 큐볼은 평생 그 자리에 있었다, 마치 달처럼.

발라버리기

(애덤)

두 사람은 여자의 새아버지의 보트를 타고 인공 호수 한가운데에 떠 있었다. 주변에는 대규모 공공주택들뿐 사람은 한 명도 없었다. 이른 가을이었고 둘은 서던컴포트*를 병째로 마시고 있었다. 애덤은 뱃머리에서 물에 비친 변덕스러운 푸른빛을 들여다보는 중이었다. 아마 창문이나 유리문 너머에서 비춰오는 TV 불빛이었을 것이다. 그는 그녀의 라이터돌이 긁히는 소리를 들었고, 그다음에는 자신의 머리 위를 떠가며 퍼지는 연기를 보았다. 그는 한참 동안 이야기하던 참이었다.

자신의 연설이 어떤 효과를 냈는지 확인하려고 뒤를 돌아보니 그녀가 사라지고 없었다. 청바지와 운동복 상의 더미 위에 파이프와 라이터가 놓여 있었다.

---

* 미국의 버번위스키 상품명.

그는 그녀의 이름을 불렀다. 갑자기 주변의 고요함이 의식되었다. 그는 물에 손을 집어넣었다. 차가웠다. 무의식적으로 그녀의 흰색 운동복 상의를 집어들고 인조 라벤더 향과 그날 이른 저녁 클린턴호수에 갔을 때 밴 장작 탄내를 맡았다. 그는 라벤더 향이 그녀의 샤워젤냄새라는 것을 알고 있었다. 그녀의 이름을 한번 더, 이번에는 좀더 크게 부르며 주위를 둘러보았다. 새 몇 마리가 물결 한 점 없는 호수 표면을 스치며 날아갔다. 아니, 새가 아니라 박쥐였다. 그녀는 언제 뛰어내린 걸까? 언제 배에서 내린 걸까? 어떻게 첨벙 소리를 내지 않을 수 있었을까? 물에 빠져 죽은 거면 어쩌지? 이제 그는 고함을 질렀다. 멀리서 개 한 마리가 응답했다. 애덤은 그녀를 찾아 빙빙 돌다가 현기증을 느끼고 자리에 앉았다. 그런 다음 다시 일어서서 보트의 가장자리를 훑어보았다. 어쩌면 그녀가 보트 바로 옆에서 웃음을 참고 있을지도 몰랐다. 하지만 아니었다.

보트를 몰고 부두로 돌아가야 했다. 그녀가 부두에서 기다리고 있을 게 틀림없었다. (부두는 두세 구획마다 하나씩 있었다.) 그는 호숫가에서 반딧불이가 천천히 신호하는 모습을 봤다고 생각했다. 하지만 그러기에는 너무 늦은 계절이었다. 그는 분노의 물결이 솟아오르는 것을 느끼고 그 느낌을 기꺼이 받아들였다. 분노가 두려움을 압도해주길 바랐으니까. 그는 자신이 주저리주저리 감정을 고백하기 전에 앰버가 물에 뛰어들었기를 바랐다. 애덤은 일단 토피카를 떠나 대학에 들어가면 둘이 함께 살게 될 거라고 말했다. 하지만 이제는 그렇게 되지 않으리라는 사실을 알았다. 안전하게 땅을 딛고 선 그녀를 발견하는 대로 자신의 무심함을 보여줄 생각이었다.

달빛에 반짝이는 선외 모터를 보라. 애덤의 친구들은 모두 보트를 쉽게 다뤘을 것이다. 친구들은 물론 재단의 다른 아이들도 기본적으로 미국 중서부 사람 특유의 기계 다루는 재능을 갖추었으니까. 그들은 오일을 갈고 총기를 소제할 줄 알았다. 반면 애덤은 수동 자동차조차 몰지 못했다. 그는 보트의 시동 로프라고 짐작되는 것을 찾아서 당겼지만 아무 일도 일어나지 않았다. 배를 다른 방향으로 돌리는 조절판이 틀림없는 것을 밀고 또 밀어봤지만 아무 일도 일어나지 않았다. 수영이라도 해야 하나 고민하기 시작했다. 자신이 수영을 얼마나 잘할 수 있을지 확신이 서지 않았다. 그때 시동장치에 꽂혀 있는 열쇠가 보였다. 열쇠를 돌리자 시동이 걸렸다.

모터보트를 최대한 천천히 호숫가로 몰았다. 육지에 가까워지면서 시동을 껐지만 보트를 부두와 나란히 세우는 데는 실패했다. 유리섬유가 나무에 부딪히자 크게 우지끈하는 소리가 났다. 그 바람에 근처 황소개구리들이 조용해졌다. 제대로 살펴본 건 아니지만 망가진 데는 없는 것 같았다. 서둘러 보트 안에 모아둔 밧줄을 부두에 박혀 있는 밧줄걸이에 던져 감고, 빠르게 대강 매듭을 지은 다음 보트에서 내렸다. 창문에서 그를 지켜보는 사람이 아무도 없기를 기도했다. 열쇠도, 그녀의 옷도, 파이프나 술병도 챙기지 않은 채 축축한 풀밭을 가로질러 그녀의 집을 향해 경사로를 빠르게 달려올라갔다. 보트가 다시 호수 가운데로 떠간다 해도 그건 그녀의 잘못이었다.

호수를 마주보는 커다란 유리문은 잠겨 있는 적이 없었다. 그는 한쪽 문을 조용히 옆으로 밀어 열고 안으로 들어갔다. 이제야 식은 땀이 느껴졌다. 머리 위에 베개를 얹어놓은 채 커다란 TV의 불빛을 받으며 소파에 잠들어 있는 그녀의 오빠가 보였다. 음소거 상태로 켜진 TV에서는 뉴스가 나오고 있었다. 그 외에는 사방이 어두웠다. 그녀의 오빠를 깨울까도 생각했지만, 대신 진흙투성이가 되었을 게 뻔한 팀버랜드 부츠를 벗고 실내를 살금살금 가로질러 흰 카펫이 깔린 계단을 천천히 올라갔다.

그는 전에도 두세 번 정도 이 집에서 잔 적이 있었다. 그녀는 부모에게 애덤이 술을 너무 많이 마셨다고 했다. 그녀의 부모는 애덤이 손님방에서 잤다고 생각했다. 그가 집에 전화를 해두었을 거라고도 생각했고. 맞는 생각이었다. 하지만 지금 누군가를 만날지도 모른다고 생각하자 덜컥 겁이 났다. 그녀가 집에 있는지 확인하지도 못했는데. 그녀의 엄마는 수면제를 복용했다. 지나치게 큰 약병을 본 적이 있었다. 애덤은 그녀의 엄마가 밤마다 와인과 그 약을 섞어 먹는다는 사실을 알고 있었다. 그녀의 새아버지는 최근 파티에서 몸싸움이 벌어졌는데도 깨지 않고 잔 사람이었다. 그는 두 사람이 깰 일은 절대 없을 거라고 자신을 안심시켰다. 뭔가를 쳐서 넘어뜨리지만 않으면 된다고. 양말을 신고 있어서 다행이었다.

반지하에서 일층으로 올라가 침실이 있는 다음 층으로 가기 전에 어둡고 넓은 거실을 둘러보았다. 맞은편 벽의 커다랗고 개성 없는 사냥 그림이 어렴풋이 보였다. 석양을 배경으로 호수 옆 숲에서 개들이 사냥감을 몰고 나오는 그림이었다. 경보 시스템 패널에서 빨간색 빛이 깜빡이는 것이 보였다. 하지만 다행히도 그녀의 가족은 절대 그 시스템을 켜놓지 않았다. 벽난로 위 가족사진 액자의 은색 가장자리에도 작은 빛이 맺혔다. 운동복을 입은 십대들이 나뭇잎이 깔린 잔디밭에서 포즈를 취하고 있었다. 그녀의 오빠는 축구공을 들고 있었다. 거대한 주방에서 뭔가 달칵하며 자리를 잡았다. 그는 위층으로 올라갔다.

문이 열린 오른쪽 첫번째 방이 그녀의 방이었다. 그는 불을 켜지 않고도 문 앞에서 앰버가 침대에 누워 이불을 덮은 채 고르게 숨쉬는 모습을 볼 수 있었다. 어깨에 힘이 풀렸다. 안도감은 매우 깊었다. 분노가 밀려들 공간이 더 넓어졌다. 소변이 몹시 마렵다는 것도 깨달았다. 그는 돌아서서 복도를 가로질러 화장실로 들어간 다음 조심스럽게 문을 닫고 불을 켜지 않은 채 변기 뚜껑을 열었다가 생각을 고쳐먹고 다시 닫은 뒤 앉았다. 밖에서 자동차 한 대가 천천히 지나갔다. 열린 베니션블라인드를 통해 헤드라이트 불빛이 화장실 안을 비췄다.

그녀의 화장실이 아니었다. 전동칫솔, 드라이기, 이 특정한 비누들은 그녀가 쓰는 세면도구가 아니었다. 그는 잠시 이 물건들이 그녀의 엄마 것일지도 모른다고 생각했다. 그러기를 간절히 바랐다. 하지만 차이점이 너무 많았다. 샤워실 문이 달랐다. 반투명 유리문이었다. 이제는 변기 위 단지에 들어 있는 레몬 향 구슬 방향제 냄새도 코에 들어왔다. 벽에는 말린 꽃이 담긴 낯선 보라색 주머니가 걸려 있었다. 몸을 부르르 떨며 생각해보니 집에 대한 인상이 바뀌었다. (아무도 치지 않는) 피아노를 봤던가? 전기 샹들리에도 보였어야 하는데? 계단에 깔린 카펫은…… 두께가 너무 두껍고 진짜 흰색이라고 하기에는 어둠 속에서 너무 어두워 보이지 않았나?

자기도 모르게 엉뚱한 집에 들어왔다는 사실에 순수한 공포가 느껴졌다. 차이점이 선명하게 의식되었다. 동시에 애덤은 이런 집들의 공통점 때문에 호수 주변 모든 집에 동시에 들어와 있는 것만 같은 느낌이 들었다. 똑같은 구조들의 절정이랄까. 모든 집에는 그녀 혹은 그녀와 비슷한 사람이 침대에 누워 잠들어 있거나 잠든 척하고 있었다. 복도 저 끝에는 법적 보호자들이 있었다. 덩치 큰 남자들이 코를 골고 있었다. 벽난로에 놓인 가족사진은 그 안의 얼굴과 포즈야 다를지 몰라도 형식은 모두 똑같을 것이다. 그려진 풍경화의 내용은 다양할지 몰라도 그 익숙함과 단조로움의 정도는 다양하지 않을 것이다. 거대한 스테인리스 냉장고를 열어보거나 인조대리석으로 만든 아일랜드 조리대를 훑어보면 아주 약간씩 구성이 다른 기성품 세트가 보일 것이다.

그는 모든 집에 있었다. 더이상 별개의 몸에 묶여 있지 않다는 바로 그 이유 때문에 집들 위로 떠오를 수도 있었다. 아빠의 친구 클라우스가 어렸을 때 선물해준 미니어처 기차를 보는 듯한 기분이었다. 애덤은 기차에는 관심이 없었다. 기차를 달리게 하는 것조차 힘들었다. 하지만 그 배경은 마음에 들었다. 판 전체에 펼쳐진 초록색 가루 풀밭과 아주 작지만 아주 키가 큰 소나무와 활엽수. 말도 안 되게 섬세한 그 나무들을 볼 때면 두 개의 시점을 동시에 취하게 되었다. 애덤은 나뭇가지 밑에 있는 자신을 상상하는 동시에 위에서 나무들을 바라보았다. 아래를 내려다보는 자신을 올려다보았다. 그러면 그 두 가지 척도, 두 가지 규모 사이를 빠르게 오갈 수 있었고 자신의 몸에서 풀려날 수 있었다. 지금 그는 겁에 질려 이 특정한 화장실과 다른 모든 화장실 안에서 동시에 얼어붙어 있었다. 잔잔한 인공 호수에 떠 있는 작은 보트를 백 개의 창문으로 내려다보았다. (마른 아크릴 물감 위에 흰색을 조금씩 바르면 운동감과 수면에 달빛이 비치는 듯한 느낌을 줄 수 있다.)

그는 자신에게로 다시 헤엄쳐갔다. 어딘가에서 타이머가 돌아가기 시작한 것만 같았다. 누군가 그의 얼굴에 대고 탄창이 완전히 빌 때까지 산탄총을 쏘거나 경찰이 도착해 잠든 소녀의 침실 밖에서 서성이는 그를 발견하기 전에, 의도치 않게 침입한 이 집에서 나갈 시간이 몇 분 혹은 몇 초밖에 남지 않은 것만 같았다. 두려움에 숨쉬기도 힘들었다. 하지만 되감기 버튼을 누르면 된다고 스스로를 타일렀다. 아무도 방해하지 않고 조용히 들어온 길로 나가면 된다고. 그는 실제로 그렇게 했다. 아래로 내려가면서 보니 작은 차이점들이 더 크게 보였다. 이 집에는 한 번도 본 적 없는 커다란 L자 모양 소파가 있었다. 커피테이블은 그녀의 집에 있는 것과 달리 짙은 색 원목이 아니라 유리로 된 것이었다. 계단을 다 내려온 그는 망설였다. 현관이 바로 저기에서 손짓하고 있었다. 나가기만 하면 자유였다. 하지만 팀버랜드 부츠가 애덤이 벗어둔 아래층에 그대로 있었다. 부츠를 가져오려면 잠들어 있는 낯선 사람을 지나야 할 것이다.

그는 언제 들킬지 모른다는 두려움에도 불구하고 부츠를 찾으러 가기로 했다. 부츠가 그에게로 연결되는 증거물이 될 수 있다고 생각해서라기보다는 맨발로 그녀에게 돌아가면 조롱당하고 모욕당할 위험이 있다고 느꼈기 때문이었다. 그는 이야기가 대충 어떻게 굴러갈지 직감할 수 있었다. 소문이 퍼질 게 뻔했다. 그녀가 떠나고 나서 처음에는 보트를 잘못 조종하더니 그다음에는 엉뚱한 모험을 하다가 빌어먹을 신발을 놔두고 왔다는 이야기. 야, 고든. 신발끈은 잘 묶었냐? 슬리퍼는 가지고 왔어? 중학교 시절, 숀 매케이브는 아이들이 덤벼들어 에어조던을 빼앗는 바람에 울면서 양말 바람으로 집에 갔다. 그때의 기억이 왈칵 떠올랐다. 숀은 아직도 그 일로 놀림을 당했다. 지금은 벤치프레스로 300파운드짜리 역기를 들 수 있는데도.

그녀의 오빠인 줄 알았던 젊은 남자는 소파 등받이 쪽으로 고개를 돌리고 있었다. 베개는 바닥으로 떨어져 있었다. 애덤이 살금살금 지나가는 동안 TV에서는 밥 돌*의 거대한 머리가 입술을 움직이고 있었다. 애덤은 부츠를 집어들고 천천히 문을 밀었다. 롤러가 약간 빽빽했다. 그는 어쩔 수 없이 힘을 좀 썼다. 시끄럽게 끼익 소리가 났다. 소파에 누워 있던 몸이 움찔하며 일어나 앉으려 했다. (셔우드호수 공공주택 지구 전역에서 몸들이 움찔하며 일어나려 했다.) 애덤은 문을 닫지 않고 손에 부츠를 든 채 젖은 풀밭을 가로질러 달렸다. 울퉁불퉁한 땅도, 나뭇가지와 돌도 신경쓰지 않았다.

* 미국의 정치인 로버트 조지프 돌(1923~2021). 캔자스주 대표 하원과 상원 의원을 지냈으며 1976년에는 공화당 부통령 후보로, 1996년에는 대통령 후보로 출마했다.

아마 다시는 그런 속도를 내지 못할 것이다. 몸은 아드레날린을 쓸 곳이 생겨 고마워했다. 아무도 그에게 소리치지 않았다. 그저 자신의 발소리와 귓속에서 쿵쿵거리는 맥박소리가 들릴 뿐이었다. 그가 물가로 다가가는 동안 동작 감지 조명 몇 개가 켜졌고, 전력을 다해 일 분을 달린 뒤에야 자신이 어디로 가고 있는지 모른다는 사실을 깨달았다. 털썩 무릎을 꿇었다. 폐가 불타는 듯했다. 등뒤를 돌아보며 따라오는 사람이 없는지 확인했다. 최대한 빠르게 젖은 양말 위에 부츠를 신었다. 그러고는 일어나서 두 집 사이로 난 골목을 전속력으로 달린 끝에 대로에 이르렀다.

이제 그의 유일한 목표는 앰버의 집 진입로에 주차된 자신의 빨간색 1989년식 캠리를 찾아 집으로, 침대로 가는 것뿐이었다. 계속 겁이 났다. 어느 순간에든 사이렌소리가 들려올 것만 같았다. 그래도 호수에서, 또 어처구니없는 주거침입 현장에서 멀어지자 최악의 사태는 끝났다 싶었다. 애덤은 주머니를 더듬어 열쇠가 있는지 확인하고 도로 경계석을 따라 빠르게 걸었다. 인도는 따로 없었다. 혹시 눈에 띄더라도 의심받을 가능성을 최소화하기 위해 달리지는 않았다. 그는 걸어간다는 사실에 부끄러움을 느끼며 걷고 또 걸었다. 그의 자동차도, 그녀의 집도 찾을 수 없었다. 배를 정확히 반대 방향으로 돌린 게 분명했다. 그는 거의 삼십 분 동안 차를 찾아 호수를 반쯤 돈 뒤에야 몇 시간 전에 주차해둔 자동차를 발견했다. 기쁨이 북받쳤다. 차문의 잠금장치가 풀리는 소리를 듣자 마음이 놓였다. 차에 타서 조수석에 놓인 말버러 레드 담뱃갑을 발견하고 흔들어 담배 한 개비를 빼냈다. 열쇠를 'on'으로 돌렸지만 시동은 걸지 않았다. 창문을 내리고 컵꽂이에서 꺼낸 노란색 빅Bic 라이터로 담배에 불을 붙인 다음 연기를 빨아들였다. 보트에서 그녀가 사라진 것을 알게 된 뒤 처음으로 양껏 숨을 들이쉰 것 같았다.

그는 시동을 걸고 헤드라이트를 켰다. 그녀가 서 있는 것이 보였다. 지나치게 큰 운동복 상의를 입고 현관문 앞에 가만히 서 있었다. 짙은 금발이 거의 허리까지 내려왔다. 그는 반사적으로 시동을 끄고 헤드라이트도 껐다. 그녀는 맨발로 자동차에 다가와 조수석 문을 열더니 담배를 하나 물고 불을 붙인 다음 그가 약속에 겨우 몇 분 늦은 것처럼 말했다. 어디 갔었어?

애덤은 격분했다. 자신이 겁을 먹었다는 것도 인정할 수 없었고 보트 조종을 감당할 수 없었다는 말도, 다른 집에서 엉뚱한 젊은 여자와 마주할 뻔했다는 말도 할 수 없었다. 그는 설명을 요구했다. 너 진짜 미쳤냐? "수영하고 싶어서." 애덤이 쏘아대자 그녀는 그렇게 말하더니 어깨를 으쓱하고 담배를 피웠다. 담배 냄새가 그녀의 샴푸 냄새와 섞였다. 그녀는 태평하게 그의 머리카락을 만지작거리기 시작했다.

새아빠는 저녁식사 때마다 끝없이 연설을 하곤 했어. 요즘에는 거의 말을 안 하지만, 같이 식사도 하지 않고. 우울증인가봐. 심리치료라도 받아야 할 것 같아. 재단에 가서 너희 부모님이라도 만나봐야 할까? 요즘 새아빠가 조용하니까 이상해. 예전에는 저녁식사를 엿같은 기나긴 토론회로 만들곤 했는데. 하긴, 진짜 토론회는 아니었지. 토론에 참여하는 사람은 아무도 없었거든. 그냥 새아빠가 우리 쪽을 보며 이야기했어. 오빠한테 계속 질문을 던졌는데,

늘 깜짝퀴즈 같은 질문이었어. 항공산업을 어렵게 만든 게 누구랬지? (너도 알겠지만, 새아빠는 다른 사람의 발명품을 팔아서 부자가 됐어. 무게가 아예 안 나가는 나사못이라나 뭐라나.) 오빠는 대답할 필요가 전혀 없었어. 새아빠가 그 엿같은 질문에 직접 대답했거든. 답은 기본적으로 늘 중국이었어. 그러다 작년 여름 어느 날 밤에 내가 몰래 화이트와인을 마셨는데 엄마가 못 본 척해줬어. 오빠는 나가 있었고. 그래서 내가 그 자리에서 연설을 듣는 유일한 사람이 되어야만 했지. 진심 짜증나더라. 내가 좀 미친년이라서 그럴지도 모르지만. 아니면 이젠 나이가 좀 들어서 엄마를 더 의식하게 됐기 때문인지도 모르고. 엄마는 우리 아빠부터 시작해 온갖 일을 겪었잖아. 아무튼 난 바보 같지만 끝내주는 일을 했어. 정말로, 정말로 느리게 의자에서 내려온 거야. 미끄럼을 타는 것처럼. 새아빠가 라비올리를 먹으면서 뭐라고 떠들어대는 동안에. 엄마는 벌써 주방에 가서 식기세척기에 그릇을 집어넣는 중이었어. 엄마는 절대로 식사를 하지 않거든. 그렇게 천천히 내려가려니까 코어에 엄청 힘을 줘야 하더라고. 크런치를 많이 한 보람이 있더라. 크리스털*을 그렇게 많이 들이마신 보람도 있고(농담이야). 춤을 배우러 가면 늘 내가 추는 춤동작을 시각적으로 상상해보라고 해. 나는 내가 의자에서 흘러내리는 액체가 됐다는 시각적 상상을 했지. 의자 저 아래로, 말 그대로 테이블 밑까지 내려갔는데 새아빠는 전혀 눈치채지 못했어. 엄마는 그릇을 정리하느라 주방에 있었고. 웃지

* 마약의 일종인 코카인을 일컫는 속어.

않으려고 애 좀 썼지 뭐야.

울지 않으려고 애쓴 게 아니고? 애덤이 묻자 그녀가 그를 보았다.

진짜 더럽게 딱한 인간이잖아. 뭐, 그런 사람하고 결혼한 우리 엄마도 딱하지만. 청중이 사라졌다는 사실도 모르고 그냥 계속 떠들어대더라고. 나는 숨을 참고 물개처럼 테이블 밑을 천천히 기어서 카펫을 가로질러 주방으로 들어갔어. 그때 엄마는 그릇 정리를 끝내고 아일랜드 조리대 반대편에 있어서 나를 보지 못했지. 나는 엄청 조용하게 일어났어. 엄마가 로제와인을 들고 창밖의 호수를 내다보고 있더라. 유리창에 비친 자기 모습을 보고 있었는지도 모르지, 밤이었으니까. 나는 냉장고 문에서 와인을 꺼내 플라스틱 컵에 거의 다 따른 다음 빅걸프*인 양 들고 엄마한테 다가갔어. 엄마는 화성에서 돌아와 나한테 무슨 말인가 하려 했지만, 나는 입술에 손가락을 대고 엄마를 조용히 시킨 뒤 속삭였어. 엄마, 들어봐. 우린 새아빠가 식당에서 듣는 사람도 없이 로스 페로**에 대해 이야기하는 소리를 들었어. (새아빠는 로스 페로한테 집착했거든. 로스 페로랑 중국에.) 엄마는 아마 그때까지 무슨 일이 벌어지는지 몰랐을 거야. 우리는 까치발로 문 앞까지 가서 식당 안을 들여다봤어. 그러는 동안에도 새아빠는 AM 라디오처럼 허공에 계속 떠들어대고 있었어. 하마터면 코로 와인을 뿜을 뻔했다니까. 도대체 얼마나 오래 서 있었는지도 모르겠는데 새아빠가 눈을 들었어. 자위

---

* 미국 세븐일레븐에서 판매하는 음료. 탄산음료 디스펜서의 음료를 대형 플라스틱 컵에 즉석에서 담아 제공했다.

** 미국의 기업가이자 정치인(1930~2019).

하다가 우리한테 들키기라도 한 것 같더라. 새아빠는 내 의자를 보고 다시 우리를 봤어. 이제 나랑 엄마는 정말로 웃음을 터뜨렸지. 그러자 새아빠가 순수한 분노를 담아서 그 엿같은 미소를 지었어. 이 쌍년들이 어떻게 감히 날 보고 비웃느냐는 식으로. 하지만 나는 새아빠를 똑바로 쳐다보며 미소를 지었어. 의붓딸의 미소를 말이야. 계속, 계속. 거의 눈싸움이었다니까. 엄마의 웃음소리가 아주 신경질적으로 변했고 결국은 새아빠의 표정이 누그러졌어. 그 일 전체가 대단한 우스갯거리가 됐다니까.

애덤은 이십 년이 지나서야 그녀가 의자에서 빠져나간 일과 보트에서 빠져나간 일 사이의 유사성을 파악할 수 있었다. 그는 앰버의 아빠에 대해 몇 가지 질문을 던졌고 그녀는 대답했다. 애덤은 엉뚱한 집에 들어갔던 일을 이야기해줄까 생각했다. 어쩌면 그 일에서 어떤 시적인 아름다움을 끌어낼 수 있을지도 몰랐다. 하지만 말하지 않았다. 위험을 감수하고 싶지 않았다. 그는 자신을 보호하기 위해(무엇으로부터 보호한다는 건지 그도 잘 몰랐지만) 막연하게 그려본 동부 해안 도시에서 현재를 돌이켜보고 있다고 상상했다. 아마 그곳에서는 토피카에서의 경험을 이야기할 때 엄청난 아이러니를 실어야 할 것이다.

하지만 작별의 입맞춤을 할 때 애덤은 다시 자기 몸속으로 돌아와 있었다. 그녀의 축축한 머리카락이 얼굴에 닿았다. 그녀의 혀가 그의 입속에 들어와 치아를 훑었다. 담배와 박하, 크레스트 치약. 입맞춤은 깊어졌다. 애덤은 두 손으로 그녀의 운동복 밑을 더듬다 눈꺼풀 안쪽의 어둠에서 빛나는 작은 무늬가 솟아오르는 것을 보았다. 안내섬광*. 망막이 쉬는 동안 만들어내는 내적 전류에 의해 형성되었다 희미해지는 작은 로르샤흐 얼룩**. 빛이 없는 데서 경험하는 빛. 그는 어렸을 때 뇌진탕과 편두통을 앓았고 최근에는 이런 식의 접촉이 많아졌기에 안내섬광의 여러 형태를 알고 있었다. 어린 시절 잠들려고 애쓰며 어둠 속을 가로지르는 회색 원들을 지켜본 적도 있었고, 눈을 감고 관자놀이 쪽에서 안구를 누르면 그 형태들이 밝아졌다. 애덤은 이런 무늬들이 그의 고유한 것으로서 어떤 특별함이나 손상의 증거인지, 아니면 보편적이고 모두에게 보이는 것인지 궁금했다. 하지만 이런 빛은 너무도 희미하고 묘사하기도 어려웠기에 부모님이나 친구들도 인지의 문턱을 간신히 넘어서는 이런 경험을 공유하는지 알아낼 도리가 없었다. 이 무늬들은 언어의 무게 아래에서 소멸했고 손쓸 수 없을 만큼 사적인 것으로 남았다. 그는 사람들이 머리를 맞았을 때 "별이 보인다"고 말하는 것을 들었지만, 별은 보이지 않았다. 그가 본 것은 집중하자마자 흔들리는 빨갛거나 노란 빛의 고리 혹은 모자이크식 깃털 형상, 혹은 눈을 감고 있을 때도 시야라고 부르는 게 맞는지 모르겠지만, 시야를 가로지르며 빙빙 도는 탁한 금빛 나선이었다. 애덤은 예정과 달리 그녀의 허벅지 안쪽이 아니라 얼굴로 두 손을 옮겼다. 그녀의 머리를 잡고 그녀의 감은 두 눈을 엄지로 쓸어보았다. 분명

* 감은 눈을 세게 눌렀을 때 보이는 가짜 빛.

** 스위스의 정신의학자 헤르만 로르샤흐(1884~1922)가 개발한 얼룩무늬. 로르샤흐는 불규칙한 잉크 무늬가 어떻게 보이는지에 따라 그 사람의 성격이나 정신 상태, 무의식적 욕망을 판단할 수 있다고 보았다.

하지만 간헐적으로, 조심스럽게 힘을 주었다. 그녀도 빨간 불꽃을 볼까? 희미한 선들의 그물망을?

그녀는 미소 지으며 약간 물러났다. 뭐해? 그는 클라우스에게서 배운, 이 현상을 가리키는 단어를 앰버에게 말해주었다. 클라우스는 안내섬광이 정신병적 환각을 촉발할 수도 있다고 말했다. 몇몇 사람들이 그 섬광을 그려보았는데 그때 나온 그림이 이상하게도 세상에서 가장 오래된 예술품인 동굴벽화와 닮았다고. 애덤은 자신이 이 사실에서 끌어낸 시적 아름다움을 그녀가 좋아해주기를 바랐다. 자신이 보는 것을 그녀도 보기를 바랐으며, 그녀와 함께 혹은 그녀와 똑같이 본다고 상상하고 싶었다. 타인의 정신이라는 문제를 선포하는, 세상에서 가장 미묘한 불꽃놀이. 곧 둘은 다시 입을 맞췄다. 자게 될지 아닐지는 몰랐다. 하지만 그날 밤 그녀는 편리하게도 웨스트리지쇼핑몰 근처에 자리잡은 토피카 최고의 주택 단지에서 부드럽지만 단호하게 몸을 빼냈다. 생리중인지도 몰랐다. 사실은 애덤을 별로 좋아하지 않는 것인지도 몰랐고. 그녀는 애덤의 담배 한 개비와 라이터를 가지고 조수석 문으로 내리더니 자동차 앞쪽으로 돌아와 창문 너머로 라이터를 돌려주었다. 보트는 어디 있어? 애덤은 보트를 타고 술을 마시며 잠시 호수를 돌았다고, 어디에 세워놨는지 잘 모르겠다고 말했다. 그는 다시 긴장했다. 길을 찾는 데 여러 번 실패한 사실을 인정해야 할까봐 걱정됐다. 하지만 그녀는 별 관심이 없었다.

내일 메달 따줘야 해. 애덤이 다시 시동을 걸자 그녀가 미소 지으며 말했다. 곧 그는 우리시 토느의 맥맨션* 단지에서 빠르게 멀어졌다. 열어둔 선루프로 시원한 공기가 천둥처럼 시끄럽게 몰아쳤다. 그는 우리시 로드와 21번 도로의 교차로에서 밝게 빛나는 빨간불에 멈추었다가 오른편의 롤링힐스요양원을 보았다. 지금은 말을 하지 못하는 외할아버지가 이 년 전 피닉스에서 그리로 옮겨온 이래, 아니 옮겨진 이래 입주자이자 환자이자 수감자로 살고 있는 단층 조립식 건물이었다. 할머니는 정정한 편이라 남쪽으로 몇 킬로미터 떨어진 토피카의 최고급 실버타운에서 살았다. 그는 꽁초를 창밖으로 탁 튕기고 검은 아스팔트에 흩어지는 깜부기불을 지켜보다 건물 쪽으로 시선을 돌렸다. 요양원은 거의 텅 빈 주차장에 가로등이 밝게 켜져 있을 뿐 어두웠다. 지금 이 순간 그곳에 잠들어 있을 왜소한 노인을 생각하니 기분이 이상했다. 병원의 기계식 침대와 뒤로 젖힐 수 있는 운전석이 비슷하다는 생각이 잠깐이지만 끔찍하게 떠올랐다가 사라졌다. 그는 〈올 아이즈 온 미〉를 카세트에 넣고 볼륨을 몹시 높였다. 요양원에 있는 누구라도 그 소리를 들을 수 있을지 궁금했다. 그런 다음 그는 계속 차를 몰았다.

◆ ◆ ◆

네 시간 뒤 알람시계 소리에 깬 그는 반쯤 잠든 채로 샤워를 하고, 엄마와 함께 웨스트리지몰에서 산 검은색 정장을 입었다. 아버지의 넥타이 두 개 중 하나를 맸다. 토피카고등학교까지 짧은 거

---

* 특색 없이 비슷한 모양으로 지은 저택.

리를 운전해 가서 코치인 스피어스와 멀로니의 자동차 옆에 주차했다. 둘은 AAA 지도*를 들여다보고 있었다. 가로등 불빛 속에 그들의 숨결이 비쳐 보였다. 스피어스는 커다란 보온병에 담긴 커피를 마시고 있었다. 멀로니는 늘 그렇듯 다이어트 콜라를 마시는 중이었다. 옷을 차려입은 다른 청소년들이 학교에서 바퀴 달린 커다란 플라스틱 상자에 자료를 잔뜩 밀어넣고 나와 근처에 세워진 밴 두 대의 트렁크에 실었다. 애덤은 상자를 직접 옮기는 비루한 일은 하지 않았다. 그건 하급생들이 처리할 문제였다. 그는 파트너인 조애나를 보고 고개를 끄덕여 인사했다. 둘은 친구가 아니었다. 순전히 전략적인 동맹을 맺고 있을 뿐. 조애나는 일단 밴에 오르자 작전 이야기를 하고 싶어했지만, 애덤은 차가운 창문에 머리를 기대고 어둠 속에서 전봇대에 걸린 전선이 오르내리는 모습을 지켜보았다. 머잖아 꿈속에서 공공주택 단지를 지났다. 자동차가 고속도로에서 잠시 벗어났을 때 그는 잠을 깼다. 맥도널드에서 틀에 넣고 떠낸 익숙한 외형의 좌석에 앉아 아침식사를 하기 위해서였다.

러셀고등학교에 도착했을 때는 이미 해가 떠오르고 있었다. 평소라면 이렇게 작은 토너먼트쯤은 건너뛰었을 것이다. 하지만 러셀은 밥 돌의 고향이었고, 밥 돌이 대선에 출마한 만큼 올해 러셀고등학교 초청 토론회에는 주 전체의 최강팀들이 몰려들 터였다. 애덤은 이런 상황이 그리 타당하다고 생각하지 않았지만, 멀로니는 그들도 참석해야 한다고 고집을 부렸다. 비슷한 관광 밴과 버스

* 미국자동차연합에서 발매하는 전국 지도.

에서 어색한 의상을 걸친 다른 청소년들이 각자 자료 상자를 내리고 있었다. 그들은 서늘한 주차장을 가로질러 학교 정문까지 그 상자를 끌고 갔다. 그와 조애나가 정문으로 들어가자 예비 경쟁자들이 길을 비켰다.

애덤은 주말마다 고등학교가 이상하게 변한다고 생각했다. 학생과 선생이 자리를 비우고, 평범한 날의 리듬에서 떨어져나오면 공간 자체가 변했다. **변화를 보고 싶다면 변화를 일으켜라**라고 적힌 격려 포스터와 여러 줄로 늘어선 빈 책상, 수학 공식이나 날짜, 흔해빠진 문구들이 남아 있는 칠판이나 화이트보드가 걸린 교실을 보면 버려진 연극 무대나 체르노빌을 찍은 사진이 생각났다. 가끔은 스피드스틱*이나 향이 들어간 립글로스 등 주말이라 일시 정지된 사회질서의 유동적 흔적도 남아 있었다. 그는 러셀고등학교의 중앙 복도를 걸어가면서 사물함 자물쇠의 번호키를 이리저리 눌러보았다. 로비에 걸린 레슬링 주 챔피언 경기 현수막을 인류학자나 유령처럼 거리를 두고 만져보기도 했다.

그들은 산업용 표백제 냄새가 강하게 나고 형광등을 밝힌 급식실에 모여 짧은 환영회를 치렀다. 주최측 코치가 발언하는 동안 그들은 다른 참석자들을 훑어보았다. 이어서 각 팀은 자료 상자를 끌고 심사위원과 시간계측원이 기다리는 각자의 교실로 흩어졌다.

애덤은 조애나를 따라 그들의 교실로 향했다. 부모님이 모두 재단의 신경과의사인 조애나는 키가 작고 똑똑하고 아이비리그 대학

* 미국의 땀억제제, 방취제 상품명.

교를 목표로 둔 졸업반 학생으로 SAT 점수가 1600점이었으며, 본인이 직접 그 사실을 떠들고 다녔다. 그녀는 대회 우승을 위해 여름방학 동안 미시간주립대학교의 '토론 연구소'에 참여했고 팀의 자료 대부분을 수집했다(올해 주제는 연방정부가 청소년 범죄를 줄이기 위한 새로운 정책을 세워야 하는가였다. 그들의 전략은 양육 지원 의무를 강화하면 다양한 방식으로 그 목표를 달성할 수 있다고 주장하는 것이었다). 애덤이 준비 작업에 기여한 부분은 토론 수업 때 〈이코노미스트〉를 훑어본 것이었다. 그의 장기는 임기응변으로 상대의 오류를 드러내는 것이었다. 많은 사람이 그의 교차검증을 두려워했다.

이런 예선전은 대체로 형식적이었다. 등수가 낮은 팀들을 주로 일반인으로, 그러니까 맡은 역할에 별 열의가 없는, 다른 토론자들의 부모들로 이루어진 심사위원 앞에 내보냈으니까. 이번 주말 러셀고등학교에서는 2학년 두어 명이 애덤과 조애나의 전략을 둘에게 불리한 쪽으로 활용하는 기습 작전을 썼다. 일반 관중에게도 공개되었던 예선전 때 메모한 내용으로 둘의 전략을 재구성했던 것이다.

애덤은 자리에서 일어나 아버지 넥타이의 주름을 폈다. 눈에 띄게 긴장한 찬성측 첫번째 토론자를 교차검증하기 위해서였다. 흰 셔츠와 검은 슬랙스를 입은 상대방은 식당 종업원처럼 보였다. 둘은 심사위원을 마주보고 섰다. 대회 참가자들은 서로를 보지 않았다. 심사위원은 일체형 책걸상에 억지로 끼어앉아 있었다. 그는 벗어진 머리에 안경을 얹어놓은 채 팔짱을 끼고 못마땅한 듯 노트에 메모를 했다.

"올해의 안건을 다시 말해줄 수 있을까요?"

"다시 말하라고요?"

"네, 부탁드립니다."

"안건, 정부가……"

"연방정부겠지요." 애덤은 상대방을 도와줘야 한다는 사실이 당혹스럽다는 듯 말한다. "천천히 하세요." 그가 덧붙인다. 심사위원에게는 이런 말이 예의바르게 들리겠지만 상대방에게는 짜증나는 오만으로 보이리라는 것을 알고 하는 말이다.

"안건은, 연방정부가 미국의 청소년 범죄를 현저히 감소시키기 위한 프로그램을 만들어야 한다는 것입니다." 그의 목소리가 아주 조금 떨린다.

"그럼 양육 지원 의무 프로그램이 만들어진 이유는 무엇인가요?"

"당연히 양육을 지원하기 위해서죠." 빈정거림의 근원은 불안이다. "부모가 이혼한 이후에 말입니다."

"사실 대부분의 주에서 결혼하지 않은 부모에게도 동일한 양육 지원 의무를 지웁니다." 애덤은 자신이 한 말이 사실인지 아닌지 모른다. 그는 상대방의 말투를 무시하는, 초월하는 태도를 교묘하게 과시한다. "하지만 그 문제는 나중에 다루기로 하죠. 제가 듣기에는 토론자님도 본인이 강화하자는 프로그램의 주된 목표가 청소년 범죄를 대폭 줄이는 것이 아니라는 점에 동의하는 것 같은데요."

"아닙니다. 제 말은, 그런 목표도 있다는 거죠."

"그 주장을 뒷받침할 만한 근거가 있을까요?" 애덤은 말투를 통해 상대방에게 증거가 있기를 바란다는 뜻을, 자신은 그런 토론을 원한다는 뜻을 확실히 전달한다. 만일 상대방에게 근거가 없다면 이번 예선전은 끝이라는 점을 심사위원에게 전달하는 말투이기도 하다. (심사위원들이 가지고 있는 채점표에 따르면 '주제 적합성'을 입증할 책임은 찬성측에 있다. 애덤은 일단 상대방이 '일견 문제'*에서 실수를 하는지 살펴보는 것으로 토론을 시작할 생각이었다. 애덤과 조애나에게는 이런 토론자들을 박살낼 방법이 아주 많았지만 말이다.)

"이 프로그램이 범죄를 줄이는 데 도움이 된다는 증거가 있습니다. 그래서 저희 방안의 이점이……"

"그러니까 범죄를 줄이는 효과를 내는 방안은 무엇이든 주제에 적합하다는 말인가요?"

"아뇨. 연방 것이어야죠, 연방 프로그램이어야 합니다."

"그럼 제가 연방정부는 원자력발전소를 지어야 한다고 주장했는데 연방정부가 발전소를 엉망으로 지어서 끔찍한 오염이 발생하고 그 오염이 보건에 재앙에 가까운 영향을 끼쳐 수많은 사람이 사망했다면, 그리고 이러한 이유로 범죄가 줄어들었다면 그것도 주제에 적합한 해결책인가요?" 심사위원이 미소 짓는다. 애덤이 말한 내용도, 그 전달 방식도 모두 마음에 든 것이다. 게다가 애덤은 심사위원에게 자신이 연방정부를 불신한다는 사실을 다시 일깨워

* 한눈에 봐도 자명하여 확실한 반증이 없는 한 받아들여지는 사실을 일컫는 법률 용어.

주었다.

"당연히 아니죠." 이제는 화를 낸다.

"왜죠? 정책이 의도한 효과여야만 하기 때문입니까?"

"네, 당연하죠."

"그럼 범죄의 감소가 양육 지원 의무 강화 정책의 의도된 효과라는 증거가 하나라도 있을까요?"

"그건 상식입니다." 그는 양육 지원 의무 강화 정책이 만들어진 일반적인 이유와는 별개로, 찬성측인 그들이 그 정책을 확대 적용하면 범죄를 감소시킬 수 있다고 주장해야 했다. 그러면 주제 적합성의 조건을 틀림없이 만족시킬 수 있었다. 하지만 그는 너무 신경이 곤두서 있다.

"제 생각에는 양육 지원 의무란 이혼에 뒤따르는 재정적 부담을 부모가 평등하게 지도록 고안되었다는 게 오히려 상식인데요. 이런 평등화가 범죄를 감소시키려는 노력을 더 어렵게 만든다 해도 그 정책이 중요하다는 주장은 여전히 강한 설득력을 가질 겁니다. 그리고," 그는 캔자스주 러셀의 평균적인 시민에게 방금 한 주장이 페미니스트나 할 법한 주장으로 들리리라는 것을 깨닫는다. 그의 태세 전환에는 머뭇거리는 기색이 전혀 없다. "개인 간의 관계에 연방정부가 그런 식으로 간섭하는 것에 반대하는 강력한 주장들도 떠오르고요. 요점은, 그게 올해 토론의 주제가 아니라는 겁니다."

"저는…… 저기요, 토론자님도 이런 주장을 매번 내세웠잖습니까? 하지만 주제 적합성은 한 번도……"

"죄송한데 그쯤 하시죠. 저희가 다른 경기에서 비슷한 주장으로 이겼다고 해서 심사위원이 이번 토론을 토론자님의 승리로 판정해야 한다는 말씀인가요?" 그는 토론대회 자체를 대신해 화를 낸다.

"그런 말이 아니고요. 저는……"

"이전 경기에서 주장했던 내용이 이번 토론과도 관련이 있어야 하고, 저희 주장에 반대하는 근거로 쓰일 수 있다니 재미있는 생각이네요. 아마 토론자님은 지난 경기에서 이 결의안에 반대하는 주장을 펴신 것 같은데, 그러면 토론자님도 결의안에 찬성하는 주장을 하는 이번 토론에서는 져야 하는 건가요?" 심사위원이 다시 미소 짓는다.

"아뇨, 그건 당연히 아니지만……"

"게다가 반대측 앞에서 토론자님이 주장하는 내용의 주제 적합성을 변론하지 못하고," 이제 그는 극도로 진지하다. 〈로 & 오더〉* 의 검사가 치명타를 날린다. "저희가 찬성측에 섰을 때 썼던 작전을 베꼈다고 말씀하시는군요." 잠시 침묵. "주제 적합성이라는 요건을 만족하지 못한 것에 대한 방어 수단이 표절입니까?"

짧은 침묵이 흐르고 심사위원은 눈썹을 치켜올리며 메모를 남긴다.

"제 말은 그저 이게 주제에 적합한 작전이라는 거죠." 그가 온순하게 말한다. 이번 토론은 이미 졌다.

러셀고등학교에서는 준결승전에서나 진짜 대회가 시작된다. 준결승전은 세 명의 대학생 토론자 심사위원단이 심사를 맡는다. 그

---

* 미국의 범죄드라마 시리즈.

와 조애나는 찬성측으로 쇼니미션웨스트고등학교의 꽤 강력한 팀을 상대하게 되었다. 대회장은—일종의 과학실로, 구석의 큰 테이블에는 현미경이 여러 개 놓여 있고 개수대도 여러 개 있었다—가득찼다. 탈락한 토론자들과 코치들이 청중이 되었다. 토론이 시작되기 직전 침묵이 내려앉았다. 애덤은 처음으로 수조 안에서 여과기가 작동하는 소리를 들었다. 전에는 벽 쪽에 수조가 있는 줄도 몰랐는데. 천천히 떠다니는 노란색 형상 몇 개가 가까스로 눈에 들어왔다.

이제 조애나가 일어나서 찬성측 모두 발언을 한다. 몇 초 동안은 웅변처럼 들리지만, 곧 그녀는 거의 알아듣기 어려울 정도로 말의 속도를 높인다. 음은 높아지고 성량은 커진다. 그녀는 헤엄을 치다가 수면으로 떠오르거나 물에 빠져 죽어가는 사람처럼 헐떡인다. 그녀는 상대편을 '발라버리려고' 노력하는 중이다. 상대방도 역으로 그들을 발라버리려 할 테니까. 여기서 '발라버리기'란 상대편이 할당된 시간 내에 응답할 수 있는 것보다 더 많은 주장을 하고 더 많은 근거를 갖다붙인다는 뜻이다. 진지한 토론자들 사이에서는 주장의 질이나 내용과 관계없이 '반박을 포기한 주장'은 인정된 것으로 간주하는 규칙이 있으니까. (토론대회에 출전하는 토론자들은 빠르게 말하기를 훈련하느라 많은 시간을 보낸다. 이 사이에 펜을 물고 글을 읽으면 어쩔 수 없이 혀가 더 많은 힘을 쓰고 입은 발음에 지나치게 신경을 쓰게 된다. 그들은 이해하려는 노력과 발성이라는 신체적 행위의 연결을 끊기 위해 근거를 거꾸로 읽는 연습을 한다. 이해하려다보면 발성이 느려지니까.) 심사위원들은 노트 위로 고개를 숙이고 이번 토론과 토론자들에 대한 흐름도를 그렸다. 그들은 약어로 찬성 주장과 반대 주장을 기록했다. 말하는 사람과는 거의 혹은 아예 눈을 마주치지 않았다. 펜이 멈춘 짧은 쉬는 시간이면 그들은 엄지 주변으로 펜을 빙글 돌렸다. 토론자들 특유의 버릇이었다.

러셀고등학교의 복도를 떠도는 인류학자 혹은 유령에게 학교 간 토론은 교회에서 하는 방언보다 덜 경쟁적인 말하기로 보일 법했다. 쇼니미션에서 온 반대측 첫 토론자인 낭포성 여드름투성이를 보라—그는 캔자스시티에서 온 부유한 아이들이 보통 그렇듯 좀더 평상복에 가까운 옷을 입었다. 그는 일 분당 삼백사십 단어의 속도로 근거를 읽으며, 찬성측 주장이 가정법원에 지나친 부담을 지워 재앙에 가까운 연쇄적 사건을 일으키리라는 주장을 뒷받침한다. 다 읽은 페이지는 땀방울과 함께 바닥에 떨어뜨려버린다. 그는 날카롭게 숨을 들이쉬고 또다른 결정적 문장을 크게 외친 다음—"법원에 부담이 가중되면 시민사회가 붕괴하기 마련입니다"—더 많은 근거를 읽어나간다. 그러다 잠깐 혀가 꼬여 말을 더듬는다. 그렇게 큰 소리로, 그렇게 빠르게 말하다 더듬으면 발작이나 뇌출혈이 온 것처럼 보인다. 시간이 다 되자 그는 주장을 요약한다. 풋내기 중에는 그 말을 이해하는 사람이 별로 없겠지만. 그레거의 근거는 법원의 일이 미-밀리는 것이 양육 지원 의무 정책이 강화된 결과임을 의미하며 과중한 사법 부담은 시민사회의 붕괴, 붕괴로 이어지고 중국이나 북한의 핵 갈등으로 이어지고 그에 뒤따르는 권력 공백 상태에서 벌어지는 핵 시위는 찬성측 주장이 제안하는 모든 이익을 초-초-초과

할 만큼 부담이 크며 그리고 그리고 그리고 스티븐슨은 찬성측의 방안이 어쨌든 전혀 해결책이 아니라는 것을 증명하는데 그 까닭은 내부-내부 기관으로부터의 저항이 그 실행, 실행을 막을 것이기 때문이며 따라서 그 부정적 충격만으로도 반대측에 투표를 해야겠지만은 그러나 이런 방안을 해결책이 아니라고 생각한다 하더라도 조지아 법원의 수정헌법 1조 핵심 조항은 연방 프로그램에는 적용이 불가-불가하고 오직 주정부 차원에만 적용할 수 있으므로 반대에 표를 던지는 수밖에 없습니다.

발라버리기는 논란의 대상이었다. 일반인 심사위원 앞에서 이 기술을 쓰면 사람들은 놀라 불평을 쏟아냈다. 심사위원을 오판하고 쓸데없는 소리를 하다가 예선에서 탈락한 상위 팀이 한둘이 아니었다. 구식 코치들은 토론이 토론이던 시절을 그리워했다. 발라버리기에 대한 가장 흔한 비판은 이 기술이 정책토론을 현실과 유리시킨다는 것, 일부 경매인을 제외하면 그 누구도 이 기술을 쓰는 토론자처럼 언어를 사용하지 않는다는 것이었다. 하지만 청소년들조차 그 말이 사실이 아님을 알았다. 기업도 늘 일종의 발라버리기를 활용했으니까. 십대들은 점점 흔해지는 전문 의약품 TV 광고가 끝날 때마다 나오는 경고 문구를 들었다. 약물의 위험성에 관한 정보가 이해하기 어렵게 빠른 속도로 공개되었다. 또 라디오 광고가 끝날 때마다 규칙과 절차 준수 의무 목록을 빠른 속도로 읽어젖히는 것도 들었다. 금융기관과 의료보험회사에서 받는 '작은 글씨'에도 조금은 익숙했다. 그 수천 개의 단어로 절대 못할 일이 있다면 바로 그 단어들을 이해하는 것이었다. 이런 식의 공개는 은폐를 위해서 고안된 것으로, 문제의 기관에 이의를 제기할 경우 빠른 토론

대회에서 '반박을 포기한 주장'으로 취급될 만한 정보를 내놓았다. 정보가 제시된 당시에 반박하지 못했으니 쟁점의 타당성을 인정한 셈이라는 것이다. 반박할 시간이 없었다는 건 변명거리가 못 됐다. 미국인들은 이십사 시간 뉴스와 몰아치는 트윗(트위터는 사람들이 머뭇거리는 동시에 빠르게 말할 수 있도록 해주었다), 알고리즘 매매, 스프레드시트, 디도스 공격이 일어나기 전부터 일상적으로 '발렸다'. 한편, 미국의 정치인들은 계속해서 자신의 정책과 무관한 가치에 대해서는 천천히, 느리게 이야기했다.

쇼니미션 학생들이 상대하기에 조애나는 너무 빨랐다. 애덤은 그녀의 주장 중 상대방이 반박을 포기한 것들을 짚어내며 준결승전 대부분을 치렀다. 다시 반대측에 서게 된 결승전에서 그들은 로렌스고등학교에서 온 라이벌과 마주쳤다. 과거 애덤과 조애나가 로한과 비네이에게 진 것은 애덤의 실수 때문이었다. 조애나는 그때나 지금이나 철저히 준비 작업을 마쳤으니까. 하지만 무슨 이유에서인지 이번에는 애덤의 머리가 유난히 빠르게 돌아갔다.

그날 러셀고등학교에서 애덤은 점점 빨라지는 속도로 상대편 방안의 실행이 핵무기를 활용한 대학살로 이어질 예측 불가능한 다양한 방식에 대해 열거하면서(아무리 사소할지라도 거의 모든 방안이 핵무기를 활용한 대학살로 이어졌다) 신비의 문턱을 넘어섰다. 자주 있는 일이었다. 그럴 때면 애덤은 자신이 발언을 한다기보다는 발언이 자신을 이끌어가는 것처럼 느꼈다. 발언의 리듬감과 억양이 그 내용을 지배하기 시작했다. 주장이 몸을 타고 흘러나오게 하면 될 뿐, 더이상 주장을 정리할 필요가 없었다. 갑자기 그의 신체에 실려 있던 긴장감이 모두 집중된 에너지로 변했다. 이런 변화가 이번 경기를 약간 에로틱하게 만들었다. 그의 몸을 타고 흐르는 언어야 정부의 스팅레이 감시 프로그램*을 중지하거나 찬성측 발언자가 정책의 유효성을 입증하지 못했을 때 발생할 법한 재앙에 가까운 효과에 관한 것일지 몰라도, 그는 산문보다 시의 영역에 들어서 있었다. 속도와 강도가 그의 발언을 잡아 늘였고, 그는 마침내 발언의 의미가 녹아내려 순수한 형식으로 변화하는 것을 느꼈다. 그는 공공에 개방되지 않은 공립학교에서 무대의상처럼 느껴지는 정장을 입고 정책에 관해 주장하는 시늉을 하며 아주 잠깐이지만 운율학을 경험했다.

그런 다음 시상식에 참석하려고 급식실로 돌아왔다. 스피어스 코치가 1학년생이 자판기에서 사온 피넛 M&M을 먹으며 프로레슬링은 진짜라고 그를 설득하려 하기에 대강 흘려들었다. 피가 나는 걸 봤다니까. 내가 링 근처에 있었단 말이야. 그가 초콜릿을 씹는 동안 애덤은 고개를 끄덕였다. 주최측 코치들이 들어와 결승 결과를 발표하고 메달을 나눠주자 모두가 조용해졌다.

그때 급식실 입구 근처에서 소동이 일어났다. 문이 확 열리더니 기자 몇 명이 서둘러 들어왔다. 사진기자가 삼각대 위에 밝은 조명을 재빨리 설치하고 카메라를 어깨에 얹었다. 이어 모여 있던 토론자들에게 더욱 놀라운 일이 벌어졌다. 경호원이 틀림없어 보이는 남자들이 급식실에 들어와 주위를 둘러보았던 것이다. 그들의 이

---

* 개인의 휴대폰을 감청하는 불법 프로그램.

어폰에 달린 돌돌 말린 선이 달랑거렸다. 애덤은 멀로니 코치를 힐끗 보았다. 그녀는 다 안다는 듯한 미소를 지어 보였다. 마지막으로 밥 돌 상원의원이 등장했다. 일흔셋인 그는 러셀 토박이로, 한 달도 안 돼 빌 클린턴에게 박살날 예정이었다. 민주당에는 문화보수주의가 좀더 자유주의적인 베이비붐 세대에게 길을 내주고 있음을, 사실상 이미 물러서고 말았음을 확인해줄 대승이었다. 그 선거가 역사의 종말을 확인해줄 터였다.

몇몇 사람들이 밥 돌을 알아보고 헉하며 숨을 들이켰고 몇몇은 갈채를 보냈다. 밥 돌은 늘 그렇듯 거의 마비된 오른손에 펜을 들고 왼손을 흔들어 특유의 어색한 손인사를 해 보였다. 그는 양옆에서 부축을 받으며 급식실 앞으로 걸어가 주최측 코치의 왼손을 잡고 악수했다. 코치는 활짝 웃으며 미국의 차기 대통령이 올해 러셀 고등학교 초청 토론대회의 수상자에게 직접 메달을 수여할 것이라고 말했다. 밥 돌 상원의원은 수상자들을 호명하기 전에 몇 마디만 하겠다고 했다.

"난 대단한 토론자는 되지 못합니다." 그가 말했다. 아마 웃음을 기대했겠지만 웃음소리는 들리지 않았다. "하지만 오늘 이곳에서 여러분이 발전시키고 있는 기술에는 높은 가치를 둡니다." 밥 돌은 여느 정치인보다도 주저하며 말했다. (객석의 자기 자리에 앉아 있던 애덤은 본의 아니게 이 사이에 펜을 물고 글을 거꾸로 읽는 밥 돌의 모습을 떠올렸다. 밥 돌이 차갑고 제대로 움직이지 않는 손으로 토론자 특유의 펜 돌리기를 해보려다 실패하는 모습을 상상했다. 그러다 롤링힐스요양원에 있는 외할아버지의 마비된

왼팔을 떠올리고 말았다.) "여러분은 미국의 미래 지도자들이며, 나는 여러분이 모두 이곳에 모여 소통하고 설득하는 능력을 향상하고 있다는 것이 무척 기쁩니다. 그건 아주 중요한 일입니다. 우리 민주주의에 말이지요. 중차대합니다. 게다가 정부와 정책에 대해서도 아주 많은 것을 배우고요. 훌륭합니다. 나는 이 자리에 온 것도, 이런 노력을 기울이는 여러분 모두가 내 장부에 승자로 기록되었음을 알려줄 수 있다는 것도 영광으로 생각합니다. 그런 노력 덕분에 여러분은 멀리까지 나아갈 겁니다. 여러분 중 몇 명은 국회의사당에서 날 만나게 될 거예요."

그는 색인 카드를 받아들고 3위 팀의 이름을 읽었다. 토론자들이 일어나 메달을 받아들고 상원의원과 함께 사진을 찍으려고 잠시 멈췄다. 밥 돌은 로한과 비네이의 성을 잘라먹고 말하지 않았다. 그들은 민망한 듯 서 있었다.

이제 사진을 한 장 보여줄 텐데, 그걸 가지고 이야기를 하나 만들어보기 바란다. '주제 통각 검사Thematic Apperception Test' 혹은 TAT라는 것이다. 처음과 중간, 끝이 있는 이야기를 만들어야 한다. 이건 〈토피카 캐피털저널〉의 1면에 실렸던 흑백사진이다. (머리 양옆은 바짝 깎고 나머지 머리카락은 포니테일로 당겨 묶은, 미소조차 짓지 않은 이 열일곱 살짜리 소년은 누구일까? 부모의 좌익 성향과 그가 어린 시절을 보낸 공화당 지지 주州의 타협이 재앙에 가까운 헤어스타일로 나타난 것일까? 그의 왼손은 펜을 쥔 밥 돌의 오른손에 거의 닿아 있다. 소년은 엄청난 속도로 거의 자기만 알아듣는 언어를 말한 대가로 딴 메달을 목에 걸고 있다. 자신을 자주 삼인칭으로 부르고 폴 매너포트*에게 선거 전략 자문을 받는 상원의원은 2016년 공화당 전당대회에 참석할 유일한 전 대통령 후보가 될 것이다.) 이 사진 속 사람들은 무슨 생각을 하고 있을까? 무얼 느끼고 있을까? 무엇이 이 장면으로 이어졌는지부터 이야기해보자.

◆ ◆ ◆

애덤은 기억이 나는 아주 오래전부터 케네스 어우드와 조금 아는 사이였다. 어우드 박사는—그는 토피카에서 몇 안 되는 공개적인 게이로 자주 프레드 펠프스 목사와 그 추종자들의 표적이 되었다—파티 손님으로 저녁을 먹으러 왔다. 조용하고 늘 미소를 지었으며 친절해 보이는 남자였다. 실제 나이보다 더 들어 보이는 동시에 더 젊어 보이기도 했고(너무 일찍 어깨가 굽었지만, 단지 어깨가 굽었을 뿐이었다. 소년 같은 얼굴은 전혀 변하지 않는 것 같았다) 회색 머리카락을 짧게 깎았는데도 군인 같은 느낌은 전혀 없었다(실제로는 포인트무구의 해군병기시험소에서 일하며 자가 유도 미사일의 광학 측정과 관련된 연구를 했는데 말이다). 어우드는 귀기울여 들었지만 다른 남자들처럼 장황한 말을 늘어놓는 경우는 전혀 없었다. 애덤은 기억나지 않았으나 애덤이 뇌진탕을 일

* 미국의 로비스트이자 정치인. 미국 전 대통령 도널드 트럼프의 대선 운동 선거대책위원장을 지냈다.

으키고 몇 주가 지났을 때 부모가 그를 어우드에게 데려가 진찰을 받도록 했다. 어우드의 진료실은 애덤의 아버지가 쓰는 진료실과 같은 건물에 있었다. 애덤은 치유를 촉진하고 외상후 스트레스를 감소시켜준다는 명상 훈련을 받았다. 퇴원하고 몇 주가 지났을 때 부모님과 함께 손바닥을 위로 해서 두 손을 무릎에 얹어놓고 거실의 황백색 카펫 위에 앉아 있었던 일이 생각나는 것도 같았다.

애덤은 언젠가 엄마에게 심령술을 하는 사람을 아느냐고, 그런 걸 믿느냐고 물었다. 엄마는 망설임 없이 케네스 어우드를 안다고 대답했다. 어우드는 당국에 자신의 연구 결과를 설명할 때면 신경과학의 언어를 사용하기 위해 주의를 기울였지만, 친구나 동료와 이야기할 때는 어린 시절 공상을 하다가 심령의 방문을 받았다고 거리낌없이 말했다. 그때 자신이 영적인 인도를 받고 있다는 말을 들었다고, 혹은 그 사실을 알게 되었다고 했다. 어우드는 대학생 시절에 잘 알려진 영매의 도움을 받아 자신의 안내자를 다시 만났고, 물리학과 심리학 박사학위를 동시에 따는 와중에 시계탑의 이미지가 보이는 환시를 경험했다. 1965년 재단으로 왔을 때 부지 한가운데에 있는 그 시계탑을 보고 이곳이야말로 자신이 일해야 할 곳임을 깨달았다.

어우드는 정신적 과정이 생리학적 반응에 미치는 영향을 연구했다. 특히 사람이 자기 몸을 둘러싼 자기장을 변화시킬 수 있다는 점에 관심을 가졌다. 재단에 합류하고 나서 얼마 되지 않아 그는 소규모의 정신물리학 및 정신생리학 부서를 만들었다. 이 부서의 주요 과제는 '구리 벽 프로젝트'였다. 어우드의 연구에 따르면 다양한 전통에 속한 잘 알려진 치유사와 명상가는 몇 미터 떨어진 곳에서도 구리로 만들어진 벽 크기의 전극에 현저한 전압 변화를 일으킬 수 있었다. 재단의 시계탑 지하실에 그 벽이 세워졌다.

고등학교 졸업반인 지금, 애덤은 전혀 그러고 싶지 않았지만 다시 어우드에게 진료를 받고 있었다. 부모님이 드물게 단호한 태도로 어우드와 상담을 받거나 평범한 이야기 치료를 받아야 한다고 고집을 부렸던 것이다. 부모님은 애덤이 너무 빨리 화를 낸다고, 비교적 빨리 화를 식히기는 하지만 분노의 강도가 통제를 벗어났다고 말했다. 애덤에게는 '전략'이 필요했다. 엄마는 애덤에게 거실에 있는 더러운 접시를 치우라고 말하곤 했다. 어쨌든 거실은 뭘 먹는 곳이 아니었으니까. "나중에 할게요." 그는 말하곤 했다. "지금 해줬으면 좋겠구나." 엄마가 대답하곤 했다. 그러면 애덤은 엄마의 잔소리와 위선, 그녀가 책에 늘어놓은 계율에 따라 살지 못한다는 점, 그녀가 타인의 자율성보다 관습적인 가정 내 질서에 이상하리만큼 집중한다는 사실에 대해 터무니없지만 반박할 수 없는 주장들을 일제사격처럼 압도적으로 쏟아내곤 했다. 그녀는 주제 적합성을 입증하는 데 거듭 실패했다. 접시는 그 자리에 그대로 남았다.

또 애덤은 캠리의 엔진 확인 경고등이 켜지고 불길한 소리가 난다며 아빠에게 차를 빌려달라고 부탁하곤 했다. 그때 아빠가 미안하지만 안 되겠다, 오늘밤에 남자들 모임이 있어서 차를 써야 하거든, 하지만 내일 네가 네 차를 가져오는 거 도와줄 수 있어, 라고 말하면 갑자기 악랄하고도 유창하게 남자들 모임이라는 개념 자체를 난타하기 시작했다. 하지만 그의 주장들은 모순적이었다. 그는 집에서 『무쇠 한스 이야기』*를 조롱하듯 이야기하는 것을 듣고 남자들 모임이란 로버트 블라이식의 마초적 헛짓거리라고 주장하곤 했다. 하지만 아빠가 침착하게 그건 네가 잘못 안 거다, 너도 알겠지만 이 모임은 페미니즘에 찬성하는 친구들의 모임이거든, 하고 말하면 애덤은 그 모임 사람들이 부성에 관한 막연하고 진부한 말을 늘어놓는 것만으로 계몽된 사람이 된 줄 아는 고자 여피족**이라고 비난했다. 차라리 숲에서 즉흥 남성성 의식이라도 하시는 게 나을 거예요. 북도 좀 치고 다람쥐도 몇 마리 잡아다 끓이고요. 아빠가 침착함을 유지할수록 애덤은 점점 더 화를 냈다. 아무것도 아닌 일로 벌어진 싸움에 문을 쾅 닫곤 했다. 침실 벽을 주먹으로 쳐서 구멍을 낸 적도 두 번이나 있었다.

부모는 짜증을 내면서도 걱정했다. 하지만 그렇게까지 걱정하지는 않았다. 그들은 심리치료사였기에 아이가 위축되어 자기 방으로, 자신의 내면으로 들어가 사라지거나 미아가 되는 상황보다는 대놓고 갈등이 벌어지는 상황을 훨씬 덜 염려했다. 언어가 있는 한 진전은 있으니까. 게다가 애덤은 일단 진정하고 나면 재단에서 배운 단어들을 늘어놓으며 자신이 지나쳤다고 사과했다. 그런 식으로 감정이 과해진 원인에 대해 부모와 자주 이야기를 나누기도 했다. 재수없게 굴지 않을 때면 재미있고 호기심 많고 다정한 아이

---

* 미국의 시인이자 에세이스트 로버트 블라이(1926~2021)의 에세이. 현대 남성의 위기와 남성성 회복을 다루며 남성학의 고전으로 자리매김했다.

** 도시에 살고 전문직에 종사하며 신자유주의를 지향하는 세련된 젊은층.

였다. 애덤이 할머니와 함께 있을 때 얼마나 멋지게 구는지, 부모가 간신히 설득해 저녁식사 자리에 앉혀놓기만 하면 부모의 친구들에게 얼마나 많은 훌륭한 질문을 던지는지 생각해보라. 포크송 가수와 공동체 활동가, 성문제 전문가와 작가와 페미니스트 학자들은 중서부를 지날 때마다 애덤 가족의 커다란 빅토리아식 주택에 머물렀다. 애덤은 언제나 그들에게 관심을 보였고 새로운 생각과 말하기 방식을 빠르게 받아들였다. 부모는 애덤의 정치적 수완을 자랑스러워했다. 그는 모든 과목에서 A를 받았다. (부모는 애덤이 수학에서 부정행위를 했을 거라고는 의심하지 않았다.) 그는 '대중연설'의 스타였다. 그는 시를 읽고 썼다. 어쩌면 아이비리그에 갈지도 몰랐다. 비록 부모는 그가 캔자스주립대학교에만 가도 만족하겠지만 말이다. 그들은 애덤의 불안정성이 어느 정도는 집을 떠나는 것에 대한 두려움에서 기인한다고 짐작했고, 그 짐작은 맞았다.

그때 편두통이 생겼다. 빈도도, 강도도 높아졌다. 애덤은 책에 적힌 글이나 벽에 붙은 간판을 보다가 갑자기 그걸 읽을 수 없다는 사실을 알아차리곤 했다. 글자들이 물살에 떠내려가는 잔가지처럼 보였다. 그러다 밝은 빛을 봤을 때처럼 커다란 맹점이 생겼다. 그런 다음에는 아주 넓게 주변 시야가 사라졌다. 시각적 증상과 갑작스러운 난독 증상이 나타난 뒤에는 곧 두 손과 얼굴 일부, 가끔은 혀에서 얼얼함이 느껴졌다. 그러면 발음이 불분명해졌다. 빛에 너무 민감해져서 암막 블라인드 주위로 들어오는 미미한 햇빛도 눈에 손전등을 비추는 것처럼 느껴졌다. 안내섬광이 세상에 흩뿌려졌다. 그는 팔다리가 관절에서 떨어져나간 것 같다는 느낌, 팔다리를 통제할 수 없다는 느낌을 받곤 했다. 물잔에 손을 뻗었다가 몇 센티미터 차이로 잡지 못하거나 잔을 쳐서 넘어뜨리곤 했다. 주사를 놓으려고 이미트렉스* 주사기를 다리에 대고 찌를 때면 다리와 단단한 플라스틱, 손을 구분할 수가 없었다. 그 모든 게 아무 감각이 없는 낯선 물체로 느껴졌으니까. 약은 거의 도움이 되지 않았다. 전혀 도움이 되지 않는지도 몰랐다. 전구前驅증상이 나타나고 삼십 분 안에 심한 두통이 일어나곤 했다. 그 극심한 두통을 애덤은 주로 구토로 경험했다. 구토는 일단 시작되면 몇 시간이나 멈추지 않았다. 그는 여러 차례 병원에 가서 탈수증 치료를 받아야 했다. 또 왔어요, 에버하트 간호사님. 대런한테 대신 안부 전해주세요. 이런 증상 위로 증상에 대한 두려움이 층층이 쌓였다. 신경학적 왜곡이 뇌진탕의 기억을 불러일으켰다. 방향감각 상실은 방향감각 상실에 대한 두려움 때문에 더욱 심해졌다. 대체로 여덟 시간에서 열두 시간 동안 지속되는 편두통은 한 번 일어날 때마다 과거의 외상을 소규모로 반복하는 것처럼 느껴졌다.

편두통이 그토록 끔찍하게 느껴진 한 가지 이유는 애덤 자신이 그 편두통을 일으켰다고 믿었기 때문이다. 계속 그러면 편두통이 일어날 거야, 애덤은 이런 말을 자주 들었다. 자주 자신에게 경고했다. 두통의 원인이 스트레스라면 모든 강렬한 생각과 잘못된 욕망, 현실의 갈등과 상상 속 갈등이 통증의 형태로 돌아올 터였다.

* 편두통 치료제 상품명.

자신을 진짜 남자로 보이게 해야 한다는 부담, 진짜 남자의 유형에 충실한 모습을 유지해야 한다는 중압감이—지속적인 웨이트트레이닝과 말로 하는 결투가—결국은 그를 다시 침대에서 엄마를 소리쳐 부르는 어린애로 전락시키고 말 것이다. 편두통은 그가 여리디여린 가짜라는 사실을 주기적으로, 온몸으로, 비자발적으로 고백하는 증상이었다. 육 주에 한 번 이상 편두통을 경험한 적은 없었지만, 그는 하루에도 백 번씩 편두통을 겪을 것 같다고 느꼈다. 빛이 있는 곳에서 눈을 돌렸는데 시야가 얼룩덜룩해질 때마다, 자세가 불편해서 몸의 일부가 잠들거나 약간 얼얼하게 느껴질 때마다, 아주 드문 경우지만 연설하다 말을 더듬거나 잠깐 혼동을 느낄 때마다 애덤의 내면에 공포감이 치솟았다. 모든 가짜 경보는 불안을 일으키며 그를 진짜 편두통으로 이끌었다.

어우드는 생체자기제어 분야의 선구자였다. 특히 손을 따뜻하게 해서 신체의 자동적인 과정을 의식적으로 통제하는 방법을 가르치는 것이 그의 특기였다. 그 목표는 투쟁-도피 반응을 진정시키고 신체 말단으로 흐르는 피의 양을 늘려 혈관의 긴장이 고조되는 데 따른 두통을 완화하는 것이었다. 부모님은 애덤이 심리치료사를 만나 감정적 삶에 관해 이야기하는 것보다는 어우드를 만나 편두통 치료를 받는 것에 더 마음을 열 것이라고 짐작했고, 그건 맞는 생각이었다. 어우드는 근무시간이 자유로웠기 때문에 일요일 오후마다 재단에서 애덤과 상담을 했다.

어우드의 진료실은 책상이 없다는 점만 빼면 아버지의 진료실과 비슷했다. 대화를 위해 의자 두 개가 마주 놓여 있었고, 구석에는 명상용 베개와 깔개가 있었다. 구리 싱잉볼*과 작은 나무봉도. 벽에는 유명한 동양의 치유사로 보이는 사람들의 사진 액자가 몇 개 걸려 있었다. 보통은 흰색과 빨간색, 짙은 황색으로 이루어진 로브를 걸친 남자들이었다. 첫번째 상담시간에 어우드는 편두통 증상을, 증상이 어떻게 시작되는지를 자세히 묘사해달라고 부탁한 뒤 생체자기제어가 어떤 식으로, 왜 작동하는지 설명했다. 그런 다음 애덤의 두 손에 작은 온도 센서를 연결한 뒤 눈을 감고 자신이 천천히 묘사하는 것을 상상해보라고 말했다. 처음에는 호흡에 신경을 써야 했다. 깊이 들이마시고, 천천히 내쉬고. 배와 가슴이 오르락내리락하는 걸 느껴봐. 그런 다음에는 발가락에서 천천히 온몸으로 퍼져가다 두 손에 집중되는 온기를 상상해야 했다. 느낌으로는 삼십 분쯤 된 것 같았지만 이 첫 상담은 십 분도 채 걸리지 않았다. 어우드는 애덤에게 눈을 뜨라고 한 뒤 그의 체온이 약간 올라간 것을 보여주었다. 어우드는 첫 주 동안 하루에 십 분씩 이 연습을 하라고 하며 그에게 센서를 주더니 물었다. 벽 한번 볼래?

시계탑 지하실로 간 애덤은 어우드가 열어준 방으로 머뭇머뭇 들어가 유리로 된 커다란 정육면체 위에 가부좌를 틀고 앉았다. 그래야 할 것 같았다. 어우드는 문을 닫고 나갔다. 완전한 어둠으로 느껴지던 것에 눈이 익숙해지는 동안 애덤은 고개를 들고 벽을 살펴보았다. 희미한 구리 냄새가 나는 것 같았지만 아마 그의 상상이거나 땀냄새였을 것이다. 곧 벽의 가운뎃부분 색깔이 희미하게 보

* 그릇 모양으로 생긴 종으로 요가나 명상을 할 때 사용한다.

였다. 어우드가 벽 뒤에서 내는 소음이 들렸다. 왜 불을 켜지 않는 걸까? 방에는 은은한 빛이 감돌았다. 아마 문 밑으로 새어들어온 빛일 터였다. 이제는 주변의 암흑으로부터 빨간색과 주황색과 갈색으로 이루어진 성운을 좀더 분명하게 구분할 수 있었다. 그는 어두운 방에서 눈을 뜨고 있었으나 빛이 들어오는 곳을 찾는 동안에는 두 눈을 감고 있는 것만 같았다. 빛이 눈꺼풀을 뚫고 들어와 피의 색깔을 띠며 스쳐가는 듯했다. 그는 자기도 모르게 이미 뜨고 있는 눈을 뜨려 했다.

"좀 어떠니?" 어우드가 벽 뒤에서 묻는 소리가 들렸다. 벽 너머에서 혹은 마이크로 말하는 듯했다. 애덤은 어느새 대답하고 있었다. "괜찮아요." 목소리는 지루하게 들렸지만 사실 그는 지루하지 않았다. 그는 시계탑 지하실에서 어슴푸레하게 빛나는 재단의 비밀 동력원을 바라보고 있었다. 저것이 바로 모든 소문의 이면에 있는 존재였다. 애덤의 부모와 동서부 해안 지역의 수많은 사람을 끌어들이고, 클라우스와 옛 분석가 군단을 망명지에서 불러들이는데 도움을 준 이름 모를 에너지. 그는 중세 회화의 황금빛 지면을 보다가 어느 순간 그림 안으로 들어가 한밤중의 박물관을 내다보았다. 몸이 뜨거워진 것을 의식하고 유리 블록 위에서 자세를 바로잡았다. 하마터면 어우드에게 불을 좀 켜달라고 요구할 뻔했다. 하지만 그러면 겁먹은 것처럼 들릴 터였다. 조금이기는 해도 실제로 그는 겁을 먹었다. 브라이트서클몬테소리유치원의 뒤뜰에서 특별한 힘을 가진 풀을 꺾었으니까. 머리를 부딪혀 시간이 멈추었으니까. 그의 인격을 의미 없게 만들어버리는 두통을 일으켰으니까. 애덤은 벽을 앞에 두고 어둠 속에 앉아 모든 나이를 동시에 경험했다. 혹은 여러 나이 사이를 깜빡깜빡 오가며 호숫가의 모든 집을 지나쳤다.

이제 어우드는 아무 소리도 내지 않았다. 너무 조용했다. 방음이 매우 효과적으로 이루어진 그 공간은 무반향실에 가까웠다. 시계탑의 수도관으로 물이 흐르는 소리와 전선에서 전기가 지직거리는 소리가 들렸다. 하지만 사실 그 소리는 머릿속에서 흐르는 피의 소리, 딱히 할일이 없는 청각신경이 식식대는 소리였다. 그는 죽은 어우드, 벽 반대편의 제어판 같은 것에 푹 고꾸라져 있는 어우드를 상상했다. 그곳이 100만 킬로미터는 떨어져 있는 것처럼 느껴졌다. 애덤은 강제로 발사되어 궤도를 따라 우주를 떠다니고 있었다. 어우드가 지상관제팀이었다. 애덤은 공포를 누르려고 눈을 감았지만 벽은 여전히 그 자리에 있었다. 안내섬광이 주변을 빙빙 돌았다. 그는 자기도 모르게 다시 눈을 감으려 했다. 이제 빈 공간을 채우기 위해 분노와 언어가 쏟아져나왔다. 어우드가 그에게 하는 알 수 없는 장난질과 그가 받는 정체 모를 검사, 그를 몇 시간처럼 느껴지는 몇 분 동안 홀로 남겨놓은 데 대한 분노. 애덤은 온순한 의사의 얼굴을 무릎으로 가격하는 상상을 했다. 박살난 코와 피에서 나는 구리 냄새. 경고했지, 씹새끼야. 물러서라고 했잖아. 찬성측의 주장은 분노의 입자를 광범위하게 퍼뜨릴 것이고 그 결과 편두통 계엄령 선포가 내려질 것이며 이는 민주주의적 기관의 영구 손상과 나토의 붕괴로 이어지고 건전하고 선량한 규칙은 롤링힐스요양원에서 대런과 밥 돌과 사람들 수천 명이 함께 살 수 있게 해줄 것입니다. 눈을 뜨고 있는 걸까? 감고 있는 걸까? 아니면 둘 다일까? 애덤은 완벽하게 매끄러운 구리 표면을 훼손하고 싶었다. 토피카웨스트고등학교에서 온적의 자동차 문을 긁듯 열쇠로 그 금속을 긁고 싶었다. 뭐든 알파벳의 시작이 될 만한 아주 작은 흔적이라도 남기고 싶었다.

어우드가 문을 열었다. 빛이 쏟아져들어오자 생각이 흩어졌다. 그걸 생각이라고 할 수 있다면 말이지만. 어때? 어우드가 물었다. 좋네요, 그가 말했다. 목소리는 무심했다. 어우드가 다가오더니 그의 목덜미에 손을 얹었다. 애덤에겐 놀랍고도 불편한 일이었다. 그의 목은 땀으로 젖어 있었다. 어우드는 애덤의 승모근을 따라 어깨까지 두 손을 쓸어내렸다. 최근에 21번가에 있는 뽀빠이 헬스장에서 운동을 한 터라 어깨가 욱신거렸다. 엄청나게 긴장하고 있구나, 어우드가 말했다. 여기도, 여기도. 넌 연설 실력이 아주 훌륭하니 이 근육에도 말을 좀 걸어보지 그러니? 이 녀석들에게 긴장을 풀라고 해봐, 아주 친절하게, 아주 겸손하게.

시계탑 맞은편에는 철제 벤치가 하나 있었다. 애덤은 그곳에서 아빠가 데리러 와주기를 기다렸다. 시계탑을 보니 거의 다섯시였다. 11월치고는 흔치 않게 따뜻했지만 낮이 짧아진 것을 보니 겨울이 다가오고 있음을 알 수 있었다. 근처 단풍나무의 빨간 잎사귀와 물푸레나무의 노란 잎사귀가 스스로 빛을 내기라도 하듯 이른 황혼에 반짝였다. 담배를 피우고 싶었다. 멀리서 사이렌소리가 지나갔다. 그 소리에 이어 숲속 어딘가에서 홍관조의 아래로 처지는 휘파람소리가 들렸다. 애덤은 이곳에 입원한다면, 재단 구내에서 살아간다면 어떤 기분일지 상상해보았다. 요즘은 보험사에서 비용을 지급해주는 경우가 거의 없어 입원이 점점 드문 일이 되긴 했지만. 그런 다음에는 재단 부지에서 열리는 성대한 토론대회를 상상했다. 토론자들은 전부 환자였다. 그중 대부분은 정신병자로, 일부는 약에 취해 몸을 떨거나 침을 흘리면서 자기도 모르게 혀를 빼물고 입술을 축였다. 애덤은 그들이 플라스틱 상자에서 자료를 꺼내는 모습을 상상했다. 하지만 그들은 문서 대신 물건을 무작위로 꺼냈다. 우산, 말굽, 야구 카드 한 팩, 이상한 기구들. 조너선과 제인 고든 부부를 포함해 심사위원인 정신과의사들은 그중 어떤 주장이 타당했는지, 어떤 주장이 실패했는지 알아내야 할 것이다. 토론 안건은 몇 개의 빨간 불꽃과 희미한 선으로 이루어진 그물망.

시계탑에서 종이 울리기 시작했다. 자동차 한 대가 천천히 옆을 지나갔다. 안에서 시끄럽지만 알아들을 수 없는 라디오 소리가 들렸다. 자동차를 운전하고 있던, 애덤이 모르는 턱수염을 기른 남자가 그를 알아보고 손을 흔들었다. 애덤은 벤치에 붙어 있는 작은 청동판을 보았다. 토피카시의회가 토머스 애티슨을 기념해 기증한 벤치라고 적혀 있었다. 토머스 애티슨, 그러니까 톰 박사에 대한 가장 생생한 첫번째 기억은 가짜였다. 아빠의 필름 속 영상이었다. 그래서 그 기억은 흑백이었고 애덤의 머릿속에서는 피아노곡이 재생되었다. 여덟 살인가 아홉 살 때 학교에서 내준 과제를 하느라 톰 박사를 인터뷰하러 그의 진료실에 갔던 기억은 났다. 할아버지 같은 남자가 가운뎃부분은 말랑말랑하고 겉은 딱딱한 딸기맛 사탕이 담긴 유리그릇을 내밀던 모습이 눈에 선했다. 애덤은 노란색 노트패드에 적어간 질문을 읽어나갔다. 오래전부터 정신과의사가 되고 싶으셨나요? 세계적인 유명 인사가 된다는 건 어떤 기분인가요? 일이 년쯤 뒤, 그는 별다른 이유 없이 또 한번 톰 박사를 만나러 갔다. 이번에도 톰 박사는 유리그릇을 내밀었다. 벤치에 앉아 있는 지금 애덤은 혀로 입천장을 쓸어보며 그 사탕 때문에 입천장이 긁혔던 일을 떠올렸다. (어우드와 상담을 받고 나면 애덤은 유달리 자기 신체를 의식했다.) 현재 애덤의 작은 몸짓과 자세 중 얼마나 많은 부분이 과거의 반향을, 의식의 문턱 바로 아래에서 반복되는 것을 체현한 것일까? 이런 비자발적인 근육 기억을 통제하고 편집한다면, 편집해서 지워버린다면 과거는 어떻게 될까? 이제 애덤은 베이비시터의 혀가 남긴 현재의 부재를, 몇 년 전에 있었던 최초의 금속성 접촉을 느꼈다. 그다음에는 비교적 최근에 남은 담배와 인공 박하의 흔적을 느꼈다. 아빠가 도로 연석 쪽에 차를 대자 애덤은 존재하지 않는 가상의 펜을 씹었다.

내 뼈는 부러뜨릴 수 있을지 몰라도 내 말은 부러뜨릴 수 없을 것이다. 내 말은 나한테서 튕겨나가 너에게 달라붙는다. 어른들은 그에게 모욕에 대항할 약한 주문을 갖춰주었다. 하지만 그런 말이 필요하다는 것 자체가 어른들이 틀렸다는 사실을 입증했다. 대런이 자랄수록 이런 주문은 그저 더한 웃음거리가 되었을 뿐이다. 잘 돌아왔어, 대런. 그가 여전히 가끔 그런 말이나 다른 비밀스러운 말을 속으로 한다면, 너무 늦기 전에 해로운 생각들을 끊어내기 위해서일 뿐이었다. 그는 고속도로나 지방도로를 타고 오는 적을 대비해 함정을 설치했다. 머릿속에 비디오게임이 있는 것과 같다. 그곳에서 일어나는 일이 이곳에서도 일어난다는 점만 다를 뿐이다. 최근의 게임은 스파이헌터*를 바탕으로 한 것이었다. 스파이헌터는 웨스트리지몰의 알라딘즈아케이드**에서 대런이 가장 좋아

* 아케이드 레이싱 게임의 일종.

하는 게임이다. 똑같은 전자음악이 흐른다. 그는 위쪽에서 아스팔트 도로 한 줄기가 단순화된 풍경을 가로질러 세로로 흐르는 것을 본다. 이미지가 너무 모호하다. 대런은 자신이 그래픽을 상상하는 것인지 진짜 땅을 상상하는 것인지 알기 어렵다. 하지만 은색 피에로 아바타가 빠르게 아래로 내려가는 것은 보인다. 머릿속에서 버튼을 누르면 자동차가 유막이나 연기 장막을 뿜어내며 달려나갈 것이다. 적들이 언제 이런 치명적인 위험과 마주하게 될지는 알 수 없다. 하지만 그렇게 되리라는 것만은, 그런 유막과 연기 장막이 적들의 앞유리를 뚫고 지나가리라는 것만은 알아둬야겠지. 한번은 조너선 박사가 대런에게 어쩌다 그런 힘을 얻게 되었는지 아느냐고 물었다. 아빠에 대해서 얘기한 다음이었다. 대런은 모른다고 대답했다.

하지만 그는 알고 있었다. 그 일이 일어난 건 네 살 때, 아직 그의 나이가 신체 나이와 같았을 때였다. 오클리 애비뉴에 있는 브라이트서클몬테소리유치원에서. 엄마가 그를 내려줬을 때는 9월치고 날씨가 따뜻했고 하늘에는 구름 한 점 없었다. 자, 아가. 그때 대런은 더이상 매달리지도 울지도 않았다. 그냥 콜드웰 선생님에게로 걸어가 그녀를 끌어안으며 인사한 다음 조용히 나무블록으로 탑을 쌓았다가 무너뜨리며 애덤 고든과 제이슨 데이비스가 오기를 기다렸다. 그런 다음 그들을 따라다녔다. 그들은 대런이 따라다니게 내버려두었다. 그날 놀이시간에 애덤과 고든은 뒤뜰의 모래놀이 상자에 들어가 있었다. 애덤은 철조망 울타리 옆에서 꺾어 온 특별한 힘이 있는 풀을 가지고 있다고 말했다. 덩굴옻나무나

** 미국의 오락실 체인.

덩굴떡갈나무나 뽀빠이를 강하게 만들어주는 시금치처럼 애덤은 그 풀에서 일종의 힘이 뿜어져나올 때까지 두 손으로 문질렀다. 먹을 필요는 없어. 애덤은 제이슨에게 그 풀을 주었고 제이슨은 그걸 대런한테 주었고 대런은 그걸로 두 손을 조금 물들인 뒤 애덤이 시키는 대로 모래 속에 묻었다. 그런 다음 애덤은 뭔가 일어나게 해달라고 소원을 빌면 소원이 이루어진다고 말했다. 애덤이나 제이슨이 무슨 소원을 빌었는지, 무슨 소원을 빌었다고 말해줬는지는 기억나지 않는다. 하지만 당시 대런은 토네이도에 집착했고 자기 힘을 사용해 토네이도가 일어나게 만들 거라고 했다. 그런 다음 그들은 다른 놀이를 했다.

베이지색 카펫이 깔린 방의 아기 침대에서 어린아이 열다섯 명의 가슴이 오르내리는 동안 구석 콘센트에 꽂혀 있는 휴대용 스테레오에서 형편없이 흉내낸 파도 소리가 흘러나온다. 콜드웰 선생님과 보조교사인 팸이 옆 주방에서 간식을 준비하고 있다. 질식할 위험을 줄이기 위해 포도알을 세로로 반 잘라 종이컵에 담는다. 대런은 유치원의 금속 지붕에 떨어지는 빗소리를 듣고 깬다. 조용히 일어나 토끼 인형을 안고 창문으로 가서 커튼을 열고 유독 새까만 구름을 보며 구름이 낮아지고 있다고 생각한다. 유치원 앞마당의 붉가시나무에서 떨어진 도토리 같은 열매들이 창문에 부딪히자 깜짝 놀란다. 대런은 시간이 지나서야 지금 보고 있는 것이 자신의 작품이라는 것을 깨닫는다. 지금 그의 두 손은 깨끗하다. 콜드웰 선생님이 점심식사 전에 얼룩을 닦으라고 했다. 그런데 살갗이 벗겨진 것처럼 얼얼하게 느껴진다. 가스레인지를 만졌을 때처럼. 비누의 인공 레몬 향 너머로 마법 풀의 냄새가 아직도 나는 것 같다. 그는 침대로 서둘러 돌아가 피너츠 이불을 머리 위로 끌어올리고 자신이 불러온 폭풍을 취소하려 한다. 그는 이름을 잊어버린 토끼에게 계속해서 미안하다고 말한다. 그런 다음 사이렌소리가 들린다.

따라 말하기

(조너선)

나는 뉴욕 지하철 4호선에서 「치글러라 불리는 사나이」*를 소장판 양장본으로 읽었다. 거의 비어 있는 전철이 흔들릴 때마다 불빛이 깜빡거렸다. 제인을 만나고 돌아가는 길이었다. 그녀와 잔 지 얼마 안 됐을 때였다. 나는 일 년이 못 되어 레이철을 버리고 제인과 함께하게 되었다.

이야기는 치글러가 시립 역사 박물관에 방문하면서 시작된다—치글러는 바젤 혹은 베를린에 있다. 박물관은 일요일마다 무료로 개방된다. "중세 미신 도구" 전시를 혼자 보고 있던 그는 쳐둔 줄 너머로 별생각 없이 손을 뻗어 연금술사의 작업실에서 가져왔다는 가열로와 막자사발을 비롯한 도구들을 만져보다가 그 사이에서 "알약과 비슷한 어두운색의 작은 알갱이"를 발견하고 놀란다.

* 헤르만 헤세의 단편소설.

다른 관람객이 나타나자 치글러는 깜짝 놀라 반사적으로 그 알약을 주머니에 넣는다. 이후 점심을 먹다가 그 알약을 다시 발견하는데, "어린애 같은 충동"에 굴복해 그것을 입에 넣고 맥주와 함께 삼킨다. 그 식사 이후로 치글러는 주말마다 동물원을 방문한다. 그는 동물 우리 주위를 헤매고 다니다 수수께끼의 알약 때문에 동물의 언어를 이해할 수 있게 되었다는 사실을 천천히 깨닫는다. 알고 보니 동물들은 동물원 방문자를 멍청이, 사기꾼, 잔인한 짐승이라고 생각하며 신랄하게 비웃는다. 치글러는 동물의 말을 이해할 수 있다는 사실보다 그들이 보이는 경멸에, 그 극단성에 놀란다. 원숭이와 엘크("이들은 오직 눈으로만 말한다"), 아이벡스와 알프스산양(인지 뭔지 정체는 알 수 없지만), 라마와 남아프리카영양과 멧돼지와 곰에게 조롱당한 그는 결국 무너져버린다. 지팡이, 넥타이, 그다음에는 신발까지 던져버리고 주저앉아 어느 동물의 철창에 기대 흐느낀다. 이야기는 치글러가 정신병원으로 끌려가며 끝난다. 나는 그곳이 내가 인턴을 했던 벨뷰병원이라고 상상했다.

대학원 시절 내 정신분석가였던 새뮤얼스 박사는 말이 극히 적었다. 그냥 "계속해보세요" "그 점에 관해서 좀더 이야기해보시죠"라고만 하거나 의미를 끌어내기 위해 내가 한 말을 따라 할 뿐이었다. 그 사람이 추천했다는 사실만으로도 헤르만 헤세의 소설이 신비하게 느껴질 정도였다. 내가 치글러라는 건가? (치글러는 눈에 띄지 않는 사람이었다. "멍청하지도 않지만 재능이 뛰어나지도 않은 사람", 무엇보다도 돈과 과학을 존중하는 사람, "우리가 매일 거리에서 마주치지만 집합적 얼굴이라는 같은 얼굴을 가지고 있기에 결코 모습을 떠올릴 수 없는 모든 사람 중 한 명"이었다.) 심리치료는 연금술 같은 것일까, 아니면 그 반대일까? 새뮤얼스는 내가 제인과 바람을 피웠다는 사실을 알고 내 외도와 박물관의 줄 너머로 손을 뻗었던 치글러의 행동 사이에 어떤 유사성이 있다고 암시한 걸까?

어쨌든 레이철과 나는 오래가지 못했을 것이다. 우리는 내가 대학원에 들어가기 일 년 전에 결혼했다. 둘 다 며칠 간격으로 부모를 잃고 난 뒤였다. 우리 엄마는 마침내 유방암에 굴복했고 레이철의 아빠는 동맥경화로 쓰러졌다. 우리의 결혼은 그런 죽음이 남긴 흔적 속에서 가족이 존재한다는 느낌을 떠받치려는 시도였다. 망할 게 뻔했다. 우리에게는 역사와 슬픔이라는 공통점이 있었지만 그 외에는 별게 없었다.

결혼식이라고 해야 할까, 비-결혼식이라고 해야 할까 싶은 행사는 시청에서 치렀다. 별 관심이 없는 친구 한 명이 증인을 서주었다. 그다음에는 불편할 정도로 비싼 이탈리아 레스토랑에서 기념 저녁식사를 했다. 갑자기 내린 소나기에 흠뻑 젖은 우리는 머리카락에서 물이 뚝뚝 떨어지는 채로 추레하게 레스토랑에 들어섰다. 내 옷깃에는 아이러니하게도 망가진 카네이션이 꽂혀 있었다. 남자 종업원이 내게 마셔보라며 레드와인을 조금 따라주었다. 순간 그가 내 어린 나이를 놀리는 거라는 생각이 들었다. 어린아이나 마실 만한 양이었으니까. 그러고 나서 내가 너무 세게 잔을 돌리는 바람에 식탁보에 와인이 약간 튀었다. 나는 이것을 찰리 채플린식 공연으로 바꿔보려 했지만 그 모든 행동이 악몽 같았다. 어린애 두 명이 절망감 속에서 어른 흉내를 내는 것 같았다. 나는 잠든 레이철 옆에 누워 천장을 뚫어지게 바라보며, 가로등 불빛에 회반죽이 노랗게 보이는 밤을 일 년 동안 보냈다. 천장의 균열이 눈앞에서 번져가는 것만 같았다.

나는 이런 기만으로 신세를 망쳤다고 느꼈다. 최소한 제인 때문에 기분이 들뜨지 않을 때는 그랬다. 아마 대체 가족을 이루려는 시도가 실패했기 때문이겠지만, 엄마를 처음부터 다시 잃은 것만 같았다. 마치 엄마의 사망이 새로운 소식이기라도 한 것처럼. 하긴 애초에 오래된 소식은 아니었지만 말이다. 정신분석 때문에 심란해진 것도 분명했다. 88번가에 붙어 있던, 〈뉴요커〉에 실린 그녀가 좋아하는 남자가 주인공으로 나오는 영화 포스터, 그녀가 지하철에서 엿듣고 쓴 것일지도 모르는 특이한 표현, "당신 누나한테 나를 기억시켜줘", 내가 아는 특유의 방식으로 차를 불어 마시는 레이철의 모습—나는 문득 상실감을 느꼈지만 그런 순간은 짧았다. 잠시 현기증을 느낄 때처럼, 속귀의 이석이 잠깐 떨어져나온 것처럼. (헤세의 말에 따르면 치글러는 "아버지가 암으로 사망했기에 암 연구에 특히 존경심을 품었으며 과학이…… 그에게 같은 일이 일어나도록 두지 않으리라고 굳게 믿었다." 새뮤얼스가 이 문단을 염두에 두었을 수도 있을까?) 그리고 세계가 있었다. 때는 1969년이었다. 임시로 만든 작은 폭탄들이 맨해튼 전역에서 터졌고 캠퍼스는 늘 시위중이었다. 분노도 있었지만 공동체와 축제의 느낌도 있었다. 우리는 역사가 살아 있다고 느꼈다. 제인과 나 모두 반전운동에 점점 적극적으로 참여했다. 소설에 실리고 싶어하지 않는 남동생은 초창기에 웨더언더그라운드*에 참여했다. 아버지와 나는 전쟁이라는 주제를 놓고 마지막으로 말싸움을 한 이후 거의 말을 하지 않고 지냈다. 개인적이든 정치적이든 모든 질서가 부스러지고 있었다.

새뮤얼스에게 내 학위논문에 관해 한 번이라도 설명했다면 그것 때문에 새뮤얼스가 치글러를 추천했다고 생각했을 것이다. 하지만 정신분석 도중에 욕망이나 슬픔—제인과의 새로운 에로틱한 삶, 엄마에 관한 반복되는 꿈, 엄마가 카메라를 향해 손을 흔드는 꿈—에 대해서는 털어놓으면서도 내 학업에 대해 언급한 적은 한 번도 없었고 새뮤얼스도 그 점은 눈치채지 못하는 듯했다. 내 연구가 우리 상담의 일부가 되어 나의 외도나 엄마 등등에 관한 이야기와 교차했다면 아마 나는 말문이 막히고 굳어버렸을 것이다. 새뮤얼스—두루 읽히는 책의 저자이자 시무룩하고 매우 스위스적인 사람—가 못마땅한 기색이라도 보였다면 더더욱 그랬을 테고. 나는 이미 상담시간의 반쯤은 사기꾼이 된 듯한 기분이었다. 새뮤얼스가 나를 아무리 잘 봐줘도 "멍청하지는 않지만 재능이 뛰어나지도 않은 사람"으로 여긴다고 생각했다.

나는 여러 달 동안 실험 대상이 들은 말을 곧장 따라 하는 '따라 말하기' 기술과 관련된 실험을 수행하고 있었다. 참여자들에게 귀를 전부 덮는 거추장스러운 검은색 헤드폰을 씌운 뒤 내가 거의 무작위로 고른 문서 녹음본을 들려주었다(그 문서는 118번가와 콜

* 1960~70년대에 주로 활동한 미국의 급진주의 좌익 단체.

럼버스 애비뉴 교차로에 버려져 있던 책들 사이에서 발견한 운전자 교육용 자료였다). 실험 대상이 앵무새처럼 녹음을 따라 하는 동안 나는 점진적으로, 거의 인지할 수 없을 만큼 테이프의 속도를 높였다. 놀랍게도 어느 순간부터 실험 대상의 상당수가 횡설수설하기 시작하면서도 자신이 녹음된 문단을 똑똑히 따라 하고 있다고 생각한다는 사실을 알게 되었다. 우리집 거실—아버지가 결혼 선물로 준 긴 자단 커피테이블에 오픈릴식 테이프녹음기 두 대와 마이크 하나가 놓여 있었다—에서 이런 일이 처음으로 벌어졌을 때, 나는 실험 대상이(그는 아랫집에 사는 에런으로, 우리에게 마약을 팔기도 했다) 뇌출혈이라도 일으킨 줄 알았다. 레이철이 무슨 일인가 싶어 거실로 달려들어왔을 정도였다. 하지만 에런은 그냥 방언을 토해놓는 지경으로 전락한—그런 경지에 올랐다고 해야 할까?—채 그 자리에 앉아 있을 뿐이었다. 단, 눈에 띄게 황홀경에 젖지는 않은 모습이었다. 에런은 한 벌밖에 없는 좀이 슨 카디건을 입고서 여느 때처럼 지루한 표정을 짓고 있었다.

나는 정보 과잉이라는 조건하에 언어기제가 붕괴한다는 이론을 세웠다. 하지만 제인이 곧바로 지적했듯 이 이론은 횡설수설이라는 현상을 묘사한 것일 뿐 그에 관한 설명이라고 보기는 어려웠다. 하지만 사실 상관없었다. 그저 과학적인 것처럼 들리는 주제가 필요했을 뿐이었다. 나는 심리치료사가 되고 싶었지만 대학원 교수진 중 졸업논문을 자세히 읽는 사람은 한 명도 없을 것 같았다. 내 논문 심사위원회의 위원장에 대해서는 확실히 조사를 마쳐두었다. (나는 처음부터 청각 처리에 초점을 맞췄다. 한가할 때 찍던 단편

영화에 쓰려고 이미 초보적인 음향 장비를 몇 개 사두었기 때문이다.) 과학적인 중요성을 차치하더라도 따라 말하기를 지켜보는 것은 매혹적인 일이었다. 심란하면서도 약간 우스꽝스러운 면이 운전자 교육용 자료의 과장된 표현 때문에 더욱 부각되었다. 꼭 헤세가 쓴 글 같았다.

따라 말한 문단 제1과제, 분당 180단어, 왼쪽 귀에 제시 (『스포츠맨다운 운전』, 105~106쪽)

반짝이는 새 자동차를 보면서 문득 이번 세기 이전의 수천 세대의 사람들 중에는, 심지어 지구상에서 가장 강력했던 왕조차 이런 자동차를 가질 수 없었다는 사실을 생각해본 적이 있는가? 그들은 비행기를 타지도, 라디오를 듣지도, TV를 보지도 못했다.

물론 당신은 그 이유를 알고 있다. 이토록 흔한 현대의 물건들을 가능하게 만드는 데에는 수천 세대에 걸친 기술적 진보가 필요했고, 각 진보는 앞서 살았던 사람들의 성취 위에 이루어졌다.

의학에도 비슷한 역사가 있다. 엄청난 전염병이 돌아 여러 세대에 걸쳐 수천 명의 사람들이 죽어나갔다. 새로운 세대가 과거 위에 쌓아나간 인간의 지식은 점점 발전했고, 결국 인간은 그처럼 전염성이 높은 질병을 정복하는 방법들을 개발했다.

지적인 사람이라면 기술이나 의학 분야에서 그처럼 어렵게 얻어낸 성취를 파괴하고 싶어하지 않을 것이며, 우리가 그로부터 얻은 대단히 값진 이득을 버리려 하지도 않을 것이다.

그러나 수백, 수천, 심지어 수백만 명의 인간이 함께 살아갈 수 있도록 해주는 선량하고 건전한 규칙을 고안하는 것에 인간이 쏟아온 길고 긴 노력을 아는 사람은 그리 많지 않다.

새뮤얼스는 내가 108번가와 암스테르담 애비뉴 교차로에 있는 계단 없는 사층짜리 아파트에서 일종의 치글러가 되었음을 어떤 식으로든 직관한 듯했다. 치글러가 이성을 포기하는 대가로 짐승의 언어를 이해하게 됐다면, 나는 인간의 언어를 파괴해 그 '선량하고 건전한 규칙' 바로 아래를 흐르는 헛소리의 강을 드러냈다.

제인과 내가 지금도 '치글러 에피소드'라고 부르는 사건에 내 연구가 어느 정도 영향을 끼친 것은 확실하다. 우리는 박물관에서 발견한 수수께끼의 알약을 삼키는 대신 에런에게서 산 LSD*를 조금 입에 넣었다. 그것이 우리 입속에서 달콤하게 녹는 가운데 도시를 가로지르는 버스를 타고 메트로폴리탄박물관에 갔다. 때는 늦은 1월이었고 도시는 더러운 눈으로 엉망진창이었다. 보행자들은 바람에 맞서 고개를 푹 숙이고 걸었다. 우리는 두꺼운 외투를 맡기고 제시된 푯값보다 훨씬 적은 돈을 낸 다음 중앙 계단을 올라 이리저리 헤매다가 중세 회화 갤러리로 들어갔다. 나무에 템페라, 황금색 배경, 길쭉한 천사와 성모마리아, 검푸른 그리스도. 처음에는 그 모든 것이 약간 바보같이 보였다. 경비원들의 엄숙함, 벽에 붙

* 마약의 일종.

은 겉만 번지르르한 말들. 성모마리아의 어깨에 불쑥 튀어나온 가슴에서 젖을 먹고 있는 작은 노인 같은 외모의 아기들.

그러다가 우리는 두초의 〈성모자상〉 앞에 이르렀고, 그 앞에 몇 분 동안 서 있었다. 그 그림을 지켜보는 동안 나도 모르게 몇 차례나 이를 꽉 물었다 풀었다. 나는 보통 오래된 그림은 따분하다고 생각했다. 하지만 이 그림에는 얼어붙었다. 먼 미래에 벌어질 사건을 예지하는 듯한 여자의 표정. 인물 아래에 그려진 기이한 난간. 그 난간이 성스러운 세상을 관람객의 세상과 연결하는 방식. 황금색 배경은 어느 순간엔 납작하게, 또 어느 순간엔 깊이 있게 보였다. 하지만 내가 정말 매료되고 감동한 대상은 그림 속 존재가 아니라 원래 액자의 아래쪽 가장자리에 남은 촛불에 그을린 자국이었다. 빛을 밝히는 옛 도구의 흔적, 헌신의 그림자. 벽에 적힌 글귀에 따르면 이 그림은 르네상스를 여는 데 도움을 주었다고 했다. 두초가 성모마리아와 그리스도를 현실 속 인물로 재현했기 때문이다. 그런 의미에서 이 그림은 성스러운 것에 반하는 움직임이었다. 그림이 종교로부터, 제단으로부터 분리되어 박물관과 시장을 자유롭게 돌아다니거나 그런 신세로 전락해 미적 감상의 대상이 되는 한 단계였다. 반면 그을린 자국은 더 오래된 시대, 치글러와 그의 교우들이 전통적인 가치의 근원은 그저 미신일 뿐이라고 판단하기 이전의 시대가 남긴 지문 같았다. "수천 세대에 걸친 기술적 진보"는 의례를 없애고 모든 의미를 비워버렸다. 신성을 잃은 장광설은 삭제됐다. 나는 그림 속의 어머니가 예견한 것이 바로 그것이라고, 그녀가 촛불에 작별인사를 하는 것이라고 생각했다. 자신이 미래에 보내진 그림 속에 갇혀 있음을, 그리고 그 미래에서는 이 그림이 아무리 위대한 것이라 해도 그저 기술 진보의 사례밖에 될 수 없음을 알았겠지. 내가 바라보는 동안 그림 표면에 새로운 균열이 번져갔다. 기억 속에서 눈물이 터진다.

우리는 갤러리를 나와 제인이 매우 좋아하는 고대 조각상을 보러 다시 계단을 내려갔다. 천장에 채광창이 달린 홀에 도착했을 때, 내가 그림의 색채를 흡수했다는 사실을 깨달았다. 이제 나는 그 색채를 조각상의 매끄러운 대리석에 투사하거나 박물관의 높은 벽에 아롱지게 할 수 있었다. 일종의 마법 등불이 되었던 것이다. 나는 제인에게 이런 유쾌한 환각을 설명해주었다. 그녀는 아무런 환각도 보지 못한 듯했고, 내가 '바너드* 목소리'라고 부르는 목소리로 로마시대의 대리석 조각상은 사실 생생하게 채색되어 있었다고, 우리가 르네상스로부터 물려받은 순수한 고전적 형태의 이미지들은 가짜라고 말했다. 실제로 그 조각상들은 정교하고 다채로운 채색에 금은도금과 상감세공도 되어 있었다. 게다가 제인은 이 조각상들에도 눈이 있었을 거라고 설명했다. 매끄럽고 텅 빈 공간이 아니라 실제 시각기관처럼 석영과 흑요석으로 따로 만들어 눈구멍에 집어넣은 눈이. 파란색 혹은 초록색 홍채와 칠흑처럼 검은 눈동자. 제인의 묘사에 따라 그 눈들이 백여 개의 대리석 머리 안에서 형태를 갖추었고, 홀은 곧 서로 얽힌 시선들의 거대한 그물망이 되어 그 시선들에 갇혔다. 강도 영화에 나오는 레이저 동작 감

* 미국의 기업가이자 경영학자인 체스터 어빙 바너드(1886~1961).

지기 같았다. 나는 로마인들의 시선을 지나칠 때마다 거의 인지할 수 없는 압력이 얼굴을 누르는 것을 느꼈다. 마치 안개나 연달아 이어진 아주 작은 거미줄을 뚫고 걸어가는 것 같았다.

나는 그것들을, 그 시선들을 맞닥뜨리고 이런저런 조각상과 눈을 마주치면서 그들의 경멸을 인지하자 정말로 정신이 나가기 시작했다. "그 고귀하고도 엄숙한 경멸, 끔찍한 경멸. 치글러는 이 고요하고도 위풍당당한 눈들의 언어에서 모자를 쓰고 지팡이를 든 자신이, 금시계를 차고 외출용 정장을 입은 자신이 해충보다 기괴하고도 역겨운 벌레보다 나을 게 없다는 사실을 읽어냈다." 나는 외출용 정장을 걸치는 대신 구레나룻을 조심스럽게 길렀다. 나의 집합적 얼굴에는 콧수염이 있었다. 머리를 어깨까지 기르고 중고 코르덴 재킷을 격자무늬 버튼다운셔츠와 빛바랜 청바지 위에 걸치고 있었다. 나는 돈과 과학에 대한 무비판적인 신앙 대신 억눌린 충동의 해방과 사회권력의 재편을 믿었다. 어쨌든 믿는다고 주장했다. 그런데도 조각상이 전하는 경멸은 압도적이었다. 그들의 조롱은 특정하게 나를, 내 위선을 향한 것이었다. 정신과 그 작용에 관해서 네가 받아들인 전문용어, 심리치료의 정상화 효과와 네가 주장하는 혁명에 대한 믿음 사이에 발생하는 모순, 레이철에 대한 네 행동, 제인에게도 똑같이 반복할 행동을 정당화하기 위해 어머니의 죽음을 활용한 방식을 좀 봐. 나는 그들의 눈에서 이 모든 조롱을 읽어냈다. 그게 사실이 아니라는 것을 알면서도. 내 시야를 벗겨내면 색칠되지 않은 대리석밖에 보이지 않는다는 것을 알면서도. 나는 약이 효과를 다해 자기혐오라는 광맥이 드러나고 있음을 깨달았다. 이건 실제가 아니라고 속으로 생각하며 심호흡했다. 진정되기 시작했다.

그때 근처에서 나이든 부부의 목소리가 들렸다. 파란색 재킷에 검은색 터틀넥을 받쳐입은 남자가 허리를 숙이고 무슨 이류 황제인 듯한 막강해 보이는 곱슬머리 인물의 흉상 옆 설명판을 큰 소리로 읽었다. 처음에는 그 남자가 외국어를 하는 줄 알았다. 내가 좀 아는 히브리어인 듯도 했다. 하지만 나는 그의 말에 귀기울이다 그가 벽에 걸린 글귀를 왜곡해서 따라 읽고 있음을 확신하게 되었다. 그때 나는 감각의 붕괴가 일반적인 현상이라는 사실을 깨달았다. 체크무늬 치마를 입고 우리 옆을 깡충깡충 뛰어 지나가는 여자아이는 모자이크 바닥을 새들슈즈로 또각또각 밟으며 자신을 따라오는 어른들에게 형태는 갖추었을지 모르나 알아들을 수 없는 소음을 줄줄이 말했다. 캣아이 안경을 쓴 빨간 머리 여자는 그리스 부장품의 돋을새김에서 세세한 부분을 가리키며 친구에게 무언가 말하고 있었는데, 그 말은 녹음을 거꾸로 틀어놓은 것처럼 들렸다. 나는 제인을 돌아보았지만 그녀는 나를 안심시키는 대신 입을 열더니 알아들을 수 있는 한두 단어를 제외하고는 내 연구에서 끌어온 헛소리를 빠르게 쏟아냈다. "모든 생각의 습관에 낙담하고 그런 습관들을 버려야 했기에," 새뮤얼스의 목소리가 머릿속에서 들려왔다. "치글러는 절망에 빠져 동료 인간들을 돌아보았다. 그는 자신의 공포와 비참함을 이해할 만한 눈을 찾아보았다. 위안이 되는 무언가를, 이해할 수 있고 마음을 어루만져주는 무언가를 듣기를 기대하며 대화에 귀기울였다." 나는 정신을 놓지 않으려 애썼다. 전에 몹쓸 환각을 경험한 적이 있었기 때문이다. 하지만 시야 주변으로 경비원들이 움직이고 있었다. 그들은 내가 불안해하는 것을 알아챘다. 나를 벨뷰병원으로 끌고 갈 것 같았다. 클로르프로마진*과 전기충격.

나는 이후로 몇 시간 동안이나 이어진 이 에피소드를 일인칭과 삼인칭으로 기억한다. 아마 제인의 설명에 심히 의존하고 있기 때문일 것이다. 당시에는 지옥처럼 느껴졌지만 그 에피소드는 우리의 전사前史에서 사랑스러운 부분, 희극이 되었다. 버스터 키턴**, 흑백영화, 더듬거리는 동시에 점점 빨라지는 동작. 머릿속 피아노곡에 맞춰 상상해보라. 나는 제인에게 외투를 찾아올 시간도 주지 않고 박물관에서 도망친다. 그녀는 나를 따라 계단을 달려내려온다. 나를 따라 추워하며 눈 내린 공원에 들어선다. 나는 의도와 달리 앞장서서 센트럴파크동물원 북문으로 향한다(동물들이 내 괴로움을 비웃는다. 1969년 그날 오후 이후로 전 세계 동물의 절반이 사라졌지만). 결국 우리는 공원에서 59번가로 나선다. 갑자기 풍기는 두엄냄새에 제인의 관심이 근처에 있던 마차 끄는 말들에게로 향한다. 눈가리개가 그 동물들의 위풍당당한 눈을 가리고 있다. 제인은 어느 흰 마차의 뒷자리에 실려 있는 묵직한 담요를 언뜻 보고 나를 마차에 억지로 태우다시피 한다. 그녀는 마부에게 어디든 가고 싶은 데로 가달라고, 어디든 데려다달라고 한다. 그냥

---

* 신경안정제의 일종.

** 미국의 코미디 배우(1896~1966).

제가 멈추라고 하기 전까지 멈추지만 마세요. 그런 다음 우리는 거친 담요를 덮고 서로를 끌어안는다. 시대착오적이게도 말발굽소리가 인도에 부딪혀 메아리친다. 치글러가 바젤 혹은 베를린의 브라우어가세에서 자주 들었을 법한 소리다. 나는 새뮤얼스와 연금술과 암과 왕과 자동차, 그리고 말과 조각상이 너무도 쉽게 간파하는 진보와 문명의 거짓말에 대해 횡설수설한다. 제인은 내 머리카락을 쓰다듬으며 미래에 그녀가 낳을 아이의 아버지를 입다물게 하려고 애쓴다.

◆ ◆ ◆

포획 상태인 검독수리가 처음으로 부화에 성공한 것은 1971년 토피카동물원에서였다. 미국동물원수족관협회는 그해의 가장 중요한 동물을 탄생시킨 공로로 토피카동물원에 에드워드 H. 빈 상을 수여했다. 또한 토피카동물원의 공식 명칭을 '세계적으로 유명한 토피카동물원'으로 바꾸게 해주었다. 이런 명칭은 오직 협회에서만 줄 수 있는 것이었다(이십 년쯤 뒤에 협회는 동물들의 연쇄적인 사망과 위생 검사 불합격에 따라 이 이름을 취소했다). 우리가 재단의 박사후 과정에 들어가려고 토피카에 도착했을 때 토피카동물원의 지위가 격상되었다는 기사가 매력적이면서도 대수롭지 않은 범죄와 작황 보고서, 소떼의 앞날에 관한 소식과 함께 신문 1면에 실렸다. (나는 동물원의 '어린이 농장'에 들렀던 일을, 양의 검은 혀가 제인의 손바닥에서 사료 알갱이를 훑어갔을 때 그녀가 터뜨린 웃음을 기억한다.) 토피카에서 보낸 첫해에 내가 기본적으로 하던 농담은 모든 것을 '세계적으로 유명하다'고 묘사하는 것이었다. 여기는 '세계적으로 유명한' 토피카 하워드 존슨즈 모터 모텔 겸 식당입니다, 오른쪽에 '세계적으로 유명한' 웨스트버러 뷰티 플라자가 보입니다 등등. 재단의 직원 대부분이 그랬듯—실제로 재단은 세계적으로 유명한 정신의학연구소이자 정신병원이었다—우리는 처음에 토피카를 직장생활을 위해 감당할 법하고 이국적일 정도로 지루한 배경이라고 생각했다. 우리 동료들은 대부분 미국 동부나 서부 해안 지역 출신이었고, 영향력이 큰 몇몇 선임 직원 중에는 어떤 우회로를 거쳤는지 몰라도 전쟁에서 도망쳐 나온 유럽인도 있었다. 이제 우리는 '세계적으로 유명한' 딜런스*를 지나고 있습니다. '세계적으로 유명한' 카우밸리 전당포 겸 총포상이네요. 저건 '세계적으로 유명한' 게이지공원을 가로질러 아이들을 실어나르는 '세계적으로 유명한' 미니 기차입니다.

우리는 이 년짜리 펠로십 과정을 끝내고 뉴욕으로 돌아갈 계획이었지만, 버클리에서 이주한 에릭과 시마를 만난데다가 토피카가 배타적이지 않다는 점, 이곳에는 하늘을 가리는 것이 아무것도 없다는 점이 마음에 들었다. 우리는 내 아버지에게 돈을 부탁하지 않고도 구할 수 있었던 쓰러지기 일보 직전의 빅토리아식 주택을 빙 감고 도는 포치에 올라 함께 폭풍을 지켜보았다. (번개가 친 뒤의 오존냄새, 구름에 깃든 초록 색조.) 제인은 고요한 환경에서 글

---

* 미국의 슈퍼마켓 체인.

을 쓰는 게 더 쉬울 거라 생각했다. 사람들이 우리를 일반적인 부부로만 아는 곳이라 가족을 꾸린다는 상상도 더 수월하게 할 수 있었다. 토피카 근처에는 레이철에 대한 기억도 없고, 기존의 복잡한 사회적 관계망도 없으며, 까다로워질 잠재성이 있는 관계도 없었다. 나는 너무도 아이를 갖고 싶었다. 부분적으로는 두번째 결혼이 첫번째 결혼과 얼마나 다른지 드러내고 싶어서였는지도 모르지만.

제인은 토피카 사람들이 모두 존버치협회* 같은 곳의 회원일까봐 걱정했지만, 지역 주민들은 의심보다 호기심으로 우리를 대했다. 나는 뉴욕 출신의 장발 유대인 히피이긴 했으나 사람들을 설득해 속마음을 털어놓도록 하는 솜씨가 좋았다. 나는 줄을 당겨 잔디깎이의 시동을 걸려는 이웃이나 지붕을 때우러 온 수리공이나 간이식당에서 만난 나이든 사람에게 말을 붙여 결국은 반전운동이나 여성해방에 관해 이야기를 나눴다. 핵심은 서로의 견해 차이를 인정하고 깊은 배려를 담아 상대에게 존중받는다는 느낌을 전해주는 것이었다. 과거에 적으로 여겼던 인물을 다시 생각해볼 만큼, 꼭 모든 문제에 합의하지 않아도 된다는 합의에 이를 만큼. (그때는 아직 웨스트버러교회의 프레드 펠프스 목사가 가족, 몇몇 교구 신도들과 함께 거리 모퉁이에서 **주님은 호모를 싫어하신다**라고 적힌 피켓을 들고 토피카를 세계적으로 유명한 동성애 혐오 지역으로 만든 그 추잡한 십자군전쟁을 시작하기 전이었다.) 급진주의자인 남동생은 이런 내 행동을 역겹게 여겼다—"형은 파시스트들이 누

* 미국의 극우 반공 단체.

군가 자기 의견에 귀기울이고 있다고 생각하게 만드는 솜씨가 훌륭해." 하지만 이런 말하기는, 그러니까 특히 중서부의 말없는 소년과 성인 남성에게서 이야기를 끌어낼 방법을 모색하는 것은, 심리치료사로서 내가 받은 훈련의 근간이었다.

내가 재단에서 성공을 거둔 이유는 야심이 없었기 때문이다. 나는 양심적인 심리치료사였지만 서열을 높이는 것에는 전혀 관심이 없고 동료들에게 행사할 권력이나 이 분야에서의 명성도 전혀 원하지 않았다. 이 말인즉 음모가 난무하는 기관에서도 단 한 명의 적도 만들지 않았다는 뜻이었다. 학위논문은 오래전에 쓴 것이었고—연구를 통해 발견한 내용은 정신분석학적으로 봤을 때 매력적이었다—난 딱히 그 논문을 출간하고 싶다는 욕심이 없었다. 그 말은 제인과 달리 내가 단 한 번도 이런저런 이론적 주장을 펼치는 당파들을 공개적으로 불쾌하게 한 적이 없다는 뜻이었다. 그 결과 나는 재단의 암묵적인 위계질서 안에서 모두와 평등하게 잘 지내는 몇 안 되는 사람 중 한 명이 되었다. 서열의 최상위에는 정신과 의사('진짜 의사들')와 정신분석가가 있었고, 그 뒤를 우리 심리학자가 따랐으며, 사회복지사는 우리보다 아래였다. 그다음이 간호사와 미술, 음악, 운동 치료사였고.

나는 사람들에게 호감을 샀다. 비록 그 이유를 완전히 이해하지는 못했지만 토머스 애티슨도 나를 무척 좋아했다. 그는 이런저런 핑계로 나를 초판본 도서와 다양한 고서가 벽 앞에 줄줄이 꽂혀 있는 그의 널찍한 사무실로 불러들였다. (소문에 따르면 이곳에는 인간의 가죽으로 장정한 『우울의 해부』*가 있다고 했다.) 그는 사실 영화 이야기를 하고 싶어했다. 모두가 톰 박사님이라고 부르는 그는 아마도 나를 정신의학 정전을 인용하기도 하고 공격하기도 하는, 위협적인 반문화의 위협적이지 않은 대표자로 생각했던 것 같다. 나는 1968년 컬럼비아대학교 학장실에 쳐들어갔던 학생 중 한 명이었지만, 그가 말하길 "권위자를 볼 때마다 오이디푸스콤플렉스로 점철된 막장 드라마를 찍어야만 하는 어린애"는 아니었다. 우리는 스터지스**나 히치콕에 대해 이야기했고(그가 가장 좋아하는 작품은 〈스펠바운드〉였다. "촬영장에서 그레고리 펙과 잉그리드 버그먼이 불륜을 저지른 거 아나?") 대화는 톰 박사의 추억으로 흘러가곤 했다. 그의 캔자스식 억양은 가벼운 안면 마비 때문에 대부분의 말을 입 왼쪽으로 하느라 더욱 단조로워졌다.

나는 틀에 박힌 대화의 요점들을 파악하고 있었다. 톰 박사가 하버드에서 신경심리학을 공부하고 1919년에 토피카로 돌아와 내과의사였던 아버지와 함께 가족 의원을 열었다는 이야기. 그곳은 정신치료를 위한 작은 메이오 클리닉*** 같은 곳이었다는 이야기. 톰 박사가 출판으로 명성을 얻어가는 동안 남동생 데이비드가 1925년에 이 병원에 합류해 매일의 병원 운영을 감독하게 되었다는 이야기. 유럽에서의 대재앙 때문에 정신분석가 망명자들이 물밀듯 넘어왔다는 이야기. 1939년에 프로이트를 만났던 일—"오

* 영국의 목사이자 학자인 로버트 버턴(1577~1640)의 저서.

** 미국의 영화감독 존 스터지스(1910~1992).

*** 미네소타주의 비영리 종합병원으로, 존스홉킨스병원과 함께 미국의 양대 병원으로 꼽힌다.

만한 개자식이기는 했지만"—이 톰 박사와 그가 세운 기관의 방향성에 중심적인 역할을 했다는 이야기. 재단이 지난 몇 년을 거치며 작고 단일한 요양원에서 환경요법과 트레이닝을 위한 유력 기관으로 거듭났다는 이야기. 하지만 나는 톰 박사가 자발적으로 떠벌리지 않는 그의 초창기 개인사에 관한 이야기도 대접받았다. "자네도 알겠지만 내 남동생은 출생증명서에 이름이 '마리'라고 적혀 있어. 어머니가 간절하게 딸을 원하셨거든. 어머니는 동생에게 몇 년이나 드레스를 입히셨다네." 언젠가 톰 박사가 어린 시절 잦은 관장을 강제했던 어머니한테 엄청난 분노를 느꼈다는 말을 난데없이 했던 것도 같은데, 진짜일까?

애티슨 형제가 벌이고 있는 싸움에 관해서는 모두가 알고 있었다. 톰 박사는 이사회와 재단의 명성에 상당한 영향력을 유지하고 있긴 했으나 우리가 재단에 도착했을 때는 거의 허수아비였다. 일상적인 위반 행위도 있었다. 직원들이 같이 잔 사건이나(톰 박사 자신은 첫번째 아내와 이혼하고 동료와 결혼했다) 사소한 횡령 등등. 이런 것들에 관해서는 톰 박사도 내가 이미 다른 사람에게 들어서 아는 것 말고는 거의 이야기해주지 않았다. 스캔들보다 더 충격적이었던 것은 재단의 규칙이었다. 특히 모든 직원이 선임에게 정신분석을 받아야 한다는 수련 과정이 그랬다. 재단은 이를 통해 경계선은 언제나 흐려지고, 감정전이는 사실이나 의심 중 하나가 되며, 만남은 절대로 그 표면상의 주제(주정부에서 새로이 강제하는 보험 진단 서류)에 그치지 않고 억압된 충동과 공격성에 대한 것이 된다는 정신분석의 기본 가정을 확인했다(깁슨 박사가 서류를 충분히 가져오지 못했다면, 이 사실은 집단에 대한 그녀의 감정에 관해 무엇을 드러내는가?). 게다가 상급자에게 불안한 꿈(당시 나는 자살 충동을 느끼는 환자를 보고 웃음을 참지 못할지 모른다는 불안에 시달리고 있었다)을 털어놓고 그와 함께 성적 불만족의 근원을 탐색했다면 감히 어떻게 그에게 반항할 수 있겠는가? 재단이 토피카의 북서쪽 경계선이라는, 보는 사람의 기질에 따라 낙후되거나 목가적으로 보이는 환경에 놓여 있다는 사실도 이런 제도를 더욱 완전하게 만들 뿐이었다. 재단 인근에는 마차를 타고 달아나거나 직장에서의 하루와 자기모순을 해소할 수 있는 대도시가 없었다.

그래도 톰 박사가 비밀을 털어놓는 친구가 되는 데에는 이점이 있었다. 재단은 규모가 컸지만—구내는 주로 빨간 벽돌로 지은 스무 채 이상의 건물로 이루어져 있었으며 직원이 천 명도 넘었다—가부장의 영향력이 중요하게 작용하는 가족 사업의 메아리를 담고 있었다. 다시 말해 나는 정직원이 된 뒤 톰 박사의 지원을 받아 심리치료라는 주제와 기술에 관한 교훈적인 영화를 연구하고 궁극적으로는 제작하겠다는 명시적 목적을 가지고 소규모 '영화 및 비디오 부서'—즉 나와 파트타임 비서 한 명으로 이루어진—를 세울 수 있었다.

처음에 이것은 내 업무의 극히 작은 부분이었다. 내 시간은 주로 십대 소년 환자들에게 쓰였다. 나는 몇몇 토피카 지역 출신 청소년들—과 가끔은 그들의 부모들—을 외래환자로 보았다. 내가 담당한 입원환자도 몇 명 있었다. 그러나 나는 영화를 재단과 연결할 모든 기회를 적극적으로 활용했다. 덕분에 재단의 돈으로 일부 장비를 구매하고, 영화를 단순한 취미가 아니라 내 직업의 일부로 생각할 핑계가 생겼다. (집에서는 내가 새로 산 제니스사의 TV로 취한 채 〈보난자〉* 재방송을 보는 것도 '연구'라고 농담하곤 했다.)

나는 내가 만든 '세계적으로 유명한 영화 및 비디오 부서'가 가진 진정한 심리치료학적 가치를 점점 더 많이 발견했다. 나는 재단에서의 상영을 기획하기 시작했다. 환경요법은 환자와 직원이 한데 섞이고 치료에 협동해야 한다는 개념에 뿌리를 두고 있었다. 예를 들어 우리는 구내식당에서 함께 식사를 했다. 식탁이야 따로 썼지만 말이다(노을 그림이나 정물화, 겨울 풍경화 등 환자들이 그린 그림이 벽에 작게 전시되어 있었다). 비교적 젊은 직원들과 환자들은 체육관에서 함께 농구를 하기도 했다. 두 집단 모두 반칙을 하지 않으려고 우스꽝스러울 정도로 애썼다. 선임 직원들은 이런 통합의 개념을 얼마나 진지하게 받아들이는지 보여주려고 입원환자를 위해 만들어놓은 전용 이발소에서 머리를 잘랐다. 톰 박사는 늘 환자들 앞에서 '비트족 박사님'은 머리를 좀 다듬어야겠다고 농담하곤 했다. (재단은 명성이 높은데다 해안 지역과 멀어서 비교적 가격이 저렴했기에 많은 입소자를 끌어들였다. 박사후 과정을 밟고 있던 우리는 새로운 환자들에게 로르샤흐 검사와 주제 통각 검사를 실시하는 임무를 받았다. 나는 근무 첫 주에 주간 TV 방송에 나오는 스타와 카타르 왕실의 먼 친척, 알고 보니 우리집에서

* 미국의 서부극 드라마 시리즈.

두어 블록 떨어진 우드론에 살고 있던 베트남전 참전 군인을 검사했다.) 나의 '축제'—첫 축제에서는 캔자스를 배경으로 한 영화를 상영했다. 필수로 봐야 하는 〈오즈의 마법사〉와 〈애빌린에서의 총싸움〉부터 비교적 최근작인 〈페이퍼 문〉까지 말이다—에 참석한 사람들은 주로 환자였지만 직원도 몇 명 왔다갔다했다. 나는 〈레인메이커〉가 상영되는 동안 톰 박사의 흰머리가 앞줄에서 은은하게 반짝이는 것을 보았다.

더 중요한 사실은 내가 이 부서를 다른 방법으로는 가닿기 힘든 아이들에게 가닿는 방법으로 활용할 수 있었다는 점이다. 내 환자 중 일부는 심각한 외상을 입거나 조현병을 앓거나 극단적인 갈등 혹은 스트레스 상황에 놓인 가족과 함께 살았다. 이런 환자들의 문제는 아무리 복잡해도 그 성격을 특정할 수 있었다. (정신과의사들은—에릭이 그중 가장 젊은 축에 들었다—이런 아이들에게 자주 할돌*을 처방했다. 이 신비로운 알약 때문에 한 명 이상의 아이가 '지연성운동장애' 증상을 보이며 나를 찾아왔다. 이는 환자의 의지와 관계없이 혀를 내밀거나 입을 꽉 다물었다 벌리거나 입술을 핥는 증상이었다.) 하지만 또한 질환이 환경과 분명한 관련성이 없거나, 환경이 오히려 환자의 정상성에 가장 많은 영향을 주는 환자를 점점 더 많이 만나게 되었다. 멀쩡하지 않게 될 때까지 멀쩡하게 지냈던, 안정적인 가정의 인텔리 중산층 백인 아이들. 특권의 미아들.

* 정신분열증 치료에 쓰이는 진정제 상품명.

'영화 및 비디오 부서'의 첫 '인턴'이었던 제이컵은 시카고 교외 출신의 빼빼 마른 열여섯 살 청소년으로, 학교에서 몇 년 동안 탁월한 성적을 보이다가 이 주 만에 망가져버렸다. 그는 더이상 숙제를 하지 않았고 수업을 빼먹기 시작했으며 대마초 냄새를, 아니 일반적으로 냄새를 풍기기 시작했다. 그는 벌을 주겠다는 위협에 직면할 때마다 어깨를 으쓱했다. 처음에 그의 부모는—둘 다 성공한 부동산중개업자였다—제이컵이 어울리는 친구들과 무관심한 선생들을 탓했다. 하지만 부모가 제이컵을 사립학교로 옮기자 그는 일종의 헤비메탈 바틀비가 되었다(그는 블랙사바스*를 좋아했다). 친구도 없었고 점점 더 다가가기가 힘들어졌으며 책상을 긁어 오각별을 새겼다. 부모가 저녁식사 때 왜 그러는지 설명해보라고 하면 제이컵은 더이상 식탁에서 식사를 하지 않았다. 아예 저녁을 먹지 않을 때도 있었다. 부모가 가족끼리 〈스타워즈〉를 보러 가자고 하면 무슨 헛소리라도 들은 것처럼 그들을 바라보았다. 그는 스케이트보드를 타지 않을 때면 자기 방으로 사라졌다. 그의 상처는 그가 점점 더 자해에 맛을 들이고 있다는 사실을 암시했다. 그는 훌쩍이는 상처투성이 조각보가 되어 주방 문으로 들어왔고 부모가 괜찮으냐고, 과산화수소가 좀 필요하냐고, 배가 고프냐고, 피자를 데워주겠다고 말하면 다시 어깨를 으쓱해 보였다. 그는 냉장고에서 펩시콜라를 꺼내들고 위층으로 올라갔다. 부모는 주방의 아일랜드식 조리대 너머로 서로를 바라보며 눈을 깜빡였고 곧 격

* 영국의 헤비메탈 그룹.

노에 찬 그의 음악이 먹먹하게 들려오기 시작했다. (나는 이런 장면이 교외 전체의 주방에서 동시에 벌어지는 상상을 했다. 배우들은 거의 의식하지 못하는, '문화'라는 잘못된 이름으로 통하는 수수께끼의 힘이 연출하는 엄청난 규모의 공연. 이 공연은 내가 아직 만들지 않은 영화 중 한 편의 첫 장면이었다.) 건강은 괜찮아요. 제이컵은 학대는커녕 엉덩이 한 대도 맞아본 적이 없어요. 우린 돈도 그럭저럭 벌고요. 제이컵에게 부족한 건 아무것도 없어요. 우린 제이컵이 게이가 아니라고 생각하지만 게이라도 똑같이 사랑할 거예요. 하지만 머잖아 제이컵은 말버러를 굳이 숨기지도 않았다. 이내 아침에 그를 침대에서 일으킬 수도 없게 되었고, 밤이면 그는 주류 보관장을 털었다. 부모는 집에서 술을 치웠지만 제이컵은 뭔가가 담긴 페트병을 자기 방 옷장에 보관했고 저녁에 그 대부분을 마셔버렸다. 그는 부모의 커틀러스를 몰래 몰고 나가 몇 블록 떨어진 곳에 주차된 자동차를 들이받았다. 부모에게나 환자에게나 이런 일은 모두 너무 빠르게 일어나는 것처럼 보인다. 하루는 야구 연습이 끝난 뒤 미니밴을 타고 데어리퀸*에 가서 〈위 아 더 챔피언〉을 시끌벅적하게 불렀는데, 다음날은 제이컵이 소년원에 들어가든지 정신과 치료를 받든지 하나를 선택해야 한다는 판사의 설명을 듣게 되는 것이다. 친구의 친구가 토피카의 재단을 추천한다. 그 당시에는 괜찮은 보험에 들었다면 재단 치료 비용을 감당할 만했다.

트레이닝을 받아서이기도 하지만, 나는 본능적으로 제이컵 같

* 미국의 패스트푸드점 체인.

은 소년이 빛이 가득한 비좁은 진료실에 나타날 때면 어떤 상황에서도 왜 그런 행동을 했는지 설명하도록 요구해서는 안 된다는 것을 알고 있었다(아래팔 전체를 뒤덮은 지우개 화상*에 대해서도 마찬가지다. 의사擬似자살 의식은 여자아이들 사이에서 훨씬 더 자주 나타나지만 말이다). 제이컵은 결코 그런 설명을 할 수 없는 사람이었다. 그에게 언어가 있었다면 증상으로 자신을 표현하지는 않을 터였다. 게다가 제이컵 같은 환자들은 내 어깨 너머로 학위증과(초창기에는 기관에서 우리에게 학위증을 걸어놓으라고 요구했다) 은색 액자에 들어 있는 우리 엄마의 샤갈 그림 인쇄본, 〈악의 손길〉에서 보여주었던 무게감이 느껴지는 오슨 웰스**의 사진을 보게 될 때면 이미 부모와 선생과 코치와 상담가와 판사와 그저 그런 정신과의사에게서 해명을 해보라는 불가능한 요구를 너무 많이 받아 더이상 전문가라는 자들과 상호작용할 다른 방법을 전혀 상상하지 못하고 걱정만 하기 마련이다. 내 목표는—제인은 이것이 내 재능이라고 우겼는데—청소년 환자들을 더욱 깊은 침묵 속으로 몰아갈 뿐이던 대화에 예상하지 못한 각도로 접근하는 것이었다. 처음에 나는 제이컵에게서 별다른 말을 이끌어내지 못했다. 심지어 그가 재단에 온 것을 불평하도록 만들지도 못했다("방에서 담배를 못 피우게 하니 짜증나겠구나." 끄덕). 그래서 나는 내 나름의 활동치료를 시작했다.

* 학생들이 지우개로 자신 혹은 다른 학생의 팔을 세게 문질러 입는 화상.

** 미국의 영화감독(1915~1985).

제이컵이 입원한 지 두 달이 되었을 때, 새로운 베타맥스식 카메라를 산 나는 그에게 카메라를 시험하는 걸 도와달라고 부탁했다. 우리는 몇 년 전 동물들을 위해 소금 바위를 놓아둔, 재단 부지 남쪽 경계선을 늘 깡충거리고 돌아다니는 흰꼬리사슴의 동영상을 찍으며 상담시간을 보냈다. 폭풍이 서쪽에서 빠르게 다가오는 바람에 우리는 달려서 내 진료실이 있는 건물까지 돌아와야 했고, 그 와중에 따뜻한 비에 흠뻑 젖었다. 나는 외투로 카메라를 덮어 보호하려고 허둥댔고 제이컵은 처마밑에서 호흡을 고르며 나를 보고 잠깐 웃었다. 우리는 나 때문에 함께 웃었다. 몇 차례 더 협동한 끝에 나는 제이컵에게 우리 부서의 인턴이 되어달라고 부탁했다. 부모와 친구들에게도 알릴 수 있고 이력서에도 적을 수 있는 자리라고 굳이 덧붙이면서. 그런 다음 우리는 재단을 나와 시내에 있는 '울프스 카메라 앤드 비디오'로 가서 새로 들어온 제품들을 살폈다. 나는 동료로서 제이컵과 상의하고 그의 능력을 존중하려고 주의했다. 우리는 연구 목적으로 게이지극장에서 주간 공연을 보았다. 마지막 장면은 어땠어? 이건 TV의 역사에 관한 책이야. 네가 관심을 가질지도 몰라서. 이건 캔자스주립대학교 영화학과 신입생들을 위한 전단이야. 네 미래를 생각하면 눈여겨볼 만한 자료지. 통상적인 형태는 아니었지만 제이컵과 나 사이에는 치료 동맹이 이루어졌다.

그런 다음에는 말하기와 의미가 담긴 침묵이 알아서 할일을 했다. 제이컵, 레드제플린이랑 주다스프리스트* 중에 누가 나아? 내가 듣기에 제플린의 음악은 블루스의 영향을 받은 것 같은데 주다

스프리스트는 그냥 쓰레기 같거든. 어쩌면 벌써 내가 너무 늙어버린 걸지도 모르지. (욕을 조금 하면 관계를 형성하는 데 큰 도움이 된다. 이런 욕을 쓰면 기관에서 허락하는 것 이상의 어휘를 사용해도 된다는 의미가 전해지기 때문이다.) 제이컵, 사립학교 애들이 공립학교 애들보다 별로였니? 이제 제이컵은 최소한 반응은 보인다. 나를 J 박사님이라고 부른 건 제이컵이 처음이었다. 그리고 침묵의 리듬을 알맞게 유지하면 그를 조금 이끌어낼 수 있다. 잠재된 내용을 추출하는 것, 그러니까 제이컵의 말에 동기를 제공하는 깊은 진실을 드러내는 것은 내 관심사가 아니었다. 내 목표는 이 아이에게 누군가 듣고 있다고 느끼게 하는 것이었다. 상투적인 표현이라 해도 상관없었다. 사실 나는 이 표현에 감탄했다. 그 적절한 조화, 형태와 의미의 혼합에. 어쩌면 이 표현은 소리로 인식될 뿐 아니라 촉각으로 이해되는 헤비메탈에 대한 욕망을 설명해줄지도 몰랐다. 신경증적인 부모들이 걱정하는 대로 그런 음악들을 천천히 거꾸로 재생했을 때 정말로 가사에서 사탄의 메시지가 드러난다면 얼마나 쉬웠을까. 아무리 음침하다 해도, 공허함에 대한 분노 대신 거꾸로 녹음해 숨긴 비밀스러운 질서가 있었다면.

◆ ◆ ◆

나는 낮에는 어린 환자들을, 밤에는 나이든 환자들을 보았다.

* 각각 영국의 록밴드와 헤비메탈밴드.

저녁을 먹고 나면 제인은 두어 시간 글을 쓰기 위해 서재에 자리를 잡았다. (닫힌 문 너머에서 들려오는 셀렉트릭 타자기 소리로 나는 책을 잘 쓰고 있는지 가늠할 수 있었다. 지금 제인은 임신이라는 마감을 앞두고 작업하는 중이었기에—애덤의 골수에서 적혈구 세포가 형성되고 있었고 애덤은 제인의 뱃속에서 눈을 뜰 수 있었다—키를 누르는 소리가 빗소리처럼 꾸준히 들렸다.) 제인이 일하는 동안 나는 클라우스와 함께 포트윈의 자갈길을 빙빙 돌았다. 클라우스는 두 블록 떨어진 곳에 살았다. 그는 190센티미터가 넘는 키에 어울리지 않게 우아한 베를린 사람으로, 1950년대 후반에 취리히에서 토피카로 옮겨와 재단의 선임 정신분석가가 되었다. 취리히에 있을 때 그는 융과 함께 일했다. 예술가들 사이에서 사진 합성 실험으로 잘 알려진 엘케와 결혼했던 열아홉 살에 이미 코가 두 번 부러진 적 있는 실력 있는 아마추어 권투선수였을 뿐 아니라 전도유망한 극작가였다. 그들은 1937년에 아들 프리츠를 낳았다. 1940년에 클라우스는 베를린에서 몰래 빠져나가려고 시도했다. 네덜란드까지 건조식품을 나르는 트럭 기사에게 돈을 주고 탈출을 도와달라고 했던 것이다. 그는 네덜란드에서 가족과 합류할 생각이었다. 전쟁이 끝난 뒤 그는 어쩌다 배신을 당했는지 이야기를 짜 맞춰보았다. 두 차례의 총성이 숲속에서, 그의 속귀에서 영원히 울렸다. 클라우스는 전쟁 기간의 대부분을 닭장에 숨어서 가족과의 재결합을 꿈꾸며 보냈다(단, 언젠가 클라우스가 내게 말해준 바에 따르면 꿈에서 프리츠는 딸이었다). 그는 시간을 죽이느라 머릿속으로 희곡을 썼다. 비좁은 공간 때문에 이 덩치 큰 남자는 지속적으로 신체적 고통을 느꼈다. 클라우스에게 그 시절에 관해 물으면—대부분의 사람들은 묻지 않았지만—대체로 닭에 관한 농담을 했다. 대화의 흐름에서 짐작할 수 있는 농담, 희곡에 넣을 만한 말. 클라우스의 부모와 세 명의 여자 형제는 아우슈비츠에서 죽었다. 내가 계속 밀어붙이면 클라우스는 미소가 지워진 얼굴로 우리만, 닭들만 살아남았다고 말했다.

그린우드 애비뉴의 회전교차로를 지나는 트럭의 헤드라이트에 잠시 비춰진 우리를 상상해보라. 한때 클린턴 스트리트에서 밥 딜런과 함께 담배를 피웠던 뉴욕 출신의 서른세 살 먹은 심리학자, 그리고 아인슈타인과 친하게 지냈던 키가 190센티미터가 넘는 칠십대의 안경 쓴 구세계 정신분석가. 우리는 매미 소리를 배경으로 내 인턴들에 대해 이야기하며 살인적인 8월의 습기 속을 산책하곤 했다. 한편 토피카에서 유일하게 흰 리넨 옷을 입은 남자인 클라우스는 내가 돌보는 아이들을 진지하게 생각할 수 없었다—그 애들에게는 냉장고 가득 음식이 있고 에어컨과 TV도 있었다. 또한 낙인이나 국가적 폭력으로부터도 자유로웠다. 그 아이들이 고통의 정체를 모른다는 점보다 명백한 사실이 있을까? 그들에게 뭐든 고통이 있다면 그건 바로 고통의 결핍이었다. 너무 편해서, 너무 설탕을 많이 먹어서 생긴 일종의 신경장애, 존재론적 통풍. 하지만 다른 한편으로 클라우스는 그 아이들을 정말 심각하게 받아들였다. 그는 정장과 똑같은 리넨을 마름질해 만든 손수건으로 이마를 닦으며 문희기 그 아이들에게 계속해서 그들은 개인이라고, 심지어 기복이 심한 개인이라고 말해주기에 아이들이 계속 그런 소리를 듣게 된다고 했다. 비록 '문화'는 단어라고 하기도 어려운 개념이지만 말이다. 그러나 사실 그 아이들은 속 빈 강정이었다. 고립되고 알맹이 없이 부피만 있는 남자들. 그 아이들이 남자가 아닌 것은 분명하지만. 그애들은 소년이었다. 영원한 소년, 피터 팬, 남자-아이. 미국은 끝나지 않는 청소년기니까. 종교도 없고 카리스마 넘치는 지도자도 없는 소년. 심지어 죽일 아버지—카터 대통령!—나 유대인을 죽이라고 말해줄 아버지조차 없다. 그들에게는 유대인이 없다. 항복할 대상이 없지만 단체로 항복하고 싶은 리비도적 충동을 느낀다. 그들은 돈이나 과학조차 믿지 않는다. 혹은 그런 믿음으로는 불충분하다. 그들이 속한 국가는 마지막 진짜 전쟁에서 싸우고 패배했다. 한마디로 그들은 너무 배가 불렀다. 한마디로 그들은 배가 고팠다. 클라우스는 이런 아이들에게 필요한 건 제대로 된 매질과 약간의 육체노동뿐이라고 말했다. 또한 이런 아이들은 근본적인 태고로의 퇴행을 겪는다고도 했다. 클라우스는 남자애들이 다 그렇지, 버릇이 나빠진 건 그냥 버릇이 나빠진 거지, 라는 말로 그들에 관한 의견을 일축했다. 하지만 그러고는 목덜미에 손수건을 댄 채 이렇게 말했다. 불신의 심연은, 그 진공 상태는 잡동사니stuff로 채워질 수 없고(클라우스는 잡동사니라는 단어를 좋아했다. 그것은 독일어처럼 들렸지만 독일어가 아니라 그리스어 스투페인stuphein, 즉 '끌어모으다'에서 나온 단어였다) 폭력은 주기적으로 발생할 거야. 매미도 그렇지. 그때 우리는 누군가의 회전식 스프링클러가 뿌린 물에 맞았다. 내 정강이에 차가운 물이 닿으며 기분좋은 놀라움을 안겼다.

내가 클라우스, 당신은 아이들이 너무 쉽게 사는 것이 문제라고 주장하지만 너무 쉽게 사는 것이 너무 어려운 일이라고도 말하고 있어요, 늘 이런 식이었다고 말하면서도 특권의 핵심에 있는 이 진공 상태가 특정 제국의 몰락에서 나타나는 징후라고도 말하죠, 라고 말하면 클라우스는 그만의 인용문으로 대답을 대신하곤 했다. 그가 모순되는 말을 할 때마다 끌어오는 인용문으로 그의 대화가 가차없이 나아가는 방향이기도 했다. 그는 이 인용문을 말하기 위해 동작을 멈추고 가만히 서서 미소를 지을 정도로 매우 좋아했다. "진실의 반대는," 클라우스는 닐스 보어*의 글에 그렇게 적혀 있다고 했다. "거짓이지. 하지만 근본적인 진실의 반대는,"—강조를 위한 잠깐의 침묵, 스프링클러와 곤충과 밀고 다니는 잔디깎이 소리, 피부에 느껴지는 도시 소음의 부재, 지나가는 자동차에서 들려오는 케니 로저스**의 노래—"다른 형태의 근본적인 진실일 수 있어." 지금은 8월이거나 아니거나 둘 중 하나다(클라우스는 둥근 렌즈의 시대착오적인 안경을 벗고 얼굴을 닦은 뒤 다시 안경을 쓰고 걷기 시작한다). 내가 만일 지금이 8월이 아닌데 8월이라고 주장한다면 그건 단순한 거짓이야. 하지만 인생이 고통이라고 말하면 그건 진실이지, 근본적인 진실. 인생이 기쁨이라고 말해도 마찬가지야. 진술이 근본적일수록 그 반대가 참일 가능성도 커지지. 깊은 진실은 통사 구조 안에 침전되어 있어. 용어는 완전히 다른 의

* 덴마크의 물리학자(1885~1962).

** 미국의 컨트리팝 가수(1938~2020).

미를 띨 수 있지. 모순 없음의 원칙이 존재하지 않듯이 무의식을 지배하는 배중률도 존재하지 않아. 그런 다음 클라우스는 잠시 진지하게 내 어깨를 토닥인다. 이런 인용문은 자네 목숨을 구할 수도 있다네.

클라우스가 환자들을 얼마나 도와주었는지는 잘 모르겠다. 그의 정신분석 대상은 대체로 중년 후반이거나 더 나이 많은 여성들이었다. 시마 또한 그에게 트레이닝과 정신분석을 받고 있긴 했지만. 어쨌든 나는 그가 별다른 해는 끼치지 않았다고 확신한다. 그는 환자들이 훌륭한 정신분석 권위자와 관련짓곤 하는 독일어 억양에 대부분의 일을 맡겼다. 클라우스가 재단에서 유명해진 이유는 그의 '검사 보고서' 때문이었다. 모든 직원은 정기적으로 이 보고서를 제출해야 했다. 그러면 두세 페이지로 이루어진 이 서류가 회의에서 배부되고 논의 대상이 되었다. 클라우스의 보고서는 그 문학적 속성으로 유명했다. 아니, 악명이 높았다고 해야 할까? 그 보고서들은 바이마르* 문예란에나 실릴 만한 것을 재단 관료들에게 제공했다. 만일 클라우스가 정신분석가가 아니었다면, 스탠퍼드대학교가 그와 아나 프로이트가 주고받은 서신을 구매하지 않았더라면, 그가 네 개 언어를 할 줄 모르고(단, 클라우스는 자신의 이디시어** 능력에 대해서는 놀라울 정도로 무시하는 태도를 보였다) 늙지도 우아하지도 않았더라면, 그가 생존자가 아니었다면 그

* 독일 중동부의 도시. 18~19세기에 학술·문화의 중심지로 번창했다.

** 유럽 중부 및 동부 출신 유대인이 사용하는 언어.

는 질책당했을 것이다. 그러나 동료들과 나는 클라우스의 비서가 타자로 작성했으되 클라우스가 종종 화려한 손글씨로 수정한, 행간을 띄지 않은 문서를 고대했다. 그는 오탈자나 사실관계를 바로잡기 위해서가 아니라 형용사를 덧붙이거나 문장의 율동감을 높이기 위해 문서를 수정했다. "토피카에 첫눈이 내려 실외를 광활한 실내로 바꿔놓은 그때 B는 창틀에 쌓여가는 눈꽃으로 고개를 돌린다. 그녀의 기억은 흰 카펫이 깔린 앤아버의 자기 집 거실로, 어린 시절 최초의 장면으로 돌아간다." "송어는 제물낚시를 향해 올라가 낚싯바늘에 걸려 더이상 자유롭게 헤엄칠 수 없다는 사실을 깨달으면 몸부림과 물 튀김으로 귀결될 싸움을 시작한다. 마찬가지로 G 역시 유아기 성격장애의 낚싯바늘에 걸려 몸부림치고 있었다." 가끔 이런 문서를 보면 프로이트의 손길이 덧붙여진 『스포츠맨다운 운전』이 생각났다. "인간의 역사는 개인의 역사가 그렇듯 성적-공격적 속성의 갈등을 천천히 지나가는 과정으로 이해될 수 있다. 우리는 K의 절제력 없고 자기중심적인 속성을 수백만 년에 걸친 이런 여정의 한 부분으로 이해해야 한다" 등등. 나는 클라우스의 말투를 그럴싸하게 흉내낼 수 있었는데, 그 말투를 활용해 제인과 에릭, 심지어 클라우스에게 헌신적인 정신분석 대상인 시마까지도 웃기곤 했다("이 마리나라소스*가 유리병에서 꺼낸 것이라고 말할 사람도 있을지 모르겠지만, 사실 유리병은 한층 더 깊은 의미에서 소스로부터 그 정체성을 부여받는 것이 아닐까?"). 그러

* 이탈리아식 토마토소스.

나 클라우스의 매력은, 최소한 내가 듣기에는, 이미 자기 자신을 흉내내는 것처럼 들린다는 점에 있었다. 클라우스는 클라우스 역할을 맡아 당황한 배우였다. 이런 중첩 효과는 의미심장하고 자기 비하적이었다. 그 모습을 볼 때마다 나는 찰리 채플린이—그가 사랑하는 부유한 여성이 선술집에 들어오면—당황해서 그저 그녀를 즐겁게 해주기 위해 식당 종업원 역할을 연기하는 척하는 장면이 떠올랐다.

클라우스는 언제나 농담을 했고, 절대로 농담을 하지 않았다. 이런 아이러니의 이면에 깔려 있는 것은 살아남았다는 부조리한 감각, 혹은 계속 숨을 쉬는 이들 사이에서 누군가는 살아남는다는 불합리한 함의, 혹은 쿠데타나 수용소를 겪고 나면 언어가 소음을 훨씬 넘어설 수 있다는 터무니없는 사실이었다. 언젠가 나는 재단 구내식당에서 클라우스가 벽으로 다가가 약간 비뚤어진 해바라기 그림을 바로잡는 것을 보았다. 환자의 작품이었다. 어째서인지—이번에도 무성영화의 주인공이 떠올랐다—클라우스의 몸짓은 이것이 연극임을 알리는 듯했다. 그는 아무 소리도 내지 않고 식탁에서 식사중인 사람들의 시선을 끌었다. 그는 그림을 지나치게 바로잡았다. 이제는 그림이 왼쪽으로 너무 처졌다. 그는 머리를 긁었다. 사람들이 조금 웃었다. 그런 다음 그는 그림을 오른쪽으로 과하게 바로잡고, 그 사실을 알아채지 못한 척하며 나비넥타이를 매만지며 만족스럽다는 동작을 취했다. 이것이 더 많은 웃음을 불러일으켰다. 그러더니 클라우스는 그저 웃음소리 때문에 자신이 한 실수에 관심이 갔다는 듯 손으로 아래턱을 잡으며 생각에 잠겼다.

갑자기 그가 검지를 쑥 올렸다. 클라우스는 해바라기 그림을 더 어설프게 손보는 대신 벽에 걸린 다른 세 점의 그림으로 향하더니(블루벨, 제라늄, 삼잎국화 그림이었다) 모든 액자가 똑같이 비뚤어지도록 왼쪽 가장자리를 낮추었다. 그는 모두의 갈채를 받으며 다시 자리에 앉았다.

◆ ◆ ◆

객석의 조명이 직원과 환자, 재단에 속하진 않지만 시사회에 초대받은 다양한 토피카 사람들로 수용 한계까지 가득찬 극장을 비춘다. 프리드리히 바움펠더*의 〈피아노 자장가〉 선율이 흑연처럼 캄캄한 삼십 초 동안 흐른다. 녹음된 소리는 조금 느리고 지직거리며 높은 음이 약간 일그러져 들린다. 어깨는 굽었지만 키가 큰 노인이 박물관에서 카메라를 등진 채 두 손에 중절모와 지팡이를 들고 복잡한 조각이 새겨진 청동 이중문을 보려고 허리를 숙인다. 이곳은 1909년경 베를린의 시립박물관이다. 1983년경 캔자스시티의 넬슨앳킨스박물관이다. 타이틀 시퀀스 시작. 바젤에서 헤세를 만났을지도 모르는 키 큰 남자는 연기를 하는 것일 수도, 아닐 수도 있다. 그의 옷은 그냥 그의 옷이다. 20세기 초의 유럽이 20세기 말 캔자스에 있는 그의 몸속에 살아 있다. 그의 어머니는 얼마나 자주 그를 태운 유모차를 밀며 브라우어가세를 지났을까. (이 영

* 독일의 작곡가이자 지휘자, 피아니스트(1836~1916).

화는 내가 토피카에 온 지 삼 년째 되던 해에 어느 집 바자회에서 찾은 프랑스제 16밀리미터 카메라로 찍은 것이다. 울프스 카메라 앤드 비디오가 필름을 기증했다. 조명이 빈약한 곳에서 열리는 고등학교 농구 경기를 찍기 위해 보관해오던 고감도 필름이다. 덕분에 화질이 떨어지는 옛날 영화 느낌이 난다. 움직임은 빠르면서도 더듬거린다. 구시대 조명 도구의 흔적이다.)

나, 치글러는 화면 왼쪽에서 등장한다. 인턴이 들고 있는 카메라가 나를 따라 대리석 홀을 지난다. 극장에는 작은(따뜻한) 웃음이 터진다. 내가 얼추 비슷하게 만든 고풍스러운 의상은 그다지 고증이 정확하지 않다. 내 구레나룻은 이 역할에 어울리기에는 너무 많이 자랐다. 머리 모양은 어른이 되고 나서 처음이자 마지막으로 부르주아지다운 느낌을 풍긴다. "그런 사람 중 한 명이다." 클라우스가 해설한다. "우리가 매일 거리에서 마주치지만, 모두 집합적 얼굴이라는 같은 얼굴을 가지고 있기에 결코 그 모습을 떠올릴 수 없는 사람 중 한 명." 다음 갤러리에서 유리진열장 위에 놓인 알약을 발견한 나는(우리는 촬영해도 좋다는 허락을 받았지만 아무것도 만질 수 없었다) 헌툰 스트리트에 있는 군용물품 판매점에서 구입한 시름위체*를 쓰고 있는 경비원을 보고 놀란다. 경비원의 제복은 어떤 면에서는 시대착오적이지만 별 특징이 없어서 이 장면에 방해가 되지는 않는다. 암전.

드뷔시의 곡 〈바다〉의 한 소절이 식당 내부에서 점점 커진다. 사

* 독일 군인의 군모를 일컫는 표현. '뾰족한 모자'라는 뜻이다.

실 그곳은 재단의 구내식당이다. 내 인턴들이 긴 식탁을 몇 개의 둥근 식탁으로 바꾼 다음 흰 식탁보로 덮고 은식기와 도제 식기를 올려놓았다(짝은 맞지 않았다. 몇 개는 중고로 산 것이고 몇 개는 빌려온 것이었다). 헤세야 좀더 일상적인 카페를 생각했겠지만 말이다. 치글러가 휙휙 넘겨보며 읽는 시늉을 하는 신문은 〈토피카 캐피털저널〉이지만(다우지수가 올라갔다. 논란의 대상인 베트남 기념관이 문을 열었다) 〈베를리너 로칼안차이거〉이기도 하다. 치글러 뒤의 식탁에서는 미래에 시인을 낳을 콘솔 박사와 그의 아내가 소시지를 먹고 있다. 에드워드시대풍 드레스를 입고 차를 마시는 두 여자는 환자다. 그중 제인이 가까이에서 치료했던 한 환자는 영화를 찍고 나서 삼 년 뒤 오마하에 있는 가장 높은 건물에서 뛰어내려 사망한다. 세번째 식탁에서 혼자 식사하는 사람은—그의 몸짓은 전혀 영향을 받지 않고 있다. 누구에게도 관찰당하지 않는 사람의 몸짓이다—음주 문제를 도저히 통제할 수 없게 되기 전까지만 해도 토니상*을 받을 뻔했던 환자다(지켜보는 사람이 아무도 없는 것처럼 행동하려면, 특히 그런 식으로 먹는 연기를 하려면 수년 동안 연습해야 한다). 나는 처음에 그에게 치글러 역할을 제안했다. 아래팔에 흰 냅킨을 걸고 어색하게 식당 종업원을 연기하는 에릭이 내게 맥주를 가져다주고, 나는 조끼의 가슴주머니에서 다시 발견한 알약을 그 맥주와 함께 삼킨다. 실제로는 박하사탕, 위약僞藥이다. 나는 손톱으로 알약을 긁어보고, 냄새를 맡고, 두 손

* 미국 브로드웨이에서 수여하는 연극상.

가락으로 뭉개보려 한다. 혀에 대보려고 한다. 그런 다음 그것을 내 입에 집어넣으며 약간 놀란다. 이 순간 극장에서 울리는 시끌벅적한 웃음은 무엇 때문일까? 내 침착함이 우스꽝스러워 보인다는 증언일까? 그럴지도 모른다. 하지만 또한 심리학자가 재단 정신과 의사의 도움을 받아 수수께끼의 알약을 손가락으로 만져보고 삼키는 모습을 지켜보는 데는 그 자체로 뭔가 축제 같은 것, 카타르시스를 주는 요소가 있는 게 틀림없다. 대부분의 환자는 아직 SSRI* 처방을 받지 않았다. 머잖아 이 약이 좀더 투박한 약들을 대신하게 되겠지만. "지적인 사람들은 기술이나 의학 분야에서 그처럼 어렵게 얻어낸 성취를 파괴하고 싶어하지 않을 것이며, 우리가 그로부터 얻은 대단히 값진 이득을 버리려 하지도 않을 것이다." 치글러는 만족한 듯 콜부르스트**를 씹는다. 실제로는 오스카메이어사의 대형 점보 프랑크 소시지다.

"두시 정각에" 클라우스의 목소리가 어둠 속에서 들려온다. "젊은이는 시내 전차에서 뛰어내렸다." 우리는 이 장면을 촬영하기 위해 게이지공원의 미니 기차를 이용하려 했지만 실패했다. "그리고 일요일 입장권을 샀다." 화면이 점점 밝아지며 '세계적으로 유명한 토피카동물원'의 정문이 나타난다. 장소는 티어가르텐***이다. 최근에 검은코뿔소 한 마리가 1909년의 주요 관광상품과 함께 에티오피아에서 도착했다. 이 장면 내내 베를린 상공에는 새털구름

* 세로토닌 재흡수 억제제. 우울증 치료제로 쓰인다.

** 독일 북부 지방에서 즐겨 먹는 소시지.

*** 독일 베를린에 있는 공원.

이 거의 인식할 수 없을 만큼 느리게 흘러간다. 정문 안에는 일요일 방문객들이 있다. 커플들이 줄지어 간다. 모두가 휴일 분위기다. 팔짱을 끼고 임팔라 우리 앞을 지나가는 사람들은 미소를 짓는 캐플런 박사 부부다. 둘 다 정신분석가인데 머잖아 이혼한다. 앨런 캐플런이 자신이 지도했던 심리학자 서맨사 깁슨과 잤기 때문이다. 지금 그는 엠파이어 스타일 드레스를 입고 토피카 레퍼토리 극장에서 빌려온 깃털 달린 모자를 쓰고 지나가는 서맨사에게 모자를 살짝 들어 보이고 있다. (극장에서 서로 몇 줄을 띄어 앉은 앨런과 서맨사는 평소에 공식적으로 유지하고 있는 거짓된 관계가 화면에서 재현되는 모습을 지켜보는 게 퍽 낯설 것이다.) 애트월 박사가 다스타르*를 쓰고 전통의상을 입은 채 지나간다. 그의 뒤를 따르는 사람은 생물심리학자인 어우드 박사로, 중절모 같은 것을 쓰고 있다. 우리 이웃인 도널드 피터슨도 지나간다. 그는 실크해트를 쓰고 망토를 걸치고 있다. 그의 여덟 살배기 딸 애나는 무슨 이유에서인지 남자아이처럼 짧은 바지에 캡모자를 쓰고 도널드의 오른손을 잡고 있다. 로렌스 시내에서 '매스 스트리트 뮤직'을 운영하는 위풍당당한 비만인 J.M.이 도널드 옆을 지나간다. 그는 착한 아내 로라와 팔짱을 끼고 있는데, 그녀의 얼굴은 서양장미가 수놓인 커다란 부채에 가려져 있다.

침팬지들이 실내 우리의 인공 나뭇가지에서 이리 뛰고 저리 뛴다. 이제 치글러의 등이 보인다. 그는 두 손에 옻칠한 지팡이와 밀

---

* 시크교도가 쓰는 일종의 터번.

짚모자를 들고 원숭이를 보고 있다. (밀짚모자는 어디서 난 거지? 연속성이 깨진다.) 네바다와 뉴욕에서는 심리언어학자들이 침팬지에게 수화를 가르치려 애쓰고 있지만—그들은 침팬지가 신체적인 이유로 충분히 다양한 음성을 구사할 수는 없지만 언어를 사용할 수는 있다고 믿는다—토피카에서는, 베를린에서는 "커다란 침팬지가 그에게 눈을 깜빡이고 온순하게 고개를 끄덕이더니 낮은 목소리로 말했다. '잘 지내나, 형제?'" 그럭저럭 괜찮다. 아르파네트*는 TCP/IP를 받아들여 인터넷을 가능하게 했다. 트럼프 타워가 5번가에서 막 문을 열었다. 시카고의 솔저필드 주차장에서 첫번째 민간 핸드폰 통화가 이루어졌다. 알렉산더 그레이엄 벨**의 증손자가 독일에서, 빌헬름 2세의 독일에서 그 전화를 받았다. 엘케는 자신의 작은 아파트에서 신문에 실린 빌헬름 2세의 사진을 콜라주에 쓰려고 잘라내고 있다. 그의 콧수염은 레슬링선수의 다리로 대체된 상태다. 프로이트가 일생 처음이자 마지막으로 미국에 왔다. 본격적으로 『잃어버린 시간을 찾아서』의 집필에 착수한 프루스트는 산문의 오래된 기술을 활용해 첫번째 전화 통화, 비행기와의 첫 조우, 자동차가 풍경에 끼치는 영향을 묘사할 것이다. "반짝이는 새 자동차를 보면서 문득 이번 세기 이전의 수천 세대의 사람들 중에는, 심지어 지구상에서 가장 강력했던 왕조차 이런 자동차를 가질 수 없었다는 사실을 생각해본 적이 있는가?"

* 미국 국방부가 개발한 인터넷의 모체.

** 전화기를 발명한 영국 태생의 미국인 과학자이자 발명가(1847~1922).

치글러는 이 우리에서 저 우리로 도망친다. 이제 림스키코르사코프*의 불길한 〈셰에라자드〉가 들린다. 위엄 있는 엘크의 동영상이 나온다. 이것저것 잘라 붙인 영상이다. 토피카동물원에는 엘크가 없었다. 영화에 출연한 동물들의 무시무시한 위엄. 하지만 치글러는 두꺼운 유리 너머의 사자와 실제로 눈을 마주치고, '우리가 없는 황야의 방대함'을 깨우친다. 혹은 성격검사에 관해 배운다. 처음에는 치글러의 익살에 극장에 웃음이 터진다. 치글러는 점점 불쾌해져 지팡이를 덤불에 버리고 목깃을 느슨하게 푼다(모자는 어디로 간 거지?). 하지만 치글러의 몰개인화를 묘사하는 클라우스의 목소리에 실린 부드러운 슬픔이 이 정신없는 희극에 비애를 더한다. 이 이야기가 어떻게 끝나는지는 모두가 알고 있다. 치글러는 '세계적으로 유명한' 한 기관에서 또다른 '세계적으로 유명한' 기관으로 이송될 것이다. 그들은 바깥이란 존재하지 않고 그저 광활한 내부가 있을 뿐이라는 사실을 안다. 환자가 카메라 뒤에서 있다 해도 진단하는 눈은 존재하며, 동물들이 철창 너머의 짐승을 조롱한다 해도 우리는 존재한다. 이제 토피카 사람들 한 무리가 치글러 주위에 모여들었다. 치글러는 문명에, 기계화된 전쟁을 오년 앞두고 있는 문명에 대한 신뢰를 잃었다. 그는 르네상스로부터 물려받은 유물의 이미지를 더이상 신뢰하지 않는다(연속성이 깨진다). 종교와 과학에 대한 신뢰, 정신분석의 '유대 과학'**에 대한

* 제정러시아의 작곡가(1844~1908).

** 1900년대에 생겨난 유대교 정신운동.

신뢰까지도 잃었다. 그는 이성을 잃었다. 흰옷을 입은 병원 잡역부 두 사람이(이 역할은 재단의 물리치료사들이 맡았다) 나를 군데군데 그을린 액자에서 끌어낸다.

이십일 분짜리 영화에서 일 분이 남는다. 군중은 흩어지고 카메라는 왼쪽으로 돌아가며 활기찬 대화에 참여하고 있는 키 큰 남자 두 명을 보여준다(이제 목소리는 들리지 않고 바움펠더의 음악이 돌아온다). 그들은 아마 방금 목격한 광경에 대해 이야기하고 있을 것이다. 두 남자 중 한 명은 클라우스다. 우리는 첫 장면에서 그의 등을 보았다. 다른 사람은 모직 옷을 입은 톰 박사다. 그들은 정부 고관처럼, 대통령처럼 보인다. 그들은 악수한다. 작별의 악수일 수도, 구세계의 정신의학과 새로운 정신의학 사이에 무슨 신비로운 조약을 체결하는 것일 수도 있다. 그런 다음 그들은 서로 반대 방향으로 걸어가 장면에서 벗어난다. 이때 후프스커트를 입은 두 여자가 미소를 지은 채 나온다. 남은 시간은 삼십 초. 그들은 시마와 제인이다. 아마 가정교사일 그들은 각자 두 꼬마의 손을 잡고 있다. 제이슨(시마의 아들)과 애덤, 대런 에버하트와 이름을 잊어버린 여자아이. (브라이트서클에서 낮잠시간을 건너뛰고 데려올 때마다 아이들이 얼마나 흥분했는지 모른다.) 그들은 우리를 향해 빠르고도 느리게, 현재와 과거에서 걸어온다.

대런이 꿈에서 보았던 것들이 덤불에서 튀어나오기 시작했다. 낙하산 폭죽*에서 나온 플라스틱 인형, 그가 표창이라고 생각했던 작고 무딘 톱날. 그는 그것들을 주머니에 넣었다. 주머니는 컸다. 그는 헌툰 스트리트에 있는 군용물품 판매점에서 자기 돈을 주고 산 육군 카고바지 세 벌 중 한 벌을 일 년 내내 입었다. 그가 400달러도 넘는 돈을 거의 20달러짜리 지폐로 가지고 있었다는 점을 알아주기 바란다. 그에게는 접이식 나이프가 열두 개 있었다. 또한 돈과 칼을 넣어둔 바로 그 서랍에 크로스먼사의 비비탄총도 보관해두었다. 그는 종종 그 총이 진짜 리볼버라고 주장했다. 한번은 그 총을 잡종 제이슨 데이비스에게 겨누기도 했다. 그 바람에 데이비스는 대런의 눈 위에 상처를 냈다. 상처를 봉합해준 젊은 간호사에게서 너무 강한 코코넛냄새가 나서 그는 그 냄새를 간호사의 맛

* 장난감 폭죽의 일종으로, 쏘면 낙하산을 맨 플라스틱 인형이 발사된다.

으로 경험했다. 그녀의 쇄골에 걸려 있던 가느다란 금목걸이가 이제 그의 꿈속에 나타났다. 하지만 그건 괜찮다고 J 박사는 말했다. 문제는 그 반대 경우라고. 치어리더들이 경기를 시작할 때 선수들이 뚫고 지나가도록 들고 있는 종이로 된 **토피카고등학교** 현수막과 같았다. 그가 원했던 것, 중학교 시절 워터보이* 역할을 하면서 상상했던 것은 실제로 경기에 참여하는 것보다 바로 그 장면이었다. (러닝백** 중 한 명이 떨어져나갔을 때 그가 순수한 기쁨에 젖어 사이드라인을 따라 전속력으로 달리던 모습을 보라.) 잠들어 있을 때와 깨어 있을 때 사이의 현수막이 찢어져 이제 사람과 사물이 그것을 뚫고 지나갔다.

그는 게이지 대로의 맥도날드에 가서 뜨거운 물을 챙길 것이다. 그리고 문득 앞에서 주문하는 남자가 '아빠'라는 사실을 알게 될 것이다. 앞유리의 입자들이 그의 엉겨붙은 머리에 박혀 있겠지. 그래서 대런은 고개를 숙이고 바로 걸어나가 슈윈사의 프레더터 자전거에 올라 웨스트버러공원의 덤불까지 전속력으로 페달을 밟는다. 그곳에서 그는 숨을 쉴 수 있고 꿈에서 나온 길 잃은 물건들을 주머니에 넣을 수 있다. 덤불의 어떤 점이 널 안전하다고 느끼게 하는 걸까? J 박사는 그가 덤불 속에 숨었다고 말할 때마다 그렇게 묻는다. 그곳에는 커다란 인동덩굴 덩어리가 지나가는, 그물처럼 얽힌 터널들이 있고 그에게는 비상식량이 있다는 점을 알아주기 바란다. 비상식량이란 에너지를 제공해주는 작은 스니커즈와 페이데이 초코바가 들어 있는 비닐봉지와 그가 덤불 밑에 얕게

* 운동선수에게 물을 가져다주는 소년.

** 미식축구 선수 포지션 중 하나. 공격 전술의 핵심을 담당한다.

묻어놓은 육포 몇 개다. 대런은 절대로, 설령 고문을 당하더라도 육포를 숨겨놓은 곳을 들키지 않을 것이다. 그 덤불 같은 곳이 또 있니? 이곳을 일종의 덤불처럼 생각하는 건 어떨까, 대런?

한 시간이 지날 때마다 J 박사가 들어오세요, 에버하트 부인, 이라고 말하지만 않았다면 그렇게 했을지도 모르겠다. 대런은 그때마다 엄마가 불평하는 소리를 들어야 했다. 최근에는 J 박사가 전화로 부탁한 덕분에 성사된 딜런스의 완벽한 일자리를 그가 망쳐버렸다는 것이 엄마의 불만이었다. 대런은 정직하지 않고 믿음직스럽지 못하다는 이유로 그곳에서 쫓겨났다. GED* 얘기는 하지도 말자. 대런이 신경을 써서 호흡을 늦춰야 하는 이유는 엄마의 목소리가 아주 높이까지 올라가 거의 새된 소리가 되기 때문이다. 고통받는 동물의 울음소리 같다. 그런 직후에 엄마는 울기 시작하고 다시 목소리가 낮아진다. 이런 일을/ 제가 얼마나 더/ 받아들일 수 있을지 모르겠어요. 대런의 거짓말. 내 당뇨병. 세인트프랜시스병원에서의 야간근무. 그럴 때면 울음을 터뜨리거나 엄마의 목을 졸라버리고 싶지만 대신 J 박사의 벽에 걸린 광대 그림만 바라본다. 너무 열심히 쳐다봐서 그림의 색깔이 바뀌기 시작할 정도다. 마음에 드니? 마르크 샤갈이라는 화가가 그린 거야.

저 쌍년이 여기 있을 때 이곳은 덤불 같은 공간이 될 수 없다. 처음에 J 박사와 나는 쌍년, 호모 새끼, 계집년 같은 단어는 쓰지 않기로 했다. 하지만 잠깐씩 아빠가 보이기 시작한 이후로는 사실 규칙이랄 게 없었다. 아빠가 도로 경계석을 들이받고 앞유리를 뚫고 나가 땅 밑으로 꺼지

---

* 미국의 고졸 학력 인증서.

기 전에 대런이 호모 새끼나 계집년이 아니라는 사실을 알아줬으면 좋겠으니까. 노박이나 데이비스나 '아빠'야 뭐라고 말했든지 말이다. 대런은 한 번 이상 자신이 그를 죽였다고 고백했다. 그러면 J 박사는 아주 느리게, 멀리 떨어진 곳에서 게시판을 읽는 것처럼 말했다. 아니야, 대런. 아버지가 돌아가신 것은 어느 모로 보나 네 책임이 아니야. 누군가에 대해 나쁜 생각을 한다고 해서 그 사람이 자동차 사고를 당하는 건 아니야. 하지만 대런은 사고가 일어나기 전에 머릿속에서 그 파란색 혼다를 몇 번이나 뒤집었다. 되감기 버튼을 눌러 다시 뒤집었다. 머릿속에서 대런은 고속도로 순찰대가 전화를 걸기 전부터 포트윈장로교회의 맨 앞 신도석에서 예배 내내 땀을 흘리며 지루하게 앉아 있었다. 최근 수염을 깎은 목에 닿는 풀 먹인 옷깃을 느껴보라.

어린아이 때부터 그는 아침에 엄마 아빠와 함께 앉아 뜨거운 물을 마시며 커피 마시는 시늉을 하곤 했다. 여기 커피 있다, 대런. 설탕을 넣지 않은 블랙커피야. 출근할 시간이 거의 다 됐구나. 그들은 드물게 웃음을 나눴다. 이 장난이 우스웠던 건 그가 어른 남자처럼 굴었기 때문인데, 이제 그는 실제로 남자가 되었다. 대런은 열여덟 살이었다. 그런데도 아침마다 어른 남자가 된 척했다. 맥도날드에서는 뜨거운 물을 공짜로 내준다. 립턴은 안 사겠다고 말하기가 어렵긴 하지만. 대런은 결국 버리고 말 티백을 여러 번 사야 했다. (게이지 대로에서는 아무 이의도 달지 않고 김이 나는 스티로폼 컵을 준다. 하지만 21번가에서 시도했을 때는 그가 아는 사람일지도 모르는 조리원 중 누군가가 저 덜떨어진 놈 좀 꺼지라고 하라고 말했다.) 딜런스에서 일하기 시작했을 때는 아직 아빠가 이미 해질 대로 해진 현수막을 뚫고 돌아오지 못한 상태였다. 그는 유리로 된 가게 정면 가까이 놓인 빨간색 플라스틱 회전의자에 앉아 유리에 비친 자기 모습 너머로 피켓을 들고 있는 펠프스 패거리를 지켜보았다. 그는 김이 나는 물을 홀짝이고, 플라스틱 스푼으로 젓고, 또 홀짝였다. 그런 다음 다른 남자들도 느낄 수 있으리라 생각되는 단호한 동작으로 자리에서 일어났다.

일하러 갈 때의 풍경은 자전거가 지나가면서 다른 모습으로 정돈된다. 느릅나무와 은단풍나무가 대런이 지나가도록 정중하게 늘어서 있다. J 박사의 친구인 스테이시가 측면 출입구 바로 안쪽에 프레데터 자전거를 기대어 세워놓을 수 있는 곳과 고리에 걸린 초록색 앞치마를 찾을 수 있는 곳을 알려주었다. 이런 식으로 뒤쪽을 묶어. 그런 다음 나한테 물어보면 네가 제일 먼저 도와야 하는 계산대가 어디인지 알려줄게. 검은색 고무 컨베이어 위로 브로콜리 송이 냉동 와플 박스 원더브레드 2리터들이 닥터페퍼가 천천히 계산을 위해 다가온다. 대런은 그것들을 반으로 접힌 기다란 종이봉투에 넣은 다음, 손님이 부탁하면 그것을 들거나 카트에 담아 밀고서 자동차 트렁크로, 트럭 짐칸으로 가져다주어야 한다. 그는 자주 아는 사람들, 알았던 사람들의 식료품을 날라준다. 그들이 말을 걸곤 한다. 그래도 괜찮다. 달걀과 우유는 전용 비닐봉지가 있다. 이유는 모른다. 텅 빈 쇼핑카트를 카트대 안에 있는 다른 쇼핑카트에 쑤셔 넣을 때의 만족감. 한 시간에 4달러 25센트 곱하기 30 곱하기 주수는 그의 상상을 넘어서는 많은 돈이었다. 앞으로 그가 일할 시간이 과연 몇 주나 될지는 모르겠지만 말이다. 한 가지는 확실했다. 그는 론 윌리엄스의 은색 피에로를 사서 엄마한테도 몰게 해줄 것이다. 엄마가 몇 가지 규칙을 지켜야겠지만.

첫 달이 반쯤 지났을 때 무언가 담긴 커다란 캔이 계산되지 않는다. 대런에게 물건 담는 일을 맡긴 선임 계산원 마이크가 가격을 확인하라고 한다. 그 말인즉 일단 통로를 찾고 그다음에 선반을 찾고 그다음에 문제의 캔과 일치하는 상표에 적힌 무슨 숫자를 찾아서 그 모든 내용을 머리에 넣고 마이크에게 전달하라는 뜻이다. 대런이 그 일을 다 마치고 나면 마이크는 다른 식료품들을 한참 전에 다 계산한 뒤일 테고 손님은 분명히 화가 나 있을 것이다. 스테이시는 가격 확인이 그의 일이라는 말을 한 번도 하지 않았다. 그는 맞는 통로를 찾는다. 비슷하지만 다른 두 캔 세트 사이에 가격표가 있는 이유를 설명하지 못하는 자신의 모습이 눈앞에 떠오른다. 아니면 그가 뚫어지게 바라보는 동안 그런 구분이 흐려진 걸까. 가격표의 색깔은 그가 무엇이 이 물건의 가격이고 저 물건의 가격인지 경계선을 확정할 수 없을 때까지 변했다. 글자와 숫자가 움직이지만 않았어도 단어를 알아볼 수 있었을 것이다. 대런이 그 자리에 서 있는 동안 개미들이 인도를 가로질러 달리고 잔가지들이 멀리멀리 물에 떠가고 다른 손님들이 비웃는 바람에 결국 그들을 잡으려고 돌아서지만 않았어도. 그는 식은땀을 흘리며 선반 앞에 서서야 1996년 내내 딜런스에 맴돌던 뮤잭*을 인식한다.

그때 루이스 선생님이 4학년인 그에게 『그린치가 크리스마스를 훔치는 방법!』**을 큰 소리로 읽으라고 시킨다. 소리를 내, 우린 온종일이라도 기다릴 수 있어, 웃음, 그런 다음에는 스템플 코치가 7학년 선발전

* 상점이나 공공장소에서 흘러나오는 단조로운 배경음악.

** 미국의 그림동화작가 닥터 수스(1904~1991)의 그림책.

에서 그의 안면 보호구를 움켜쥐고 뭣같이 멍청하다며 그를 바닥에 패대기친다, 귀가 울린다, 잘린 풀의 냄새가 난다. 동시에 그는 넬슨 박사의 진료실에 앉아 있다. 넬슨 박사가 아버지에게 십대 청소년의 몸을 가진 아홉 살이나 열 살짜리를 생각해보라고 말한다. 그런 다음에는 몇 년 뒤 카터가 베키 밀러에게 손가락을 넣었다는 이야기에 맞닥뜨려 비틀거린다. 손가락을 넣는다는 게 무슨 뜻인 줄이나 아냐? 모닥불 주변의 똑같은 웃음. 오세이지오렌지*에서 불꽃이 타닥거리며 튄다. 이 모든 셀 수 없이 많은 순간은 하나가 존재할 때마다 같이 존재한다. 대런의 입가에 일어나는 작은 유사 경련이 그 사실을 반영한다.

그런 순간들이 고여들 때는 도망쳐야 한다. 그래서 그는 고개를 숙이고 비품실로 가서 앞치마를 건 다음 자전거를 타고 네 블록을 지나 군용물품 판매점으로 가서 안쪽 깊숙이 들어가 앉아 50구경 탄약통을 잠갔다 풀었다 한다. 그만해라, 결국 스탠이 계산대 뒤에서 고개를 들지도 않고 말한다. 대런은 코즈몰린**냄새가 좋았다. 스탠은 뚱뚱하고 쌕쌕거리며 숨을 쉬는데다 엄지도 없었다. 하지만 모든 해병이 그렇듯 그는 사람을 죽이거나 손바닥으로 코를 으스러뜨릴 수 있었고 바로 그런 방식으로 두 손을 오그려 대런의 귀에 대거나 꽉 막아줄 수 있었다. 이외에도 여러 전투 기술이 있었다. 대런은 가끔 자신이 이런 기술을 흡수했다고 생각하며 그것을 쓸 일이 없기를 바랐다. 또한 대런은 스탠이 이야기한 경험을 모두 조금씩 거쳤다고 느꼈다. 언젠가 어느 선생이 말해주었듯

* 뽕나뭇과의 나무 열매.

** 총기류에 쓰는 윤활유.

무언가의 냄새를 맡는다는 것은 그것의 분자 몇 개를 몸속에 받아들이는 것이었다. 그래서 스탠이 돈 줄 필요조차 없는 창녀들이 사방에 넘쳐난다고, 윤활유로는 그냥 거시기에 침을 뱉으면 된다고 하면 대런은 랜돌프초등학교 코트에서 농구를 하는 중학생들에게 자신이 누군가와 떡을 치고 침을 뱉었다는 등등의 이야기를 하면서도 거짓말을 했다고는 생각하지 않았다. 그는 줄 수도 있었지만 돈은 안 줬다고, 그때 자기는 400달러를 가지고 있었다고 했다. 나중에는 거짓말을 했다는 느낌이 들더라도 일단 내뱉었을 때는 그럴싸하게 들리는 이야기, 그럭저럭 진실하게 들리는 이야기. 엄마는 내내 대런에게 거짓말한 걸 인정하라고 요구했다. 그의 말이 거짓말이란 걸 누구나 알게 될 때까지.

군용물품 판매점은 덤불과 비슷하기도 하고 아니기도 했다. 비슷한 이유는 대런의 아빠와 아는 사이였던 스탠이 이곳의 주인이라 고든이나 노박이나 데이비스 같은 녀석들이 대런에게 손을 뻗을 수 없었기 때문이었다. 조용히만 있으면 얼마든지 머물러도 괜찮았다. 비슷한 이유는 이곳이 덤불처럼 대런이 전략적으로 파악하고 있는 어두운 곳이기 때문이었다. 대런은 계산대 뒤쪽의 자물쇠가 달린 공간에 오래되기는 했지만 총알이 장전된 루거 권총이 있다는 점까지 알고 있었다. 비슷하지 않은 이유는 스탠의 분노 분자가 그에게도 들어오기 때문이었다. 여자들은 늘 친절한 남자 감수성 있는 유형을 좋아한다고 하지 하지만 실제로는 온 동네에 박고 다닌다고 안 그래 대런. 나는 인종차별주의자가 아니지만 걔들이 자초한 일 아니냐 대런. 스탠이 뭔가 말하고 싶은 기분일 때면 대런의 이름이 언제나 이런 문장에 섞여들어갔다. 신입생이 되기 전 여름에 그들은 맨디 오언에게 키스해보라고 그를 도발했다. 맨디가 그의 입맞춤을 받고 싶어한다고, 그저 너무 부끄러워서 요구하지 못하는 것뿐이라고 장담했다. 맨디는 비명을 지르고 얼굴을 붉히며 부들부들 떨리는 손을 내밀었다. 알레르기가 있는 엄마에게 벌이 앉았을 때와 같은 모습이었다. 웃음. 대런은 펼친 손이 그녀의 얼굴에 닿기 전부터 유죄였다. 흠씬 두들겨맞으면서도 입에 흙을 문 채 미안해 맨디라고 말하고 싶었다. 그는 유치원 때부터 맨디와 아는 사이였다, 맨디는 겨우 세 블록 떨어진 곳에 살았다. 그들은 모른다. 자신의 피맛을 보고 잘린 풀의 냄새를 맡았는데도 집으로 돌아가 칼이나 총을 가지고 나오지 않는 것이, 머릿속에서 그들의 자동차를 뒤집어버리지 않는 것이 얼마나 힘든 일인지. 하지만 스탠의 분노가 들어오자 맨디는 그저 다른 사람들이 뚫고 지나가는 현수막을 들고 있는 창녀가 되었다. 그녀가 더이상 창녀가 아니게 되기까지 그의 머릿속에서 며칠이 흘러야 할 때도 있다는 점을 알아주기 바란다.

J 박사는 딜런스에서 있었던 일을 가지고 화를 내지 않았다. J 박사 안에는 분노 분자가 없었다. 대런은 그런 이유로 J 박사가 계집년이 되는 것인지 여러 차례 궁금했다. 괜찮아, 차차 다시 시도해보면 되지, 네가 그러고 싶다면 말이야. J 박사의 걱정은 대런이 최소한 경미한 환각을 어느 정도 경험했을지도 모른다는 점이었다. 그냥 이야기를 지어내는 것과는 다른 환각. 대런, J 박사가 말했다, 대런, 결국 대런은 그림에서 눈을 돌려 그의 눈을 보았다, 내 말은 네가 꼭 존재하지 않는 것이 보이는 것처럼 말하는 것 같다는 거야, 너희 아빠라든지. 아빠는 존재하지 않는 것 따위는 보지 않는 사람이라고 대런은 생각하며 은색 액자 안에서 떠다니는 광대에게로 다시 시선을 돌렸다. 하긴 아빠가 그 자리에 없

는 사람들에게 욕을 퍼부으며 지하실 시트록 벽에 주먹으로 구멍을 낸 적이 있었다. 나중에야 술에 취해 그랬다는 걸 알게 됐지만. 그냥 아빠 생각이 난다는 말을 하고 싶은 건지도 모르겠구나, 꼭 아빠가 여기 있는 것처럼 느껴진다고, 하지만 실제로는 그렇지 않다는 걸 너도 아는 거지. 말 그대로 존재할 수 없는 것이 보이거나, 실제로는 들리지 않아야 하는 소리가 들린다고 생각되면, 대런, 너 자신에게 이건 진짜가 아니라고 거듭 말하는 것이, 심지어 큰 소리로 말하는 것이 도움이 될 수 있어. 이건 진짜가 아니다. 내가 아는 다른 사람들한테는 그 방법이 놀랄 만큼 큰 도움이 됐어.

남자들

(제인)

기억나니? 이 년 전 겨울에 내가 플로리다행 비행기표를 사두지 않았다는 걸 한참이 지나서야 알아차린 일 말이야. 출발 전날 밤 탑승권을 프린트하려고 했을 때에야 실은 그 표를 산 적이 없다는 걸 알았지. 오비츠*에서 표를 샀던 게 선명하게 기억나는데. 하긴 우린 매년 1월 새니벌**에 가니까 그전 어느 해에 표를 샀던 일을 기억하는 거겠지. 여행을 떠나기 전 몇 달 동안 네 아빠가 비행기표에 대해 물어볼 때마다—직항인지, 시카고를 경유하는지, 가격은 얼마인지—엄마는 거짓말을 한 게 아니었어. 응, 직항이야. 가격은 작년하고 비슷해. 하지만 비행기표에 대해서 어떤 낮은 수준의 불안은 느꼈어. 아니, 되돌아보니까 의식의 문턱 바로 아래에

* 미국의 여행사.

** 플로리다주의 섬. 휴양지로 유명하다.

있거나 때로 의식까지 올라왔다가 다시 가라앉는 그 불안을 분명히 느꼈던 것 같아. 엄만 그놈의 표를 아예 사지 않았을지도 모른다고, 그냥 표를 살 마음이 있었을 뿐이라고 생각하다가 표를 샀다는 가짜 기억을 만들어버렸어. 여행이 다가올수록 나는 가벼운 두려움을 느꼈거든. 나 자신에게조차 별로 설명할 필요가 없는 가벼운 두려움 말이야. 어쩌면 그건 그냥 엄마가 비행기 타는 걸 싫어하기 때문일지도 몰라. 어쩌면 그 여행을 생각할 때마다 내가 너랑 네 딸들에게서 얼마나 멀어졌는지 떠오르기 때문일지도 모르고. 평소에 엄만 중증 신경증 환자처럼 여행 몇 주 전부터 컴퓨터로 몇 번씩이나 비행기표를 다시 확인해. 그냥 시간이나 붙어 있는 좌석을 제대로 예약했는지 재확인하는 거지. 하지만 이 미묘한 두려움, 지식이라고 할 수 없는 이 지식이 엄마가 이메일을 뒤져 비행기표를 찾는 일을 방해했어. 여행 전날 밤이 되어서야, 네 아빠가 수속을 마치고 탑승권을 프린트하라고 했을 때에야 엄마는—더는 알아채지 않을 방도가 없었어—애초에 표를 사지 않았다는 것을 알아챘어. 도저히 믿을 수가 없어, 나는 지메일을 뒤지면서 계속 소리쳤지. 하지만 실제로는, 어느 수준에서는 그 사실을 줄곧 알고 있었어. 정확한 표현은 아니지만. 아니, 그게 전부는 아니라고 해야겠지. 비행기표를 찾는 일을 회피하는 동안은 비행기표가 있다고 느꼈던 것 같아. 비행기표는 메일함을 뒤질 때나 사라지는 거라고, 과거는 그 시점이 될 때까지는 결정되지 않는 거라고, 내가 과거를 넘어설 수 있을지도 모른다고 느낀 거지. 무슨 뜻인지 알겠니? 우리는 다음날 비행기표를 구하느라 엄청나게 많은 돈을 써야 했어. 다행히 좌석은 남아 있었지. 하긴, 캔자스시티를 오가는 비행기는 보통 자리가 있겠지만 말이야.

내 아버지가 했던 일에 관한 기억을 되찾는 것도 비슷했어. 지식은 늘 그 자리에 있었어. 난 몸속에 그 지식을 품고 다녔지. 하지만 내가 뭘 알고 있는지 몰랐단다. 내가 무언가를 알고 있고, 그걸 완전하게 알게 되기를 두려워한다는 사실을 알았을 뿐이야. 그 지식에 접근하는 것만으로, 기억에 접근하는 것만으로 내가 억누르고 있던 사건이 진짜가 될까봐 두려웠어. 아마 내가 품고 다니는 그 알려지지 않은 지식의 윤곽을 처음으로 직관한 사람이 시마였을 거야. 시마는 사라진 것에 형체가 있다는 사실, 그 부분이 내 성격이라는 퍼즐의 한 조각이라는 사실을 이해하도록 도와주었고, 그 가장자리가 눈에 들어오게 해주었어. 내가 절대로 알고 싶어하지 않는 어떤 것이 내 경험의 다른 영역에서 튀어나온다는 점을 알려준 거야. 그 가장자리들이 눈에 들어오자 나는 늘 가지고 있었지만 한 번도 가진 적 없는 지식을 대면할 수 있었어. 사실상 대면하지 않을 수가 없었지.

넌 그 시절에 시마가 어땠는지 별로 기억나지 않을 거야. 네 살인가 다섯 살이었으니까. 그때 시마는 엄마의 가장 친한 친구였는데, 내 심리치료사가 되어주기도 했어. 하지만 우리는 그걸 "상담"이라고 불렀지. 물론 이런 식의 경계 흐리기는 문제가 있어. 둘 다 바보 같았어. 그때도 바보 같다는 걸 알았고. 핑계를 대려는 건 아니지만 재단 사람들 사이에서는 직업적, 개인적, 심리치료적 관계가 모호해지는 경우가 너무 많았어. 그래서 우리도 그런 일을 어느 정도 정상이라 느꼈던 것 같아. 하지만 우린 그런 관계의 미끄러짐이 보통 가부장적 관계 강화에 이용되는 환경에 있었기에, 심리치료적 동반자 관계를 형성한 두 페미니스트가 된 것처럼 느끼기도 했어. 실제로 그랬어. 처음에 엄마는 앨런 캐플런에게 정신분석을 받았어. 너도 기억하는 이웃이야. 재단에서는 정신분석을 받지 않는 것이 약점으로, 자신의 정신역학인지 뭔지에 대한 진지한 성찰을 회피하는 신호로 받아들여져. 그래서 엄마는 터무니없이 성차별주의적인 개소리를 견뎌야만 했어. 한번은 직원회의에서 남녀 임금격차 문제를 제기했는데, 그날 오후 캐플런의 소파에 누웠을 때 그 사람이 나더러 남자보다 돈을 덜 받는다는 사실에 대한 걱정이 남근선망과 관계가 있을지도 모른다는 점을 생각해보라고 부추기더라. 자기한테는 "남근을 갖기 위한 노력"의 증거가 보인다는 거야. 한번은 다른 선임 분석가한테 어째서 박사후 과정에 있는 남자들은 "박사님"이라고 부르면서 여자들은 이름으로 부르느냐고 물어봤어. 그랬더니 다시 그 소파에 누워서 남근선망에 관한 강의를 듣게 됐지. 남근선망이라는 진단에 반대하는 것이 남근선망의 명백한 징후가 되더구나. (어느 선임 분석가가 톰 박사한테 엄마를 "시끄럽고 잔소리만 심한 여자"라고 했던 메모지가 유출된 적이 있어. 그걸 찾아서 보여줘야겠다. 그 내용을 약간 수정해서 네 책에 넣을 수 있을 거야.) 지금은 패러디처럼 들리지만 그때는 현실이 그랬어. 시마에게 치료를 받는 게 그런 문화에 대한 저항처럼 느껴졌어. 위대한 남자 프로이트의 이론에 맞지 않는 여성의 경험은 병으로 취급하는, 아무런 검토도 거치지 않은 재단의 프로이트적 전통에 의거하지 않고 내 과거의 여러 측면과 화해할 방법인 것만 같았지.

아무튼 그건 지나친 신념으로 가득찬 엉망진창 상담이었어. 시마는 클라우스한테 정신분석을 받고 있었어. 클라우스는 네 아빠한테 두번째 아버지나 마찬가지인 분이야. 혹은 네 아빠가 클라우스한테 두번째 아들이라고 하는 편이 맞을지도 모르겠다. 에릭과 우리 사이에는 언제나 어떤 긴장감이 있었어. 우리는 에릭을 좋아했지만 그가 약물 사용에 지나치게 적극적이라고 생각했지. 에릭은 정신약리학을 만병통치약이라고 생각하는 엄청나게 무비판적인 신념을 가지고 있었어. 물론 너와 제이슨은 가장 친한 친구였고, 사실상 태어난 이후로 늘 서로의 곁에 있었지, 마치 형제처럼. 우리 두 부부는 비극적인 일이 벌어지면 서로를 자식의 법적 보호자로 지명한다는 내용을 유언장에 적어두었어. (그건 그렇고, 너랑 나탈리아도 정말 유언장을 써두어야 해. 그만 미루려무나.) 그러다가 네 아빠랑 시마 사이에 그 일이 벌어졌지. 이번에도 클라우스가 얽힌 일이었지만—자세한 내용을 알고 싶다면 클라우스에게 물어봐야 할 거야. 클라우스는 몇 년이 지나서 대런 에버하트 사태가 벌어졌을 때에야 내게 그 얘기를 해주었거든—당시에 나는 그 모든 것에 대해 어렴풋하게만 눈치챘을 뿐이었어. 이것 역시 내가 알면서도 알지 못한 일이었지. 아주 솔직하게 말하자면 시마와 나의 관계에서—어쨌든 시마는 토피카에서 남녀를 불문하고 가장 멋진 사람이었어—성적인 전류가 전혀 흐르지 않았다고는 장담하지 못하겠구나. 달리 말하면 그 관계는 성적인 에너지로부터 자유롭지 않았어. 우리의 방법론적 차이에도 불구하고 내 원고를 가장 통찰력 있게 읽어준 사람이 시마이기도 했고. 그 말은 내가 시마에게 의존하거나 다른 방식으로 빚을 지고 있다고 느꼈다는 뜻이야. 동시에 시마야 부정하겠지만 그녀가 내 책에 어느 정도 지분이 있다고 느꼈다는 뜻이기도 해. 당연히 시마는 책의 성공에 아주 복잡한 감정을 느꼈을 거야.

토피카에 온 지 한두 달 만에 시마와 나는 재단에서 보낸 한 주에 관해 와인에 젖은 기나긴 보고회를 여러 번 열게 되었어. 어떤 경우에는 각자의 이론적 지향에 관해 토론했지만, 과거와 어린 시절에 관한 엄청난 이야기를 나누기도 했지. 우리는 빠르게 강한 친밀함을 느꼈어. 그 관계에는 어딘가 현기증나는 부분이 있었어. 간절함이 담긴 흥분에 젖어 새로운 친구에게 빠져드는, 여름캠프에 참여한 어린아이나 대학교 신입생 같았어. 우리는 그린우드의 포치 그네에 나란히 앉아서 담배를 피우며(시마가 피우던 인도네시아산 담배 끝부분에 설탕이 조금 묻어 있었던 게 기억나는구나) 잼병에 담긴 싸구려 와인을 마셨어. 시마는 아주 우아했어. 시마한테 이런 행동은 빈민굴 체험이나 다름없었지. 우리는 험담하고, 웃고, 협조적일지는 몰라도 강한 어머니와 신세 망친 아버지가 있는 가정에서 자라는 게 어떤 경험인지에 관해서도 터놓고 이야기를 나눴어. 한 번도 토피카에 온 적이 없는 시마의 아버지는 로스앤젤레스의 존경받는 외과의사였어. 아마 심장 전문의였던 것 같아. 그분은 이란에서 이민을 왔고 원가족의 거의 모든 사람과 인연을 끊었지. 그분의 관심은 오직 시마의 오빠인 아미르에게만 쏠려 있었어. 아미르가 대를 이어 외과의사가 될 거라고 기대했지. 시마는 완전히 투명인간이 된 것 같은 기분이었어. (너도 내 아버지가 데버라를 얼마나 편애했는지 알지? 데버라는 네 작품에 등장시키지 않는 게 좋겠다. 내 아버지는 그런 편애를 굳이 숨기지도 않았어.) 아미르는 엉망진창이었어. 이십대에 자살 시도를 했지. 최소한 시마는 그 일을 자살 시도라고 여겼어. 시마의 가족은 그냥 무모한 파티를 즐긴 결과라고 주장했고. 그래서 시마는 미칠 것 같았어. 울 때 미소를 짓는 시마의 희한한 버릇이 기억나는구나. 시마는 가족과 함께 UCLA병원에서 오빠를 차에 태워 돌아오는데 벤츠 운전대를 잡은 아빠가 의대생이 아편유사제와 알코올을 섞어 마시다니 바보 같은 짓이었다고 아무렇지 않게 말했다고 했어. 그때 시마의 완벽한 치아가 노을빛에 살짝 반짝이던 모습이 눈에 선해. 시마의 아버지는 진정제를 너무 많이 투약한 오빠의 자살 시도를 그냥 또다른 학업 실패인 것처럼, 화학을 형편없이 이해한 결과인 것처럼 말했대. 그냥 할말이 없더라, 시마는 말했어. 미소를 지으면서, 와인을 홀짝이면서. 시마의 높은 광대뼈 위로 눈물이 흘러내렸어. 그냥 아무 소리도 낼 수 없었어. 시마가 이런 식으로 울면서 웃을 때면—담배를 한 대 더 피우려고 오그린 손으로 불꽃을 감싸고 불을 붙이는 동안 그 불빛이 시마의 얼굴을 비추는 모습이 눈에 선해—마치 해가 쨍쨍한 날 비가 내리는 아름다운 날씨를 보는 것 같았어. 이렇게 말하면 넌 아마 엄마를 놀리겠지. 아마 그런 날씨는 몇 킬로미터쯤 떨어진 곳의 구름에서 내린 비를 바람이 날려보낸 결과일 거야.

시마와 내가 둘 다 아이를 낳고 나자—너와 제이슨은 글쎄, 넉 달쯤 차이가 나려나?—내 아버지에 대한 우리의 대화는 더 강렬해졌어. 그 이유가 아이를 낳으면 자신의 어린 시절에 대한 기억이 되돌아오기 때문이라는 건 틀림없지. 너도 지금은 딸을 뒀으니 알 거다. 하지만 또 한 가지 이유는 할머니와 내 아버지가 너를 만나러 피닉스에서 찾아오기 시작하면서 내가 했던 미묘하지만 이상한 행동을 시마가 알아차렸기 때문이었어. 내 행동은 부모님과 한자리에 있으면서 느끼는 단순한 짜증을 넘어섰지. 예를 들어, 시마와 에릭을 저녁식사에 초대한 어느 날 밤의 일이야. 네 아빠는 유일한 특기 요리인 닭고기 요리를 하고 있었고, 시마는 내 아버지가 곁에 있을 때 엄마가 네 곁에서 말 그대로 떨어지지 못하는 모습을 보게 됐어. 시마는 그게 부누엘*의 영화 〈학살의 천사〉에서 만찬에 초대받은 손님들이 식사후 응접실로 간 다음 알 수 없는 이유로 그곳을 떠나지 못하던 장면과 비슷했다고 말했지. 단, 떠나지 못하는 사람은 엄마뿐이었어. 너와 제이슨은 거실의 작은 아기 침대에 누워 있었어, 우리는 디저트를 먹고 있었고. 시마는 내가 일어나서 접시와 유리잔을 모아 주방에 가져가다가 거실 가장자리에 이르자마자 갑자기 돌아와서 다시 자리에 앉아 접시들을 커피테이블에 내려놓는 것을 보았어. "이건 나중에 치워야겠다." 당연히 무의식적이고 비합리적인 행동이었지만—난 아버지를 믿지 않았지만, 딱히 걱정할 만한 상황은 아니었거든—아버지와 너를 내 눈에 보이지 않

* 스페인의 영화감독 루이스 부누엘(1900~1983).

는 곳에 놔둘 수가 없었어. 어느 순간 나는 시마에게 물었어. 담배 있어? 응, 시마가 말했지. 우리는 일어나서 문으로 걸어갔어. 그때 나는 사실 별로 피우고 싶지 않아, 너는 가서 피워, 라고 말하면서 다시 자리에 앉았어. 네 아빠가 이런 행동을 하나라도 봤다면 내가 이상하게 군다는 것을 알고 부모님이 계셔서 스트레스를 받나보다, 라고 합리적으로 생각했을 거야. 그야 누구라도 그럴 수 있으니까. 게다가 내 아버지는 평범한 의미에서도 같이 있기에 꽤 까다로운 사람이거든. 끊임없이 불평하고 남들을 별로 배려하지 않으니까. 나중에 시마가 말하길, 그때 자기 혼자 담배를 피우러 나가서—그때는 시대가 달라서 갓난아기의 엄마도 양껏 담배를 피웠어—포치 그네에 앉아 큰 창문 너머로 거실에 있는 나와 다른 사람들을 지켜보았대. 그런데 내가 아버지와 아기 침대 사이로 의자를 옮기는 것 같았다더구나. 시마는 의구심이 들었대. 내가 이미 아는 것을 자각하지 못하고 있는 것 같다는 생각이 들었다는 거야. 어쩌면 잠깐이나마 바깥에서, 창문이라는 액자 너머로 그 장면을 보았으니 시마에게는 그림이나 무성영화로 바뀌어 보였는지도 모르지. 그 장면이 돋을새김한 것처럼 눈에 들어온 거야.

—계속 그분을 "할아버지"가 아니라 "내 아버지"라고 부르시네요. 할머니는 "내 어머니"가 아니라 "할머니"라고 하시면서요. 지금도 그분과의 모든 관계에서 저를 보호하려고 하시는 것 같아요.

흥미롭구나. 아마 네 말이 맞을 거야. 지금 나는 그날 밤을 삼인칭시점에서 기억하고 있어. 마치 포치 그네에 앉아 있는 시미의 시점에서 거실을 들여다보는 것처럼 말이야. 나는 그 순간에 예전 일을 처음으로 좀더 완전하게 떠올리기 시작했다고 기억하지만, 그 기억은 잘못된 거야. 그렇게 나갔다 들어온 뒤에 시마는 자기가 관찰한 내용을 말했고, 나는 어깨를 으쓱하며 별일 아니라는 듯 넘겼어. 별 반응을 보이지 않았지. 그 문제에 대해 나 자신을 진단해보았지만 그 일은 내게 그 어떤 현실과도 이어지지 않는 것처럼 보였어. 그냥 갓난아기를 돌보고 있을 때는 그 일이 수면으로 떠오르도록 내버려둘 수 없었나봐. 나는 시마에게 아버지가 주변에 있을 때면 약간 미칠 것같이 느껴지는 건 사실이라고, 모든 방면에서 내가 징후를 보이는 것처럼 행동했을 게 분명하다고 말했어. 다만 그게 어린 시절에 있었던 일과 상관이 있다고는 생각하지 않는다고 했지. 아버지가 스스로와 소원하고 완전히 단절된 사람이기는 해도 나를 부적절하게 만질 사람은 아니라고 말이야. 이 문제를 더 밀어붙이지 않은 건 시마가 잘한 거야.

시마와 나는 구체적으로 우리의 아버지들, 그리고 보통의 아버지들에 대해서 계속 이야기했어. 하지만 깊은 과거가 다시 영향력을 발휘하게 된 건 두어 해가 지난 다음이었어. 내 아버지가 피닉스에서 뇌출혈을 일으키는 바람에 우리는 비행기를 타고 그곳으로 갔지. 너는 다섯 살인가 여섯 살이었던 것 같구나. 브라이트서클이 아니라 랜돌프에 다녔을 때니까. 내 아버지의 얼굴 오른쪽이 약간 마비된 것을 보고 네가 정말로 겁에 질렸던 게 기억나. 내 아버지는 뇌출혈로 인해 생김새가 같지만 달라졌어. 도플갱어와 바뀐 것만 같았지. 처음에 너는 내 아버지에게 가까이 가려고 하지도 않았어. 하긴 내 아버지야 어린아이가 달려가서 반길 만한 할아버지는 아니었으니까. 뇌출혈은 그리 심하지 않았지만, 나이든 부모님 문제에 대처할 방법을 생각하는 기나긴 과정의 시작이었어. 그래서 공기 중에는 엄청난 긴장감이 감돌았지. 그러다 우리 엄마랑 관련된 두 가지 일을 겪었어. 당시에는 아무도 '촉발'이라는 단어를 사용하지 않았지만 말이지.

어느 날 밤, 네 아빠와 네 할머니가 너를 데리고 나가서 비디오를 빌려왔어. 할머니 집에는 케이블TV가 없었는데 네가 만화를 너무 보고 싶어했거든. 너랑 아빠는 무슨 디즈니 영화랑 〈고양이 프리츠〉라는 비디오를 빌려가지고 돌아왔어. (정신분석가라면 '프리츠'가 클라우스의 살해당한 아들 이름이라는 사실을 지적했을지도 몰라. 내 생각에는 클라우스도 마음속으로 늘 이 점을 아빠와 연결했을 거야.) 아빠는 네 할머니가 아침에 뉴스를 보려고 주방에 두었던 작은 TV로 이 비디오를 틀어주고 나갔어. 나중에 내가 너를 살펴보려고 주방에 들어갔다가 화면에서 본 장면은—내가 보고 있는 것이 무엇인지 이해하기까지 일 분 정도가 걸렸지—일종의 의인화된 동물 윤간이었어. 망할 X등급 만화였던 거야! 난 그런 게 있는 줄도 몰랐어. 완전히 충격에 빠져서 꼼짝도 못하고 그 자리에 서 있었지. 너는 그냥 전자레인지용 팝콘을 씹고 있었고. 내 생각에 너는 화면에서 묘사되는 것이 무엇인지 전혀 몰랐던 것 같아. 그때 내 어머니가 들어오더니 TV를, 그 만화 속 윤간 장면을 보고 말했어. "아니, 저런." 그러더니 침착하게 나가는 거야. 나는 정신을 차리고 그걸 꺼버린 다음 너한테 가서 할머니랑 놀라고 했어. 너는 군말 없이 그렇게 했지(너도 뭔가 잘못됐다는 건 알

왔던 거야). 나는 큰 소리로 네 아빠를 불렀고 아빠가 달려들어왔어. 나는 아빠한테 보여주려고 비디오를 다시 틀었어. 네 아빠는 당연히 흥분했지. 동시에 그 모든 일이 우습다고 생각하는 것 같았지만. 아빠는 어쩌다 이런 일이 일어난 건지 몰랐어. 네가 아빠한테 비디오 케이스를 내밀었을 때 그냥 제목만 훑어봤다더라고. 아빠는 무척 미안해했어.

그날 밤 나는 잠을 잘 수가 없었어. 너한테 그 만화가 어떤 식으로든 나쁜 영향을 끼쳤을까봐 걱정되어서도 아니고, 테이프를 잘못 빌려온 일로 네 아빠한테 화가 나서도 아니었어. 아니, 내가 화가 났던 건 "아니, 저런" 때문이었어. 내 어머니가 주방에 들어와 성폭력을 묘사한 장면에 아이가 노출된 걸 보고서도 신발에 달린 가격표를 보았을 때와 똑같은 말투, 똑같은 가벼움으로 놀라움을 표현했기 때문이었어. 나는 격분했지만 내 분노를 설명할 수 없었어. 식은땀을 흘리며 그날 밤을 보냈지. 침대 옆에 둔 공기주입식 매트리스에서 네가 잠든 채 웅얼거리는 소리가 들렸어. 다음날 아침, 나는 거의 할머니를 쳐다볼 수도 없었어. 네 아빠한테 내가 느끼는 감정에 대해 이야기했는데—이 감정이 말도 안 된다는 걸 알았으니까—아빠는 그런 비디오를 빌린 자기 잘못이라는 말만 계속하더구나. 네 아빠는 내가 그냥 뇌출혈이나 나이들어가는 부모님 문제 같은 걸로 스트레스를 받는다고 생각했어. 하지만 나는 할머니한테 뭔가 말하기로 결심했어. 말하지 않고는 배길 수 없었던 걸지도 몰라. 할머니와 나는 집 뒤에 있던 조그만 바위 정원에 앉아 있었어. 거기에는 네가 아주 좋아하는 다육식물과 선인장이 잔뜩 있었지. 내가 말했어. "엄마, 그 끔찍한 비디오를 보고 왜 그렇게밖에 놀라지 않은 거예요? 왜 그냥 주방에서 나간 거예요?" 그랬더니 할머니가 답했는데, 딱히 터무니없는 말은 아니었어. "그야 네 일이라고 생각했으니까, 엄마는 너잖니." "음," 내가 말했어. "제가 거기에 없었으면요?" 할머니는 내 질문에 수백만 가지로 답할 수 있었어. "너랑 조너선이 여기 없었다면 그 비디오를 빌려오는 일도 없었겠지"라고 말할 수도 있고, "당연히 꺼버렸겠지"라고 말할 수도 있었어. 하지만 할머니는 깊은 생각에 잠기더니 그 문제를 신중하게 숙고해보는 듯했어. 그러더니 말했단다. "애덤은 괜찮았을 거야." 내가 어떻게 대답했는지, 대답을 하기는 했는지 기억나지 않는구나. 내 머릿속 비디오는 그쯤에서 끊긴단다.

두번째 사건은 며칠 뒤에 일어났어. 피닉스에서의 마지막 날이었지. 나는 만화 사건 전체를 거의 극복한 뒤였어. 최소한 더이상 화가 나지는 않았거든. 네 할머니랑 나는 할머니가 한 번도 액자에 끼우지 않고 가지고만 있었던 원본 그림과 인쇄본을 살펴보고 있었어. 할머니는 엄마한테 그중 몇 장을 토피카로 가져가겠느냐고 물었어. 너도 엄마가 이런 행동을 할 때마다 싫어하는데, 할머니가 그 행동을 하고 있었던 거야. 엄마가 그림이든 뭐든 보고 감탄할 때마다 가져가렴, 네 거란다, 네가 가졌으면 좋겠구나, 하고 말했던 거지. 마치 이 세상에 작별인사를 하는 것처럼, 유산을 처분하는 것처럼 말이야. 특히 내 아버지가 뇌출혈을 일으킨 상황을 고려하면 그다지 속 편한 대화는 아니었어. 예술작품의 향방에 관한 우리의 대화는 죽음에 관해 이야기하는 한 가지 방식이기도 했거든.

(그동안 내 아버지는 어디에 있었느냐고? 그냥 자기 방에 있거나 네 아빠와 한담을 나누고 있었을 거야. 내 생각에는 아빠가 녹음을 하고 있었던 것 같아. 내 아버지가 그 집에 있었던 모습은 거의 기억나지 않아. 애초에 내 아버지의 뇌출혈 때문에 거기에 간 건데도.) 하지만 예술작품은 네 할머니와 내가 즐겨 이야기하던 주제이기도 했단다. 너도 할머니가 비교적 말년에 이르기까지 무척 가난했다는 건 알 거야. 할머니는 도저히 불가능할 정도로 검소했고, 고등학교도 졸업하지 못했어. 나는 할머니가 예술을 사랑하신다는 점이, 네 표현을 빌리자면 가격을 떠나 무언가를 가치 있게 여긴다는 사실이 무척 좋았고, 할머니의 취향에는 정말로 감탄했어. 할머니가 1952년 미드우드의 어느 집 바자회에서 마음에 드는 캔버스화를 사두었는데, 시간이 지나면서 우리 모두 할머니가 정말 훌륭한 작은 그림을 발견했다는 사실을 깨달았지. 함께 시간을 보낼수록 점점 깊어지는 그림이었어. 내가 가장 좋아하는 어린 시절 기억 중에 할머니와 함께 메트로폴리탄박물관에 가던 기억이 있단다. 할머니는 특히 고대 조각상을 좋아하셨어. "저걸 보면 마음이 진정돼." 할머니는 말하곤 했지. 대리석이 마음을 진정시킨다고. 너도 알겠지만 할머니는 다양한 화가 밑에서 일했어. 재료 구하는 걸 돕고 장부를 썼지. 그리고 급료 대신 그림을 받았단다. 아무튼 우리는 차고에서 할머니가 커다란 판지 사이에 눌러놓은 그림 인쇄본들을 살펴보고 있었는데 내 어머니가 갑자기 이렇게 말하더구나. "고백할 게 있어."

"고백할 게 있어"라니. 꼭 TV에서 들은 말을 인용하는 것 같았어. 딱히 할머니가 쓰실 만한 표현이 아니었거든. 당연히 차고 안은 믿을 수 없을 만큼 더웠지만, 할머니가 그 말을 하자 엄마는 추워졌단다. "네, 하세요." 나는 간신히 말했어. "그게 말이다, 너도 알겠지만 내가 한때 래시터 밑에서 일했잖니." (래시터는 우리집에 있는 샤갈 비슷한 그림을 전부 그린 사람이야. 나보다는 네 아빠가 그 그림들을 좋아한단다.) "뭐랄까, 그 사람이 그린 그림 중에 내가 유독 감탄했던 그림이 하나 있었어. 그냥 작은 수채화였지. 래시터는 실제로 내가 그 그림에 관심을 기울이게 했단다. 아주 다양한 색깔로 장미를 그렸거든. 내 이름이 로즈니까 그 그림을 마음에 들어할지도 모른다고 생각했다더구나. 난 그 그림이 마음에 들었어, 무척 마음에 들었지. 아주 적은 것으로 아주 많은 것을 이룬 것처럼 보여서였던 것 같아. 래시터는 그런 작업을 잘했거든. 몇 가지 형태와 색채만으로 세상 전체를 만들어냈지." "그래서," 나는 인내심을 발휘하려 애쓰며 말했어. "엄마가 '고백'해야 하는 게 뭔데요?" "글쎄," 할머니가 말하더구나. "래시터가 나한테 그 작은 장미 그림을 보여주었고, 난 그 그림이 무척 마음에 들어서 가져도 되느냐고 물었어. 놀랍게도 래시터는 안 된다고, 자기가 보관할 거라고 말했단다. 아마 나한테 주려고 보관했던 것 같아. 그 그림이 급료 대신이 되지 않도록, 채무와 전혀 관련되지 않도록 나한테 선물로 줄 생각이었던 거야. 하지만 정말 그랬는지는 모르겠다. 래시터가 꽤 나이들었을 때 있었던 일이고, 그는 두 번 다시 그 얘기를 꺼내지 않았거든." "엄마," 나는 합리적인 수준 이상으로 짜증을 내며 말했어. "핵심을 말해보세요." "그래," 할머니가 말했어. "아무튼 래시터가 죽었을 때 그의 아들이 나한테 작품 목록을 만들어달라고 부탁했단다. 아들은 내가 드나들면서 모든 걸 정리할 수 있도록 열쇠를 내주었어. 래시터가 없는데 그의 화실이기도 했던 아파트에 있자니 기분이 아주 이상하더구나. 그때 나는…… 나는 그 장미 그림을 훔쳤어. 만들고 있던 작품 목록에 그 그림을 적지 않았단다. 그냥 갈색 종이가방에 넣어서 집으로 가져왔지. 나는 흔해빠진 도둑처럼 그 그림을 가지고 계단을 달려내려왔어. 실제로도 도둑이었고. 분명 그 아들은 내게 그냥 그 그림을 줬을 거다. 내가 해준 모든 일을 무척 고마워했거든. 아마 래시터도 어쨌든 내가 그 그림을 갖기를 원했을 거야. 물론 그 그림을 살 수도 있었어. 래시터의 아들이 나한테는 아주 적은 돈만 받고 팔았을 테니까. 래시터가 거물급 화가였던 것도 아니고. 나는 살면서 뭘 훔친 적이 한 번도 없었고, 그후로는 아무것도 훔치지 않았단다. 그리고 이 이야기는 누구에게도 하지 않았어. 지금 그 그림을 가지고 있는 네 언니를 포함해서 말이야."

부모님의 커다란 파란색 볼보 스테이션왜건에 기댔던 기억이 나는구나. 셔츠 너머로 자동차의 금속이 뜨겁게 느껴졌어. 그 이야기를 이해할 때까지 내 몸속에 머물러 있으려면 그 감각이 필요했거든. 나는 혼란스러웠어. 내가 왜 혼란스러운지가 혼란스러웠어. 마치 몇 가지 이야기를 한번에 듣는 것 같았단다. 한쪽 귀로는 할머니의 이야기를 듣고, 다른 귀로는 다른 이야기를 듣는 것 같았지. 그때 내가 말했어. 목소리가 아주 침착했던 게 기억나는구나. "고백하실 건 그게 전부예요?" 할머니는 약간 아리송한 표정을 짓더니 말했어. "그래." 그러자 내가 말했지. 이번에 내 목소리는 단조로웠어. 마치 다른 사람이 나를 통해 말하는 것처럼 말이야. "엄마가 여태 하신 일 중에 그게 가장 나쁜 일이에요?" 할머니는 잠시 생각에 잠겼어. 더는 아리송한 표정이 아니었지. 마치 예상하던 바로 그 질문이라는 것처럼. 그러더니 말했어. "그래, 그런 것 같구나. 그게 내가 살면서 해본 가장 나쁜 일인 것 같아."

토피카로 돌아와서 나는 시마의 집으로 갔어. 사실은 달려갔지. 에릭은 무슨 학회에 가 있었고, 나는 이 이야기를 다시 말해줬어. 이 이야기의 의미야 뻔하지 않느냐는 투로. 나는 시마 부부의 커다란 노란색 가죽소파에 큰대자로 누워 있었고, 시마는 맞은편 안락의자에 앉아 있었어. 길고 완벽한 올리브색 다리를 팔걸이에 걸친 채. 우리는 늘 그러듯 와인을 마시며 담배를 피웠지. 시마는 듣기만 했어. 시마가 침묵을 얼마나 멋지게 다루는지 너한테 얘기해줄 수 있었으면 좋겠구나. 시마는 침묵에 눈금을 매길 줄 알아. 왠지 누군가 귀기울이고 있다는 느낌을 주지. 어디에 있든 상대방의 마음에 가닿는단다. 어쩌면 이 모든 표현이 너한테는 진부하게 들릴지 모르겠지만, 너도 알다시피 너도 가끔은 그런 능력을 보인다고 생각해. 토론하려 들 때는 빼고. 시마는 그냥 특유의 무척 아름다우면서도 무척 슬프고 이해력 넘치는 미소를 띤 채 그 자리에 앉아 있었어. 부분적으로는 아무것도 하지 않음으로써 시마가 한 일은, 내 불쾌감이 자명하지 않다는 것을 내 목소리로 직접 듣도록 해준 것이었어. 내 엄마가 너를 비디오로부터 '보호해주지' 못한 일에 대한 분노도, 그림을 훔친 것이 내 엄마가 저지른 일 중에서 가장 나쁜 일이라고 생각한다는 사실에 대한 분노도 아직 일관적인 이야기로 통합되지 못했다는 것을 말이야. 시마는 나의 말 이면에 아직 소리 내어 말하지 못한 깊이가 있다는 것을 들을 수 있는 공간을 만들어주었어.

그때 시마의 침묵이 만들어낸 그 공간에서 어떤 일이 벌어졌단다. 내 말이 무너져내리기 시작했어. 감정적 스트레스 아래에서 파편화되며 장황하게 이어지는 불합리한 추론이 되었지. 내 귀에는 네가 존경하는 몇몇 시인의 시도 그렇게 들린다만. 아니, 페일린* 이나 트럼프가 하는 말처럼 들린다고 해야겠구나. 말이 되는 것처럼, 무슨 주장이나 정보라도 되는 것처럼 헛소리를 하는 거지. 나야 정치인보다 훨씬 빠르게 말하긴 했지만. 내 말은 꼭 퇴각하는 의미를 추격하듯이 점점 빨라졌어. 내가 뇌출혈을 일으킨 것 같았지. 시마는 계속해서 내가 '트레이닝training'이라는 말을 반복한다고 짚어주었어. 예를 들어 이런 식으로 말했던 거지. "엄마가 왜 그 그림을 데버라에게 주었는지는, 뭐랄까, 내가 받은 트레이닝에 따르면……" 그런 다음에는 문장 중간에 말을 뚝 끊고 완전히 다른 얘기를 시작했다는 거야.

—그 일이 기차train에서 벌어졌기 때문이겠죠.

내 아버지와 내가 시애틀에서 브루클린으로 돌아왔을 때야. 가족의 친구들을 만나고 온 참이었어. 나는 여섯 살이었단다. 그때 할머니는 여동생이 아파서 갑자기 로스앤젤레스에 가봐야 했는데,

---

* 미국 공화당 정치인 세라 페일린.

데버라만 데려가고 나는 내 아버지와 단둘이 남겨두었지. 그게 할머니가 한 일 중 가장 나쁜 일이야. 그러다가 어느 순간 나의 말은 더이상 말로 지속될 수가 없었어. 나는 녹아내려 흐느낌이 되었어. 흐느낌이 나를 차지했어. 그런 일이 벌어질 줄은 몰랐어. 근육 경련처럼 비자발적이고 충격적인 일이었지. 처음에 나는 그 흐느낌을 비웃다시피 했어. 한순간 해가 나더니 이내 비가 내리는 것처럼, 흐느낌의 강도와 의외성에 나도 모르게 웃어버렸던 거야. 그런 다음에는 흐느낌에 완전히 항복했어. 놓아버리니 어떤 믿을 수 없는 안도감이 들더구나. 이 언어는 순수한 소리로 마무리됐어. 한계에 다다랐으니 새로운 언어가 세워지겠지. 시마랑 내가 그 언어를 세우겠지. 눈물 너머로 시마를 보았던 게, 시마가 내게 다가오지 않는 것을 보았던 게 기억나. 시마는 그 자리에 앉아 있었어. 이제 허리를 똑바로 세우고, 금방이라도 움직일 태세로. 시마는 연민으로 가득했지만 내게 다가오거나 나를 끌어안거나 붙들지는 않으려고 했어. 나는—그때 뭐라도 생각할 수 있었다니 참 이상한 일이지만—시마가 허리를 펴고 앉아 있는 것이, 그 자리에 머무는 것이, 기다리는 것이 올바른 일이라고 생각했어. 우리가 심리치료를 시작했다고 생각했던 게 기억나는구나.

◆ ◆ ◆

가족 체계의 관점에서 보자면 유선전화와 함께 많은 것이 사라졌단다. 핸드폰이 생기기 전, 어떤 형태의 발신자 확인 장치도 생기기 전 어린 시절에 네가 얼마나 자주 유선전화를 받았는지 생각해보렴. 넌 짧게나마 이모나 삼촌이나 가족의 친구들과 대화를 나누어야 했지. 겨우 오 초 동안의 안부 확인일 뿐이라도 어떻게 지내니, 학교는 잘 다니니, 엄마는 집에 있니, 같은 말들은 확장된 공동체와의 주기적인 실시간 음성 접촉을 의미했어. 이런 접촉이 반복될수록 공동체는 강해졌지. 요즘은 상대방이 너에게 직접 전화를 걸지 않는 한 누구와도 이야기를 나눌 일이 없어. 나는 네 딸들과 페이스타임으로 통화하는 것을 좋아한단다. 나는 그냥 옛 시대의 기술이 사라진 것을 슬퍼하는 게 아니라 이게 실제적이고 근본적인 변화라고 생각하는 거야. 미묘한 변화일지라도. 네가 어딘가에 이 얘기를 써도 괜찮을 것 같구나.

이 말은 남자들이 집에 전화를 걸기 시작했을 때 네가 자주 그 전화를 받았다는 뜻이기도 해. 엄마가 "애덤, 엄마 전화 받았어"라고 말한 다음에도 종종 끊지 않았겠지. (21세기의 브루클린에서 살아가는 네 딸들은 이 모든 일이 얼마나 낯설까? 토피카의 커다란 집에서 서로 다른 방에 있는 두 사람이 수화기를 집어드는 상황이.) 나한테 우리집 전화번호를 그대로 두는 것은 자존심이 걸린 문제였어. 전화번호부에서 번호를 빼버리는 것은 편집증적이거나 주제넘은 짓으로 보였지. 하지만 번호를 빼는 게 맞았을 거야. 얼마나 많은 남자가 있었는지는 모르겠어. 같은 사람이 목소리를 변조해서 여러 번 전화를 건 것 같았거든. 하지만 숫자가 꽤 됐던 것은 확실해. 특히 내가 〈오프라 윈프리 쇼〉에 출연한 뒤로는 말이야. 평균적으로 일주일에 한 번은 전화가 온 것 같구나. 그런 전화는 보통 아주 공손하고 평범한 목소리로 시작되곤 했어. "제인 고든 박사님과 통화할 수 있을까요?" 하지만 내가 "접니다"라고 하거나, 네가 엄마를 바꿔줘서 내가 "여보세요"라고 하면, 그 목소리는 보통 속삭임이나 식식대는 소리로 작아졌어. 그런 다음—거의 한 번도 예외 없이—나는 "쌍년"이라는 단어를 들었지. 가끔 그들은 그냥 내가 그들의 결혼생활을 망친 쌍년이라는 점을 알려주고 싶어했어. 아니면 나 같은 쌍년들이, 한 무리의 페미나치 쌍년들이야말로 요즘 여자들의 문제라는 것을 알려주고 싶어했거나. 그것도 아니면 나 같은 쌍년은 입을 닥쳐야 한다는 것을(글쓰기를 그만둬야 한다는 것을) 알려주고 싶어했어. 그들은 메시지를 전하고는 전화를 끊었지. 하지만 다양한 수위로 구체적인 협박을 하기도 했어. 나 같은 쌍년은 조심해야 한다든가, 앞으로 내게 무슨 일이 닥칠 거라든가, 재단 구내를 걸어다니다가 총을 맞을 수도 있다든가 하는 식이었지(그런 전화를 건 사람은 한 명뿐이었지만, 그 사람이 여러 번 전화를 걸었어). 그들은 강간이라는 주제를 다양하게 변주하기도 했어. 내가 널 강간할 거야. 너 같은 건 강간당해야 해. 강간이라도 당했나보지? 그렇게 못생기지만 않았으면 넌 강간당했을 거야.

이런 전화는 나보다도 네 아빠가 훨씬 더 불쾌해했어. 엄만 누가 정말로 다른 사람을 공격할 작정이라면 전화로 그 계획을 알려주지는 않을 거라고 생각했지. 왜 그렇게 생각했는지는 잘 모르겠구나. 학대당한 여성들과 일한 경험도 있는데. 당연히 불쾌하기는 했지만 그들이 딱하기도 했어. 나는 그들이 널찍한 안락의자에 앉아서 그 더러운 전화를 걸 용기를 끌어모으는 모습을 상상했어. 어쩌면 전화를 거는 동안에, 혹은 전화를 끊은 다음에 흥분해서 자위할지도 모르지. 나는 그들을 정말로 진지하게 생각할 수 없었어. 남성성의 추한 취약성을 보여주는 표본 정도로만 생각했달까. (물론 우리가 배운 게 조금이라도 맞다면 취약한 남성성은 아주 위험해질 수 있어.) 어쩌면 엄만 그 사람들에게 엄마가 상처받았거나 화가 났거나 겁먹은 목소리를 냈다는 만족감을 주고 싶지 않아서 차마 불쾌감을 받아들이지 못한 것뿐인지도 몰라. 엄만 한 번도 "누구시죠?"라고 묻지 않았고, "우리집에 다시는 전화 걸지 마세요"라고 말하지도 않았어. "경찰을 부를 거예요"라고도. 네 아빠는 경찰을 불러야 한다고 우겼지만 말이야. 그들은 "상황을 주시하겠다"고 말했어, 그게 무슨 뜻인지는 모르겠다만. 그러다가 이런 전화를 처리할 어떤 기술을 발명했지. 지금까지도 나는 그 기술이 자랑스럽단다.

전화를 건 '남자들'은 내가 여보세요, 라고 말하면 나를 다양한 종류의 쌍년이라고 부르기 위해서 목소리를 귓속말 수준으로 낮추었어. 나는 들리지 않는 척했지. "죄송한데, 크게 말해주실 수 있을까요?" 그러면 보통 혼란스러워하면서 뭐든 자기가 했던 말을 조금 더 큰 소리로 되풀이했단다. 나는 그 남자의 목소리가 제대로 들렸지만 똑같이 공손하게, 이 전화의 성격을 알고 있다는 내색을 전혀 하지 않고 말했지. "죄송하지만 연결 상태가 좋지 않은가봐요. 조금만 더 크게 말해주실 수 있을까요?" 나는 계속 이렇게 반복했어. 계속해서 그 찌질이한테 목소리를 높여달라고 공손하게 부탁했지. 그는 메시지를 한두 번쯤 되풀이하다 결국 자기가 하는 말을 듣고 너무 당황한 나머지—아니면 그냥 누가 엿들을까봐 걱정했던 걸지도 몰라, 이런 남자 중 옆방에 아내나 딸이 있는 남자가 몇 명이나 됐을지 모르겠구나—목소리가 떨리거나 갈라지곤 했어. 대부분은 그냥 전화를 끊어버렸지. 수치심이 밀려와서 그랬을 거야. 두어 번은 네 아빠가 다른 전화기로 통화 내용을 같이 들었는데, 그때 우리는 협박 전화를 건 사람이 어른다운 목소리를 낼 용기를 끌어내지 못하는 걸 느끼고는 웃음을 눌러 참아야 했단다.

그다음에는 그곳에, 딜런스에 '남자들'이 나타났어. 그때 일 기억나니? 네가 유치원에 다닐 때 너랑 엄마는 거의 일요일마다 딜런스에 장을 보러 갔어. 왠지는 모르겠지만 네가 장 보는 걸 무척 좋아했거든. 그리고 내가 카트를 밀고 다니면 남자든 여자든 누군가 자주 다가왔지. 여자라면 늘 고맙다는 인사를 하기 위해서였어. 그런 인사는 무척 감동적인 경우가 많았단다. "선생님의 책 덕분에 제 결혼생활을 지킬 수 있었어요" "선생님이 제 인생을 바꿔놓으셨어요" 등등. 그러면 그 여자와 나는 '손을 맞댔어'. 러시아 소설에서 아무개가 감정이 넘치는 순간에 지인과 '손을 맞댔다'는 이야기를 읽었던 건 기억나지만, 난 그게 무슨 의미인지 전혀 몰랐어. 하지만 이런 여자들과 했던 행위가 바로 그거였단다. 우리는 서로를 끌어안을 생각은 없었어. 미국 중서부에서 그런 일은 일어나지 않아. 하지만 그냥 악수만 하는 건 아주 남성적이고 무척 사업적으로 보인뿐더러 불충분하게 느껴졌어. 그래서 우리는 서로의 손을 잡고 얼마쯤 힘을 주면서 그 접촉으로 연대를 전했어. 그런 다음 다시 장을 봤지. 하지만 '남자들', 그들은 공개된 장소에서는 나를 쌍년이라고 부르지 않았어. 가끔은 아예 아무 말도 하지 않았지. 그냥 시선이나 비웃음으로 내가 누군지 안다고 알려주었을 뿐이야. 하지만 한두 명은 실제로 내게 다가왔어. 아주 공손하게. "고든 박사님이십니까?" 내가 "네"라고 말하면, "자랑스러워했으면 좋겠군, 가정파괴범이 된 걸" "당신 남편이 불쌍하군요" 같은 말을 했지. 나는 "좋은 하루 보내세요"라고 말했고, 그게 다였어. (그쯤 펠프스 패거리가 팩스를 보내기 시작했어. 어느 팩스에는 뿔이 그려진 내 사진을 실어놓고 내가 "이세벨* 같은 전천후 창녀"라며 내가 내 "강단"을 이용해 죽어 마땅한 남색꾼들을 부추긴다고 늘어놓았더구나. 지금도 그 팩스가 어디에 있을 텐데. 하긴, 펠프스 패거리는 재단이 기관 차원에서 동성애의 해악을 인정하길 거부한 이후로 누구든 관심을 받는 재단 사람이 있으면 공격했지.)

불쾌한 일이었지만 딱히 그 이상은 아니었어. 수많은 여성이 이보다 훨씬 나쁜 일들을 겪고 있는 건 말할 것도 없지. 솔직히 나는 이런 사건을 통해 내 책이 얼마나 많은 사람에게 읽혔는지, 또 영향을 끼쳤는지 헤아릴 수 있어서 우쭐해졌어. 사람들이 나를 알아본다는 사실의 추한 면도 조금은 흥분을 일으킬 수 있단다. 엄만 이 책이 일으킨 선풍적인 반응에 대체로 놀랐어. 하지만 모든 종류의 명성은 탄생이나 죽음이 그렇듯 모든 관계를 바꿔놓는단다. 처

* 성경에 나오는 악녀로, 성적으로 부정한 여자를 뜻한다.

음에 나는 순진하게도 이 사실을 잘 몰랐지만 결국은 알게 됐어. 너를 '남자들'로부터 지키기 위해 더 많은 일을 했어야 했어. 그때쯤 너한테 일어난 두어 가지 사건은 내 생각에 그 남자들, 좀더 일반적으로는 변화와 관련이 있었어.

그중 한 사건은 딜런스에서 일어났어. 엄만 너한테 우리가 함께 만든 목록의 물건을 찾아서 쇼핑카트로 가져오라고 부탁하곤 했어. 그러면 함께 그 물건에 체크 표시를 했지. 너는 책임감을 무척 좋아했어. 부쩍 어른이 된 것 같은 기분이 들었나봐. "좋아, 소금이 필요해." 나는 말하곤 했지. "소금이 어디 있더라?" 그런 다음 대충 방향을 짚어주면 너는 집에서 보았던 모턴 소금통을 알아보거나 필요하면 그곳에서 일하는 사람에게 잘 연습한 귀여운 예의를 갖춰서 물어봤어. "소금이 어디 있는지 알려주실 수 있나요?" 거의 영국인 같았단다. 아무튼, 어느 날은 내가 너한테 우유를 가져다달라고 부탁했어. 파란 뚜껑의 저지방 우유 말이야. 너는 우유를 가지러 갔어. 그런데 네가 한참 동안 돌아오지 않아 점점 걱정이 되더구나. 내가 너를 찾았을 때—아마 오 분 뒤였을 거야, 느낌상으로는 삼십 분은 된 것 같았지만—너는 다른 통로를 헤매고 다니면서 울고 있었어. 거의 과호흡을 일으킬 지경이었지. 오랫동안 보지 못했던 심하게 동요한 모습이었어.

"벽 뒤에 남자들이 있어요." 마침내 네가 간신히 말했단다. "저기 벽 뒤에 숨어서 날 보고 웃으면서 잡으려고 해요." 나는 혼란스럽기도 하고 두렵기도 하고 화가 나기도 했어. "무슨 남자들 말이야? 누가 널 잡으려고 했어? 널 건드렸어?" 나는 사실 네가 하는 말을 이해하지 못했지만 결국 이렇게 말했어. "어디에서 그런 일이 있었는지 알려주렴." 너는 나를 유제품 코너로 데려갔어. "널 못살게 군 남자들은 어디 있어?" 내가 묻자 너는 그냥 우유 냉장고를 가리켰어. 난 무슨 일인지 알 수가 없었어. "저 안에는 남자들이 없는걸." 나는 너를 진정시키려고 미소 지으며 말했어. 난 전혀 진정되지 않았지만 말이야. 그런 다음 너한테 보여주려고 유리문을 열고 선반에서 우유 한 통을 꺼냈어. 바로 그때 냉장고 뒤에서 목소리들이 들렸어. 잠시 네 공포를 되풀이하듯 현기증을 느낀 뒤에, 냉장고 뒤쪽에 우유를 채워넣는 직원들이 있다는 것을 알게 되었지. 냉장고 뒷면이 창고 쪽으로 열리는 고정되지 않은 일종의 칸막이였던 거야. 나는 그 사람들이 너를 비웃은 건지, 네가 꺼내려던 우유통을 장난삼아 잡아당기기까지 한 건지 알 수 없었어. 아니면 그들은 그냥 일하면서 이야기를 나누고 자기들끼리 웃은 건지도 몰랐지. 하지만 이제 네가 무엇을 봤는지, 무엇 때문에 겁에 질렸는지 이해했어. 나는 진정하고 최대한 천천히, 그리고 분명하게 이 상황을 설명하려 했어. 너는 울음을 멈추었지만 여전히 동요한 상태였어. 내 설명은—벽 뒤에서 일하는 남자들이 있다는(그리고 여자들도 있다고 나는 강조했어)—네게 여전히 매우 불길하게 들렸어. 내 생각에는—이게 내 안의 정신분석가적 면모인 걸까?—하필 우유였기에 그 상황이 더 나쁘게 느껴졌던 것 같아. 너는 어른 놀이를 하면서도 내가 가슴으로 주었던 영양분을 구하려 하고 있었으니까.

이후 몇 달 동안 너는 그 일에 관한 악몽을 몇 차례 꿨어. 벽 속에 남자들이, 사악한 남자들이 있을지 모른다는 악몽이었지. 그러고 나서 보이지 않는 전화선 너머에서 전화를 거는 그 남자들이 나타난 거야. 클라우스는 이것이 소외된 노동에 대한 네 조숙한 통찰의 증거라며 이 사건을 마르크스주의적으로 우아하고도 터무니없게 해석했지만, 네가 휘몰아치는 유독한 남성성을 전부 알아차렸다는 점은 분명했어. 네 아빠는 아빠가 가족을 지키지 못할지도 모른다는 등의 불안을 네가 느끼는 건 아닌지, 네 아빠의 온화한 성품을 우리 주변의 '말버러 남성'* 문화와 대조하기 시작한 건 아닌지 걱정했어. 이런 대조는 내가 우리집 가장이 되었다는 사실 때문에 더 심해졌단다. 나는 유명해졌고 사람들은 네 아빠에게 이런 상황을 어떻게 느끼는지 늘 물어보곤 했어. 이런 상황이 남성성을 약화할 게 뻔하다는 듯이, 아빠에게는 상실이라는 듯이. 나는 네가 내 책과 책에 대한 관심으로 일어나는 일들이 불안정을 일으켰다는 사실을, 큰 변화를 야기했다는 사실을 알았다고 생각해. 아무튼 그런 꿈은 더이상 지속되지 않았어. 그러다가 껌 사건이 벌어졌지.

이 얘기는 네 소설에 넣지 않았으면 좋겠구나. 어느 날 밤, 네 아빠랑 나는 영화를 보고 있었어. 네가 잠자리에 들고 몇 시간이 흐른 뒤였지. 우리가 아는 한 너는 푹 잠들어 있었어. 그런데 네가 벌거벗고 문 앞에 나타난 거야, 아주 침착하게. 엄마가 물었지. "왜 그러니, 애덤?" 그러니까 네가 아무 일 없다는 듯이, 그냥 수다를 떠는 것뿐이라는 듯이 말했단다. "아, 화장실에 가서 껌을 씹고 있

* 미국 필립모리스의 말버러 담배는 거친 남성성을 강조한 광고로 유명했다.

었는데 껌이 떨어졌어요." 얼마 전에 우린 껌을 씹기 전에 허락만 받으면 껌 한 통을 가지고 있어도 좋다고 허락해줬거든. 너는 껌을 정말 좋아했단다. 네 아빠는 조느라 영화를 보는 둥 마는 둥 하다가 눈도 뜨지 않고 말했지. "그래서, 치웠니?" 넌 대답이 없었어. 나는 뭔가 잘못됐다는 걸 느끼고 침대 옆 독서등을 켜고 말했지. "이리 와."

네가 내 옆으로 왔을 때 나는 껌으로 조심스럽게 감싼 네 성기와 고환을 보았어. 네가 껌을 씹은 다음 납작하게 펼쳐 네 거기를 공들여 감싸놓았더구나. 빈틈이 없었어. "세상에." 나는 딱딱해진 껌을 만지며 말했어. "왜 그래?" 이제 잠이 확 달아난 네 아빠가 걱정스러운 듯 몸을 돌리고 말했어. 잠깐의 침묵. 그런 다음 우리 둘 다 웃기 시작했지. 도저히 참을 수가 없었어. 우리가 웃으니까 너도 웃었어. 혼나지 않게 돼서 마음이 놓인 거야.

"어쩌다 이런 거니?" 나는 너를 안아 침대에 앉아 있던 우리 사이에 눕히며 말했어. 너는 연습해온 말을 했지. "껌이 입에서 떨어져서 몸에 붙었어요." 너는 '몸'이라는 말을 거의 성기를 가리킬 때만 쓰는 단계였어. 네가 "몸이 가려워요"라고 말하면 그건 성기가 가렵다는 뜻이었어. "애덤, 이게 그냥 입에서 떨어졌을 리는 없어." 내가 말했어. "정말 잘 감쌌는걸." 네 아빠는 이렇게 말하며 껌을 떼어내는 절차에 돌입할 태세였어. "오래 걸렸겠다, 껌도 아주 많이 필요했을 테고." 하지만 너는 그냥 변기에 앉아서 껌을 씹고 있었는데 껌이 입에서 떨어졌다고 계속 주장했어. 그랬더니 짜잔, 이처럼 완벽하게 감싸인 작은 꾸러미가 생겼다는 거야.

껌을 떼어낼 수 없다는 걸 깨닫기 전까지는 우스운 일이었지. 게다가 요도를 완전히 덮어놓아서 소변을 볼 수가 없었어. 심각했지. 잠시 후에—네 아빠는 그때까지도 낄낄거렸지만 나는 걱정되기 시작했어—우리는 전화를 걸어서 에릭을 깨웠어. 에릭은 '진짜 의사'였으니까. 그리고 뭘 어떻게 해야 하는지 물어봤지. 이어서 약 한 시간 동안 바셀린과 땅콩버터, 올리브오일을 쓰면서 희극과 공황을 왔다갔다했어. 결국 어떤 방법이 통했는지는 기억나지 않는구나. 하지만 우리는 껌을 떼어내고 너를 부드럽게 타이른 다음, 우리 모두 당분간 껌을 씹지 않기로 하고 잠자리에 들었어.

네 아빠는 이 일을 어린아이가 자기 몸을 탐구하는 과정이라 여겼고, 그걸로 끝이었어. 나는 이게 일종의 거세를 흉내내는 행위인지 궁금해할 수밖에 없었어. 남자아이가, 남자가, '남자들' 중 한 명이 되지 않으려는 시도는 아니었는지 말이야. 네가 대개는 매우 행복했다는 걸 알아두려무나. 학교 성적도 좋고, 훌륭한 친구들도 있고, 등등. 그래서 우리는 이게 무슨 특별한 사실을 드러내는 사건은 아니라고 생각했어. 하지만 나는 그 껌 사건이 개인적으로 머릿속을 떠나지 않았지. 갈수록 점점 덜 우습고 점점 더 심란한 일이 되었어. 물론 너한테는 그런 내색을 전혀 하지 않았지만 말이야. 게다가 그건 너 때문이 아니라 엄마 때문이었어. 점점 강렬해지는 시마와의 '상담' 때문에, 그 상담이 일깨우는 것들 때문에. 엄만 네가 부적절한 접촉이나 뭐 그런 일은 전혀 당하지 않았다는 걸 알고 있었지만—내 말은, 부모가 알 수 있는 한에서 말이야—네가 뭔가를 표현하는 것일지도 모른다는 걱정이 들었어. 트라우마가 아니라면 두려움이라도 말이야. 그건 그렇고, 나는 이 모든 일이 네 베이비시터였던 피터슨 집안의 딸, 애나에게 내가 믿을 수 없을 만큼 가혹하게 굴었던 이유 중 하나라고 생각해. 몇 년 뒤 너희가 입맞춤을 하다가 나한테 들켰을 때 말이야. 애나는 마땅히 꾸지람을 들어야 했어. 물론 그런 일에는 대가가 따라야지. 하지만 나는 애나와 그애 부모님을 혼이 쏙 빠지도록 겁준 거나 마찬가지였단다. 애나가 위험한 성범죄자라도 되는 것처럼, 재단이나 교도소에 가지 않은 게 다행이라는 것처럼 말했으니까.

그러다가 여덟 살이 되었을 때 넌 실제로 트라우마를 경험했어. 이런 표현은 우습긴 하지만. 트라우마란 경험의 붕괴를 말하는 거니까. 뇌진탕 말이야. 이젠 너도 부모가 되었으니 우리한테 그게 어떤 일이었는지 상상할 수 있을 거야. 아니면 네가 그 일을 상상할 수 없다는 걸 상상할 수 있겠지. 네가 그때 넘어진 일을 기억한다는 걸 알아. 다른 때도 수없이 넘어졌지만 그때는 머리를 쾅 부딪혔어. 우들론 뒷골목에서. 너는 간신히 집에 걸어왔지. 되돌아보면 가장 무서운 부분은 내가 하마터면 그 사실을 놓칠 뻔했다는 거야. 하마터면 너를 혼자 내버려둘 뻔했어. 내가 통화중이었던 거 기억하니? 인터뷰중이었어, 누구와 했던 인터뷰인지는 확실히 기억나지 않지만. 어떤 신문이었는데. 나는 주방 전화기로 통화를 하면서 손으로 선을 꼬아대고 있었지. 너는 약간 멍한 표정으로 들어왔어. 나는 수화기를 가리며 괜찮으냐고 물었어. 너는 "스케이트보드를 타다가 넘어졌어요"라고 답했고. 나는 찢어지거나 긁힌 데가 있는지 물었고, 너는 없다며 고개를 저었지. 엄만 빠르게 너를 훑어봤어. 딱히 상처는 없었어. 머리에도 분명 아무것도 없었고. 넌 울지도 않았어. 나는 너한테 뭔가 마시고 싶으면 냉장고에서 주스팩을 꺼내 마시라고 했어. 위층에서 TV를 좀 봐도 된다고 하면서.

인터뷰는 짧았어. 그런 다음 나는 주방 식탁에 가져다놓은 우편물을 살펴보기 시작했지. 그때 일을 생각하면 죄책감이 든단다. 뭔가 잘못되었다는 걸 알았지만 그 사실을 인정하고 싶지 않았던 것 같아. 인정해버리면 그게—새니벌행 비행기표처럼—진실이 되어버릴 테니까. 하지만 아마 이 말은 지어낸 걸 거야. 엄마가 확실히 아는 건, 마침내 계단을 올라가서 카펫에 뜯지도 않은 채로 놓여 있던 주스팩을 보자마자 뭔가가 잘못됐다는 걸 온몸으로 깨달았다는 거야. 지금도 그 빨간색 팩이 눈에 선하구나. 비닐 껍질에 들어 있는, 손도 대지 않은 플라스틱 빨대가. 전혀 말이 되지 않았어. 너는 물건을 이런 식으로 아무데나 두지 않았거든. 주스를 잊어버렸을 리도 없었고(방금 가져간 거니까). 마시기 싫다고 생각했다면 너는 최소한 주스팩을 선반에든 어디에든 올려놨을 거야. 나는 주스팩이 바닥에 놓여 있는 이유는 네가 그 물건과의 관계를 잃었기 때문이라는 걸 알 수 있었어—내 손에 들려 있는 이게 뭐지?—아니면 네 손 자체와의 관계를 잃어버린 걸지도 몰랐고. 일상의 문법 밖으로 내던져진 일상적인 사물에 갑작스레 놀라 격렬한 폭발을 일으킬 수 있다는 사실을 설명하기란 쉽지 않네. 엄만 뛰었어.

너는 네 방에, 네 침대에 있었어. 옷을 다 입은 채로. 셔츠에 토사물이 묻어 있었어. 엄만 너를 흔들어 깨울 수밖에 없었어. 세상에, 너를 흔드는 것만은 절대로 해서는 안 됐는데. 분명 네 이름을 소리쳐 불렀을 거야. 다행히도 너는 정신을 차렸고 엄만 너를 아래층으로 데려가 곧장 자동차 뒷좌석에 태우고 안전벨트를 채운 뒤 최대한 빨리 세인트프랜시스병원으로 갔어. 이때 너는 눈을 감은 채 아파서 울고 있었어. 나는 눈물이 앞을 가리는 바람에 방향을 잡으려고 애쓰면서 아무 문제 없을 거라고 말했고 말을 하지 않을 때는 혀를 깨물었어. 피맛이 났어. 구급차를 부르는 대신 너를 직접 태우고 갔다니 믿을 수가 없구나. 사고를 내서 너랑 같이 죽지 않은 게 기적이야.

너도 그 이후에 일어난 일은 대부분 들었지. 아마 삼인칭시점으로 기억할 거야. 네 아빠는 최대한 빨리 재단에서 병원으로 왔어. 너는 CT 촬영을 해야 했는데, 아프고 무서워서 통제가 안 되는 상태였어. 주변의 모든 사람이 너를 해치려 한다고 생각했어. 팔에서 링거 줄을 뽑으려 했지. 그리고 네 말에는 아무런 체계가 없었어. 엉뚱한 단어, 우물거리는 발음, 그런 뒤에는 그냥 소음. 너는 시각이 심하게 손상된 상태였어, 균형감각도 마찬가지였고, 그래서 네 표정과 움직임이 이상했지, 네 것이 아닌 것처럼 보였어. 말로 너를 진정시킬 방법이 없다는 게 분명해지자 병원에서는 너한테, 나의 작은 여덟 살짜리 꼬마에게 진정제를 주사하기 시작했어. 다른 방법으로는 진정제를 줄 수가 없었으니까. 어른 셋이 너를 붙잡았어, 바늘이 길더구나. 그런 다음 어느 시점에 너는 몸에 힘이 빠지더니 의식을 잃었어. 나는 생각했어. 그래, 이젠 쉴 수 있을 거야. 약은 한두 시간 뒤면 효과가 떨어질 테고, 다 괜찮아질 거야. 하지만 그때 의사가 네 아빠한테 하는 말이 들리더구나. "이젠 그냥 기다리면서 지켜봐야 합니다." CT 촬영으로 뇌가 상당히 부어 있는 것을 알게 됐고 네가 언제 깨어날지, 어떤 상태로 깨어날지는 알 수 없었어.

나는 곧 기도와 비슷한 무언가를 하고 있었어. 더 높은 힘을 향해 약속했어. 그 힘과 흥정했어. 어렸을 때 이후로는 한 번도 해보지 않은 일이었지. 가족 중 누군가 죽어야만 한다면 제가 죽게 해주세요. 애덤이 괜찮다면 X를 하기로, Y를 하기로 약속하겠습니다. 기억에 남는 유일한 약속은 다시는 글을 쓰지 않겠다는 거였어. 나는—네가 주방에 들어왔을 때 인터뷰를 하고 있었기 때문일까? 내 정치 성향에도 불구하고 직업을 가진 엄마라는 사실에 죄책감을 느꼈기 때문일까?—네가 이렇게 된 건 내 잘못이라고, 내가 너를 망쳤다고 느꼈어. "당신 남편이 불쌍해. 아들이 불쌍해." '남자들'이 내 머릿속에서 말했어. "남근선망에 이끌려 이 책을 쓰지만 않았다면," 캐플런이, 톰 박사가, 남성 동료들로 이루어진 합창대가 말했어. "이런 일은 결코 일어나지 않았을 겁니다." 중환자실에서 네 곁에 놓인 쿠션을 덧댄 그 끔찍한 플라스틱 의자에 앉아 나는 패배감, 절망감을 느꼈어. "맞아요, 그 말이 맞아요. 나는 나쁜 아내, 나쁜 엄마, 나쁜 딸, 가정파괴범이에요(어쨌든 나는 네 아빠의 결혼생활을 망치는 데 일조했으니까. 그리고 한번은—아주 어렸을 때—다른 유부남과 사귀기도 했으니까. 이게 일종의 패턴이 되는 걸까?). 그냥 애덤만 괜찮게 해주세요. 그럼 말 잘 들을게요."

너는 열다섯 시간 동안 의식이 없었어. 기계들에서 나던 끔찍한 삑삑 소리. 엄청난 폭풍이 몰아쳤고 한동안 병원은 비상전력을 사용해야 했어. 이때 복도 전등의 색깔이 바뀌었던 게 기억나는구나. 용서를 모르는 그 흰빛에서 불길한 빨간색으로 어두워졌지. 그러다 새벽 두시쯤에 네 아빠가 내 이름을 속삭였고, 나는 너를 보고 네가 눈을 떴다는 걸 알았어. 너는 아주 침착해 보였어. 우리가 차마 무슨 말을 하기도 전에 네가 공손하게 말했지. "안녕하세요." 네 아빠가 말했어. "좀 어떠니?" "괜찮아요." 네가 말했어. "여기가 어디인지 알겠니, 아가?" 나는 목소리가 갈라지지 않도록 애쓰며 물었어. "병원이요." 너는 그 바보 같은 질문에 살짝 키득거리며 말했어. 그때 간호사가 들어와서—우리 목소리를 들었든지, 네 아빠가 호출기 같은 것으로 불렀든지, 아니면 간호사가 환자의 상태를 확인하던 중이었기 때문일 거야—말했어. "와, 깨어났네." 그러더니 간호사는 여기가 어디인 줄 아느냐며 같은 질문을 던졌어. 너는 같은 대답을 반복했지. 이런 질문이 지금 여기가 어디인지는 뻔한데도 물어보는 바보 같은 놀이라도 된다는 듯 웃더구나. 그런 다음 간호사가 나랑 네 아빠를 가리키며 말했어. 여기 계신 멋진 분들이 누군지 알겠니? 그러자 네가 우리를 보고 따뜻하게 미소 지으며 말했어. "아뇨."

눈앞이 뿌예졌어. 세상이 약간 다른 형태로 바뀐 것만 같았지. 내가 삭제된 세상으로 말이야. 내 아들은 괜찮겠지만, 그 대가는 더이상 내 아들이 아니게 되는 거였어. "알아보게 될 거야." 간호사는 안심시키려는 듯 자신 있게 말했어. "이분들이 네 부모님이라는 걸 곧 기억하게 될 거야." 그러자 네가 말했어. "아," 그러더니 잠시 생각하다가 물었지. "이름이 뭐예요?" 그건 대단히 난처

할 만큼 어려운 질문이었단다. 뭐랄까, 넌 한 번도 우리를 이름으로 부른 적이 없었으니까. 우리 이름은 너한테 이름이 아니었어. 당연히 넌 우리 이름을 알았지만 말이야. "내 이름은 조너선이야." 네 아빠가 어색하게 말했지. "저쪽은 네 엄마 제인이고." 어째서인지 그 이름이 진짜 우리 이름처럼 들리지 않았어. 그러고 나서 간호사가 너한테 말했어. "그럼 네 이름은 뭐니, 아가?" 너는 간호사에게 말하려고 입을 열었다가 멈추었어. 끔찍한 정적이 흘렀지. "네 이름은 애덤이야." 내가 말했어. "애덤." 너는 내 말을 따라 했어. 그 이름이 잘 어울리는지 시험해보려는 것처럼. 그러더니 낮잠을 자겠다고 말하고는 눈을 감고 다시 잠들었단다. 우리는 간호사를 보았고 간호사가 말했어. "지금은 쉬는 게 좋아요, 돌아올 거예요, 아이는 괜찮을 거예요. 의사 선생님을 부를게요."

몇 시간 뒤에 다시 일어난 너는 혼자 힘으로 침대 머리맡에 앉아 배고프다고 말했지. 모두 마음이 놓이는 징후였지만 넌 다시 우리 이름을 물었어. 이번에는 홀리 에버하트가 당직 간호사였고 그녀가 들어와 너한테 몇 가지 질문을 던졌어. 너도 기억하겠지만 홀리 에버하트는 정말로 덩치가 컸단다. 아마 지금도 그럴 거야. 그녀는 그때 그 스웨터를 입고 있었어. 뜨개질로 알파벳을 짜넣은 스웨터였던가, 아니면 그냥 A B C가 가슴을 가로질러 적혀 있었던가, 정확히 기억나지 않는구나. 우리는 그녀가 간호복을 입지 않아 놀랐는데 알고 보니 그 스웨터에는 목적이 있었단다. 그녀는 네 옆에 앉아서 말했어. "애덤, 아가, 이걸 한번 읽어볼까?" 그러더니 그녀는 거대한 오른쪽 가슴에 있는 거대한 A를 가리켰어. 네가 일부러 내민 듯 보이는 그녀의 가슴을 바라보던 그 순간이 어찌나 길게 느껴지던지. 그러다 네가 어떤 지시를 바라는 것처럼 우리를 보았어. 네 아빠랑 나는 네가 그녀의 질문이 신체 부위, 그러니까 그녀가 사실상 두 손으로 들고 있는 가슴의 이름을 맞히라는 것인지, 아니면 글자를 맞히라는 것인지 알아내려 한다는 걸 깨달았어. 무례하게 굴고 싶지 않았던 거야. 네 아빠는 웃음을 감추느라 기침을 해야 했지. 우린 네가 글자는 알지만 질문이 무엇인지 잘 모른다는 걸 알았고, 네가 "찌찌요"라고 말할 거라 생각했어. 그게 네가 쓸 만한 단어였거든. 하지만 결국 너는 무척 머뭇거리며 "A요?"라고 말했단다. "맞아." 그녀가 말하자 너는 안심한 표정을 짓더니 망설임 없이 다른 모든 질문에 답했어. 그제야 나는 기침을 하며 웃었지. 어째서인지 그게 우리한테 아주 큰 안도감을 주었단다.

늦은 아침인가 어느 때에 에릭과 제이슨이 병문안을 왔어. 제이슨이 너한테 줄 야구 카드를 가져왔던 게 기억나는구나. 안에 껌이 들어 있는 팩이었어. 둘은 네가 먹지 못하는 음식도 좀 가져왔어. 의사가 당분간은 아무것도 섭취하면 안 된다고 했거든. 너는 제이슨을 반겼지만, 우리가 제이슨이 누구냐고 묻자 잘 모르겠다고 말했어. 제이슨은 재미있다고 생각했지. 어른들은 네가 더이상 인생의 좌표를 떠올릴 수 없다는 사실에 전혀 신경쓰지 않는 너희 둘을 보고 놀랐단다. 에릭은 이 모든 일에 대해서 우리를 안심시켜주었어. 그때쯤은 이미 몇몇 의사가 우리를 안심시켜준 뒤였지만 말이야. 네 아빠는 다시 네게 물었어. "우리 이름이 뭔지, 우리가 누군지 기억나니?" 그러자 네가 말했어. "조너선과 제인, '아빠랑 엄마'요." 하지만 네가 최근에 습득한 지식을 읊고 있다는 건 분명했지. 기억이 돌아오는 동안 그 정보가 충분히 이해되면서 기억들과 연결되기 시작했는지도 모르지만 말이야. (어디에서 돌아왔다는 거지?) 너는 제이슨과 함께 카드를 살펴보고 자랑스러운 듯 제이슨에게 링거와 심전도 모니터링용 패치를 보여주기도 했어. 네 아빠랑 나는 갑자기 아주 오랫동안 아무것도 먹지 않았다는 사실을 깨닫고 에릭이 가져온 머핀인지 뭔지를 게걸스럽게 먹기 시작했단다. 그때 시마가 도착했어. 왜 시마만 따로 왔는지는 모르겠구나. 아마 그냥 주차를 하고 온 것일지도 몰라. 우리는 서로를 끌어안았어. 길고도 강렬한 포옹이었지. 우리가 서로를 안고 있을 때 네가 카드에서 고개를 들더니 그 이상 태연할 수 없는 태도로 시마의 이름을 부르며 인사를 건넸어.

◆ ◆ ◆

오랜만에 만난 친구와 점심식사를 하는데, 그녀가 이전에는 본 적 없는 비꼬는 듯한 미소를 띠고 이런 말로 대화를 시작한다고 생각해보렴. "와, 나한테 시간을 내주다니 믿어지지가 않네." 그 친구한테 그동안 어떻게 지냈느냐고 거듭 묻지만 그녀는 자꾸 대화의 방향을 너와 네 북투어로 돌리며 자기 인생은 평범할 뿐이고 흥미로운 일은 아무것도 없다고 우겨. 블라우스에 커피를 쏟는 바람에 화장실에서 별 소용도 없이 휴지로 두드려 닦느라 직원회의에 오 분 늦었는데, 사람들이 "나와주시다니 놀랍네"라고 중얼거려.

동료가 거액의 연구 보조금을 받았다고 해서 축하를 하는데 동료의 얼굴에 또다시 약간 불쾌한 미소가 떠올라. "그래, 너한테는 이게 아무것도 아닌 일로 들리겠지." 넌 아니라고 하지만 그 말이 왠지 상황을 더 악화시켜. 사례 발표회에서 심리상담가가 집중 치료에 저항하는 환자의 사례를 이야기하자 의장인 심리학자가 재담을 하고 모두가 웃어. "그냥 제인이 쓴 책이나 읽으라고 해. 그러면 나을 테니까. 시간과 노력도 엄청나게 아낄 수 있을 테고." 학부모-교사 상담에 참석하려면 치과 예약시간을 바꿔야 해. 접수대 직원이 짜증난 듯 한숨을 쉬어. "저희야 고든 박사님한테 맞춰드리려고 여기 있는 건데요, 뭐." 상담에서 예의바르게 커리큘럼에 대한 질문을 던지면, "우린 학생들에게 언어예술을 가르치는 방법은 알고 있습니다, 그렇게 화려하거나 근사하지 않을지는 몰라도요"라는 대답이 돌아와.

보통은 늘 힘이 되어주고 나를 자랑스러워하던 네 아빠도 마찬가지였어. 이젠 내가 설거지를 잊기라도 하면 집안일을 하기엔 너무 잘난 사람인 게 이유가 되어버렸지. 나는 평생 엉망진창이었는데도 말이야. 내가 뭔가에 조바심을 내면 모두가 나한테 얼마나 훌륭한 사람인지 이야기해대는 바람에 변해서 그렇대. 나는 훌륭하다는 말 외에 남성혐오자라거나 지적 변절자라는 말도 들었는데 말이야. 아빠는 '제인 고든의 남편'으로 살면 기분이 어떠냐는 질문을 듣는 것에도, '엄마 노릇'을 하고 칭찬을 듣는 일에도 싫증을 느꼈어. 사람들은 어떤 사람에 대해서 "유명해지더니 달라졌다"고 말해. 아니면 달라지지 않았다며 칭찬하지. 하지만 이런 진술의 문제는 모든 종류의 명성과 악명이 그 사람 주변의 모든 것을, 그 사람이 자리잡고 있던 모든 관계를 바꿔놓는다는 데 있어. 그 사람이 무슨 짓을 하든 말이지. 물론 새로운 현실을 헤쳐가는 솜씨야 사람마다 다르겠지. 천만다행인 건, 소위 내 명성이란 게 인터넷이 존재하기 전에 정점을 찍은 덕에 내 이름을 구글에서 검색하거나 트위터와 댓글을 읽으면서 온종일 앉아 있지는 않았다는 거야. 이 모든 공간은 '남자들'로 오염돼 있어.

하지만 뉴욕으로 가족 여행을 떠나기 전까지—그때 너는 6학년인가 7학년이었어—나는 시마와의 관계가 기본적으로 바뀌지 않았다고 느꼈어. 적어도 나한테는 그랬어. 책은 시마에게 헌정한 것이었지. 시마는 내가 잘된 걸 진심으로 기뻐하는 듯했고, 처음에는 내가 대중적 성공을 위해 이론적 엄격성을 희생했다는 불가피한 공격에 대해 누구보다도 확고하게 나를 지켜주었어. 물론 시마는 내가 대중적인 글쓰기에 전념한 이유를 가장 잘 아는 사람이었어. 무엇보다 나는 삼각관계나 형제자매 간의 역학을 최대한 명료하게 설명함으로써 수많은 사람을 도울 수 있다고 생각했고, 그런 개념을 실용적인 조언으로 번역하는 것이 심리치료사로서 내가 가진 강점이라고 믿었어. 또 시마가 알고 있었듯이 나는 신비화의 냄새가 나는 모든 것에 뼛속 깊이 알레르기가 있었어. 전문용어가—정신분석학 용어가 특히 그랬지만, 그것만은 아니었어—여성을 히스테리 환자로 일축해버리는 데 쓰일 수 있다는 사실 말이야. 이건 아버지와 나 사이에 일어났던 일, 하대에 수반되는 그 모든 비빌스러움과 가스라이팅에 대한 거였어. 타협을 모르는 학자나 이론가는 내 주장을 쉽게 일축했지. 만약 책이 〈뉴욕 타임스〉에서 찬사를 받는다면, 그 저자는 그냥 상업적으로 포장을 바꿔 씌운 이데올로기를 팔아먹을 뿐이라는 거야. 그런 사람의 주장을 진지하게 생각해서는 안 된다는 거지. 물론 담론을 풀어내는 각각의 방식에서 얻는 것은 무엇이고 잃는 것은 무엇인지 실제로 논쟁해볼 만한 부분도 있었어. 반지성주의는 속물근성만큼이나 나쁜 것일 수 있으니까. 하지만 재단의 영감들이나 그 패거리가 〈뉴욕 타임스〉에서 조명을 받으면 그 사람의 작품이 탁월했기 때문이고, 나처럼 남근선망을 가진 남자 같은 여자가 주목을 받으면 모든 것을 일종의 심리학적 칙릿*으로 바꿔놓았기 때문이라고 하는 건 주목할 만한 일이었지.

시마와 나는 더이상 '상담'을 하지 않았어. 그러니까 더는 일정을 잡고 내 아버지에 대해서 이야기하지 않았다는 거야. 나는 그런 상담시간에 대해 요금을 지불하겠다고 고집을 피워왔어. 직업적인 일과 사적인 일의 경계를 분명히 하기 위해서 말이야. 이제 와서 아플 정도로 분명해진 건 우리가 느낀 혼란의 깊이였어. 우리는 상담을 그만뒀지만 각자의 역할에 고착되고 말았어. 나는 환자였고 시마는 의사였지. 그냥 자리를 바꿀 수는 없었어. 나는 말하는 사람이 됐고 시마는 듣고 부드럽게 압박하며 조언하는 사람이 됐어. 간단히 말해 여기는 토피카였으니까. 나는 책이 얻은 반응에 대한 내 복잡한 경험을 시마에게 이야기했어. 그게 네 아빠를 포함한 내

* 20~30대 미혼 여성의 일과 사랑을 주제로 한 소설 경향.

인간관계에 어떤 영향을 미치는지에 대해서. 시마는 클라우스의 소파에 앉아 내 커리어와 자신의 관계에 대해서(그리고 내 커리어와 나의 관계에 대한 시마의 관계에 대해서) 이야기했어. 아마 클라우스는 이런 이야기 중 일부를 네 아빠에게 전해주었을 거야. 어떤 식으로든 암호화해서, 어쩌면 비자발적인 방식으로 전해주었을 수도 있고. 아마도 산책을 하면서 전해줬겠지(아니면 클라우스가 점점 거동이 불편해졌으니 거실에서 파이프를 피우며 말했을지도 모르겠구나). 나는 이런 식으로 상상을 계속 이어갈 수도 있었어. 시마와 네 아빠의 관계가 걷잡을 수 없이 변해버린 데에는 이런 배경이 있었지. 하지만 아빠한테 물어보는 게……

—자세한 내용이 필요하면 물어볼게요.

그래, 자세한 내용이 필요하면. 네가 뉴욕 여행을 어떻게 기억하는지 알고 싶구나. 돌이켜보면 그 여행을 가는 건 끔찍한 생각이었어. 나는 92번가의 Y에서 열리는 행사에 참석할 예정이었지. 말하자면 내 책의 북콘서트였어. 주최측에서 나한테 사회자로 누굴 불렀으면 좋겠느냐고 묻더구나. 나는 시마한테 그 일을 부탁하고 이번 여행을 기회로 휴가를 함께하면—출판사에서 시마의 푯값을 대줄 테니까—시마에게 존경을 표하는 방법이 될 거라고 생각했어. 엄청나게 재미있을 것 같았지. 내가 제안하자 시마는 바로 좋다고 말했어. 하지만 내 생각에 시마는 거의 즉시 내 조연, 제2바이올린, 뭐든 클리셰적 존재가 된 것 같은 느낌을 받기 시작한 것 같아. 주최측에서는 시마의 이름이 빠진 전단을 만들었어("세인 고든과의 대화". 이 전단을 입수한 펠프스 패거리는 내용을 손질해서 팩스로 사방에 뿌렸어. "이세벨 고든이 호모를 옹호하다"). 내가 시마의 이름도 넣어야 한다고 고집을 부리자 스펠링을 잘못 적어넣었지. 출판사에서는 우리 가족에게 근사한 호텔을 얻어주었어. 하지만 시마는 자기 돈을 내고 그런 비싼 호텔에 묵고 싶어하지 않았어. 덜 비싼 곳을 원했던 거야. 그러고는 내가 차액을 지불해주겠다고 하니까 불쾌해했어. 그래서 나는 함께 지낼 수 있도록 모두가 좀더 저렴한 숙소에 묵기를 바랐는데, 시마는 말도 안 되는 짓이라고 했어. 나더러 신경쓰지 말라며 고집을 부리더구나. 이 모든 게 캔자스시티에서 출발하기 전에 벌어진 일이야.

Y에는 궂은 날씨에도 사람들이 꽉 들어찼어. 때는 1월이었고 그날 밤엔 비와 진눈깨비가 번갈아 내렸지. 대중연설을 할 때면 난 늘 초조해져(아마 로라제팜*을 먹었을 거야). 하지만 시마도 긴장한 것을 보고는 왠지 놀랐단다. 시마는 대기실을 서성거리면서 자기도 모르게 재떨이가 아니라 소금 뿌린 아몬드가 담긴 그릇에 재를 떨었어. 나한테 자기 모습이 어때 보이느냐고 물었지. 전에는 한 번도 그런 적이 없었는데. 시마는 질문지를 계속 다시 살펴보고 싶어했어. 할 얘기야 충분히 있었는데도. (네 아빠랑 에릭은 너희와 함께 있었어. 너희가 어디에 갔는지는 기억이 안 나는구나. 무슨 관광지였는데. 어쩌면 하드록카페**에서 밥을 먹었는지도 몰라.) 우리가 청중에게 소개되고 무대 위의 자리에 앉은 다음—무

* 신경안정제 상품명.

** 미국의 테마형 레스토랑 체인.

대 위에는 서로를 향해 놓여 있는 의자 두 개, 유리 물주전자와 고정식 마이크가 놓인 작은 탁자가 있었어—시마는 첫번째 질문을 던지기 위해 나를 바라보았어. 나는 시마가 입을 열기 직전에 표정이 변하는 걸 봤어. 이제 그녀의 미소에선 차가움이, 어떤 거리감이 느껴졌어. 약간의 신랄함이 말이야. 미묘하기는 했지만 미묘해서 더 깊은 의미가 있었지. 잘 아는 얼굴이 아주 약간 바뀌었을 때 가장 불안해지는 법이야. 네 아빠가 처음이자 마지막으로 콧수염을 밀어버렸을 때 네가 미치려고 했던 걸 생각해보렴. 아마 너무 어려서 기억이 안 날지도 모르겠구나. 아빠는 영화 때문에 콧수염을 민 거였어.

그때 시마가 던진 첫 질문은 우리 부모님에 관한 거였어. 그런 화제를 다룰 수도 있다는 얘기는 한 번도 하지 않았는데. 질문은 부모님에 관한 거였지만, 나한테는 내 아버지에 관한 것으로 들렸단다. "당연한 얘기지만, 우리 정신분석가들은 부모에게 집착하죠." 시마는 말했어. 아주 오래전부터 그렇게 말할 계획이었던 게 분명해. "그래서 박사님에게도 부모님에 관한 질문을 드리는 것으로 시작하면 좋겠다고 생각했어요." 내 어린 시절 경험에 대해서, 그 경험이 심리치료사가 되겠다는 내 결정에, 내 책에 어떤 영향을 주었는지에 대해서. 다른 사람의 입장에서는 완전히 합리적인 질문이었지만 나는 기습당한 기분이었어. 학대 사실을 알리라고 부추기는 건가? 시마와 함께 기억을 되찾은 일을 이야기하라는 건가? 아니면 내가 과대망상인 걸까? 꼭 시마가—아니면 시마의 도플갱어가—나를 위협하는 것만 같았어. 자기는 내 '팬들'과 달리

나에 관한 진짜 진실을 알고 있다는 사실을 일깨워주는 것 같았지. "저 사람들은 네 말을 믿지 않을 거야. 나조차도 널 믿어야 할지 모르겠는걸." 미친 소리처럼 들릴지 몰라도 나는 시마의 표정에서 이런 말을 읽어냈어. 이 말은 곧 잠깐이나마 시마에게서 아이의 현실감각을 무너뜨리고 학대하는 부모가 보였다는 뜻이야. 나는 무대에 있는 동시에 1950년대 브루클린으로 돌아가 있었어. 아주 잠깐 그 기차에 타고 있었어.

하지만 그때 시마의 질문에 대답하는 내 목소리가 들렸어. 꽤나 자연스럽게 말하더구나. 어린 시절 우리집의 역학에 대해 이야기하고, 농담도 몇 마디 끼워넣고. 청중은—거의 전부 여자였는데—따뜻하게 웃고 있었어. 나는 내 몸속으로 다시 헤엄쳐 왔어. 당혹감과 현기증이 지나가고 대화는 잘 흘러갔어. 질의응답을 특히 잘했다고 느꼈던 게 기억나네.

나는 중앙홀의 긴 탁자에서 책에 사인을 해줬어. 시마가 어색하게 내 옆에 앉아 있었지. 시마가 사인할 일은 전혀 없었는데 말이야. 그런 다음 추운 바깥으로 나가서 뭔가 먹을 만한 곳을 찾았어. 조명이 어두운 그리스 음식점이었지. 자리를 잡고 와인을 주문하자마자 나는 시마에게 이번 행사에 함께해줘서, 너무도 잘해줘서 고맙다고 인사했어. "첫 질문에는 놀랐어." 내가 일이 분쯤 뒤에 말했어. "그런 식으로 시작할 거라고는 한 번도 이야기한 적 없잖아." 그때서야 나는 시마의 얼굴이 평소대로 돌아오지 않았다는 걸 깨달았어. 시마는 그 새로운 얼굴로 무대에서 내려왔던 거야. 그 공적인 표정을 우리의 사적인 대화에 끌어들인 거였어. "무슨 말이야?" 시마가 물었어. "그냥 그런 질문이 나올 줄은 몰랐다고. 네가 그 질문에 대한 진짜 답을 잘 알고 있기 때문에 혼란스러웠다는 거야. 나는 그 질문의 진짜 답을 공개적으로 나눌 준비가 되어 있지 않았거든." 시마는 아무 말도 하지 않았어. "내 말은 그냥," 나는 말을 이었지. "내가 놀랐고, 네가 무슨 생각으로 그랬는지 궁금했다는 거야." "뭐," 시마는 그 새로운 미소를 지으며 말했어. 시마 특유의 온기와 슬픔이 뒤섞인 미소는 사라지고 없었지. "오늘밤 내가 본 사회가 얼마나 실망스러웠는지, 네 행사를 도와주러 너희 가족과 함께 여기까지 날아온 나 때문에 얼마나 괴로운지 계속 이야기하고 싶은 거라면 그래도 돼. 근데 내일까지 좀 기다리자, 응? 나 되게 피곤하거든."

나머지 일정에 대한 기억은—다른 곳으로 넘어가지 않고 거기서 이틀을 더 머물러야 했거든—악몽과도 같아. 아빠랑 나는 한참 전부터 플랫부시에 있는 내 어린 시절 집을 너한테 보여줄 작정이었단다. 지금 네가 교편을 잡고 있는 곳과 아주 가까워. 시마랑 에릭도 함께 가고 싶다고 했지. 나는 두 사람을 이 일정에 굳이 참여시키지 않으려 했어. 또다시 나에 관한 여행이 되는 건 원하지 않았거든. 하지만 난 시마를 더 불쾌하게 만들 뿐이었지. 내가 자기들을 떼어놓으려 한다고 생각한 것 같았어. 두 사람은 우리와 함께 갔지만 별로 그곳에 있고 싶어하지는 않았어. 우리는 그냥 J 애비뉴 근처의 이스트 9번가 인도에 서서 얼굴에 찬바람을 맞으며 건물을 바라보았고, 네 아빠가 사진을 찍었지. 그런 다음 떠났어. 물론 어퍼이스트사이드에 있는 호텔에서 거기까지 갔다가 돌아오는 데는 엄청나게 오래 걸렸어. 그다음에 너랑 제이슨이 다투기 시작했지. 어른들 사이에 형성된 에너지를 너희가 빨아들인 걸지도 몰라. 너희 둘은 사실상 대도시에 들른 말썽꾸러기 관광객의 패러디가 되었단다. 기차에서 징징거리고 서로 밀치면서 말이지. 너는 무슨 야구용품점에 가고 싶어했고, 제이슨은 월드트레이드센터 꼭대기에 올라가보고 싶어했어. 둘 다 짜증이 나 있었고. 대단한 일은 아니었지만 나는 갑자기 몸이 굳었어. 내가 제이슨의 의견대로 하자고 하면 시마는 자기를 깔본다고 느꼈을 거야. 내가 네 바람을 들어주고 싶어하는 듯한 제안을 하면 내 자기애의 증거가 되었을 테고. 내가 잠시 떨어졌다가 나중에 만나는 게 좋겠다고 하면 시마는 자기를 버리고 떠났다고 느꼈겠지. 그래서 그냥 입을 다물고 수동적인 태도를 취했어. 아마 그게 심통을 내는 걸로 보였을 거야.

그날 저녁에 시마와 에릭이 외식을 하러 갈 수 있도록 제이슨을 맡아주자는 건 네 아빠의 생각이었어. 고마움의 표시로 우리가 비용을 지불해주겠다는 것도 아빠의 생각이었지. 난 무슨 계획이든 괜찮지만 그 계획을 세운 사람이 내가 아니라 당신이라는 걸 분명히 밝혔으면 좋겠다고 말했어. 에릭이랑 시마는 마지못해 알겠다고 했고 너희는 호텔에 머물며 룸서비스를 통해 먹고 TV를 볼 생각에 신이 났어. 나도 그 생각에 마음이 놓였지. 시마와 잠깐 떨어져 있고 싶었거든. 그들은 저녁을 먹고 나서—레스토랑은 호텔에서 멀지 않았어—잠깐 들러 제이슨을 데려가기로 했어.

싸움은 다시 시작됐어. 아마 넌 〈터미네이터〉를 보고 싶어했고 제이슨은 〈터미네이터 2〉인지 뭔지를 보고 싶어했던 것 같아. 잘 모르겠다. 나는 네 아빠가 훈계하도록 내버려두었지만, 네 아빠는 정신이 반쯤 딴 데 가 있는 듯 너희의 공격성을 못 본 체했지. 난 도저히 너희 둘을 참아줄 수가 없었어. 나도 모르게 내가 이 여드름투성이에 야구모자를 쓴, 스포츠에 미친 토피카의 예비 청소년 중 한 명의 엄마라니 믿을 수가 없다며 혼잣말을 했지. 주님, 제발 앞으로 육 년을 버틸 수 있게 도와주세요. 우린 너희한테 10억 달러는 되는 것 같은 햄버거를 시켜줬고, 덕분에 너희는 몇 분간 조용해졌어. 그러다 법석을 떨며 조금씩 몸싸움을 하기 시작했지. 최소한 그때는 웃고 있었지만 말이야. 즐거워 보이더구나. 나는 아주 오랫동안 샤워를 하기로 했어—욕실이 으리으리했지, 스파였어—세 사람은 알아서 하라고 놔두고.

처음에는 그 고함소리가 영화에서 나오는 건 줄 알았어. 그러다가 뭔가 잘못됐다는 걸 알아차렸지. 나는 수도를 잠그고 간신히 호텔 목욕가운을 걸친 다음 문을 열었어. 너희 둘이 죽일 듯이 싸우고 있더라고. 제대로였어. 네 아빠는 둘 사이에 끼어들려 했지만 쉽지 않아 보였지. 그 찰나에 너와 제이슨이 꼬마가 아닌 젊은 남자로 보이더구나. 너희 안에 진짜 힘이, 진정한 분노와 진정한 폭력이 똬리를 틀고 있다는 걸 알았지. 그러더니 둘은 서로를 붙잡고 각자 상대방을 바닥에 패대기치려 하더구나. 그러다가 일부러인지 실수인지 네가 제이슨의 윗입술을 팔꿈치로 세게 쳤어. 제이슨이 비명을 질렀고 너는 약간 물러났지. 네 아빠가 제이슨을 붙들어 침대에 눕힌 다음 그애의 교정기에서 입술을 천천히 빼내야 했어. 피가 엄청나게 났어. 교정기가 입술을 완전히 뚫어버리지 않은 게 다행이었지. 너는 방구석으로 물러나서 무슨 남성적 헛소리를 복화술하듯 마구잡이로 쏟아냈어. "내가 하지 말랬지, 이 씹새끼야. 내가 물러나라고 했잖아, 이 자식아." 하지만 눈에는 눈물이 고여 있었지, 다시 꼬마가 된 거야.

한 시간 반이 지나서 시마와 에릭이 둘 다 약간 취해서 호텔 로비에 도착했고, 두 사람을 기다리던 나를 봤어. "별문제는 없는데," 내가 말했어. "제이슨이랑 애덤이 좀 요란하게 놀다가 제이슨이 입술을 부딪혔어. 몇 바늘 꿰매야 할지도 몰라. 지금은 병원에 있어. 여기서 겨우 몇 블록 떨어진 곳이야." 에릭이 질문을 쏟아놓았고 나는 대답하려 했어. 하지만 처음에 걱정스럽다는 듯 손을 내젓던 시마는 완전히 냉정해졌어. "널 믿고 내 아들을 맡기는 게 아니었는데." 나는 시마의 얼굴이 되어버린 그 가면을 투사했어. 아니, 읽었어. 나는 병원으로 걸어가면서 계속 사과했어. 시마가 뭐든 인간적인 징후를 보여주길 점점 더 간절하게 바라면서. 하지만 시마는 자기한테 부딪힌 낯선 사람에게 말하듯이 이 말만 되풀이했어. "괜찮아, 신경쓰지 마. 남자애들이 다 그렇지."

너랑 제이슨은—제이슨의 입술은 만화에 나오는 것처럼 부어 있었어—화해했고 남은 여행 내내 잘 지냈어. 나로서는 비참했을지 몰라도 특별한 일은 없었던 여행이었지. 당시에는 누가 이런 말을 해도 믿지 않았겠지만 시마와 내 우정의 종말은 그때부터 시작되었어. 그후로도 몇 년 동안 그녀에게 가닿으려 노력했지만. 내가 대체 무슨 잘못을 했는지 말해달라고 애원하고 전화로, 시마의 집 앞에서, 시마가 잘난 체하며 나를 만나주던 스테이크앤드에일*

에서 저녁식사를 하며 대놓고 흐느끼기도 했어. 어떻게 해야 이 상황을 원래대로 바로잡을 수 있는지 말해달라고 빌었어. 함께 심리치료사를 만나거나 친구에게 중재를 부탁하자고 제안하기도 하고. 내가 생각할 수 있는 모든 일을 다 했지. 하지만 아무 소용이 없었어. "제인, 너무 지나친 생각이야. 네가 커리어 때문에 너무 바빠져서 우리가 좀 멀어진 것뿐이라고." 이런 식이었지. 내가 유일하게 쌓았던 어른다운 진짜 우정을 잃은 거야. 그게 얼마나 고통스러운 일이었는지, 얼마나 고통스러운 일인지는 말로 표현이 안 돼. 부분적으로는 시마의 도움으로 다루어낸 트라우마가 그런 고통을 가렸기 때문이기도 했어. 내 아버지가 한 짓과 시마가 나를 버린 일이 어떤 동등성을 갖는다는 뜻은 아니고. 그냥 우리 관계의 성격을 생각해볼 때 전자에 의해 후자는 굴절된 채 경험될 수밖에 없었다는 거지. 우리 관계에서는 심리치료사와 친구 사이의 경계가 흐렸으니까. 대런 사건으로 어쩔 수 없이 잠깐 다시 접촉하게 됐을 때는 몇 년 동안 말을 하지 않고 지내는 중이었어.

그 여행에서 내가 선명하게 기억하는 유일한 다른 부분은 네 아빠랑 내가 데이트를 할 수 있게 너랑 제이슨을 봐주겠다고 시마가 고집을 부렸던 오후와 저녁뿐이야. "제이슨이 애덤한테 어떤 복수를 할지 기대되는데." 아빠가 농담을 했어. "그냥 병원에서 만나면 되겠다." 모두가 웃었지만 어색했지. 그리고 네 아빠랑 데이트하는 내내 너희가 다시 싸우는 상상을 했어. 네가 뭔가의 모서리에

* 미국의 레스토랑 체인.

머리를 부딪혀 또 뇌진탕을 일으키는 상상을.

반면 네 아빠는 단둘이 몇 시간 동안 도시에서 데이트를 한다는 사실에 거의 조증에라도 걸린 사람처럼 신나했어. 아빠는 함께 메트로폴리탄박물관에 가자고 했어. 난 딱히 가고 싶지 않았는데, 아마 어렸을 때 하도 여러 번 가봐서 그랬을 거야. 어린 시절 기억을 더이상 떠올리고 싶지도 않았고. 하지만 더 나은 생각이 떠오르지 않았어. 그냥 걸어다니기에는 날씨가 너무 추웠거든. 아빠는 우리가 가장 좋아하는 그림 두 점을 다시 보고 싶어했어. 바스티앵르파주*가 그린 〈잔다르크〉, 그리고 아이가 어머니의 베일을 젖히고 있는, 네가 좋아하는 두초의 그림. 네 아빠랑 나는 그가 첫 아내와 여전히 함께일 때부터 메트로폴리탄박물관에서 시간을 보내곤 했어. 이제 와서 돌아보니 그날 오후 아빠가 보여준 이상한 에너지가 어느 정도는 아빠와 시마가 점점 더 얽혀가고 있었다는 사실과 분명히 관계가 있었을 거란 생각이 드는구나. 둘 다 우리 관계의 역사와 아빠의 역사에서 중요한 장면으로 돌아가고 있었으니까. 뭐, 네 아빠가 배우자와의 신의를 지키기 어려워했다는 얘기야. 아무튼 메트로폴리탄박물관은 연인으로서 우리 이야기에 중요한 부분을 차지하고 있었어. 특히 기억에 남는 날이 있는데, 우리는 환각버섯인지 LSD인지를 먹고 박물관을 돌아다녔어. 그때 아빠는 약간 정신이 나갔단다. 아무튼 그건 다른 얘기야. 이십이 년이 지나 우리가 팔짱을 끼고 갤러리를 돌아다니던 이때, 나는 약을 먹지 않았는

* 프랑스의 화가 쥘 바스티앵르파주(1848~1884).

데도 나 자신의 몰개인화를 경험하고 있었어. 좌표계에 대한 감각이 무너지는 듯한 느낌이 휘몰아쳤어. 과거와 현재에 대한 감각이 무너져 뒤섞였지. 엄마나 시마를 원하는 어린애가 된 기분이었어. 그애를 그애 아버지에게서 지켜주고 싶었어. 그리고 자기 아이를 지켜주지 못하는 어머니가 된 것 같은 기분도 들었지. 그애는 '남자들' 중 한 명이 될 위험에 처해 있었어(나는 네가 의식을 잃었을 때 했던 약속을 지키지 않았거든. 난 착하게 구는 법을 배우지 않았어). 나는 대리석상이 네 할머니 마음을 어루만질 수 있도록 할머니와 함께 그곳에 있었지만("제인은 괜찮을 거야"), 동시에 네 아빠가 가정을 파괴하는 데 일조한 비교적 최근의 과거에 아빠와 함께 있었어. 또 자기 자신의 관계에 대해서는 더이상 아무 말도 할 수 없는 유명한 인간관계 권위자와 함께 현재에 있었지. 나는 곁눈으로 계속 래시터 가족을 보았고 그가 그린 장미 그림을, 시간 저편의 속삭임을 계속 엿보았어. 우리는 마침내 두초를 찾아냈어. 갤러리 전체가 재배치되었던 것 같았어. 네 아빠는 일 분에 천 마디씩 쏟아냈고 나는 갑자기 아빠 말을 이해할 수가 없었어. 아니, 사실 그게 아니야. 아빠는 자기가 만들었거나 만들고 싶은 영화와 말을 타고 있는 엄마의 어린 시절 사진과 부모님이 가지고 있었던 말 조각상과 센트럴파크의 눈먼 말과 머이브리지*의 〈움직이는 말〉과 움직이지 않는 그림과 움직이는 그림의 관계와 방황하는 소년들에게 주제 통각 검사를 적용하는 문제와("내가 사진을 몇 장 보여줄

* 영국 출신의 사진작가 에드워드 머이브리지(1830~1904).

텐데, 각 사진에 대한 이야기를 만들었으면 좋겠구나. 처음, 중간, 끝이 있는 이야기 말이야") 신경과의사 친구가 했다는 '맹시' 실험에 대해서 이야기하고 있었어. 이 모든 화제가 파도처럼 서로 겹쳤다가 분리되었다가 했지.

경비원이 곧 갤러리 문을 닫는다고 말했어. 현재의 우리는 시내에 저녁식사 예약을 잡아둔 상태였고. 네 아빠가 골랐는데, 불편할 정도로 호화스러운 이탈리아 레스토랑이었지. 물품보관소에서 나는—오래전 네 아빠가 끔찍한 여행을 했던 그때—우리가 박물관에서 급하게 뛰쳐나오느라 겨울 코트를 두고 왔던 일을 떠올렸어. 그때 우리는 거의 얼어죽을 뻔했단다. 나는 그 여자에게 숫자가 적힌 작은 타일을 건네며 그녀가 우리한테 학생 시절에 입었던 그 코트를 가져다줄 거라고 반쯤 상상했어. 걸치면 이십이 년이 지워지는 코트를 말이야.

대런은 이웃인 론 윌리엄스가 차고에서 트럭으로 혹은 트럭에서 차고로 물건을 옮기는 걸 도와주곤 했다. 대부분 공구와 목재였다. 대런, 좀 도와줄래, 라는 말은 그에게 자긍심을 불어넣었다. 코디 윌리엄스는 대런과 같은 나이였다. 먼 과거에는 둘이 함께 놀았으나 조용한 운동선수인 코디는 이제 그를 투명인간 취급했다. 코디는 카터나 노박이나 데이비스나 고든 같은 아이들에게서 그를 지켜주지 않았지만 해를 끼치지도 않았고 그들과 함께 웃지도 않았다. 코디가 속으로 무슨 생각을 했는지는 모른다. 하지만 그는 아버지의 말을 거역하지 않았고 그의 아버지는 아무 말도 하지 않고도 대런을 내버려두라는 뜻을 확실히 밝혔다. 가끔은 코디와 대런이 함께 트럭에 짐을 싣거나 내렸고 대런은 짧게 공동의 목적의식을 느꼈다. 셋 하면 드는 거야. 론과 코디가 진입로에서 농구를 할 때면 대런은 차를 세워놓고 지켜보거나 내려서 그들에게 공을 다시 가져다주기도 했다. 한번 던져봐, 대런.

주말 저녁이면 대런은 자전거를 타고 론의 집 앞을 지나가다가 차고의 노란 불빛 속에서 코디가 친구들과 술을 마시는 모습을 보곤 했다. 보통은 맨디가 함께 있었다. 가끔은 론이 그곳에서 스위셔스위트*를 피우며 손을 흔들었지만 한 번도 그를 부르지는 않았다. 여름이면 대런은 자기 집 뜰에 서서 벌레 울음과 라디오 소리 너머로 웃음소리를 들을 수 있었다.

11월의 어느 금요일 전까지, 해질녘이 되도록 무거운 장비를 내린 뒤 론이 코디의 말없는 반대를 누르고 말했다. 맥주 한잔하고 가. 차고에서 대런은 얼음으로 가득찬 고무 쓰레기통 안에 은색 맥주통이 있는 것을 보았고 론이 펌프를 연결해 꼭지를 트는 것을 지켜보았다. 코디 생일이라 애들이 술을 마시면 나도 같이 마시려고. 그는 대런에게 거의 거품만 있는 빨간색 플라스틱 컵을 건넨 다음 자기도 한 잔 따르고 코디에게도 한 잔을 주었다. 론이 쌓여 있는 접이식 의자를 가리키자 대런은 그중 하나를 펼쳐 맥주통 옆에 앉았고 론은 공구 몇 개를 타공판 고리에 걸었으며 코디는 자기 컵을 들고 안으로 들어갔다. 샤워해야겠어.

대런에게는 술을 마실 때나 거품을 소매로 닦을 때만 움직이되 로열스 모자를 눈 위로 최대한 끌어내리고 있는 것이 계속 환영받기 위한 최고의 전략으로 보였다. 론은 자기 컵을 다시 채우면서 대런의 컵도 채워줬지만, 대런의 불안한 기쁨은 술 없이도 그의 핏속에 흘러들었을 것이다. 운동복 너머로 시원한 가을 공기를 느끼지 못할 만큼 많은 화학물질. 대런은 가장 가까운 가로등이 이 사건을 기념하듯 깜빡이며 켜지는

* 미국의 시가 상품명.

것을 보았다. 그 주변으로 첫 눈송이가 떨어지는 게 아니라 나방처럼 떠 있었다. 차문이 쾅 닫히는 소리와 점점 다가오는 노박 카터 고든 데이비스 유형의 목소리를 들어보라. 론이 그 자리에 있었기에 대런은 움직이지 않았다. 유형들은 멋진 아빠 중 한 명인 윌리엄스 씨에게 인사했다. 그들은 말은 하지 않았지만 놀란 듯 읽기 어려운 미소를 지으며 코디와 악수했다. 코디는 이제 헐렁한 청바지와 브랜드 운동복을 입고 돌아와 있었다. 론이 대런에게 빨간 플라스틱 컵을 한 무더기 건네준 것이 분명했다. 어느새 대런이 맥주통으로 다가오는 모든 사람에게 컵을 내밀고 있었으니까. 일자리, 보수가 없는 일자리. 술통을 맡는 거야, 대런. 누군가 말했다. 비웃는 말투였지만 완전히 비웃음만은 아니었다.

여자애들이 나타났을 때 맨디도 그중에 있었다. 대체 그녀가 검은색 청바지와 빨간색 브이넥 스웨터를 입고 머리를 바짝 당겨 묶었다는 걸 그가 어떻게 알았을까? 그는 절대로 맨디를 보지 않았을 텐데? 하지만 그녀는 안녕 대런, 이라고 말했다. 아무렇지 않다는 듯 립글로스를 새로 바른 입술로 미소 지었다. 대런이 컵을 내밀자 받아들며 고마워, 라고 했다. 대런은 토피카고등학교에 이 년 다녔기에 혹은 그전에도 다른 학교에 다녔기에 차고에 있는 거의 모든 사람의 이름을 알았다. 그 이름을 말할 자격이 있었던 적은 거의 없었지만. 내가 잔 채워줄게, 카일 풀턴이 말하더니 그렇게 했다. 새꺄, 건배, 뒤져보자. 9볼트짜리 배터리를 혀에 댔을 때처럼 순한 맥주에서 느껴지는 금속맛이 대런의 입에 남았다.

스탠은 그에게 랩 음악과 그 음악을 좋아하는 모든 위거*에 대한 분노

* 흑인처럼 행동하는 백인.

를 제공했다. 하지만 스테레오에서 나오는 소리에는 쇼핑카트나 무기고 자물쇠나 대런의 문장 같은 것이 있었다. 대런이 자기 몸과, 지금은 이 밤과 함께하는 자기 몸과 동일한 나이를 느끼고 그 나이에 대해서 느끼도록 해주는, 시간이 지나도 닳지 않는 적절한 느낌을 유지하는 몇 안 되는 문장들. 대런은 의자에서 움직이지 않았지만 모자챙은 약간 들려 있었다. 그는 여자애 몇 명이 추운 차고에서 춤은 추지 않고 그저 박자에 맞춰 고개를 끄덕이거나 약간씩 몸을 튕겨대는 모습을 보았다. 이것이 그의 마음에 불러일으킨 욕망의 강도는 전에 알았던 무엇보다도 그 욕망의 충족에 가까웠다. 그 차고에, 자기 의자에 앉아 있는 대런. 마지막 세기, 그의 행복. 올 아이즈 온 미*, 음악이 말했다.

그때 데이비스가 그에게 담배를 내밀었다. 야 좀 어때. 지난여름에 있었던 일에는 유감 없어. 고든의 끄덕임. 대런은 방심하지 말아야 한다는 걸 알고 있었다. 하지만 앰버라는 여자애가 머리카락 좀 보자며 그의 모자를 벗기더니 끝에 루비를 붙인 손가락으로 머리를 쓸어넘겼다. 최근에 감거나 자른 적이 없는 뭉친 덩어리를 빗어넘겼다고 해야 할까. 그러자 순수한 감각에 너무 압도된 대런은 여기저기서 터지는 웃음소리에 신경을 쓸 수 없었다. 다른 아이들도 그에게서 말을 끌어내기 시작했다, 그 멋진 부츠는 어디에서 산 거야, 그거 뾰루지니 멍이니, 요즘에도 무술을 하니. 너 우리랑 좀더 어울려야겠다, 대런. 그래, 똑같은 졸업반 머저리들한테는 이제 질렸어. 그는 다른 애들이 웃을 때마다 그냥 웃었고 그들

* 미국의 래퍼 투팍 샤커의 노래 〈올 아이즈 온 미〉의 가사. '모두가 나를 주목해'라는 의미.

이 계속 채워주는 맥주를 계속 마셨다.

알코올과 날것 그대로의 황홀감 탓에 경험과 그 경험에 대한 의식적 이해 사이에 생기는 지연시간이 길어진다. 그래서 대런은 그들이 지프 체로키 뒷자리에 타라고 구스르기 시작했을 때에야 파티가 끝났음을 깨닫는다. 운전은 노박이, 조수석에는 로라가, 체리처럼 빨간 그녀의 말버러 라이트를 보라. 데이비스가 뒷좌석 옆자리에 앉아 매드독 20/20 코코로코 와인병을 내민다. 노박이 시스템이라고 부르는, 차량 오디오에서 나오는 베이스음이 대런의 가슴을 뒤흔든다. 올 아이즈 온 미. 노박이 연기를 내보내려 열어둔 선루프로 차가운 공기가 시끄러운 소리를 내며 들이칠 때쯤 대런은 그들이 I-70번 도로를 타고 있다는 것을 알아챈다. 그들은 이미 32킬로미터쯤 떨어진 클린턴호수에 도착했다. 주로 상급생들이 모닥불 주변에 앉아서 술을 마시고 있다. 타닥거리는 오세이지 오렌지에서 날아오른 불꽃이 흩어지고, 몇몇 연인은 담요 위에서 서로를 애무하고 있다. 다른 시스템에서 나오는 같은 가수. 대런은 아무 고통도 느끼지 못한 채 모닥불의 환한 원 너머 어딘가의 풀밭에 토하고 드러눕는다. 그때서야 그들이 대런, 대런, 대런, 하고 연호하는 소리를 듣는다. 이제 그는 눈을 감는다. 별을 본다.

암호

(애덤)

다들 항상 그 녀석을 끼워주라고 하지 않았나? 발야구팀 주장은 쉬는 시간에 벌받을 각오 하고 그를 뽑으라고 강요했다. 어느 부모는 자기 아이가 싫다는데도 그애를 생일 파티에 초대하라며 고집을 부렸다. 와봤자 그 녀석은 혼자 놀게 될 텐데. 론 윌리엄스는 초등학교 마지막 핼러윈에 코디에게 대런을 데려가지 않으면 아무도 못 간다고 말했다. 대런의 스파이더맨 의상은 반짝이 복장에 점점 섹시해져가는 요정들이나 얼굴에 가짜 피를 딱 한 방울 흘리며 트렌치코트에 숨겨놓은 나비칼을 손가락으로 쓸어보는 소년들보다 발달단계가 최소 한 단계는 뒤처져 있었다. 그래서 이제는 그들이, 1997년 졸업반 학생들이 대런을 끼워주기로 했다. 아이러니가 없진 않았지만 그 모든 행동이 잔인한 건 아니었다. 아닌가? 애덤은 생각했다. 이게 정말 작년에 혼 코치가 에런 네이글에게—홈경기를 위해 정장을 입고 나타난 자폐아에게—하일랜드파크를 상대로 마지막 몇 분을 출전하게 해준 것과 그렇게까지 다른 일이었을까? 당시 양팀은 그 녀석이 한 건 할 수 있게 도와주려 했다. 마지막 버저가 울리기 전에 녀석을 합류시키기로 했다. 대적할 자가 없는 네이글의 레이업슛은 뉴스거리가 됐다. 관중이 흥분하고, 경기장으로 달려가고, 동급생들이 그를 높이 들어올리는 모습을 보라. 마음이 따뜻해지는 장면이다. 상급생들이 졸업할 무렵이 되고 그들의 미성년자 시절도 끝물에 접어들었을 때 대런을 그들의 사회에 다시 합류시키려던 의식은 어린 시절의 상징적 순환에 종지부를 찍는 행위였다, 어둠 속에서 들려오는 클라우스의 목소리.

사실은 그 반대였을지도 모른다. 그들은 대런이 대표하는 것, 질 나쁜 잉여에 대해 그를 가혹하게 처벌하고 싶었던 것일 수도 있다. 남자-아이, 어릿광대와 동네 바보와 인클로저* 이후 시골을 돌아다니던 시인 존 클레어의 후손. 어린 시절의 마음가짐이—그 풍부함과 목적 없음이—성적으로 성숙한 몸, 역사적 시간에 굴복해 그 시간을 낱낱이 기록할 수밖에 없었던 몸에까지 끈질기게 이어졌다는 사실. 남자-아이는 웃음거리가 된 자유를, 성인 초기의 점점 더 관리되어가는 삶을 부정하는 마법적 사고를 대표했다. 환상을 이야기하는 자. 남자-아이의 세상 속 거의 모든 물건은 두 영역 사이의 이런 유예를 반영했다. 탄산음료이기도 한 그의 술, 장난감인 그의 무기. 그는 백동전 한 닢을 주면 종이돈 두 장으로 바꿔주

* 16, 18세기 유럽에서 대지주가 대규모 목장과 농장을 만들기 위해 미개간지나 공유지에 울타리를 쳐서 사유화한 일.

었다. 반짝이는 것을 액수보다 더 가치 있게 여겼다. 그는 자신의 키나 얼굴에 난 털을 어찌해야 할지 몰랐다. 그가 레슬링 동작(클로즈라인, 페이스해머, DDT)을 보여주겠다면서 진짜 어린아이를 다치게 하면 그저 "자기 힘을 제대로 몰라서" 벌어진 일이 되었다. 이런 유형에 적합하려면 남자일 뿐 아니라 백인에 장애도 없어야 했다. 제국 특권층의 비뚤어진 형태. 그가 여자이거나 다른 인종이거나 어떤 식으로든 타자화된 몸을 가지고 있었다면, 성범죄자와 경찰로 인해 즉시 치명적인 위험에 시달렸을 것이다. 그를 딱하면서도 도발적인 존재로 만드는 것은 주류와의 유사성이었다. 남자-아이는 공부나 일이나 봉사를 하기에 거의 적당했고, 간신히 자동차 면허를 따서 마침내 산악용 오토바이를 버릴 수 있었다. 그가 차이점만으로는 구별하기 어려울 만큼 표준에 가까웠기에 진짜 남자들은—그들도 실제로는 영원한 소년이었다, 미국은 끝나지 않는 청소년기니까—폭력으로 스스로와 그를 구분해야 했다, 클라우스의 목소리.

환경요법이야, 제이슨이 숨을 내쉬면서 말했다. 그들은 풀밭에서 꿈이나 꾸라고 대런을 클린턴호수에 내버려둔 채 자동차 뒷자리에 앉아 돌아가고 있었다. 제이슨은 지프 앞자리에 앉은 재단 출신이 아닌 아이들에게 마리화나 꽁초를 넘겨주었다. 아마 그 아이들에게는 제이슨의 말이 아무 의미도 없었을 것이다. 그 농담은, 농담이라면 말이지만, 대런을 웃음거리로 삼을 뿐 아니라 그를 망친 심리치료 문화를 비웃는 것이기도 했다. 심리치료는 대런을 입원 치료라는 의료화된 목회의 장으로 맞아들이지도 못했고(누가 돈을 내겠나?) 그를 더 큰 세계의 임상적 시간과 화해시키지도 못했다. 제이슨의 농담에는 재단 부모들의 어리석음에 대한 신랄함도 들어 있었다. 부모들이 재단 아이들이라면 고주망태가 되도록 술을 마시고 운전하거나, 망가진 전구로 크리스털을 흡입하거나, 아래팔이나 팔꿈치를 휘둘러댈 만큼 "멍청할 리가 없다"고 믿었다는 점에 대한 씁쓸함이었다. 아래팔이나 팔꿈치를 휘두르는 건 종합격투기가 TV 방영 스포츠가 된 2000년대 말에 캔자스에 널리 퍼진, 근거리에서 더 큰 피해를 입힐 수 있는 전략이었다. 물론 재단 아이들은 그렇게 멍청하지 않았다. 하지만 그리 멍청하지 않다는 건 약한 상태를 의미했다. 아들이 주류의 리비도적 경제에서 빠져나오기를 선택할 거라고, 잘못된 삶 안에서 올바른 욕망을 발전시킬 거라고 기대할 수는 없다. 그들이 대런—그들의 인턴—을 데리고 공연하던 수용의 모방극도 재단에서 쓰는 방법을 빌려다가 그 방법을 비판한 것이다. 그들은 대런을 돌보는 동시에 벌하고 있었다. 마찬가지로 자기 부모를 따라 하면서 조롱하고 있었다.

하지만 이건 사실이 아니다. 아무도 결정하지 않았다. 책임져야 할 사람은 아무도 없었다. 대런은 론을 돕느라 차고에 있었던 것이다. 론이 그가 돕는 걸 내버려두었다(남자-아이에 대한 너그러운 마음은 그를 가짜로 고용하는 형태를 띠는 경우가 많았다). 대런은 또래의 안내를 받긴 했지만 자기 발로 지프에 올랐다. 물론 알코올과 공동의 에너지 흐름에 따른 것이기도 했다. 분노와 공감과 향수鄕愁와 불안은 그들이 모르는 채로 그들의 몸속에 살았고 그들이 바로 그런 모습으로 서 있게 했다. 그런 식으로 어깨를 굽히고 표정을 펴거나 구기고 머리카락을 자르게 했다. 그들을 그런 동작에, 그런 언어의 운율에 접어들게 했다. 대런이 빨려들어간 일련의 사태를 지휘한 개인은 한 명도 없었다. 현재 대런의 작은 움직임과 자세 중 얼마나 많은 부분이 과거의 반향을, 의식의 문턱 바로 아래에서 반복되는 것을 체현한 것일까? 앞선 경기에서 주장한 내용은 늘 중요하다. 애덤이 지프 차창 밖을 내다보았을 때, 차가운 공기가 선루프로 시끄럽게 들이쳤을 때, 큐볼은 이미 그 자리에 있었다.

대런을 호숫가에 내버려둔 것은 잔인한 짓이었다. 하지만 며칠 뒤 맨디가 대런의 집에 들러야 한다고, 대런의 엄마가 볼 수 있도록 일행의 흔적을 눈에 띄게 남겨야 한다고, 일종의 사과를 해야 한다고 고집을 부린 것은 잔인함이 지속되어서라기보다는 그 잔인함에 대한 후회 때문이었다. 그후로 대런도 무리에 수용되었다는 허구를 유지하는 것과 터뜨려버리는 것은 똑같이 불친절한 일이 되었다. 졸업식 내내 그를 마스코트로 놔두는 편이 오히려 더 쉬웠다. 일종의 워터보이로 말이다. 물이 아니라 생맥주를, 스프라이트와 섞은 에버클리어*를 들고 다닌다는 점이 다르긴 했지만. 그들은 인류학적으로 매료되기도 했다. 대런은 그들에게 아베롱의 빅토르**, 카스파어 하우저***였다. 과연 대런이 그들의 말과 관습

* 미국의 증류주 상품명.

** 18세기 말 프랑스의 작은 마을 아베롱에서 사회와 격리된 채 혼자 살고 있던 소년이 발견되었다.

*** 19세기 초 독일에서 골방에 고립된 채 성장했다고 주장하는 젊은이가 나타났다.

을 배울 수 있었을까? 거의 비슷한 수준으로만 가능했다. 그리고 그것에 실패함으로써 대런은 매우 중요한 사회적 기능을 수행했다. 그들이 전용한 말과 의식을 자연스러운 것으로 만들었던 것이다. 대런은 그들이 현실감을 유지하는 데 도움을 주었다.

책임질 사람은 아무도 없었지만 중심은 제이슨이었다. 그는 코디의 집에 있는 지프로 대런을 안내하는 데 일조했고, 그다음에는 대런을 호숫가에 '잠든' 채로 놔두자고 우겼다. 말 그대로 별빛 아래 실종된 소년이 되게 하자고. 이십 년이 지나 그때 일을 되돌아본 애덤은 이런 행동에 가담한 제이슨의 열의가 제이슨 자신의 비교적 복잡했던 정체성과 관련된 게 분명하다고 느꼈다. 그는 신체적으로 시마보다는 에릭을 훨씬 닮았지만, 또래 대부분이 그를 백인이라고 생각했지만—그 말은 대부분 아이들이 이런 의문을 가진 적이 한 번도 없었다는 뜻이다—인종적 차이라는 요소는 어쨌든 존재했다. 살아가면서 그 차이가 드러난 적은 거의 없었다. 그는 랜돌프초등학교 '세계 음식 주간'에 집에서 엄마와 함께 만든 라바시*를 여러 번 가져오긴 했지만(제인은 늘 자신의 역사와 관계를 맺으라고, 단절에 맞서라고 그녀를 압박했다) 시마는 제이슨이 있을 때 이란어를 한마디도 하지 않았고 그녀의 가족은 몇 세대에 걸쳐 대단히 세속적인 가풍을 유지했다. 어쨌든 제이슨이 그 가족들을 알았던 것도 아니었고. 집에서 제이슨은 애매하게라도 하

* 아르메니아 지역의 전통음식. 오븐에 구운 납작한 빵으로 캅카스산맥, 이란, 터키 지역에서도 많이 먹는다.

누카*와 크리스마스를 모두 기념했다. 그 말은 애덤처럼 집에 크리스마스 전등을 적당히 달아놓지 않은 재단의 유대인들보다 그가 아주 약간이나마 덜 이국적이었다는 뜻이었다. 12월에도 불을 켜지 않아 그린우드에서 이가 하나 빠진 듯 보이던 그들의 집. 겉으로 드러나는 생물학적인 여러 특징과 계급과 소속 가능한 범주가 충분치 않다는 사실은(토피카고등학교에서는 대부분 백인의 생각에 따라 백인이거나 흑인, 멕시코인이거나 아시아인이었다. 졸업반에 딱 한 명 있던 칠레인 파블로 피게로아는 또래에게 더 세부적인 구분을 요구하는 일을 오래전에 포기했다) 제이슨이 어린 시절 대부분을 자기가 통과했다는 사실조차 모르는 채로 통과했다는 의미였다. 하지만 사막의 방패 작전과 사막의 폭풍 작전**, 노스타워*** 아래에서 벌어진 트럭 폭탄테러, 엄마의 피부색과 이국적인 이름은 그가 고등학생 시절에 '아랍인'이라고 욕을 먹을 수 있다는 뜻이었다. 1학년이 되기 전 여름, 제이슨이 대런의 거짓말 몇 가지를 반박하자 대런은 그를 '잡종'을 비롯해 군용물품 판매점에서 배운 몇 가지 다른 이름으로 부르더니 그에게 장난감 권총을 겨누었다. 제이슨은 그를 두 번 때렸다. 라이트크로스 펀치 한 방에 대런의 눈 위가 찢어졌다. 그런 폭력은 제이슨의 성격과 맞지 않았다. 상황을 바로잡기 위해서 대런을 무리에 끼워준다? 맞는 말이었다. 하지만 그 반대이기도 했다. 제이슨은 제국의 비뚤어진 특권층에

* 유대교 명절.

** 1991년 걸프전 당시 미국을 중심으로 한 연합군이 바그다드에 펼친 공습 작전.

*** 뉴욕의 세계무역센터 건물인 '쌍둥이 빌딩'의 하나.

게 더 큰 처벌을 내리고자 했다.

아무튼 지금은 아무도 대런을 때려서는 안 되었다. 대런을 괴롭히는 사람들이 곧 그의 보호자이기도 했다. 클린턴호수에서 기나긴 밤을 보내고 두 달 뒤, 대런은 앰버의 지하실 소파에서 1200밀리리터짜리 올드잉글리시*를 마시고 있었다. 그는 몸이 쿠션에, 부드러운 갈색 가죽 쿠션에 너무 깊이 가라앉았다고 느껴질 때마다 거듭 자세를 바꿨다. (누가 그의 귀 뒤에 담배를 꽂아놓았다. 그는 담배가 있는지 확인하려고 규칙적으로 그걸 만져보았다. 멍하니 머리의 상처를 만져보듯이 부드럽게, 상처가 있는 것을 깨달을 때마다 깜짝 놀라면서.) 대런을 데려온 건 그를 무리에 끼워주겠다는 모호한 농담에 기꺼이 참여하고 싶어했던 하급생 몇 명이었다. 그러나 수많은 파티 참가자는 그가 존재한다는 사실을 더이상 신선하게 여기지 않았다. 대런은 그냥 신세를 조지고 있는 또하나의 몸뚱이일 뿐이었다. 이 특정한 모임에는 전에 앰버가 다녔던 토피카웨스트고등학교 졸업반 학생도 몇 명 있었다.

노을이 비치는 지하실에서 대런은 화장실을 찾으려고 일어섰다. 화장실로 가는 길에 실수로 레이놀즈와 부딪쳤다. 레이놀즈는 웨스트 출신의 빨간 머리 레슬링 주 챔피언이었다. 그는 관습에 따라 대런의 가슴을 세게 밀치며 씹새끼야 조심해, 라고 말하는 것으로 반응했다. 대런은 자기 몸에 올드잉글리시를 쏟았고, 균형을 되찾은 다음에도 응수하거나 사과하지 않고 다시 화장실을 찾을 준

* 미국의 맥주 상품명.

비를 했다. 하지만 그는 미처 깨닫지도 못한 사이에 사람들에게 둘러싸였다. 그 순간 자신이 선을 넘었음을, 모든 것을 망쳤음을 확신했다. 그는 새로운 집단에서 밀려날 터였다. 똘똘 뭉쳐 다가오는 몸뚱이들이 레이놀즈를 위협하고 있다는 걸 깨닫기까지는 일 분 정도가 걸렸다. 그들은 레이놀즈에게 꺼지라고 말했다. (대런은 전에도 보호받은 적이 있었지만, 보통은 또래 때문에 보호를 받았지 또래의 보호를 받은 것은 아니었다.) 레이놀즈의 동급생 두 명이 이 레슬링선수를 도우러 왔고 유리문이 미끄러지듯 열렸다. 그들은 떼를 지어 인공 호수로 내려가는 잔디밭 경사로로 향했다. 앰버만이 그들을 막으려고, 졸업반 남자들 사이에 억지로 끼어들려고 했다. 덕분에 고상한 애덤이 그녀를 안전한 곳으로 데려다줄 수 있었다. 실제적인 위협과 복화술 같은 위협. 꺼져, 씨발놈들아. 뭐어쩌라고. 레이놀즈가 추운 날씨에 운동복을 벗어던지고 식스팩을 드러냈다. 그의 옆모습이 꼭 상체에 코브라 복면을 씌워놓은 것같이 보였다.

일 분 뒤, 레이놀즈가 선제공격을 예상한 것보다 숀이 한두 박자쯤 빠르게 그를 들이받아 레슬링선수의 코를 부러뜨리게 된다. 아니, 거의 으스러뜨리게 된다. 레이놀즈의 친구들도 힘차게 끼어들지만 빠르게 제압당해 흩어진다. 레이놀즈가 얼굴에 피와 흙이 뒤범벅된 가면을 쓰고 땅에 쓰러지면 그들은 그를 걷어차고 짓밟을 터였다. 대런을 불러내 그 멋진 부츠로 한 방 먹이라고 부추길 터였다. 중서부의 중산층 백인 소년들 사이에서는 인제라고 곡 찝을 수 없는 어느 시점부터 상대방을 땅에 쓰러뜨리는 순간 싸움이 끝나는 게 아니라 새로운 생명을 얻었다. "남자애들이 다 그렇지." 권투의 기사도는 과잉 살상이라는 원시적 퇴화에 길을 내주고 말았다. 과잉 살상이라는 단어는 1946년까지 거슬러올라간다. 모든 적을 발라버려야 한다. 모든 공격은 아무리 사소한 것이라도 대학살로 이어지기 마련이다.

싸움에 집중하는 대신 싸움에 앞서는 갱들의 수화라는 매혹적이고도 기이한 구경거리를 확대해보면, 부동산 중개업자의 아들인 레이놀즈는 손가락으로 '피'라는 단어를 만들어 패배를 인정하고 있다. 그와 논리적인 관련이 있을 리 없는 로스앤젤레스 거리 갱단의 수화를 흉내내는 것이었다. 총알은 없지만 진짜 권총을 축 늘어진 청바지 허리춤에 꽂고 있는 노박을 보라. 그는 갱단 '포크스'의 수화에 기초를 둔 손가락 동작을 빠르게 이어가는 것으로 대응한다. 이 수화는 시카고 공공주택 단지 개발 사업에서 기원했는데 토피카에 선례가 있는지 없는지는 알 수 없다. 다만 그들의 공통적인 특권인 클라우스의 목소리를 제외하고는 폴크*가 전혀 없다. 대체로 대학에 갈 예정인 이 백인 아이들 사이에서는 이 수화의 선례가 없는 게 분명하다. "어제 요하네스버그의 추모식에서 벌어진 일입니다. 조지 부시가 넬슨 만델라의 삶과 유산에 찬사를 보냈을 때, 겨우 몇 미터 떨어진 곳에 서서 그 연설을 수화로 통역하기로 했던 통역사는 두 손으로 완전히 의미 없는 일련의 손동작을 반복하고 있었습니다." "허리케인 어마가 플로리다 쪽으로 방향을 틀자

* 독일어로 '민족'.

플로리다주 서해안 지역의 공무원들은 기자회견을 열어 주민들에게 강제 대피령을 내렸습니다. 통역사는 밝은 노란색 셔츠를 입고 있었는데요. 피부색이 밝은 수화 통역사는 보통 손이 잘 보이도록 짙은 색 옷을 입는다는 점을 감안할 때 이는 해서는 안 될 금기였지요. 이 영상을 검토한 전문가들은 통역사가 손으로 말도 안 되는 헛소리를 했다고 말했습니다." "그는 목소리와 단어들을 듣고 움직임과 손짓과 눈짓을 보았지만, 이제는 모든 것을 동물의 눈으로 보았기에 그 눈에는 그저 타락하고 위장한 폭도만이 보였다." 이런 모든 말이 마지막으로 전투를 벌인 진짜 전쟁은 이미 오래전 일이었다. 1989년과 1992년 사이 어느 시점에 역사가 종말을 고했으니까.

그들은 자신들이 젊고 서로에게 선택적인 피해를 입히고 있다는 사실에 근본적으로 멍해지며 황홀감을 느꼈다. 열기는 그 자체로 변명이 되었지만 한기도 마찬가지였다. 아무 감정 없이 누군가의 가슴을 찰 수 있다는 걸 아는 데서 이차적인 전율이 느껴졌다. 선에 대한 대립적인 개념 없이 난폭한 갈등을 일으키는 것, 일종의 잉여. 주말에 할 만한 일. 결국 그들은 반쯤 의식을 잃은 레이놀즈가 친구들에게 끌려가도록 놔두었다. 그 친구들은 별로 심하게 얻어맞지 않았다. 그들은 물러나면서 복수 어쩌고 하며 소리쳤다.

부모들은 어디 있었을까? 대부분은 자고 있었다. 일부는 〈프렌즈〉나 〈프레이저〉를 보고 있었고 일부는 〈스포츠센터〉를 보고 있었다. 일부는 책상에서 사무를 보거나 주방에서 아일랜드 조리대를 닦고 있었다. 일부는 라이스*의 작품을, 일부는 클랜시**의 작품을 읽고 있었으며 일부는 에이드리엔 리치***나 『정신분석 치료에서 비해석적인 기제』를 읽고 있었다. 혹은 읽는 척하고 있었다. 일부는 캔자스시티에서 밤 데이트를 마치고 돌아오거나 형식적으로 사랑을 나누거나 어둡고 카펫이 깔린 지하 사무실에서 인터넷 포르노가 재생되기를 기다리고 있었다. 일부는 톨레도에서 열리는 학회에 참석했다. 일부는 실내 자전거를 타거나 보우플렉스를 하거나 차고에서 땜질을 하거나 총을 닦고 있었다. 일부는 이메일을 보내려는 참이었다. 일부는 전화기의 삐 소리를 기다리면서—아이들의 연락을 기다리면서—전화선 없이도 대화할 수 있는 다른 사람과 이야기하고 있었다. 일부는 걱정하거나 아무 생각도 하지 않거나 둘 다였다. 일부는 대학 지원서를 편집하거나 세인트프랜시스를 돌고 있었다. 일부는 먹거나 창문을 열거나 그냥 러닝머신 위에서 터덜터덜 걷고 있었다. 일부는 타이베이에서 진토닉을 마시고 있었고 일부는 브루클린에서 딸들이 옆에서 자는 동안 이 글을 쓰고 있었으며 일부는 꿈속에서 기차를 타고 돌아오고 있었고 일부는 몽롱한 채로 롤링힐스의 기계식 침대에 누워 있었다.

◆ ◆ ◆

어렸을 때 그는 잘 때가 되면 엄마를 불러 다음과 같은 시를 읊

---

* 미국의 고딕소설 작가 앤 라이스(1941~2021).

** 미국의 추리소설 작가 톰 클랜시(1947~2013).

*** 미국의 시인이자 페미니스트(1929~2012).

어달라고 했다. 엄마의 엄마가 엄마에게 가르쳐준 시였다.

보라색 암소는 못 봤어,
절대로 안 보고 싶어,
하지만 말할 수 있지, 어쨌든,
그 소가 되느니 보는 게 낫다고!

그러면 엄마는 다시 그에게 시를 읊어달라고 했다. 그는 항상 시를 잘못 읊곤 했다. 처음에는 정말로 그 짧은 네 줄을 외우기가 어려웠고, 그다음에는 엄마가 그의 실수에 화난 시늉을 하는 것이 우스웠기 때문이다. 천장에서 반짝이는 초록색 플라스틱 별들. 새로 세탁한 피너츠 이불의 냄새. 다시, 엄마는 진지한 척하며 이렇게 말하고 격식을 차려 시를 읊었다. 그러면 그가 엄마에게 다시 시를 잘못 읊어주었다. "안 절대로 보고 싶어." 게임이 계속될 수 있도록, 잠잘 시간이 미루어지도록. 그는 꼬마 셰에라자드였다.

그건 말도 안 됐다. 보라색 암소 같은 건 없었다. 하지만 그건 말이 됐다. 이제 그는 머릿속에서 피해야 할 암소들을 보았다(보라색 암소는 생각하지 마). 보는 것이 그 비뚤어진 존재가 되는 것보다는 나았지만 시는 그 둘이 연관되어 있음을, 그 둘을 구분해야 함을, 그 둘을 혼동할 수 있음을 암시했다. 그의 개인적인 시 정전正典이 놀리는 사람에게 대꾸할 놀리는 말과 약한 주문으로만 이루어져 있던 시절에—막대기와 돌, 지우개와 풀—「보라색 암소」는 또 다른 예방적 말하기처럼 느껴졌다. 이 시는 내가 내 마음의 눈으로 보는 것이 되지 않도록 보호해줄 거야. 안내섬광 사이에서.

뇌진탕 이후로도 그 게임은 일 년 정도 더 계속되었지만 이제는 그 이면에 어두운 에너지가 어려 있었다. 아니, 그 의식儀式이 어두운 에너지를 몰아내기 위한 것이 되었다고 해야 할까. 무언가를 떠올릴 수 없다는 것, 혹은 무언가를 기억 속에 새겨둘 수 없다는 것은 인지 손상이나 기억상실증의 너무도 분명한 징후라 마냥 우습게만 생각할 수 없었다. 엄마는 그에게 두번째 시를 알려주었다.

아, 그래, '보라색 암소'는 내가 썼어—
미안, 미안. 내가 써버렸어!
하지만 어쨌든 이건 말할 수 있지,
그 시를 읊으면 널 죽일 거야.

이제는 배트맨 이불이었다. 벽을 장식한 로열스 포스터들 한가운데에 조지 브렛*이 있었다. 그 시가 왜 인상적이었을까? 일단 그 시에는 이야기가 있었다. 시를 둘러싼 산문이 있었다. 어머니의 어머니가 어머니에게 해준 이야기. 두 시의 작가는 진지한 작가로서 야심찬 시적, 학술적 프로젝트에 전념하는 동안에 「보라색 암소」를 급히 휘갈겨썼다. 하지만 이 시가 너무 유명해져서 그의 다른 모든 작품을 압도했다. 진지한 작가는 이 말도 안 되는 시와 동일시되어 포부를 모두 망쳐버렸다. (엄마는 작가의 이름을 말해

* 미국의 프로야구팀 캔자스시티 로열스 역사상 최고의 프랜차이즈 선수.

준 적이 한 번도 없었다. 그 이름조차 시의 검은색 혹은 보라색 구멍에 삼켜지기라도 한 것처럼.) 여덟 살에 그는 두번째 시에서 진짜 슬픔과 분노와 폭력을 찾아냈다. 언어로 된 대상이 회자되고 명성을 얻고 그것을 만든 사람을 파괴하여 그가 두번째 시를, 첫번째 시의 역설적 효과에—이건 약물에도 쓰는 용어였다—대항할 주문을 지어내도록 추동할 수 있다는 생각에 매료되었다. 시는 신비로운 알약이다. 작가는 보라색 암소가 되지는 않았지만 「보라색 암소」가 되었다. 그는 언어를 통해 나쁜 예외성을 달성했다. 은은하게 반짝이는 플라스틱 별 아래의 잠자리에서 무언가를 상상하고 보고 유명해지고 (엉뚱하게도) 유명한 존재로 보이고 죽이고 읊고 (잠을 피하려고, 살해당하지 않으려고) 잘못 읊고 잊어버리고 잘못 기억하고.

"옛날 옛날 아주 좋은 시절에 음매 암소가 길을 따라서 오고 있었는데, 길을 따라 오고 있던 이 암소가 아기 터쿠라는 멋진 소년을 만났다."* 그는 해킷 선생님의 영어 우등반에서 이 글을 읽었다. "아버지가 그에게 그 이야기를 해주었다. 아버지는 단안경을 쓴 눈으로 그를 바라보았다. 그는 얼굴에 수염이 덥수룩했다." 제임스 조이스의 『젊은 예술가의 초상』 첫 장면에 이 모든 게 들어 있었다. 젖과 남자들과 이름 붙이기와 폭력으로 이루어진 태초의

* 『젊은 예술가의 초상』의 한 대목으로 주인공 스티븐의 아버지가 스티븐에게 들려주는 동화. 이 동화에서는 '음매 암소'가 터쿠라는 아기를 마법의 나라로 데려간다 마법의 암소가 아이들을 데려가 훈련시켜 영웅으로 만든 다음, 지상으로 돌려보내 놀라운 업적을 이루게 한다는 아일랜드 설화에서 따온 이야기다.

언어, 집단 안의 언어와 집단 밖의 언어. ("—넌 이름이 뭐야? 스티븐은 대답했다. 스티븐 디덜러스요. 그러자 심술쟁이 로슈가 말했다. —무슨 이름이 그래?") 스티븐의 삼촌 단테는 사과하지 않으면 독수리가 와서 눈알을 뽑아갈 거라고 했다. 아니면 까마귀인지도 몰랐다, 보라색 까마귀. 보라색 산문.

그가 시인이 되고 싶었던 이유는 시가 주문이기 때문이었다. 폭력을 행사하고 물리치는 주문. 사람을 유명하게 만들거나 삭제된 존재로서 유명해지게 하는 주문. 신체에 다른 영향을 미칠 수 있는 주문. 의미를 만들었다가 해체하는 형태화된 소리. 시는 신체를 재우거나 깨울 수 있었고, 눈물이나 다른 형태의 윤활유를 야기하고 몸을 부풀게 하고 잔털이 곤두서게 할 수 있었다. 토피카의 가짜 갱단은 늘 다른 가짜 갱들을 위협하며 그들이 남의 말을 도용한다고, 죽이려 든다고 비난했다. 거의 모두가—유치원생, 남자-아이, 가족심리치료사, 정신분석가, 생물심리학자, 토론 코치—언어에는 마법적인 효과가 있을 수 있다는 데 동의했다. 그냥 몸에 힘을 좀 풀면 된다. 그는 설령 시인이 되고 싶지 않았더라도 오래전부터 이미 시인이었다. 최소한 브라이트서클에서 두 손으로 잡초를 비벼댄 이후로는. 넌 시인이면서 그 사실조차 모르고 있어.

고등학교 시절 그의 고민은 토론을 하면 너드nerd가 되고 시를 쓰면 계집애가 된다는 것이었다. 토피카에서의 경험을 대단히 빈정거리는 투로 이야기할 수 있으리라 막연하게나마 상상되는 동부해안 도시로 가는 데에는 그 두 가지가 다 도움이 된다 하더라도 말이다. 핵심은 토론에 참여한 경험을 일종의 언어적 전투에 참여한 것처럼 전하는 것이었다. 핵심은 깡패가 되는 것, 아무리 작은 도발에도 상대방을 모욕으로 발라버릴 준비가 되어 있는 빠르고 악랄한 깡패가 되는 것이었다. 시에는 게임에 도움이 된다면, 암호와 흐름이 된다면, 앰버가 레이놀즈가 아닌 그와 자는 이유이기만 하면 등등의 핑계를 댈 수 있었다. 언어적 기량이 상대에게 피해를 주고 여자랑 자는 데 도움이 된다면, 지성과 표현을 중시하는 가족의 가치관에서 완전히 멀어지지 않고도 청소년기의 사회에 통합될 수 있었다. 화해는 아니라도 버텨볼 만한 긴장이었다. 타협의 산물인 그의 재앙에 가까운 헤어스타일. 편두통.

애덤에게는 다행스러운 일이었지만, 이런 식으로 공격성을 언어의 영역으로 옮겨놓는 행위는 유형들이 전용을 승인한 행위 중 하나였다. 몇 시간씩 술을 마셨는데도 싸움이나 시끄럽다는 민원으로 파티가 끝나지 않으면 프리스타일 랩을 하게 될 가능성이 높았다. 여러모로 이것은 가장 치욕스러운 허세, 백인 남성성의 위기와 그것이 대표하는 체제의 가장 분명한 표현이었다. 특권을 가진 백인 촌뜨기 몇 명이 모여서 힙합이라는 장르에서는 주류지만 그들에게는 도저히 적용될 수 없는 클리셰를 율동감도 없이 재활용하는 짓. 하지만 애덤은 이 프리스타일이 사회적으로 꼭 필요했다. 랩 배틀은 대중연설가 겸 장래가 촉망되는 시인으로서의 그의 기량을 뭔가 쿨한 것으로 변화시켰다. 현기증이 날 정도의 행운이었다. 텅 빈 고등학교에서의 토요일 오후, 감시하는 사람이 아무도 없는 집에서의 토요일 밤. 그 사이의 간격을 메워줄 빠르고도 의례화된 시적 모욕이 있었기에 애덤은 이 대회에서 저 대회로 넘어갈 수 있었다.

그는 머릿속으로 늘 프리스타일 랩 같은 것을 연습했다. 운전할 때나 샤워할 때나 밤에 침대에 누워 있을 때는 큰 소리로 연습할 때도 있었다. 보통 이런 랩은 침묵 속에서 이루어졌고, 가끔은 시가 덧발린 반半의식적 합성물이었다. 들리지 않는 멜로디. 그의 머릿속에는 여러 트랙이 있었다. 예를 들면 한 트랙에서는 할머니와 대화하는 동시에 다른 트랙에서는 가상의 암호 속에 존재했다. 실제 대화에서 나온 단어들이 가끔 가상의 트랙으로 뛰어들었다. 21번가의 신호등이 바뀌기를 기다리면서, 난 네가 한 번도 쓴 적이 없는 시가 될 거야. / 네가 따온 말로 너를 죽일 거야. / 롤링힐스에서 날아온 / 끝없는 청구서 등등. 그때 애덤은 제인과 함께 할머니를 모시고 나온 참이었다. 할머니가 장을 봐야 해서. 그냥 몇 가지 필요한 게 있어서 말이지. 그런데 '연습한다'라는 말은 연습을 그만두기로 선택할 수도 있다는 의미를 담고 있다. 실상은 그와 달랐다. 애덤은 신체적 틱 증상을 의식하지 않듯 라임을 의식하는 경우가 거의 없었지만 그걸 꺼버릴 수도 없다고 느꼈다.

그와 엄마와 할머니는 웨스트리지몰 근처의 대규모 창고형 슈퍼마켓이자 월턴* 계열이기도 한 하이퍼마트의 광활한 주차장에 들어섰다. 처음 이곳이 문을 열었을 때는 진열 직원 모두가 롤러스케이트를 타고 있었다. 이 점이 애덤의 머릿속에서 스타라이트 스케이트장으로 이어졌다. 그곳은 토피카에서 유일하게 이십사 시간

* 미국의 슈퍼마켓 체인 월마트의 창립자 샘 월턴(1918~1992).

여는 사업장이었다. 하이퍼스마트한 나는 / 하이퍼아트를 만들지 / 하이퍼마트에서 엄마가 걸레질을 하는 동안 기타 등등. 동시에 그는 엄마가 장애인 전용 구역에 주차를 하는 동안 할머니에게 어쩌다 할아버지와 결혼하게 되었느냐고 물었다. 언제 처음 만나셨어요? "브루클린에서." 토피카에서 할머니가 말했다. "우리 아버지가 편찮으셨거든. 난 타자수가 되어 돈을 벌어서 가족에게 도움이 되려고 고등학교를 그만뒀단다. 늦은 시간에 J 애비뉴의 집으로 돌아가곤 했지. 늘 버스를 탔어. 너희 할아버지는 늘 그곳에서 나를 기다리곤 했단다. 나를 집까지 데려다줘도 되는지 물었지. 1932년 얘기야." 1997년에 그녀가 말했다. "우린 어떻게 살아남아야 할지 걱정했단다." 그들은 매장에 들어가 환하게 밝혀진, 환하게 포장된 상품이 산처럼 쌓여 있는 광활한 통로를 돌아다니기 시작했다. "마침내 할아버지가 나를 댄스파티에 초대했어. 실은 내가 춤을 아주 잘 췄거든. 하지만 할아버지는 춤을 추지 않았지. 내가 다른 사람과 춤을 추지도 못하게 했고." 그러고 나면 논리적인 귀결이라는 듯 이런 말이 나왔다. "몇 달 뒤에 우리는 결혼했단다." 애덤과 제인은 이 말에 웃었다.

제인과 애덤이 할머니를 이곳에 데려온 이유는 이곳이 할머니가 지내는 실버타운과 그들의 집 사이에 있기 때문이기도 했고, 여기에 제국의 모든 것이 있기 때문이기도 했다. 하지만 애덤은 주위를 둘러보면서 그것이 터무니없는 선택이었다는 사실을 깨달았다. 대공황 시절의 검소함이 몸에 배어 있는 독기 여성인—점점 너 식물인간이 되어가는 남편에게 필요한 것을 주의깊게 살피기는 했으나—그의 할머니는 최소한의 소비를 규율로 삼았고, 대용량으로 포장된 상품 중에서 용량이 작거나 낱개로 포장된 구입할 만한 물건을 하나도 찾지 못할 터였다. 가족용 시리얼 상자가 놓인 통로도 있었다. 치어리오스, 캡틴크런치. 할머니가 그중 한 통이라도 다 먹으려면 남은 평생이 걸릴지도 몰랐다. 할머니 또한 말도 안 되는 과잉 살상의 결과물인 비교적 낮은 단가를 확인하기는 하겠지만.

제인이 할머니에게 뭐가 필요한지 묻자 할머니는 휴지와 화장실 청소에 쓸 코밋 세제를 비롯한 몇 가지 생활용품을 말했다. 그들은 할머니의 걸음걸이에 맞춰 삼십 개들이 휴지를 쌓아놓은 피라미드로 향했다. 거기서 여섯 개들이 휴지를 발견했고, 제인은 그걸 사야 한다고 말했다. 내가 네 개 가져갈게요, 엄마. 엄마가 두 개 가져가면 되잖아. 제인은 휴지가 필요하지 않았지만 엄마가 구매에 동의하게 할 방법이 이것밖에 없다는 걸 알고 있었다. 하지만 로즈는 매장 어딘가에 더 흔하고 값싼 상품이 있을 거라고 확신했고 그들은 계속 헤매고 다녔다. 애덤은 삐삐가 진동할 때마다 확인하다가—졸업반 남자들은 모두 삐삐를 가지고 있었다—앰버의 메시지를 보았다. 제인에게는 아들이 호출을 기다리는 의사 놀이를 하는 것처럼 보였으리라.

휴지 문제는 해결됐지만 표백제는 네 개들이뿐이었다. 제인도 표백제가 세 통이나 필요한 척할 수는 없었다. 그녀의 엄마도 제인이 절대 그 많은 표백제를 쓰지 않으리라는 걸 알았으니까. 애덤은 로즈와 상호작용할 때만 나타나는 긴장된 조바심이 엄마의 목소리에 끼어드는 것을 알아차렸다. 다르게 말하면 엄마의 성격과 어울리지 않는 급성 짜증이었다. "엄마는 애초에 이 표백제가 필요 없어요. 그 사람들한테 아파트를 꼼꼼히 청소하라고 엄마가—우리가—돈을 내고 있잖아요. 아무튼 엄마가 이걸 들이마셔서도 안 되고요. 욕조 위로 몸을 웅크리고 있어도 안 돼요. 이건 안 사요. 얼른 가요." "그 사람들은 욕조를 제대로 닦는 법이 없어. 나는 오십 년 동안 표백제를 썼지만 전혀 해롭지 않았어." 애덤은 조용히 상표를 읽었다. 비누 찌꺼기처럼 너를 녹여 / 너희 엄마라면 내가 빠르게 주워먹어 / 그래 바로 그거야. 그리고 말했다. "집에 가는 길에 덜런스에 들러요. 거기서는 하나만 살 수 있어요, 할머니." 그런 다음 공감하면서도 약간 나무라는 듯한 눈으로 엄마를 보았다. "나도 할머니가 답답한 건 알아요," 그 눈빛이 말했다. "그래도 흥분하지 말아요." 애덤은 할머니 곁에 있을 때 가장 성숙했다. 할머니가 있을 때는 엄마에게 도움이 됐다. 관대하고 밝고 분별 있었다. 할머니가 있는 상황에서 그는 아빠와 가장 비슷해졌다.

애덤은 근육 회복 속도를 향상하기 위해 먹는 크레아틴 보충제를 찾아보려고 잠시 자리를 떴다. (기억 회복 속도를 높여주는 보충제도 있을까? 클라우스의 목소리.) 그는 작은 지게차로 생수 묶음을 쌓고 있는 직원을 지나갔다. 뭐라고 방송이 나왔고 애덤은 뮤잭이 다시 시작된 뒤에야 아까부터 계속 그 음악이 나오고 있었다는 것을 깨달았다. 시간이 시작될 때부터. 그는 왼쪽으로 돌아 단백질 보충제와 비타민제 등이 놓인 거대한 통로에 접어들었다. 멀리까지 반복적으로 나오는 포장들을 지켜보면서 서우드호수의 잉뚱한 맥맨션에 들어갔을 때와 그리 다르지 않은 전율을 느꼈다—

서로 바꿔 쓸 수 있는 것들의 흔하지만 넘치는 숭고함. 이곳의 백성으로 산다는 것은 물건에 발려버린다는 뜻이었다. 나중에 그는 도널드 저드*의 상자를 보면서 하이퍼마트의 몇몇 통로를 떠올리게 된다. 나중에 그는 안드레아스 구르스키**의 몇몇 사진을 보면서도 비슷한 느낌을 받게 된다.

통로를 따라가다가 가장 인기가 많은 상표의 보충제를 발견한 그는 4.5킬로그램짜리 초콜릿맛 보충제를 선반에서 내렸다. 특별한 지시사항을 따른 것은 아니었지만 그들은 웨이트트레이닝을 하기 전에 셰이크를 탔다. 그렇게 하면 운동 강도를 높일 수 있다고 했기 때문이다. 그리고 웨이트트레이닝을 한 뒤에도 셰이크를 탔다. 그렇게 하면 회복에 도움이 되고 근육량도 늘어난다고 했기 때문이다. 위키피디아에서는 단백질 보충제가 콩팥을 상하게 할 수도 있다고 했다. 그는 엄마와 할머니에게 돌아가려고 온 길을 되짚어가다가 석쇠용 숯이 숲처럼 늘어서 있는 통로의 모퉁이에서 레이놀즈의 친구 한 명과 마주쳤다. 어쩌면 졸업반의 적수도 보충제 쪽으로 가는 중인지 몰랐다. 처진 바지, 대학 점퍼 밑에 받쳐입은 노터데임대학교 미식축구팀 후드티, 뒤로 돌려 쓴 야구모자, 싸움의 흔적으로 오른뺨에 남은 작은 멍. 웨스트고등학교에서 온 적수는 엄마일 게 틀림없는 여자와 함께였다. 초록색 크리스마스 스웨터에 흰 터틀넥을 받쳐입은 여자. 녀석의 엄마가 혼자 뭐라 중얼거

* 미국의 미술가이자 비평가, 미니멀아트 조각의 선구자(1928~1994).

** 독일의 사진작가.

리며 쇼핑 목록을 살펴보는 동안 두 남자는 서로를 마주보았다.

놀이터나 마트에서 만난 두 남자 혹은 남자-아이라면 누구나 그러듯 둘은 빠르게, 거의 순간적으로 누가 상대를 쓰러뜨릴 수 있을지 헤아렸다. 키와 몸무게는 대체로 비슷했지만 대학 점퍼나 레이놀즈와 아는 사이라는 점이 녀석에게 레슬링선수의 힘과 트레이닝 경험이 있으리라는 사실을 암시했다. 바닥에 뻗을 수는 없었다. 그건 선빵을 날리는 위험을 무릅써야 한다는 뜻이었다. 레프트훅 펀치로 제대로 된 한 방을 노리고, 그래플링*을 벌일 틈을 주지 않는 것이다. 물론 그들은 서로의 코를 터뜨리고 아래턱을 부숴버리거나 팔다리를 붙드는, 상대가 기절할 때까지 목을 조르는 상상을 했다. 스트리트 파이터 2(챔피언십 에디션)와 실제 경험을 섞은 시뮬레이션을 돌리고 있었다. 본의 아니게 애덤은 머릿속에서 이런 계산을 돌릴 때마다 싸움 도중에 주먹질이나 발길질을 한 번이라도 제대로 당하면 곧장 세인트프랜시스병원으로 돌아가게 될 거라고 생각했다. 언어 기제가 무너질 거라고. 기계들은 삑삑거리고 에버하트 간호사의 가슴에는 알파벳이 있겠지.

레슬링선수의 엄마가 있으니 육체적 대결은 불가능하리라는 사실을 알고 있었다. 마음이 놓였다. 애덤은 어머니와 함께라는 사실이 이 나이에도 구조적인 창피함으로 남아 있다는 것 또한 알고 있었다. 엄마랑 장을 본다고? 애덤은 이런 경멸감을 전할 만한 미소를 짓기로 했다. 그 미소는 이렇게도 말했다. “엄마랑 같이 있어서

* 격투기에서 서로 뒤엉켜 싸우는 일.

다행인 줄 알아. 아니면 내가 널 조져놨을 테니까." 애덤은 체면을 구기지 않고 빠르게 물러날 수 있었다. 웨스트에서 온 어떤 녀석이 날 보고 지리더라니까. 엄마랑 장을 보러 왔더라고.

"애덤"—어머니의 목소리—"할머니한테 1945년이랑 지금은 물가가 다르다고 좀 말씀드려라." 경악할 일이었다. 그의 가족이 지척에 있었다. 가격을 놓고 옥신각신하는 유대인이. 그들을 모른다고 하고 싶은 즉각적이고 터무니없는 욕망. 레슬링선수는 의미가 불분명한 미소를 지었지만 그 미소를 보자 애덤은 겁이 나는 동시에 화가 치밀었다. 두 세대의 여자와 함께 있는 것이 한 세대의 여자와 함께 있는 것보다 나쁜 걸까? 레슬링선수는 어떤 차이를 인지하고 비웃는 걸까?

처음 서로를 알아보고 충격을 받은 뒤로 겨우 몇 초밖에 지나지 않았다. 제인은 몇 미터 떨어진 곳에서도 애덤과 마주보고 있는 소년이 아들과 어떤 관계가 있음을 알아보고 말했다. "안녕하세요, 전 애덤 엄마 제인이에요." 레슬링선수의 엄마가 장 보기 목록에서 눈을 들고 말했다. "어머, 안녕하세요." 하지만 그녀는 자기 아들을 보고 있었다. 졸업반 남자들은 미소를 지운 채 침묵을 지켰다. "이쪽은 저희 어머니 로즈예요." "안녕하세요." 여자가 다시 말했다. 애덤의 할머니가 인사했다. 애덤은 어머니가 금방이라도 자신이 그 부위를 껌으로 감쌌던 이야기를 쏟아놓을 것만 같았다. 이쪽은 나의 착한 아들, 아기 터쿠란다. 그는 크레아틴을 두 팔로 들고, 아니 안고 있는 모습에 뭔가 사내답지 못한 점이 있다고 느껴 자세를 바꿨다.

졸업반 학생 중에 누가 입을 열 것이며 뭐라고 말할 것인가? "엄마, 할머니, 분명 놀라시겠지만 이 녀석은 자기가 로스앤젤레스에서 온 거리의 흑인 갱단이라고 상상하고 있어요. 최근에 우리 애들이 이 녀석의 친구를 기절할 때까지 패버렸고요. 그 새끼들이 우리 입원환자 한 명을 위협했거든요. 엄마도 아시죠? 대런 말이에요." 그때 레슬링선수의 엄마가 제인에게 말했다. "우리 전에 만난 적 있나요?" 제인은 잘 모르겠다고 말했지만 애덤과 제인과 로즈는 앞으로 무슨 일이 벌어질지 알았다. 그들은 제인이 「보라색 암소」를 썼다는 걸 알고 있었다. "아, 고든 박사님이시군요." 레슬링선수의 엄마가 말했다. "〈오프라 윈프리 쇼〉에 나오셨잖아요!" 로즈는 미소 지었고 제인은 고개를 끄덕였다. 애덤은 이 상황이 레슬링선수에 대한 그의 지위에 어떤 영향을 미칠지 계산해보았다. 그 점에 대해서는 레슬링선수도 혼란을 느끼는지 눈을 피할 핑계로 삐삐를 들여다보고 있었다. 애덤은 이런 상황을 생각했어야 했다. 엄마가 유명인이라는 사실이 남성성을 높여줄까, 아니면 떨어뜨릴까? "정말 자랑스러우시겠어요." 녀석의 어머니는 로즈를 보며 말했고 로즈는 그렇다고 답했다.

마법의 알약을 삼킨 뒤로 그는 제품의 언어를 이해했으니까. (영화는 슬로모션으로 진행되고 그 점 때문에 오히려 속도가 강조된다. 슬로모션으로 보여주지 않는 한 사건이 도저히 이해할 수 없는 속도로 전개될 것만 같다.) 그는 킹스퍼드 숯에서 토스티토스 토르티야 칩으로, 팝타르츠 파이에서 슬림짐스 육포로 도망쳤다. 모두가 애덤을 모욕하진 않았다. 하지만 예외 없이 그를 경멸했다. 그는 제품들에 귀를 기울였고 대화를 통해 그것들이 사람 일반에 대해 어떻게 생각하는지 알게 되었다. 그 생각이 큰 괴로움을 주었다. 애덤은 포장지—로마 동상만큼이나 생생하게 색칠된 포장지—안에 들어 있는 모든 물질이 일종의 퍼티로, 껌으로, 추상적인 무언가로 변했다는 것을 느낄 수 있었다. 제품들은 그 물질로 새로운 언어, 새로운 몸을 만들어내야 했다. 그리고 이제 조명이 어두워진다. 제품들은 벽 속으로 물러나고 거대하게 펼쳐진 스케이트장만 남는다. 유일한 조명은 타원형 빛을 바닥에 흩뿌리며 돌아가는 미러볼뿐이다. 인터폰으로 클라우스의 목소리가 들린다. 실제 목소리인지 녹음된 목소리인지는 불분명하다. 목소리는 어머니들이 한편에 서고 아들들은 다른 편에 서라고 지시한다. 인간의 역사는 개인의 역사가 그렇듯 성적-공격적 속성의 갈등을 천천히 지나가는 과정으로 이해될 수 있다. 이제 림스키코르사코프의 불길한 〈셰에라자드〉가 들린다. 이제 바퀴 달린 것들의 행진이 보인다. 대런이 시카고 스케이트*를 타고, 어느 할아버지가 휠체어를 타고 있다. 커다란 플라스틱 자료 상자. 충분히 빨리 읽으면 자료들은 입속의 무언가로 환원된다. 퍼티putty일까, 시poetry일까. 그리고 마지막으로 인턴이 밀고 오는 금속 전시함. 암소를 봐, 가죽의 보라색이 거의 눈에 띄지 않아, 0.22구경으로 뚫어놓은 작은 구멍에서 피가 스며나오고 있어, 귀에는 플라스틱 꼬리표가 붙어 있고. 진정제를 맞았는데도 똥을 싸고 있어, 거의 현실이 된 것에 대

* 미국의 롤러스케이트 상품명.

한 두려움으로.

◆ ◆ ◆

그는 토론을 잘했다. 즉흥연설에도 뛰어났다. 너드들의 프리스타일 랩이랄까. 사실 그는 토론과 웅변술 분야에서 역사상 최고의 즉흥연설가라고도 말할 수 있었다. 전국의 코치들과 다른 경쟁자들이 계속 그 점을 증명했다. (여기서 '웅변술'이란 토론이 아닌 학교 대항 연설대회를 말했다. 반면 '정책토론'은 발라버리기가 주로 쓰이는, 근거로 무장한 팀 토론을 의미했다. 두 대회는 모두 전국웅변술연맹에서 주관했다. 캔자스에서는 봄학기에 웅변술 수업이 시작됐다.) 그는 2학년 때 페이엣빌*에서 전국 챔피언십 2등을 차지했다. 매년 6월에 열리는 전국 토너먼트에서도 우승했다. 하지만 결승전의 심사위원들이—그중에는 상원의원도 두 명 있었다—말이 너무 빠르다며 벌점을 주었다. 대부분의 사람들이 그가 승리를 도둑맞았다는 데 의견을 같이했다. (결승전에서는 너무 많은 아드레날린이 몸을 휩쓸어 일인칭시점으로는 연설이 거의 기억나지 않았다. 그의 기억을 점령한 건 대회를 촬영한 동영상이었다.) 졸업반이 되자 많은 사람이 그가 모든 대회에서 우승할 거라고 예상했다. 그는 그런 기대를 받는 것이 괴로웠다. 갑자기 유창한 언변을 잃거나, 신경질적으로 웃음을 터뜨리거나, 수천 명의 관

---

* 테네시주의 도시.

객 앞에서, 결승전 대부분을 생중계하는 CSPAN*을 보는 모든 사람 앞에서 바지를 적시는 꿈. 그는 전국적으로 경쟁력 있는 정책토론자가 되는 데는 관심이 없었다. 그러려면 여름 '연구소'에 다니면서 오랜 시간 동안 끝없이 연구하고 근거 자료와 요약서로 플라스틱 상자 여러 개를 채워야 했을 것이다. 애덤의 머릿속에서 이는 앨버가 아닌 조애나 같은 애들과 같은 편을 선택해야 한다는, 남성성이라는 허구를 포기해야 한다는 뜻이었다.

이름이 암시하듯 즉흥연설은 즉흥성을 강조했다. 참가자는 세 가지 질문을 무작위로 뽑아 그중 하나를 선택한 다음 메모지 없이 전달할 오 분에서 칠 분짜리 연설을 삼십 분에 걸쳐 준비해야 한다. 주제는 겁이 날 정도로 구체적일 수도 있고("우크라이나 의회는 다음달에 새로운 헌법을 인준할 것인가?") 겁이 날 정도로 일반적일 수도 있었다("멕시코의 미래는?"). 즉흥연설가는 잡지나 신문에 실린 기사를 모아둔, 국가별 현안이 정리된 파일이 들어 있는 자기만의 작은 플라스틱 상자를 가지고 있었다. 주장을 뒷받침하려면 연설하면서 출처를 밝혀야 했다. 하지만 이런 조사는 정책토론에서 요구되는 것에 비하면 훨씬 가벼운 작업이었다. 참가자는 일주일에 잡지 몇 권을 읽고 형광펜으로 표시한 다음 복사를 했다. 즉흥연설은 준비가 덜 필요했지만 너무도 악몽 같은 경험이 될 수 있어서 진지한 정책토론자들조차 즉흥연설가들을 존중했다. 한편 그들은 다른 활동에는 코웃음을 쳤다. 예컨대 본래의 연설 대회

* 미국의 정책 방송 채널.

에서는 학생이 어떤 주제에 대해서든 잘 갈고 닦은 연설문을 외워 와서 발표했다. 결승전 직전, '준비실'에서 거의 가학적일 정도로 모호한 세 가지 질문 중 하나를 선택하고 있는 열여섯 살짜리를 보라. (지역 토너먼트의 경우 준비실이 고등학교 도서관에 있었다. 참가자들은 연설 개요를 외우느라 재단의 미치광이나 미래의 블루투스 사용자처럼 뭐라 중얼거리며 돌아다녔다.) 그는 지부티의 물 분쟁에 대한 질문을 고른다. 최소한 물이 무엇인지는 아니까. 하지만 플라스틱 상자에 아무런 근거 자료도 없는 주제에 관해서 어떻게 유창함과 권위를 내세울 수 있을까? 아니면 삼 분 동안 연설을 매우 잘하고 두번째 주요 논점으로 옮겨가다가 그 논점을 잊어버린 연사를 상상해보라. 그녀에게는 메모가 없다. 타임아웃을 요청할 기회도 당연히 없다. 애덤은 신참 즉흥연설가들이 말을 더듬다가 조용히 대회장에서 도망치는 모습을 본 적이 있었다. 순수한 두려움에 구토하는 사람도 봤다.

공식적으로 즉흥연설은 다양한 주제에 대해 자신 있게 말할 수 있는 시사 파악 능력을 다루는 부문이었지만, 당연히 그 반대를 시험하는 것이기도 했다. 몸에 잘 맞지도 않는 정장을 입은 십대 청소년이 어떻게 카슈미르의 위기를 해결할 연설을 할 수 있겠는가? 두 국가가 걸린 문제의 유효성을 오직 한 국가만이 내놓을 수 있는 상황에서, 어떻게 겉포장이 내용을 벌충할 수 있을까? 참가자들은 정치인이 통계를 끌어다 쓰는 방식으로 연설에 출처를 군데군데 박아넣는 방법을 배웠다. 이들은 어떤 논점을 조명하거나 사실관계를 분명하게 하기보다는 권위의 분위기를 풍기기 위해서 통계를 인용했다. 코치의 지도와 훈련은 상당 부분 연설자의 몸을 활용해 연설에 체계를 부여하는 방법에 초점을 맞췄다. 언제 어느 부분에서 발을 굴러 변화를 표시해야 할지, 언제 어떤 동작을 취해야 할지. 그건 음악 없는 오페라였다. 발라버리기가 모든 웅변술적 가치를 덮어버리는 정책토론과 달리 즉흥연설은 멋과 제시 방식이 여전히 주요했다. 목표는 박학다식한 이미지를 보여주는 것이었다. 정책토론자들이 발라버리기에 중독됐다는 비판에 대해 흔히 나오는 변론이, 연설의 우아함에 관심 있는 학생들은 가서 즉흥연설을 하면 된다는 것이었다.

아니면 'L-D'를 할 수도 있었다. 1979년 당시 전국웅변술연맹의 주요 후원사였던 필립스석유사의 대표는 전국 토너먼트의 정책토론 경기를 지켜보다가 그게 다 헛소리라는 것을 알게 되었다. 필립스사는 전국웅변술연맹 이사회에 정책토론이 향하는 방향에 대한 우려를 표명했다. 그 결과 새로운 일대일 토론 활동인 링컨-더글러스 토론이 생겨났다. 이 토론은 가치관을 강조했고 형식상 웅변을 통한 설득을 우선시했다. 연사들은 경험적 틀이 아니라 도덕적 틀에 준거해 주장을 펼쳐야 했다. L-D는—정책토론자들 사이에는 이 머리글자가 '학습장애learning disabled'를 뜻한다는 농담이 있었다—정의와 도덕성에 노골적으로 호소하는 주장이 특징이었다. 예를 들어 "죄 없는 다수의 목숨을 구하기 위해 죄 없는 한 사람을 죽이는 건 도덕적으로 허용되는 일입니다"라든가, "민주사회에서는 악인이라도 투표권을 빼앗지 말아야 합니다"라는 식이었다. 이런 주장의 내용은 그리 중요하지 않았다. 주장 자체가 두 달에 한 번씩 바뀌었으며, 이에 따라 근거 자료 상자가 비워졌다. 참가자와 심사위원에게는 전달 방식에 집중하도록 권장했다. 나중에 애덤은 고등학교 토론의 이데올로기적 구획화와 국가적 정치 담론으로 통하는 것 사이의 우려할 만한 대칭성을 인지했다. 그가 태어난 해에—이란혁명이 일어난 해이자 '위대한 소통자'*가 사실에 입각한 논점들을 일축하고("또 시작이시네요") 프레임 설정에 초점을 맞춤으로써 TV 토론회에서 카터를 탈탈 털어버린 해였다—필립스석유는 고등학교 대항 토론대회에서 정책을 논할 때 가치관이 분리되는 현상을 공식화하는 데 일조했다. 더 큰 문화와의 평행관계는 완벽하지 않았지만 부정할 수도 없었다. 소위 사심이 없다는 정책 탐구자들은 미경험자들이 접근할 수 없도록 고안된 전문용어로 보건이나 금융 규제의 복잡함에 관해 토론했고, 더 각광받는 연사들은 시민에게 보다 평이한 용어를 써서 가치와 관련된 주장을 시험했다. 이 분열의 승자는 오일달러였다.

애덤이 2학년이 되었을 때, 토피카고등학교의 풀타임 코치인 스피어스와 멀로니는 더이상 그에게 가르칠 것이 없었다. 그들은 졸업반이 된 애덤을 위해 피터 에번슨이라는 과거의 즉흥연설 전국 챔피언을 데려왔다. 그는 토피카 역사상 유일한 전국 챔피언으로 1990년에 토피카고등학교를 졸업하고 하버드에 들어갔다. 에번슨은 최근 조지타운에 있는 대학원을 떠나 캔자스로 돌아왔으며 밥 돌이 대통령선거에 출마하느라 공석이 된 상원의원 선거전에

* 미국의 제40대 대통령 로널드 레이건(1911~2004).

참여하고 있었다. 애덤을 포함한 많은 사람이 모든 시대를 통틀어 가장 위대한 즉흥연설가는 에번슨이라고 생각했다. 에번슨의 거대한 사진 액자가 챔피언 트로피들에 둘러싸인 채 교실 벽에 걸려 있었다. 그는 다른 학생들은 지도하지 않았다. 애덤만의 개인 과외교사였다. 애덤은 그가 돈을 받고 일하는 건지 알 수 없었지만 그의 임무는 그해 여름 미니애폴리스에서 제자를 전국 챔피언으로 만드는 것이었다. (토너먼트가 열리는 장소는 매년 바뀌었다.) L-D는 다소 명망이 떨어지는 대회로 생각되긴 했지만 애덤은 느린 토론에서도 트로피를 탈 수 있을지 알 수 없었다.

토피카고등학교의 모든 웅변가가 그렇듯 그는 에번슨이 우승할 당시 연설 비디오를 본 적이 있었다. 신입생들은 수업 첫날 인간이 어디까지 위대해질 수 있는지 보기 위해 그 비디오를 시청했다. 모두가 매년 봄 전국 토너먼트 예선이 열리기 전에 그 비디오를 보았다. (애덤은 그 연설문을 달달 외웠다. 그의 몸은 비디오 속 동작을 실행할 수 있었다. 그는 일인칭시점에서 그 연설을 했다고 잘못 기억하는 경우가 많았다.) 에번슨은 주어진 세 가지 질문 중 가장 광범위한 것을 선택했다. "베를린장벽의 붕괴가 자유민주주의의 세계적 승리를 암시하는가?" 비디오에서 연맹 직원이 그의 이름과 학교, 주제를 소개한 뒤 에번슨은 일부러 무대 중앙으로 걸어간다. 에번슨은 아직 살이 찌지 않았지만 얼굴은 소년처럼 통통하다. 검은색 정장에 빨간색 넥타이를 맨 그는 꼼짝도 하지 않고 서 있다가—그의 풋풋함과 창백함에 애덤은 〈해럴드와 모드〉의 해럴드*가 떠올랐다—카메라 밖에 있는 시간계측원에게서 시작하라는 신호를 받는다.

"여러분은 아마 와일 E. 코요테와 그의 천적 로드러너**라는 캐릭터를 잘 아실 겁니다." 그의 목소리는 산뜻하고 약간 고조되어 있다. 에번슨은 자연스러움을 연기하는 재능 있는 배우다. 그는 두 팔을 들어 앞으로 뻗는다. 자신감, 환영, 자신에게는 아무것도 숨길 것이 없음을 알리는 동작이다. "와일 E. 코요테는 날지 못하는데도 여러 차례 재빠른 새를 잡으려고 합니다"—그토록 접근하기 쉽지만 왠지 문학적인 문구를 사용하는 것이 에번슨의 특징으로, 곧 애덤의 특징도 될 터였다—"보통은 이상할 만큼 복잡한 방법을 동원하죠. 이 만화의 엄청나게 많은 편에서 로드러너를 미친듯이 쫓던 와일 E.는 결국 절벽에서 떨어집니다. 하지만 즉시 추락하는 대신 잠시 자신이 처한 위기를 눈치채지 못한 채 허공에 떠 있지요." 만화에 대해서는 차치하더라도 어떤 청소년이 이런 식으로 이야기를 할까? "코요테는 아래를 내려다보고 자기 위치를 깨달은 다음에야"—에번슨은 천천히 허공으로 손을 들어올린다—"곤두박질칩니다." 손이 극적으로 떨어진다. "여러분"—짧은 침묵이 흐르는 동안 긴장감이 고조된다—"작년 11월 9일, 국가사회주의는 아래를 보았습니다."

대략 이천 명의 참가자, 코치, 동문, 관객 전체가 갈채를 보내기 시작하고 그 박수는 점점 퍼져나가다 귀가 먹을 정도로 커진다. 환

* 미국 영화 〈해럴드와 모드〉의 주인공. 귀족 가문의 외아들로 삶에 권태를 느낀다.

** 미국의 만화영화 〈루니 툰〉 시리즈에 나오는 캐릭터.

호성이 들린다. 에번슨은 그 소리가 잦아들기를 기다리는 데 정확히 오 초를 할애한다. 머릿속으로 초를 헤아리는 것이 분명하다. 그런 다음 이런 식의 방해를 거의 눈치채지 못했다는 듯 다시 연설을 시작한다. "이제 오늘날 우리가 스스로 던져봐야 할 질문은 이것입니다. 베를린장벽의 붕괴가 자유민주주의의 세계적 승리를 암시하는가?

저는 강조합니다"—약간 사용 빈도가 낮은 단어를 쓰면 인상적인 누적 효과를 누릴 수 있으므로 극히 뻔한 단어(생각한다, 여긴다)를 이렇게 대체해서 쓴다—"이 질문에 대한 답은 다음의 세 가지 이유로 확실한 '예'입니다." 에번슨의 말소리가 약간 빨라졌다. 흐름을 타고 있다. "첫째, 베를린장벽의 붕괴는 바르샤바조약의 파기를 암시하기 때문입니다. 둘째, 소련이 해체 과정에 있기 때문입니다. 그리고 셋째, 미국식 자본주의와 결합한 자유민주주의는 점점 더 세계화되는 세상에서 유일하게 유효한 정치적 틀이기 때문입니다." 에번슨은 각 논점 사이에 몇 발짝씩 우아하게 발걸음을 떼며 분석 영역 사이에 공간을 둔다. 논점들 사이에 동등하게 시간을 분배할 것이다(각 이 분이다. 그는 시간계측원을 한 번도 쳐다보지 않는다. 걷는 동작은 이미 오래전부터 그의 직관을 따르게 되었다). 코요테와 로드러너가 간간이 돌아와 연설을 한데 묶어줄 것이다. 가령 공들여 만들었지만 쓸모없는 코요테의 장치들이 중앙집중화된 경제계획과 어떻게 닮았는지에 대해 얘기하는 식으로. 그는 놀랄 만큼 많은 수의 전 세계 정기간행물을 인용할 것이다. 고유명사의 나열은—고르바초프만이 아니라 호네커와

하벨과 차우셰스쿠와 야루젤스키*까지 나온다—일종의 시다. 에번슨은 발체로비치 계획**, 리투아니아의 주권 선언에 대해 익숙하게 이야기한다. 청중이 이런 인물들이나 사건에 대해 실제로 뭔가를 배우느냐는 중요한 문제가 아니다. 중요한 건 이런 낯선 시니피에***가 십대의 혀에서 얼마나 자연스럽게 굴러떨어지느냐다. 십육 분 오십구 초짜리 연설을 하는 동안 그는 어느 순간에도 말을 더듬거나 말실수를 하지 않는다. 결론을 내릴 때면 그가 처음 연설을 시작했을 때의 무대 위치로 정확히 돌아와 있는 것을 보게 된다. 일관성과 종결의 느낌을 증폭하는 한 차례의 순환이다. 청중은 어떤 주장을 따라간다기보다 외줄 타기 공연을 지켜보는 셈이며, 에번슨이 오점 하나 없는 발표의 끝에 이르면 강당에는 집합적인 안도의 한숨소리가 귀에 들리게 흘러나오고 우레 같은 갈채가 이어진다.

클린턴의 두번째 임기가 시작되고 인공 호수가 얼어붙은 졸업반 1월부터 애덤은 웅변술에만 전념했던 수업시간에는 물론 방과 후에도 거의 매일 한두 시간씩 에번슨을 만났다. (그런 다음에는 뽀빠이 헬스장에 가서 웨이트트레이닝을 하고 집에 가서 부모님과 저녁식사를 했다.) 학교 건물이 거의 빈 뒤 멀로니 코치가 빈 교

---

* 차례대로 러시아, 동독, 체코슬로바키아, 루마니아, 폴란드의 정치지도자.

** 1989년 폴란드 정부가 국유제, 국가계획 중심 경제체제에서 자본주의 시장경제로 빠르게 전환하기 위해 세운 개혁 정책.

*** 스위스 언어학자 페르디낭 드 소쉬르(1857~1913)의 기호 이론에서, 말에 있어서 소리로 표시되는 의미를 이르는 말.

실을 찾아서 문을 따주곤 했다. 창문 옆에서 난방기가 털털거렸다. 그러고는 코치는 둘이 "한 판 싸워보도록" 놔두고 떠났다. 애덤이 연습용 연설을 하면 에번슨이 손동작("손가락으로 논점을 하나하나 세도록 해, 손은 어깨높이로 들고") 또는 표현("첫번째 논점 끝에서 '결론적으로'라는 표현을 썼어, 이번에는 '요는'이라고 말하도록 해"), 심지어 외양("사람들을 대충 훑어보고 심사위원을 내려다보는 것처럼 보이지 않으려면 안경을 올려 써")에 관해서까지 전술적 조언을 하며 끼어들었다. 에번슨은 괜찮은 연설과 위대한 연설을 가르는 표현과 이행과 강조의 작은 접합점들이 몸에 배도록 애덤을 가르쳤다. 그를 트레이닝시켰다. 애덤은 정장보다 평소 복장—처진 청바지, 후드티 등은 프리스타일 랩이나 웨이트트레이닝에 더 잘 어울리는 유니폼이었다—을 입었을 때 강력한 연설을 하기가 훨씬 더 어렵다는 것을 깨달았다. 에번슨과의 수업은 뽀빠이 헬스장에서 힘쓰며 운동하는 것보다 신체적으로 더 지쳤다. 어깨에 느껴지는 긴장감이 극도로 심했다.

그들은 즉흥연설에 집중했지만 모의 L-D 토론을 하기도 했다. 예컨대 대량 살상을 막을 수 있다면 고문을 도덕적으로 허용할 수 있느냐는 문제나 부를 재분배하는 것이 정부의 역할인지에 관해서 말이다. 이들은 텅 빈 일체형 책걸상에 가상의 심사위원이 앉아 있다고 가정하고 주장을 펼쳤다. 지나가는 시스템에서 나오는 베이스음이 가끔 창문을 뒤흔들었다. 그들은 연습을 한다기보다는 전투를 벌였다. 에번슨은 상대적인 세련됨(예컨대 존 롤스의 정치철학에 대한 힘찬 반박)과 개인적 자유, 사적 책임 등 공화당에서 강조하는 논점에 대한 평이한 수사를 오가는, 타의 추종을 불허하는 능력을 선보였다. 애덤은 두 가지 언어 전술을 이토록 섬세하고 빠르게 구분하며 재빨리 전략적 전환을 할 수 있는 상대를 만나 자신의 추론에 스스로 발목을 잡히는 경험을 해본 적이 없었다. 화가 나 미칠 것 같으면서도 짜릿했다. 그는 초절정 달변가 너드에게 허를 찔린 멍청하지만 더 쿨한 유형이 되었다.

하지만 에번슨은 정확히 무엇이었을까? 그는 늘 카키색 다커스* 바지와 노란색, 회색 혹은 갈색 폴로셔츠를 입었다. 그의 얼굴은 여전히 소년같이 매끄러웠지만 간간이 드러나는 이중턱이 중년의 전조를 보였다. 표준적인 헤어스타일 또한 청소년처럼도, 전문가처럼도 보였다. 짙은 빨간색 머리는 숱이 정수리 부분에서 적어지긴 했지만. 어떨 때 에번슨은 성취를 이룬—하버드 계보에 들어간—어른처럼 보였지만 갑자기 남자-아이의 표본처럼 다가오기도 했다. "동부로 돌아가서는" 잘해낼 수 없었기에 예전에 다니던 고등학교에서 웅변술 코치나 하는 스물다섯 살짜리로. 에번슨은 언제나 카메라 앞인 것처럼, 언제나 심사를 당하는 것처럼 전혀 꿈쩍도 않다가 의도적 동작을 실행하곤 했다. 애덤에게는 이런 모습이 가끔 훈련법처럼 보이기도 했다. 다른 때는 이런 모습에서 일종의 불안감이 드러났다. 마치 에번슨의 모든 동작이 안무의 일부인 것처럼 보였다. 이런 동작 없이는 그도 존재하지 않는, 암기한 틀처럼. 가끔 에번슨은 권력의 길을 걸을 운명을 타고난 조숙한 젊

* 미국의 의류 브랜드.

은이처럼—보수적인 판사, 상원의원, 미국총기협회 수장처럼—보였고, 다른 때는 지역 번호판을 단 밴의 창문에 곤충이 타닥타닥 부딪혀대고 한 쌍의 빨간 후미등이 멀리서 비치는 가운데 잠들어 있는 토론자들을, 잠들어 있는 헛소리꾼들을 정크션시티*에서 집으로 태워다줄 운명을 타고난 듯 보였다.

결국 그들은 연설과 반박이라는 L-D의 형식에 따른 토론을 전혀 하지 않게 되었다. 그들은 그냥 책상을 밟고 서서 날이 어둑해지는 가운데 각자의 입장을 주장했다. 낙태, 적극적 평등 실현 조치, 수정헌법 제2조, 그리고 또다른 '뜨거운 쟁점'에 관해서. 애덤은 낙태가 살인이라는 주장의 여러 형태를 허물어뜨리는 데 이골이 났지만—1980년대 후반에 그의 어머니가 〈토피카 캐피털저널〉과 한 인터뷰에서 자신도 1960년대에 낙태를 한 적이 있다고 밝혀 남자들로부터 걸려오는 전화가 극적으로 증가한 이후 계속 연습해왔으니까—에번슨과 토론할 때는 왠지 태아의 생존력에 관한 복잡한 차이점들 속에서 길을 잃는 동시에 헌법의 '음영부'라는 개념을 옹호하려 노력하게 되었다. 에번슨은 일상적인 대화 속도로도 그를 발라버릴 수 있었다.

에번슨은 '트롤링'이라고 불리는 것의 달인이기도 했다. 애덤이 복지국가의 재원을 마련하기 위해 부를 재분배해야 한다는 주장의 도덕적 당위성을 옹호하면, 에번슨은 끔찍한 미소를 지으며 유대인치고는 놀라운 주장이라고 선언했다. 애덤이 격분하면, 에번

* 캔자스주 북동부의 도시.

슨은 눈을 크게 뜨며 그저 전체주의적 정부의 해악에 대해 아주 잘 아는 사람이 개인의 재산을 압류할 권한을 국가에 주고 싶어하다니 놀랐다는 뜻이었을 뿐이라고 말했다. ("진심으로 제가 반유대주의적 발언을 할 뜻이었다고 생각하시는 건 아니죠?" 갑자기 커지는 두 눈, 결백함을 표현하는 동물적 몸짓은 에번슨 특유의 동작 중 하나였다.) 하지만 애덤이 느끼기에 에번슨이 정말로 '뜻했던' 것은 바로 그의 감정을 조작해 그를 망상에 빠진 유대인처럼 보이게 만드는 것이었다. 에번슨은 그럴듯하게 부정할 수 있는 선에서 상대의 분노를 일으키고, 전술적으로 화를 내며 고지를 점하는 재능이 있었다. 애덤은 입장이 흔들린 적이 거의, 아니 한 번도 없었다. 가치에 관한 핵심 질문에 대해서는 생각이 거의 바뀌지 않은 것이 확실했다. 단, 시간이 흐를수록 배웠던 것을 잊고 원래대로 돌리기까지 수십 년이 걸릴 대인관계 스타일을 흡수하고 있었다. 이런 기술은 언어로 하는 아래팔과 팔꿈치 휘두르기와 같았다.

토론자로서 에번슨의 우월함이 누그러진 건 그가 늘 알맞은 단어를 내놓는다 하더라도 밥 돌과 함께 끝난 역사의 패배자 편에 서 있다는 애덤의 잘못된 확신 때문이었다. 모두가 펠프스 패거리를 싫어했고 〈프렌즈〉에는 레즈비언 결혼식이 나왔으며 〈베벌리힐스 90210〉에서는 수전이 애매하게나마 자신의 낙태 경험을 이야기했다. 국가사회주의는 아래를 보았을지 모르지만 미국 '보수파'도 파멸을 향해 가는 건 마찬가지 아니었을까? 베이비붐 세대는 그 부모 세대보다 자유주의적이었고, 애덤의 세대는 조현병적 양상을 보이긴 해도 그들보다 더 자유주의적이라고들 했다. 그는 "흑인이 되고 싶어하는 백인 아이들" 전부가 오래된 인종 단층선이 사라져 가는 증거라고 말하는 사람을 한두 명 본 게 아니었다. 에미넴은 머잖아 모든 시대를 통틀어 가장 높은 판매고를 기록한 래퍼가 될 터였다("어느 십오 초짜리 파트에서 '슬림 셰이디'는 97개 단어를 내뱉는다. 바꿔 말하면 초당 6.46개의 단어를 말한 셈이다"). 애덤은 〈이코노미스트〉에서 유권자들은 점점 다양해질 것이고 공화당은 캔자스에 일부 남을지 몰라도 전국 정당으로서는 사멸할 것이라는 기사를 읽었다. 에번슨은 반동적인 연설문을 쓰는 것으로 경력을 쌓거나 노도즈*에 취해 허공에 대고 떠들어대는 트럭 운전사들에게 연설을 하는 또 한 명의 러시 림보**가 될지도 몰랐지만, 그동안에도 흑인 대통령이나 여성 대통령 혹은 흑인 여성 대통령이 나올 터였다. 애덤은 이것이 역사의 종말을 선언하는 분노한 백인 남성 시대의 종말이라고 생각하고 싶었다. 엄마는 늘 오프라 윈프리가 당선될 수 있다고 말했다. 그녀는 아주 다양한 집단의 사람들에게 누군가 귀기울이고 있다는 느낌을 받게 해주었다고, 훌륭한 심리치료사처럼 수치심을 주지 않고도 양극화를 극복해냈다고 했다.

인류학자나 유령이나 병원에서 회진을 도는 심리학자처럼 거리를 두고 교실 창문을 들여다보는 건, 그리고 창밖 가로등 주위로 눈발이 휘날리는 가운데 이 두 남자가, 정말 남자라면 말이지만, 역사가 종말하고 팔 년 뒤에 거의 아무도 없는 학교에서 단둘이 논

---

* 각성제 상품명.

** 미국의 보수주의 방송인이자 정치평론가(1951~2021).

쟁하는 모습을 보는 건 이상한 일이다. 한 명은 축 처진 짙은 색 청바지를 입고서 알 수 없는 액체를 홀짝이고, 한 명은 카키색 바지를 입고 의기양양하게 소위 상식적이라는 총기 관련 법안에서 규제의 기준이 알게 모르게 조금씩 후퇴하는 상황으로 흘러가는 것에 관해 설명하는 모습. 그때는 콜럼바인 총기 난사 사건이 벌어지기 몇 년 전이었다. 역사가 다시 시작되면 둘 중 한 명은 한발 더 나아가 캔자스 역사상 가장 극우파인 주지사를 당선시키는 핵심 전략가가 될 것이다. 사회복지 사업과 교육 예산의 급격한 삭감을 감독하고 모든 예술 관련 지원을 중단하고 메디케이드*를 민영화하고 미국 역사상 가장 재앙에 가까웠던 감세를 실행하면서 말이다. 이는 트럼프 행정부의 중요한 모델이 되었다. 그리고 한 명은 연설의 계보를 이어보려고, 그 연극성과 극단성을 이어받으려고 노력할 것이다.

◆ ◆ ◆

애덤은 클라우스를 만나러 세인트프랜시스병원에 간 적이 있었다. 그곳에서 그는 계속 재단에 머무는 척하며 자기 뜻과는 무관하게 입원당했다는 농담을 하고 애덤을 "고든 박사님"이라고 불렀지만—"절 내보내주셔야 합니다, 박사님"—일주일 만에 집에서 임종간호를 받게 되었다. 그는 모르핀에 취해 멍한 상태로 거의 계속

* 미국의 저소득층 의료 보장 제도.

잠을 잤다. "췌장이라니, 참 쓸데없는 장기야." 하지만 부모님이 클라우스와 작별인사를 하라고 애덤을 침대 곁에 두고 갔을 때, 그가 자기가 왔다고 몇 차례 큰 소리로 알렸을 때, 클라우스는 눈을 뜨지는 않았으나 눈썹을 치켜올리며 희미하게 미소를 지었다. 그의 눈썹은 이 아마추어 영화에서 죽어가는 남자 역할을 맡게 되다니 참 재미있지, 라는 뜻을 담고 있었다. 애덤은 베를린에서든 토피카에서든 소변과 표백제 냄새만 진동하지는 않는 방에서, 자기 침대에서 기계에 매이지 않고 죽는 것이 승리로 여겨진다는 사실을 알고 있었다. 이동식 링거대에는 연파란색 주사액이 들어 있는 링거가 걸려 있었지만 말이다. 임종간호사가 거실에서 부모님에게 말을 건네는 소리가 들렸다. 무슨 말인지는 알아들을 수 없었다.

그는 얼굴에서 의식이 빠르게 빠져나가버린 클라우스를 쳐다보지 않으려고 방을 둘러보았다. 애덤은 죄책감을 느끼지 않고 이 방을 떠나도 될 만큼 시간이 지났는지 확인하려 시계를 찾아보았지만 그곳에는 시계가 없었다. 벽에 걸려 있는 액자 속 사진 콜라주 중 하나에 시계 숫자판이 그려져 있을 뿐이었다. 시곗바늘은 콧수염이 대신했다. 아마도 카이저사의 시계인 듯했다. 콜라주의 시계는 세시 오십분을 가리켰다. 임상적 시간의 영원한 끝. 커다란 방의 반대편에 작은 책상이 있었다. 그 위로 벽에 두초의 〈성모자상〉 엽서가 은색 압정으로 고정되어 있었다(엽서 뒷면에는 조너선이 떨리는 손으로 적은 메시지가 있었다). 커다란 서랍장 위의 약병들 사이에는 타원형 액자에 들어 있는 작은 가족사진들이 놓여 있었다. 너무 오래된 사진이라 애덤은 멀리서도 사진이라는 매체가 등장한 초기에 피사체들이 표현했던 특유의 천진난만함을 보거나 느낄 수 있었다. 그들은 천진난만함의 베일을 쓰고 있었다. 그들은 사진 속 모습이 자신들보다 오래 살아남아 회자되리라는 것을, 창문 너머에서 눈이 내리는 1997년 토피카에 있게 되리라는 것을 상상하지 못했다.

애덤은 자신이 병문안을 온 손님을 위해 침실에 가져다놓은 나무 식탁 의자가 아니라 시계탑 지하실의 유리 정육면체 위에 앉아 있다고, 집중하기만 하면 클라우스의 몸을 둘러싸고 있는 자기장을 바꿀 수 있다고 상상했다. 진정으로 의지력을 발휘하면 클라우스의 죽음을 도울 수 있을지도 몰랐다. 그는 어린아이처럼 그렇게 해보려고 눈을 감았다. 그건 일종의 진지한 게임이었다. 손바닥 사이에 풀을 놓고 비비기만 하면 되었다. 하지만 클라우스는 아무 영향도 받지 않고 오히려 애덤이 정신력으로 열어놓은 통로를 통해 이야기하기 시작했다. (빛의 작은 그물망이 그의 눈꺼풀 뒤 검은 화면을 가로질러 떠다녔다.) 애덤은 클라우스의 말을 알아듣기 위해 일부 소음을—투팍과 에번슨과 녹음된 지직거리는 피아노 소리를—제거해야 했다.

프로이트 덕분에 우리는 아버지와의 동일시가 언제나 불안정한 속성을 띠며, 제대로 이루어진 '진정한' 동일시조차 아버지의 초자아가 파시스트적 형태의 집단화된 권위로 대체되는 상황에선 무너질 수 있다는 사실을 알고 있다. 애덤은 제설기가 거리의 아스팔트에 닿는 소리를 듣고는 그 제설기가 지나가면서 흩뿌릴 소금을 떠올렸다. 소금을 쌀로, 그다음에는 화장한 유골로 상상했다. 닭은 매우 다양한 시각적 표현을 할 수 있고 최소 스물네 가지 서로 다른 발성을 할 수 있다. 닭의 의사소통 능력은 수많은 영장류와 같은 수준이다. 그는 멀리서 지나가는 유니언퍼시픽사의 기차 경적을 들을 수 있었다. 기찻길은 2~3킬로미터쯤 떨어진 곳에 캔자스강과 나란히 깔려 있었다. 애덤은 그 소리가 겨울에는 확실히 더 커진다고 느꼈다. 요는 아이를 무덤 속으로 내리고 그 아이 위에 흙을 뿌렸을 때, 아이의 작은 팔이 불쑥 다시 위로 뻗어나왔다는 것이다. 사람들은 팔을 다시 땅에 밀어넣고 새로운 흙을 뿌렸지만 아무 소용이 없었다. 그 팔은 계속 다시 나왔다. 이것이 역사의 완고함이다. 클라우스는 이 모든 말을 독일어로 했는데, 애덤은 곧잘 알아들었다.

클라우스가 잠에서 깨어 입술을 축이며 귀에 들리게 소리를 내자 애덤은 눈을 떴다. 클라우스의 입은 불편할 정도로 건조해 보였다. 클라우스는 뭔가 말하려 애썼다. 어쩌면 물을 달라는 걸지도 몰랐다. 애덤은 침대 옆 탁자를, 거기에 놓여 있는 물이 담긴 작은 플라스틱 컵과 파란색 면봉 몇 개를 보았다. 그는 간호사를 불러올까, 이 기회를 핑계로 이만 나갈까 생각했다. 하지만 자기도 모르게 컵 쪽으로 손을 뻗었다. 그는 면봉 하나를 물에 담그고 망설이다가 살짝 보라색이 된 클라우스의 입술에 문질렀다. 경솔하게도 그의 손이 클라우스의 푹 꺼진, 사포 같은 두 뺨에 닿았다. 클라우스는 낚싯바늘을 보고 올라오는 물고기처럼 입으로 면봉을 물려 했고 애덤은 그런 그를 그냥 놔두었다. 클라우스는 물을 빨았다. 그때에야 애덤은 클라우스의 치아가 하나도 없다는 것을, 틀니가 없어졌다는 것을 알아보았다. 아마 지금쯤은 아예 내다버렸는지도 몰랐다. 그는 클라우스가 만족한 표정으로 베개에 늘어질 때까지 같은 행동을 몇 차례 반복했다.

터무니없는 장면들이 애덤의 눈앞을 스치고 지나갔다. 의식이 없는 클라우스가 있는 방에서 앰버와 하는 장면, 아무 일도 없었던 것처럼 시트와 이불을 다시 클라우스의 몸에 덮어놓는 장면, 잠든 이 남자를 베개로 질식시키는 장면, 그의 입술에 잔뜩 입맞춤하는 장면. 클라우스의 시신을 살아 있는 것처럼 보이도록 캠리 조수석에 앉혀놓은 장면. 그는 클라우스가 소파에 누워 있는 고집스러운 정신분석 대상이며 자신은 그가 징후적 연설을 다시 시작하기를 인내심 있게 기다려야 한다고 상상했다. 그때 애덤은 뇌진탕을 일으킨 뒤 클라우스가 병문안을 왔던 일을 떠올렸다. 애덤은 기계식 침대에 누워 있었다. 몇 년 동안이나 떠올린 적 없는 기억이었다. 낯선 질감의 기억이었다. 기억상실의 시기가 지난 다음에 형성된 첫번째 기억 중 하나이기 때문이었다. 연속성 오류. 그는 집에서 침대로 기어들어갔던 것이 기억났고, 병원 침대에서 깨어나 손님들을 맞이했던 것이 기억났다. 부모님은 일종의 열광적 안도를 보였다. 그사이에 경험한 모든 것은 사라졌다. 최소한 일인칭시점에서는 그랬다. 들은 이야기로 만들어낸 이미지들만 남았다. 그 기억—클라우스는 그날의 마지막 문병객이었다—은 여기저기 불에 그을리고 왼쪽 모퉁이가 검은색이었다.

그 병문안에 대해서 확실히 기억나는 것은 클라우스가 가져온 물건이었다. 주방용 성냥 상자 크기의 자그마한 밝은색 나무상자였다. 꽃무늬가 새겨지고 은색 경첩이 달려 있었다. 애덤은 선물이 무엇인지 보려고 상자를 열었다가 비어 있는 것을 알았고, 상자 자체가 선물이었음을 깨닫고는 당황했다. 클라우스가 집에서 나오는 길에 아무 장식품이나 집어들고 나왔을 거라는 생각이 들었다. (클라우스 옆에 앉아 있는 지금, 애덤은 애초에 왜 병문안을 오면서 선물을 가져올까 궁금해졌다. 그의 부상에 공물이라도 바치는 걸까.) 클라우스는 그의 가벼운 실망감을 눈치채고 그의 손에서 빈 상자를 받아갔다. 그러더니 말도 안 되게 그 안에서 1달러짜리 은화 한 닢을 꺼내 애덤에게 건네주었다. 애덤은 잠시 현기증을 느꼈다. 뇌진탕을 겪은 뒤라 손기술과 인지장애를 구분할 수 없었다. 하지만 그때 클라우스가 재빨리 비밀을 밝히며, 상자의 밑바닥임이 분명한 부분을 기울이면 다른 공간이 드러난다는 것을 보여주었다. 그 모습을 본 엄마는 무의식이 있는 상자라고 농담을 했다. 애덤은 유제품 냉장고 뒤의 열 수 있는 칸막이를, 벽 속의 남자들을 생각했을까? 그는 그 상자가 무척 마음에 들었다. 그 안에 뭘 숨겨둘지 생각했다. 사탕, 소중한 야구 카드, 표창도 하나 들어갈지 몰랐다. (애덤은 지금 그 상자가 어디에 있는지 떠올리려 애썼다. 부모님의 서랍장 위에 놓여 있을지 모른다는 생각이 들었다.) 클라우스는 당시 상자가 아주 오래된 것이라고 말해주었다. 이제야 애덤은 클라우스가 1933년 이후로 그 상자에 무엇을 숨겼을지 궁금해졌다. 저 낡은 사진 한 장. 엘케의 보석. 아기의 치아. 마법의 알약.

침실 창가의 구주소나무 가지 하나가 쌓인 눈의 무게를 견디지 못하고 부러지며 그를 현재로 데려왔다. 클라우스가 숨을 할딱였다. 애덤은 유리 블록 위에서 자세를 바꾸며 다시 눈을 감았고, 이번에는 영어로 말하는 클라우스의 목소리를 들었다. 옛날 옛날에 물로 가득찬 작은 별 하나가 더 큰 별과 부딪쳐 광활한 우주에 온통 얼음을 흩어놓았습니다. 그게 태양계가 되었지요. 지금도 행성 주변을 돌고 있는 이 얼음 위성들은 선사시대에 지구와 충돌해 지구의 지형을 확정했습니다. '신의 정액'으로 가득한 운석이 우리 행성의 지표면에 부딪혔을 때 인류가 탄생했습니다. 창조물의 시작이었습니다. 얼음은 우주 태초의 원소입니다. 얼음과 전쟁을 벌이고 있는 불보다도 기초적인 것입니다. 이 모든 것을 한스 회르비거*가 꿈을 통해 보았습니다. 회르비거는 저희 삼촌이 빈에서 만난 적이 있는 사람입니다. 나치는 권력을 차지하자 유대인 혹은 상대성에 관한 유대인의 생각으로 물든 물리학을 대체할 수 있는 진정한 독일적 세계관을 추구했습니다. 회르비거의 이론은 이미 수많은 추종자를 거느리고 있었고, 힘러와 히틀러에게 유대 과학이라는 벨탄샤웅**을 씻어낼 방법을 제공해주었습니다. '세계 빙하 이론'***은 학교에서도 가르치고 교과서에도 실렸습니다. 독일인은 일제히 그 이론을 믿거나 믿는 척했지요. 그 이론은 모든 것을 설명했습니다. 반면 물리학은 불신의 심연을 열었습니다. 어느 시간에 한 관찰자에게 발생한 사건이 다른 시간에 다른 관찰자에게도 일어날 수 있다? 그건 강력한 우

* 오스트리아의 과학자이자 발명가(1860~1931).

** 독일어로 '세계관'.

*** 회르비거가 제안한 우주의 기원에 관한 유사과학. 이 이론에 따르면 우주 생성의 기본 요소는 얼음이고 얼음들이 서로 부딪혀 발생한 폭발로 얼음 행성과 얼음 달, 그리고 '세계적 에테르'가 생겨나면서 우주 전체가 형성되었다.

주론의 토대라기보다 프로이트의 트라우마 이론처럼 들렸습니다. 오늘날 우리가 스스로에게 던져야 할 질문은 이것입니다. 미국은 다가오는 교토 환경정상회의에서 온실가스의 감축을 지지해야 할까요?

저는 강조합니다. 이 질문에 대한 답은 다음의 세 가지 이유로 확실한 '예'입니다. 첫째, 아주 미세한 얼음 결정체로 이루어진 '세계적 에테르' 때문에 대기 온난화는 위성이 지구로 추락해 현대문명을 파괴하는 상황을 야기할 수 있습니다. 회르비거에 따르면 이는 예전에 한 위성이 아틀란티스를 파괴했던 것과 같습니다. 둘째, 우리는 지구온난화라는 개념이 미국의 제조업 경쟁력을 떨어뜨리고 싶어하는 중국인에 의해, 그들을 위해서 만들어진 개념임을 알아야 합니다. 네 말은 모순이야. 에번슨이 애덤의 머릿속에서 말했다. 물론 에번슨이야 기후변화를 부정하라고 돈을 대는 세계에서 가장 큰 회사로 캔자스에 본사를 둔 코크 인더스트리스의 중요한 동맹이 되겠지만 말이다. 무의식을 다스리는 비모순의 원칙은, 배중률은 존재하지 않습니다. 클라우스가 대답했다. 그리고 셋째, 먼 곳의 가문비나무들은 반짝이기 때문입니다. '목소리voice' 안에 '얼음ice'이 있기 때문입니다. 숲속에서 메아리가 울리고 나뭇가지를 내리누르기 때문입니다. 〈이코노미스트〉 최신호에 따르면 태양이 잠깐 그 위에서 타오릅니다. 저의 사랑도 그런 겁니다, 불과 저의 관계 같은 것입니다. 잠깐의 아들*. 전문가들은 유콘강이 얼음에 질식했다는 데 동의합니다. 자푸라강은 얼음으로 가득차 있습니다. 루앙강은 얼음 파편으로 꽉 막혔습니다. 드네프르강은 지금도 얼음을 향해 흐

* 동음이의어 '태양(sun)'과 '아들(son)'을 이용한 표현.

릅니다. 사실 얼음 알갱이는 별이 형성되는 분자구름에서도 발견됩니다. 지구온난화란 총체적이고도 매우 값비싼 거짓말이지만! 홀로코스트에 내려앉는 달 같은 겁니다. 콜럼바인과 샌디훅과 파클랜드 총기 난사 사건, 러시아의 개입 같은 것이죠. 토피카에, 베를린에, 브루클린에 첫눈이 내려 문밖에 있는 자들로 하여금 광활한 실내에 있는 것처럼 느끼게 해준다면, 그들은 겨울의 정신을 가진 것이 틀림없으니 창틀에 쌓여가는 눈송이 쪽으로 고개를 돌려야 하고—애덤은 그의 말대로 했다, 참새 한 마리가 작은 나뭇가지 사이를 폴짝폴짝 뛰는 모습을 보았다—어린 시절의 원색장면*으로 돌아가야 합니다.

* 부모의 성적 행위에 대한 아동기의 회상이나 환상을 가리키는 정신분석학 개념.

서리로 풀이 딱딱해졌고 추위에 근육이 굳었다. 그는 반쯤 정신이 든 상태에서 자신이 거미줄에 걸려 있으며 빨리 일어나 여기에서 벗어나야 한다고 생각했다. 이른새벽이었다. 더이상 연기가 나지 않는 불에서 20미터쯤 떨어져 있는 듯했다. 혼자였다. 그의 몸에서 나무 타는 냄새, 맥주와 토사물 냄새가 났다. 집으로 어떻게 돌아가야 할지 몰라 당혹감으로 기우는 마음을 자신이 친구들에게 버려진 것인지 아니면 그들이 일단은 진심으로 그를 찾아다녔을지 열심히 따져보는 다른 마음이 억눌렀다. 그는 TV에 나오는 문구를 떠올렸다. 그렇게 죽도록 내버려졌습니다. 하지만 친구들이 그를 찾아보았으며 결국 찾지 못하자 그가 다른 탈것을 구했겠거니 생각했을 거라고 스스로를 타일렀다. 어쩌면 친구들도 취해서 누가 누구와 함께 왔는지 잊어버렸는지도 몰랐다. 그는 관절을 삐걱거리며 일어나 자신의 몸 덕분에 서리가 앉지 않은 더 짙은 색 풀밭에 오줌을 누었다. 평생 최고의 밤이었다.

로열스 모자는 어디에 있을까? 그는 몇 년 동안이나 반半 야생에서의 생존을 상상했다. 몸을 숨길 덤불이나 울타리 없는 뒤뜰을 가로지르는 지름길을 머릿속에 넣어두고 있었다. 민들레, 우엉, 분홍바늘꽃은 먹을 수 있다고 외워두었으나 이중에서 실제로 알아볼 수 있는 식물은 민들레뿐이었다. 새로 세탁한 스타워즈 이불에서 잠을 자고 엄마가 차려준 식사를 먹고 그가 소비하거나 사용하는 것 중에 직접 만든 것은 아무것도 없었지만, 대런은 자신이 특정하기 어려운 기술들의 중요성을 확립해줄 다가오는 비상 상황에 대비해 훈련을 받았거나 최소한 받는 중이라고 느꼈다. 그가 어떤 종합격투기의 검은띠(9단)라거나 지붕 위를 조용히 걸어갈 수 있다고 자주 주장했다면, 그가 비밀리에 특공대에 징집됐으나 그 사실에 대해 말해선 안 된다고 말하는 것으로 잘 알려져 있었다면, 그가 불을 피우고 물을 정화하고 작살로 물고기를 잡아 손질하는 자신만의 기술을 드러내기보다 보이스카우트를 '떠났다면', 그 이유는 가상의 훈련이 일종의 전략이자 약한 주문이었기 때문이다. 이를 통해 대런은 따돌림을 다른 사람들과 거리를 두고 살아가는 남자다운 방식으로 재묘사할 수 있었다. 캔자스에서 사막 위장술은 나뭇잎 사이로 사라지는 것이 아니라 제국의 군대와 한데 섞이고 싶다는 반半의식적 소망을 의미한다. 제국의 적은 너무 모호해 사방에 존재한다. 마지막 진짜 전쟁이라고 했던 그 전쟁의 베테랑 스탠조차도 그들을 거의 볼 수 없다고 말하지 않았나?

부모, 선생, 의사, 또래 모두 늘 그에게 거짓을 고백하라고, 그의 행동을 해명하라고 요구했지만 마법의 주문은 그 진실성이 아니라 효력 때문에 가치가 있었다. 대런을 그런 유형들과 구분해주는 것은 그의 정체성이 거짓말이라는 사실이 아니었다. 그가 부러워하는 주류 유형인 백인 갱들의 정체성도 거짓말인 것은 마찬가지였으니까. 그중 여럿은 외과의사, 변호사, 정신과의사의 아들이었는데도 시스템으로 투팍 노래를 쿵쾅쿵쾅 틀어놓고 토피카를 돌아다녔다. 그들의 옷 입는 방식이나 말하는 방식, 약물과 서로를 오남용하는 방식은 불완전하게나마 랩 비디오를 따라 한 것이었다. 하지만 그런 건 대런의 사회적 세계와 아무 상관이 없었다. 그가 늘 들고 다니는 벅 나이프 55호를 확인하려고 주머니를 두드려본 다음에도 불을 피울 생각을 하지 않거나 독성이 없는 가을철 베리로 허기를 면하거나 태양을 보고 기본방위를 확인하지 않은 건 그걸 할 줄 몰라서만이 아니었다. 선명히 기억나는 것은 아니지만 지난밤의 경험이 생존 전문가 신화를 사회적 생존을 위해 무능하지만 불가피한 전략으로 만들었기 때문이다. 대런은 자신이 여태 알았던 그 무엇보다 야생 상태에 가깝다는 것을 알았다. 집에서 몇 킬로미터는 떨어진 곳에서 춥고 배고픈 채로 깨어났고 바로 그 순간 사춘기를 맞이한 이후 처음으로 공동체의 빛이 깜빡이는 것을 느꼈다.

그는 풀밭에 나 있는 타이어 자국을 따라 포장이 안 된 지선도로까지 간 다음 그 길을 따라 걷다가 더 넓은 자갈길에 이르렀다. 픽업트럭 한 대를 마주쳤지만 그가 불러야 할지, 부른다면 어떻게 불러야 할지 고민하는 동안 지나갔다. 대런은 트럭이 일으킨 먼지를 조금 맛보았고 그 바람에 갈증이 심해졌다. 그는 자신의 본능을, 틀린 본능을 믿고 오른쪽으로 돌아 갓길을 따라서 500미터쯤 걸어갔다. 길은 오솔길로 끝나버렸다. 그는 처음 자갈길이 나온 곳까지 되돌아간 다음 남쪽으로 향했다. 왼쪽은 숲, 오른쪽은 탁 트인 들판이었다. 시냇가 여기저기에 잡목림이 있고 저멀리 농가가 보였다. 그곳으로 가지는 않을 생각이었다. 걸으니 기분이 좋아졌다. 멋진 부츠가 바닥에 닿자 꿩이 놀라 날아갔다. 아픔은 줄어들었다. 그 때문에 허기를 느낄 공간이 더 늘어났지만 말이다. 전날 점심으로 빵 껍질 부분을 잘라낸 땅콩버터 샌드위치 세 개를 먹은 게 마지막이었다. 머잖아 삼거리에 도달한 그는 다시 한번 어느 쪽으로 꺾어야 할지 추측해야 했고 다시 한번 잘못 짚었다. 그는 십오 분 뒤 오르막길 꼭대기에 다다라 눈앞에 호수가 펼쳐지고 나서야 자신의 실수를 깨달았다. 호수는 이제 완연한 햇빛 속에 반짝이고 있었다.

그는 뒤로 돌았다. 데이비스와 노박이 웃는 모습이 떠올랐다. 우리가 그 호모 새끼를 거기에 놔두고 왔어. 하지만 그는 고개를 살짝 저었다. 웃음소리는 길옆의 숲에서 우는 찌르레기 소리가 되었다. 마지막으로 방향을 잘못 틀었던 삼거리에 다시 도착했을 때 그는 엄마를 생각했다. 분명 엄마는 세인트프랜시스병원에서 야간근무를 마치고 집에 와 대런의 침대가 비어 있는 것을 보고 그가 죽었나보다고 생각했을 것이다. 그는 이 생각에 자기도 모르게 큰 소리로 웃었지만 딱히 우습지는 않았다. 엄마에게 전화를 걸 방법이 있으면 좋겠다고 생각했다. 어렸을 때 사람들이 그의 머릿속에 박아넣다시피 한 번호를 허공에 대고 읊었다. 601-2226. 그는 걸어가면서 그 번호를 계속 되풀이했다. 일종의 행진곡이었다. 그러다가 그는 이스트 250번 국도에 이르렀다. 그곳에는 작은 곡물창고 몇 개와 사무실이 있었다. 주차장은 비어 있었지만 대런은 길을 건너 블라인드가 내려진 창문을 들여다보려 했다. 문에 걸린 팻말에는 **오타와협동조합**이라는 의미 없는 문구가 적혀 있었다. 대런은 이스트 250번 국도를 따라 계속 걷기로 했다. 그리고 다음 한 시간 동안 실제로 그 길을 걸었다. 그는 어느 시점엔가 갓길에 박아놓은 흰색 십자가와 조화 다발을 지나며 이곳이 우리 아빠가 죽은 곳이야, 라고 생각했다. 그게 사실이 아니라는 건 알았지만. 여기가 어젯밤 애들이 나를 두고 떠난 뒤에 노박이 화를 냈던 곳이야. 아스팔트가 기름으로 번질거렸다.

트럭 몇 대가 그를 지나쳐갔다. 대런은 그중 한 대가 속도를 늦추고 멈춰 서서 타겠느냐고 물으리라 생각했지만 그런 일은 없었다. 그럴 리가 없지. 울타리가 쳐진 들판 사이에 띄엄띄엄 집들이 있었지만 동료 여행자는 한 명도 만나지 못했다. 대런은 어느 창문 너머에서 사람이 움직이는 것을 보고 누군가의 문을 두드리려면 어떻게 해야 할까 생각했으나 무슨 말을 할지는 떠오르지 않았다. 도로표지판이 보이면 큰 소리로 읽었다. **통행금지 구역**. 말똥가리들이 전신주 위에서 그를 눈여겨보았다. 그는 도로 곁에 바짝 말라 바닥이 드러난 개울이 있다는 걸 알아채고 그리로 내려가 바위 사이에서 화석과 화살촉을 찾아보며, 자신은 겁을 먹거나 길을 잃은 것이 아니라 탐험을 하는 것임을 스스로에게 증명했다. 그는 작은 바다나리 줄기일지도 모르는 것을 주머니에 넣고 다시 걷기 시작했다. 자신이 젤다의 전설*에 들어왔다고 상상하며 게임 화면에서처럼 자신을 저 위에서 내려다보려 했다. 모든 레벨을 연결하는 천상계를 움직이며 일렬로 늘어선 하트 모양으로 표시되는 생명 수치를 보면서. 이곳은 숨겨진 열쇠와 마법의 검, 대런의 적을 죽이거나 마비시킬 수 있는 부메랑으로 가득한 공간이었다. 사실은 아니었지만.

이스트 250번 국도가 노스 1600번 국도와 만났을 때쯤 대런은 두 시

* 닌텐도에서 발매한 액션 어드벤처 콘솔 게임.

간 조금 넘게 걸은 참이었다. 갈증이 허기를 대체했고 몸은 걸어서라기보다는 잘 때 자세가 이상했기 때문에 아팠다. 하지만 물집이 잡히고 있었다. 자동차 몇 대가 노스 1600번 국도를 지나갔고 왼쪽에는 버려진 벽돌 건물, 오른쪽에는 꽤 최근에 치장 벽토로 지어진 교회 건물이 있었다. 이건 진전이었다. 그는 시골과 도시 사이의 거리를 좁혀가고 있었다. 하지만 마당 표지판에 적힌, 사람을 끌어당기는 검은색 글자—**스털*합동감리교회**—를 읽었을 때 대런의 입가에는 작은 가짜 경련이 일었다.

캔자스의 모든 청소년은 스털이 지옥으로 가는 일곱 대문 중 하나라는 걸 알고 있었다. 이 마을의 묘지 어딘가에는 지하세계로 곧장 내려가는 계단이 있고 오래된 교회 석조 건물은 천장이 없는데도 절대로, 폭풍우가 몰아칠 때조차 안에 빗방울이 떨어지지 않았다. 유리병을 십자가 모양으로 들었다가 교회 벽에 던지면 유리병이 박살나지 않았다. 악마 숭배자들은 지금도 이곳에 모여 인신 공양을 비롯한 그들만의 의식을 거행했다. 이런 전설은 관광객과 용기를 낸 아이들, 짜증스러워하는 지역의 부동산 소유자와 경찰을 끌어들였으며 캠프파이어에서 나오는 이야기와 데스메탈 노래와 앨범 표지의 소재가 되었다. 대런은 중학교 시절 대부분을 검은 옷을 입고서 트래퍼 키퍼 바인더에 오각별을 새겨넣고 왼손 마법으로 적을 겁주며 보냈지만 악마 숭배자는 아니었다. 그는 무엇도 숭배하지 않았다. 브라이트서클몬테소리유치원 이후로 그가 두려워했던 것은 자신의 의지와 상관없이 소명을 받았다는 사실이었다. 그런데

* 스털은 캔자스주 더글러스 카운티의 비인가 공동체로, 근처에 있는 스털 공동묘지에 악마가 씌었다는 소문으로 유명하다.

이제 불길한 음모가 저절로 모습을 드러냈다. 평생 최고의 밤을 보낸 것은 연막이었다. 그를 이곳으로 끌어들이기 위한 계획의 일부였다. 그에게 통제할 수 없는 힘이 있고 그 힘이 그를 지배하고 있다는 사실을 일깨우기 위해서.

그는 왼쪽으로 방향을 틀고 싶었다. 지금 서 있는 곳에서 보이는 낡은 교회와 묘지, 돌로 된 폐허와 한두 줄로 늘어선 묘비들을 지나고 싶지 않았다. 하지만 토피카가 오른쪽에 있으리라 직감했기에 노스 1600번 국도의 갓길을 따라 달렸다. 그러다가 교회 부지를 지나친 다음 멈춰 서서 두 손으로 무릎을 짚고 숨을 골랐다. 이제 피로와 의구심이 스멀스멀 밀려오는 것이 느껴졌다. 기억나는 지난밤의 목소리에서 조롱을 가려낼 수 있었다. 사람들이 설명을 요구할 거라 생각했다. 엄마도, J 박사도, 스탠까지도. 그렇게 낙담한 대런은 다시 걷기 시작했다. 토피카에 도착하기까지 최소 두 시간은 더 걸어야 하리라 예상하면서. 실제로는 대런의 평소 걸음걸이로 여섯 시간은 걸릴 터였다.

대런이 100미터마다 표지판이 설치된 갓길을, 그다음에 평평한 도로 옆 풀밭을 계속 걸어가는 동안 머리 위로 새털구름이 거의 느낄 수 없을 만큼 천천히 흘러간다. 자동차가 한 대 지나가고 나면 고요함이 더욱 짙어져서 먼 곳의 새소리까지 들린다. 집들이 있고 집들 사이의 간격은 좁아지지만 갈색 밀밭과 푸른 콩밭, 광활한 금광 탐사지도 있다. 그러다가 찔레나무 생울타리가 한동안 시야를 가린다. (그는 어떤 여관이나 선술집도 지나지 않는다. 그 누구도 건초 수레에서 그에게 빵이나 맥주라도 먹고 가라며 동전을 던져주지 않는다.) 그는 철조망 근처에 외따로 떨어져 있는 암소와 눈을 맞춘다. 암소의 귀에 파란색 플라스틱 꼬리표가 달려 있고 나머지 소떼는 멀리에 모여 있다. 일부는 무릎을 꿇고 있다. 한 시간을 더 걷는다. 왜 저기에 보라색 꽃이 만개한 나무가 있는 걸까? 대런은 머릿속에서 문을 두드리며 물을 달라고, 전화를 쓰게 해달라고, 엄마한테 수신자 부담으로 전화를 걸겠다고 말한다. 그 장면이 그려지지는 않지만 치욕의 맛은 느껴진다. 내 땅에서 꺼져. 대런은 자주 그런 말을 들었다. 하지만 이제 경련이 일어난다. 대체로 갈증 때문이다. 길에서 멀지 않은 창고 옆면에 호스의 노란 수도꼭지가 보이자 그는 이런 행동의 위험성을 미처 헤아리기도 전에 그 옆에 웅크리고서 헐떡거리며 맛있는 물을 들이켜고 또 들이켠다. 기운을 차린 그는 다시 도로로 달려간다. 얼굴이 젖은 부분에 바람이 닿자 따끔거린다. 꿈이 멀어지듯 스털이 멀어진다. 어쩌면 대런은 스털이 클린턴호수와 가깝다는 사실을 오래전부터 알았는지도 모른다. 놀랄 게 뭐라고, 그의 머리카락을 쓸어넘기는 그녀의 손가락.

시뮬레이션은 다양한 속도로 재생되지만 반복되는 풍경에 대런은 마음이 편안해진다. 그는 저 노란색 집을, 커다란 미국 국기를 이미 세 번 지났다. 도로를 어느 지점까지 오르면 왼쪽으로 은빛 급수탑이 보이리라는 걸 안다. 급수탑의 위치는 달처럼 일정하다. 그는 구름이 화면을 가로질러 꾸준히 스크롤되리라는 것도 안다. 구름의 모양은 반복된다. 아래로 처지는 새들의 휘파람소리도, 단조로운 전자음악도 마찬가지다. 그리고 또 나왔네, 만개한 나무. 대런, 대런, 대런. 사람들과 함께 콜로라도의 삼촌을 만나러 차를 타고 갔던 일이 떠오른다. 그는 뒷자리에서 깜빡깜빡 졸았다. 부모님은 랜디 트래비스* 카세트테이프를 틀어놓았다. "그냥 신호에 걸려서 멈춘 거야." 대런은 100킬로미터쯤에 한 번씩 정신을 차리고 똑같이 늘어선 레스토랑과 주유소, 호텔을 보았다. 고속도로에서 나올 때마다 방금 떠나온 마을에 다시 들어온 것만 같았다. 다만 지금은 모든 것이 그의 걸음걸이에 따라 결정된다. 그는 자기가 알맞다고 생각하는 정도에 따라 속도를 늦추거나 높인다.

시간은 이런 식으로 흐르거나 흐르지 못했다. 한 시간, 한 시간씩. 그러다가 기나긴 풀밭이 공공주택 단지 잔디밭에 길을 내준다. 다른 종류의 반복이다. 그리고 머잖아 알록달록한 플라스틱 정글짐이나 트램펄린에서 몇몇 아이들 무리가 그를 바라본다. 그다음에는 길이 다시 넓어지며 새로운 포장도로로 이어진다. 사차선 대로 양옆에 거대한 창고형 매장과 잔뜩 부풀린 사람 모양 풍선이 바람에 흔들리지도 않고 서 있는 자동차 매장이 있다. 이제 그는 맥도널드를 열망한다. 뜨거운 물, 틀에 넣고 떠낸 의자의 익숙한 윤곽선. 확률에 따르면 맥도널드가 분명 근처에 있을 텐데 황금색 아치가 보이지 않는다. 대런은 주변의 익숙한 건물들을 보고 길이 곧 그가 아는 토피카의 한 구역으로 이어지리라 믿으며 계속 걷는다. 모든 조립식 건물이 익숙해 보이기는 하겠지만.

그는 아파트 단지와 상업 지구를 지난다. 조깅하던 두 사람이 그를 피하려고 길을 가로지른다. 캔자스에서는 청소년기 초반만 지나도 자전거로 여행하는 것이 굴욕이 된다. 알맞은 옷을 입고 일부러 운동을 하거나 자동차를 타러 가거나 내린 게 아닌데 걷는다는 건 일종의 일탈을 고백하는 행위다. 남자들이 창문을 내리고 대런을 호모 새끼라고 부른 게 몇 번일까? 그는 아비스에 들어가려다가 집에 도착할 때까지 쉬지 않기로

* 미국의 싱어송라이터이자 배우.

한다. 소닉에도, 버거킹에도, 웬디스*에도, 월그린**에도, 퀵숍***이나 딜런스에도. 이런 순서는 대런에게 뭔가 잘못된 것처럼 보인다. 용어는 똑같이 남아 있는데 토피카의 통사 구조가 뒤섞인 것만 같다.

그는 다리를 절기 시작한다. 오른쪽 발목이 얼얼하다. 아마 과거에 어디선가 삐었을 것이다. 이제 그는 걸어가는 동안 토피카가 약간 다른 버전의 토피카로, 그가 빠진 토피카로 바뀌었다고 공상한다. 그의 집은 여전히 이곳에 있겠지만 다른 거리에 있을 것이다. 엄마는 그의 집에 있겠지만 그를 모를 것이다. 펠프스 패거리는 여전히 시위를 하겠지만 다른 피켓을 들고 다른 모퉁이에서 할 것이다. 도움이 필요하니? 스탠은 의심스러운 듯 말할 것이다. 군용물품 판매점을 찾아낼 수 있다면, 엉뚱한 공원에서 그의 덤불을 찾아낼 수 있다면. 그의 비상식량은 사라졌을 테고 J 박사와의 대화는 기억에서 지워졌을 것이며 그림 속 광대는 천사로 변신했을 것이다. 마치 마을 전체가, 아니면 그가 현수막을 가르고 지나간 것 같다. 그 말은 아빠가 살아 있거나 이곳에서 죽은 자로 살아가고 있을지 모른다는 뜻이다. 스털에 놓고 왔다고 생각했던 현기증이 돌아온다. 아니면 그가 스털로 돌아간 것이거나. 계단은 아래로 향한다. 한 토피카에서 다른 토피카로 수신자 부담 전화를 걸 수 있을까?

주변의 건물이 익숙하지 않다기에는 너무 구체적으로 변하고 체인점처럼 낯설지 않게 변한다. 이때 그가 느낀 안도감을 나타낼 만한 단어가 있어야 할 텐데. 길을 잃기는 했지만 이곳과 비슷한 세상이 아니라 바로

---

* 아비스, 소닉, 웬디스 모두 미국의 패스트푸드점 체인.

** 미국의 약국 체인.

*** 미국의 편의점 체인.

이 세상에서 잃어버린 기분, 시간을 되찾은 데 따른 안도감을 뭐라고 표현해야 할까. 그는 서로 연결된 석조건물들이 늘어선 곳에, 도시 중심가에 도착했다. 그는 간판을 읽는다. **자유주 양조장, 자유의 전당, 해바라기 옥외 상점, 파라다이스 카페.** 오직 한 곳에만 있는 가게. 대런은 이 시점에 오른발과 부어오른 발목을 질질 끌다시피 하며 걸어가고 있다. 그는 자기가 지나는 곳이 로렌스 시내임을 천천히 알아본다. 어렸을 때 자주 와봤으니까. 특히 아빠가 가끔 데려가곤 했던 KU 미식축구 경기가 끝난 뒤에 말이다. 우리 팀 러닝백이 상대 팀 수비를 돌파할 때 터져나오던 함성, 피라미드를 쌓던 치어리더. 그러고 나면 피자와 매스 스트리트의 미스팩맨*이 이어졌다. 지금 그는 절뚝거리는 다리로 공중전화를 찾으며 바로 그 매스 스트리트로 걸어가고 있다. 집은 여섯 시간 전 땅에서 몸을 일으켰을 때만큼이나 여전히 멀리 있다. 그가 지나가자 부모들이 자기 아이를 가까이 끌어당긴다.

* 아케이드 게임의 일종.

뉴욕 학교

(조너선)

우리가 탄 비행기는 JFK공항을 빙빙 돌며 착륙 허가를 기다렸다. 연착은 날씨 때문이었다. 우리는 폭풍의 꽁무니에 형성된 난기류 속에 떠 있었다. 구름의 안팎을 드나들었다. 아래에서 도시의 불빛이 보이는가 싶더니 짙은 잿빛이 우리를 감쌌다. 그러다가 다시 불빛이 보였다. 가까운 거리에서 빙빙 돌고 있는 다른 비행기들을 보니 이상했다. 우리 비행기를 바깥에서 보는 것만 같았다. 불이 밝혀진 타원형 창문 안으로 나 자신이 언뜻 보일 것만 같았다. 일인칭으로, 또 삼인칭으로. 비행기는 속도를 올렸다가 다시 늦추었다. 고도를 높였다가 낮췄다. 아마 더 안정적인 대기를 찾으려는 듯했다. 오 분에서 십 분에 한 번씩 기장은 승객 여러분, 죄송합니다, 곧 착륙할 수 있기를 바랍니다, 라고 말했다. 그런 방송은 서로 너무 비슷해서 하나의 방송이 되었다. 시간을 더욱 천천히 흘러가게 하거나 흐르지 못하게 막을 뿐이었다. 승무원들은 이미 오래전에 통로를 가로질러와서 남은 쓰레기를 가져가고 승객들에게 접이식 테이블을 올리고 좌석을 똑바로 세워달라고 말했다. 그런 다음 그들은 절대로 오지 않을 착륙 순간에 대비해 각자 자리에 앉았다. 나는 그들이 어떤 식으로든 이 비행기와 기장과 부기장을 함께 처치해버렸다고 공상했다. 녹음된 방송을 듣고 있는 것은 우리 승객들뿐이라고 말이다. 결국에는 연료가 다 떨어져 퀸스*에 처박히게 될 것이다. 객실은 어두웠다. 어떤 사람들은 기적적으로 잠들어 있었다. 병원 담요와 비슷한, 재단에서 주는 것과 같은 파란색 항공사 담요를 덮고 내 옆에 잠들어 있는 왜소한 여자도 마찬가지였다. 그녀는 입을 벌리고 코를 골았다. 훨씬 덩치가 큰 여자나 낼 법한 소리라 더빙이라도 한 줄 알았다. 다른 사람들은 머리 위 조명을 켜고 신문이나 큼직한 양장본 스릴러소설을 읽었다. 하지만 지금 무언가를 읽는 게 가능한가? 어쩌면 그들은 그냥 읽는 시늉을 하는 것뿐인지도 몰랐다. (나는 사람들이 읽는 동작을 취하거나 독서의 정적인 특성을 흉내낼 뿐이라는 의심을 종종 하곤 했다. 나도 어렸을 때 읽는 시늉을 했던가? 뭔가로부터, 내 아버지의 분노로부터 탈출할 방법으로? 대학원 시절 도서관을 거닐 때마다 사람들을 보며 책을 덮고 방금 읽은 게 뭐냐고 물으면 대답할 수 있는 사람은 단 한 명도 없을 거라고 혼자 생각하곤 했다. 섀도리딩이라고나 할까. 나 자신도 뭔가를 읽을 때면 다른 사람들이 나를 지켜본다는 사실을, 내 몰입 연기를 예민하게 의식했다. 물론 그럴 때

* 뉴욕주의 지명. JFK공항 소재지.

면 페이지에 제대로 집중하지 못했다.)

비행기가 격하게 흔들리더니—머리 위 짐칸에서 수하물이 쾅 소리를 냈다, 몇몇 사람들이 헛숨을 들이켰다—안정되었다. 나는 양쪽 금속 팔걸이를 꽉 쥐었다. 보통은 기류가 불안정해도 신경쓰지 않는 편이라 지금 느끼는 불편함에 놀랐다. 하긴, 나는 혼자서 비행기를 타본 적이 거의 없었다. 늘 제인과 애덤과 함께였다. 둘 다 비행을 무척 싫어하고 난기류를 무서워했다. 어쩌면 나는 긴장을 풀지 못하는 사람과 있을 때만 긴장을 푸는 걸지도 몰랐다. 내가 침착하게 있는 것, 다른 사람들을 진정시켜주는 것이 도움이 된다는 걸 알기 때문일까? 혼자서, 잠든 사람들과 책 읽는 시늉을 하는 사람들 사이에서, 승무원들에게 버려지고 나를 필요로 하는 누군가의 존재에 매이지도 않은 채 도시를 빙빙 돌고 있는 지금 오직 향수병이라고밖에 말할 수 없는 것을 느꼈다. 허공에서 우리는 퇴행한다. 나는 어머니를 원했다. 엄마, 우리 엄마.

처음 뉴욕행 비행기를 탔을 때는 엄마는 나랑 동생 사이에 앉아서 우리가 서로 괴롭히지 못하게 했다. 나는 열여섯 살이었고 미래의 혁명가는 열네 살이었다. 우리는 잘 차려입고 있었다. 그 시절에는 비행기를 탈 때 모두가 가장 좋은 옷을 빼입었다. 마치 사원이나 교회에 가는 것처럼, 신의 얼굴을 만지려는 것처럼. 요즘은 온 가족이 운동복이나 잠옷을 입고 목베개를 들고 다니는 모습을 본다. 일종의 퇴행이다. 귀가 먹을 것 같은 프로펠러 소리. 담배 연기로 가득한 객실. 팔걸이마다 설치된 재떨이. 내 기억에는 기내식도 공들여 만든 한끼 식사였다. 은식기는 진짜였고, 접이식 테이블에는 싱싱한 꽃이 한 송이 놓여 있었다. 어쩌면 우리가 비즈니스석에 탔던 걸지도 모른다. 그 시절에도 비즈니스석이 있었다면 말이다. 우리는 대만에서 이 년을 보낸 뒤 미국으로 돌아오는 중이었다. 아버지가 대만에서 외무부 하급 외교관으로 일할 때였다. 왜 아버지만 비행기를 따로 타고 왔는지, 아버지가 무슨 핑계를 댔는지는 기억나지 않는다.

1950년대에는 타이베이의 하급 외교관도 왕처럼 살았다. 요리사, 가사도우미, 운전기사. 우리는 집들이 거의 똑같이 생긴 동네의 커다란 미국식 단층집에서 살았는데, 그 동네 집들은 전부 외국인 차지였다. 대부분이 미국인이고 영국인도 일부 있었다. 독극물로 반짝이는 새로 깎은 잔디밭. 어느 날 체비체이스*에서 우리집 옆뜰의 다람쥐들을 비비탄으로 쏘며 몇 집 아래에 사는 재키 캡틴과 입맞춤을 연습하고 패커드 세단 모는 방법을 배우던 나는(아빠는 내게 운전을 가르쳐주며 백화점 주차장을 천천히 돌아보게 한다. 아빠와 함께 웃은 드문 경험이다) 바로 다음날 반짝거리는 검은색 임피리얼을 타고 타이베이의 붐비는 거리를 지나며 인력거와 노점상과 염소와 닭을 흩어버린다. 창이 나를 타이베이국제학교에 데려다준다. 그는 누구에게도 경적을 아끼지 않았고 빼빼 마른 여드름투성이 꼬마인 나를 "주인 도련님"이라고 불렀다. (반짝이는 새 자동차를 보면서 문득 이번 세기 이전의 수천 세대의 사람들 중에는, 심지어 지구상에서 가장 강력했던 왕조차 이런 자동차를 가

* 메릴랜드주의 소도시.

질 수 없었다는 사실을 생각해본 적이 있는가? 그들은 비행기를 타지도 못했다.) 미국인 학교에는 중국인이 없었다. 관리인과 비서 한두 명 정도가 전부였을 것이다. 중국어를 가르치지도 않았다. 오직 프랑스어와 라틴어만 배웠다. 학생은 대부분 공무원의 자제였다. 나는 도나 셀키를, 그녀의 어깨가 가슴으로 이어지는 그 곡선을 보는 순간 반했다. 내 용돈이었던 고무줄로 묶은 빈약하고 알록달록한 화폐 뭉치는 지역 사람들에게는 꽤 큰 돈이었다. 가사도우미 린은 흰 카펫이 깔린 널찍한 우리집 거실에 조용히 나타나 어른들을 위한 진토닉과 아이들을 위한 레모네이드가 담긴 은쟁반을 내밀었다. 난로 양옆에는 홍옥으로 만든 말 조각상이 뒷다리로 서 있었고, 벽에는 산 풍경을 그린 두루마리가 걸려 있었다. 새 한 마리가 부리에 빨간 열매를 물고 나뭇가지에 앉아 있는 그림이었다. 그뿐 아니라 우리가 가져온, 전혀 어울리지 않는 인상파 그림 복제품도 있었다. 엄마의 샤갈 그림 인쇄본도. 집 뒤에는 수영장이 있었다. 그곳에도 린이 은쟁반을 들고 나온다. 음료 옆에는 설탕 입힌 땅콩이 담긴 작은 나무 그릇들이 놓여 있다. 우리 엄마는 짙푸른 원피스 수영복에 캣아이 선글라스를 낀 채 선베드에서 패션잡지를 넘겨 보고 있다. (언젠가는 엄마의 수영복 가장자리에서 사타구니 털을 언뜻 보았다. 엄마가 나한테 그걸 보게 '만들었다'니 분노가 치밀었다.) 왜 엄마는 한 번도 물에 들어가지 않았을까? 아침에 일어나서 양치를 하고 다시 방에 돌아가면 이불이 개어져 있었다. 오리와 볶음과 조린 돼지고기 코스로 이루어진 저녁식사를 하는 동안 우리 말썽꾸러기들은 언제든 손을 들고 햄버거를 달라고 할 수 있었다. 매일 밤 아이스크림선디를 먹을 수도 있었다. 회전판 비스무리한 것에 토핑이 담겨 나오곤 했다. 가늘게 저민 아몬드, 휘핑크림, 스프링클. 린이 체리를 직접 올려주기도 했다.

승객 여러분, 우리는 곧 착륙할 수 있을 겁니다. 아빠의 일은 대체로 더 중요한 버전의 아빠들의 방문을 준비하는 것이었던 듯하다. X 씨에게 필요한 모든 것이 마련되어 있는지 확인하는 일이 아빠에게 맡겨졌을 것이다. 그랜드호텔의 적당한 방을, 발코니가 딸린 방을 잡았는지, 가장 믿음직스럽고 영어를 잘하는 운전기사를 섭외했는지, 언제나처럼 X 부인이 속이 불편하다고 하면 알맞은 병원에 데려다줄 수 있는지, 부부가 알맞은 사진을 찍기 위해 함께 포즈를 잡았는지. 여기는 룽산사 앞입니다. 여기는 다룽 거리입니다. 여기는 공자 사원입니다(그 건물은 오래돼 보이지만 1939년에 다시 지은 것이었다. 기억화와 삭제를 구분하는 선은 너무도 가늘다, 클라우스의 목소리). 우리는 그 업무의 모호함이 아빠의 중요성을 나타내는 증거라고 생각했다. 혹시 아빠가 CIA인 건 아닐까? 동생과 나는 속삭였다. 물론 이웃 사람들 중에는 진짜 CIA도 있었다. 틀림없이 있었을 것이다. 짐 셀키라든가. 그는 중국어가 유창했다. 그건 결정적인 단서였다. 짐은 동네에 머무는 경우가 없었다. 늘 모호한 직업상 이유로 출장을 다녔다. (가엾은 폴 콘웨이. 그는 일종의 경영 자문가였는데, 중국어를 배워보겠다는 단호한 의지로 모두에게 깊은 인상을 남겼다. 그는 책으로 중국어를 공부하겠다며 방문을 잠그고 틀어박혔다. 두 달 뒤 다시 나타났을 때 그는 말을 폭풍처럼 쏟아냈다. 하지만 표준 중국어가 아니라 광둥어였다.

이런. 사람들은 그에게 그저 예의바른 미소를 지어 보였다. 어쨌든 그의 발음은 못 알아들을 수준이었으니까.)

은쟁반과 음료 카트. 비행기에서 사용하는 것과 같지만 더 좋을 뿐이다. 해피아워는 다섯시였다. 다만 주말에는 시간이 더 당겨졌다. 우리집에는 늘 사람들이 찾아왔다. 아니면 우리가 그 사람들의 집을 방문해 우리집과 똑같은 수영장 옆에 앉아 있었다. 물은 티키* 불빛을 받아 청록색으로 빛났다. 얼음과 라임, 토닉이나 탄산수를 새로 내오는 누군가의 '남자'. 재떨이 비우고 바꾸기. 음악이 흐르고 있었을까? 〈언체인드 멜로디〉**가? 모든 어른의 손에는 담배와 하이볼 혹은 마티니 잔이 들려 있었다. 우리 꼬마들이 어른들을 고주망태라고 생각했는지는 잘 모르겠다. 하지만 우리는 그들의 거리감을, 그 신경증적인 예민함을 의식하고 있었다. 어른의 목소리가 "와와" 하는 일종의 소음으로, 어쩌면 트럼펫이나 트롬본 소리로만 들리는 피너츠 만화에서처럼. 이따금 누가 우리에게 말을 걸기는 했지만 우리는 그것을 의미 없이 만들어진 소리로 경험했다. 아마 내가 부추겨서 그랬겠지만, 동생은 옷을 다 입은 채로 이웃의 수영장에 몸을 던져댔다. 물이 튀어 집주인이 흠뻑 젖었다. 그 일은 우리 아빠를 포함한 어른들 사이에서 그저 떠들썩한 웃음을 유발했을 뿐이었다. 메릴랜드에서였다면 아빠는 그런 구경거리가 되었다는 이유로 동생을 허리띠로 후려쳤을 것이다. 어느 날 저녁 질

---

* 기다란 손잡이가 달린 일종의 대나무 손전등. 파티 장식으로 주로 쓰인다.

** 1955년에 개봉한 미국 영화 〈언체인드〉의 주제곡.

은 금발을 뒤로 팽팽하게 말아올린 도나 셀키가 우리 엄마 옆에 앉아 있었다. 도나는 진짜 술이 들어간, 병아리 오줌만큼의 진을 탄 산수와 섞은 음료를 받아들었다. 몇몇 외교관이 도나에게 대학 계획에 관해 물었다. 그들은 혀 꼬부라진 소리를 내지 않으려 애쓰며, 도나의 말을 더 잘 들으려고 허리를 숙였다. 한 손이 그녀의 허벅지에 닿았다. 우리 아빠는 어느 날 밤 누군가의 아내와 팔짱을 끼고 집 모퉁이를 돌아나왔다. "등나무가 아주 근사합니다." 그러더니 아빠는 잠시 멈춰 서서 그 여자의 목걸이를 보고 감탄하며 그녀의 쇄골에서 작은 펜던트를 들어올렸다. 그러다 덤불에서 린의 담배를 피우고 있던 나를 보았다. 담배는 린이 마지못해 내준 것이었다. 아빠는 그냥 내 입에서 담배를 가져가 자기가 마저 피우겠다고 하더니 내게 집으로 돌아가라고 명령했다. 미국에서였다면 나는 한 달 동안 외출 금지를 당했을 것이다.

우리는 지구상에서 가장 강력한 나라를 대표하는 사람들이었다. 그 권력은 우리의 세포 하나하나에 깃들어 있었다. '원주민'이 절하는 모습을 보라. 소위 문명화를 이루어줄 힘이 있다는 우리에게 감사해하는 저 모습을. 미래는 우리 것이었다. 하지만 우리는 유대인이기도 했다. 우리 동네, 우리 단지, 우리 구역에 둘밖에 없는 유대인 가족 중 하나였다. 그리고 아우슈비츠의 오븐은 겨우 십오 년 전까지만 해도 가동되고 있었다. 나중에 나는 심리학적 가계도에서 먼 친척들의 상실을 그려보게 된다. 또 우리는 히로시마에서 1600킬로미터도 떨어지지 않은 곳에 있었다. 나가사키보다도 가까웠다. (JFK공항 주변을 돌면서 우리 비행기에 폭탄 투하실이 있다고, 우리는 탑재된 폭탄을 투하할 적당한 순간을 기다리는 거라고 상상했다.) 유대인 수용소나 원자폭탄에 대한 얘기는 들어본 적이 없었다. 미국식 집에서도, 타이베이국제학교에서도. 억압을 위한 집단적인 노력이 엄청나서 술 없이는 지낼 수가 없었다. 최근의 과거로부터, 모든 가치의 영역이 붕괴하거나 방사능에 오염되거나 가스실에 들어가 죽어버린 과거로부터 우리를 지켜줄 것이라고는 미래에 대한 강렬하지만 알맹이 없는 낙관주의뿐이었다. 공적 억압, 개인적 억압도 있었다. 내가 알면서도 알지 못했던 것은 우리 엄마가 아프다는 사실이었다. 공식적으로 엄마는 미국에서부터 아팠지만 지금은 나아졌다고들 했다. 해외에서 보낸 세월이 달가운 휴식이 되었다고. 하지만 우리 아이들은 엄마가 치료되지 않았다는 사실을 알았다. 아무도—마지막 순간이 거의 다가왔을 때까지도—암이라는 단어를 우리 앞에서 언급하지 않았는데도. 그 이 년 동안 어머니는 보통 괜찮아 보였지만 체중이 왔다갔다하고 미소는 지나치게 변함이 없었다. 너무 가면 같았다, 자신이 난기류에 얼마나 겁을 먹고 있는지 감추려는 부모처럼.

기장입니다. 제임스 투미는 해군 소장의 아들이자 타이베이국제학교 농구팀 타이거스의 주장으로, 이 팀은 대만의 다른 국제학교를 상대로만 경기를 했다. 로버트 러셀이라는 꼬마 녀석이 늘 투미를 졸졸 따라다녔다. 러셀은 둔하고 머리를 아주 짧게 깎은 거인으로, 투미가 조지라면 그는 레니였다.* 다만 투미는 로버트를

* 조지와 레니는 미국 소설가 존 스타인벡의 소설 『생쥐와 인간』의 주인공으로, 따

부추기며 거머리를 먹어보라거나 여자애의 가슴을 움켜쥐어보라거나 선생의 커피잔에 설사약을 타보라고 도발했다. 어느 날 학교 근처 언덕에서 투미는 러셀에게 22구경 라이플을 건네주며 그 남자-아이에게 지역 농부의 소떼 중 앙상한 소를 거의 전부 쏘아죽이라고 했다. 나는 도망치기 전에 소 몇 마리를 보았다. 겁쟁이였던 나는 눈물이 핑 돌았다. 탕 하는 소리는 무기라기보다 장난감 권총 소리에 가까웠다. 그뒤에 암소가 무릎을 꿇고 소름 끼치게 침착한 모습으로 드러누웠다. 그러는 동안 투미는 부대 지휘관이라도 된 것처럼 계속 러셀에게 큰 소리로 명령을 내렸다. (죽어가는 소들이 각자 눈으로 말했다. "커다란 두 갈색 눈으로. 그의 조용한 시선은 품위와 체념, 슬픔을 드러냈고 방문객에게는"—그 미국인에게는—"고귀하고도 엄숙한 경멸을 전했다.")

삶을, 최소한 생계를 파괴당한 그 농부가 다음날 국제학교에 나타나 비명을 지르고 우는 바람에 모두가 놀랐다. 나는 그가 보상도, 러셀에 대한 처벌도 아니고 누군가의 사과를, 그에게 직접 건네는 사과를 요구했다는 얘기를 들었다. 아이들이 제리 루이스** 식 헛소리로 중국어를 흉내내며 그 농부를 조롱했다는 사실 말고는 무슨 일이 있었는지 기억나지 않는다. 아이들은 농부가 팔짱을 끼고 경찰이 와서 끌고 갈 때까지 꼼짝하지 않겠다며 서 있는 모습을 흉내냈다. (미국 청소년의 입에서 나온 소리의 절반은 그런 인

뜻한 우정과 연대를 보여준다.

** 미국의 코미디 배우(1926~2017).

종주의적이고 졸렬한 언어적 모방이었다.) 아마 누군가 돈뭉치에서 알록달록한 지폐 몇 장을 빼내며 그에게 꺼지라고 말했는지도 모르겠다. 어쩌면 아무것도 주지 않았는지도 모르고, 매질을 흠씬 선물해주었는지도 모른다. 남자애들이 다 그렇지, 아버지는 말했다. 공자 왈, 남자애들이 다 그렇지. (공자 농담은 끝도 없었다. 공자 왈, 이를 닦으라 등등.) 한편에서는 원초적인 퇴행이 있었다. 지역 청소년 두어 명과 아마도 투미의 친구인 타이거스 선수 몇 명이 다툼을 벌였던 게 기억난다. 누가 누구의 오토바이를 훔쳤다던가? 자세한 내용은 잊었다. 러셀과 타이거스의 다른 학생 한 명이 대만 녀석 중 한 명을 후려쳤을 때, 대만 녀석은 그냥 그 주먹질을 받아들였다. 여기저기 피하긴 해도 절대 반격하지는 않았다. 대만 녀석의 친구들은 그 자리에 서서 대만 상품인 바나나 담배를 피우고 있었다. 그저 수동적인 것이 아니라 무표정했다. 아무도 백인 아이를 때리려 하지 않았다. 정말로 황인 분장을 하는 학교 연극이 있었을까?

우리는 어디든 가고 싶은 곳에 갈 수 있었지만 우리의 권력이 투사한 이미지는 절대로 꿰뚫을 수 없었다. 그러니 어떤 의미에서 어디에도 가지 못한 셈이었다. 내가 본 것의 아주 많은 부분이 제국의 창문을 통해서 본 것이었다. 당연한 얘기지만 창은 그 창문을 흠 하나 없이 닦아두었다. 우리가 가지 말라는 거리를 돌아다닐 때도 사람들은 길을 비켜주었다. 그들은 말썽을 원하지 않았다. 우리는 그 지역 경제에서도 깍두기 취급을 받았다. 오백 피센드 바가지 쓴 금액으로 만두를 사 먹을 때도 있었고 공짜로 얻을 때도 있었다. 미국은 하나의 거대한 기관이었다. 그 기관의 바깥은 없었다. 한 주가 지날 때마다 어른들은 우리와 점점 멀어졌다. 나는 프랭크 셀키와 가장 친한 친구가 되었는데—간절한 흥분에 젖어 새로운 친구에게 빠져드는 여름 캠프의 우정—그는 나보다 모험심이 훨씬 강하고 중국어도 조금 할 줄 알아서 내가 돌아다니는 데 약간 도움을 주었다. 내가 프랭크의 누나에게 집착하고 있었다는 사실은 덤이었다. 프랭크의 집에서 잤던 밤 나는 욕실에 몰래 들어가 그녀의 수건에 얼굴을 묻으며 그녀의 프렐 샴푸 냄새를, 그녀의 몸에서 전해진 축축함을 들이쉬었다. 그러고 나서 최대한 조용히 자위하고 세면대에 사정했다. 누군가 들을 경우에 대비해 변기 물을 내릴 때는 늘 주의를 기울였다.

머잖아 셀키 가족은 타이베이에 있는 사람 중 가족에 가장 가까운 존재가 되었다. 그들은 미리 연락하지 않고 들르곤 했다. 우리가 '접대한다'는 의미 없이 말이다. 저녁식사를 위해 옷을 차려입어야 하는 사람은 아무도 없었다. 나는 곧 담배도 숨기지 않게 되었다. 내가 린의 담배를 피우고 있을 때 아빠와 함께 있던 사람이 엘리너 셀키였을까? 엘리너는 엄마의 가장 친한 친구였다. 일주일에 세 번 오후마다 두 사람은 젊은 대만 여자들에게 무료 타자 강습을 해주었다. 함께 쇼핑을 다니고 외교관의 아내가 하는 일은 뭐든 함께 했다. 둘이 대나무 공예 수업을 같이 들었던 것이 기억난다. 우리집 거실이 점점 바구니로 가득찼다. 린은 늘 그 바구니에 신선한 과일을 담아두었다. 긴 자단 커피테이블 위에 놓인 감이 보인다. 아버지는 나중에 나와 레이철에게 그 테이블을 주었다.

프랭크는 에너지로 가득했다. 그는 우리를 신주 혹은 다른 근처 도시로 태워다달라고 대만인 트럭 운전사를 설득했다. 우리는 야시장에서 갑오징어탕에 맥주를 마신 다음 다시 차를 잡아타고 돌아오곤 했다. 내가 잘못 기억하는 게 아니라면 우리는 거의 누구든 불러세울 수 있었다. 언젠가 학교를 빼먹고 새우잡이꾼 몇 명을 따라 치엔수이만으로 나갔다. 바다는 약간 거칠었다. '적당한 요동'이었다. JFK공항 상공의 기류보다 나쁘지 않았다. 나는 전문가들이 담배를 피우며 내가 동물원에 가는 사람들과 연관짓곤 하는 지루함과 매혹이 뒤섞인 표정으로 나를 지켜보는 동안 뱃전 너머로 한 시간 내내 토했다.

그리고 베이터우가 있었다. 프랭크와 나는 베이터우에 대해 끊임없이 생각하고 이야기했다. 베이터우의 춤추는 여자들. 페이터우라고도 했다. 그곳은 다른 도시이거나 그냥 타이베이의 다른 구역이었다. 온천이 유명했으니 온천에 간다고 말하면 그만이었지만, 다들 그런 목욕탕 중 일부가 돈을 주고 '물놀이'를 할 수 있는 매음굴이라는 걸 알았다. 프랭크는 '타락한 여자' 중 한 명에게 이미 순결을 잃었다고 주장했다. 너무 뻔한 거짓말이라 굳이 반박하고 싶지도 않았다. 나는 신나기보다는 두려운 마음을 품고 결국 그곳에 가보게 될 거라고 생각했다. 이런 일을 피할 방법은 전혀 없다고, 남자가 되어 미국에 돌아가는 것은 나 자신에 대한 채무라고, 베이터우에 가는 것만이 그 채무를 상환할 수 있는 유일하게 가능한 방법이라고. 프랭크와 나는 한 차례 겁을 먹고 도망친 뒤 최소 두 번은 그 구역에 들렀다. 우리끼리는 그 행동을 정찰이라 불렀다. 둘 다 이 모든 일에 대해 엄숙하고 거의 우울한 태도를 취했다. 전투를 준비하거나 수술을 받기 위해 몸을 내맡기는 것처럼.

1학년이 끝날 때쯤 일어난 실제 사건은 당시에도 몽롱하게만 느껴졌다. 금문 고량주 한 병을 마셨기 때문이었다. 이 증류주는 혀에 닿으면 꼭 휘발유처럼 느껴졌다. 그 방은 나무 널빤지로 이루어져 있었고 아주 낮은 침대가 바닥에 놓여 있었다. 향냄새. 대충 내 또래인 듯한 마른 소녀는 긴 머리를 서양 느낌이 나는 스타일로 꾸미고 앞머리를 길게 늘여 가지런히 잘랐다. 그녀가 누웠다. 브라와 팬티 차림이었다. 둘 다 희디흰 색이었다. 아니, 수건으로 몸을 감싸고 있었던가? 나는 얼어붙은 채 그 자리에 서 있었다. 마침내 그녀가 일어나더니 내게 다가와 몇 초 동안 입으로 해주었다. 현기증이 날 것 같았다. 그러더니 그녀는 매우 사무적인 태도로 손으로 해주기 시작했다. 그녀를 내려다보았던 게 기억난다. 나는 그녀의 머리카락을, 하얀 두피를 빤히 바라보았다. 내가 너무 취한 건 아닌지 걱정됐다. 그러다가 문득 쾌락 같은 무언가가 온몸에 솟구치는 가운데 소리를 지르는 사람이 바로 나라는 것을 깨달았다. 나는 도나를 더 잘 그려보려고 눈을 감았다. 그곳에는 그녀가 두 손과 얼굴을 씻으려고 간 세면대가 있었다. 그런 다음 그녀는 침대로 돌아가 담배에 불을 붙이더니 내가 안도감과 죄책감에 휩싸여 아무도 알아듣지 못할 헛소리를 지껄이는 동안 담배를 피웠다. 나는 말하고 또 말했다. 그다음에 프랭크와 나는 거리를 달리고 있었다. 비가 내리고 있었거나 이미 내린 다음이었다. 우리는 젖은 돌바닥에 계속 미끄러졌다. 우리는 우리의 승리에 황홀감을 느꼈다. 나는 떡을

치는 동안 '내 것'이 어떻게 소리를 질렀는지 자세히 설명했다.

죄책감은 예상하지 못했다. 고백하고 싶다는 충동이 그렇게 강할 줄은 몰랐다. 특히 어머니에게 고백하고 싶었다. 어머니라면 내 죄를 사해줄 수 있을 것 같았다. 어머니에게 다가가 정확히 내가 무슨 짓을 했는지는 아니더라도 어디에 갔었는지는 거의 말할 뻔했던 그 모든 기억. 어머니가 앉아서 책을 읽거나 읽는 척하던 커다란 초록색 소파로 다가갔던 일. 어머니가 책상 위에 몸을 웅크리고 베세즈다*로 보내는 엽서에 주소를 적는 동안 그녀의 침실 문간에 서 있던 일. 디너파티가 한창일 때 베이터우 혹은 페이터우의 소녀가 초인종을 누르는 꿈도 꿨다. 그녀가 내민 손에는 선물 포장을 한 작은 상자가 들려 있었다. 린이 그녀를 들여보내주었고 침묵이 내려앉았다. 그 안에 뭐가 들어 있었을까? 결혼반지? 정액? 어째서인지 죄책감은 내가 최소한 반의식 상태에서는 알고 있었던 아빠와 엘리너 사이에 벌어진 일로 만회되었다. 나는 일종의 성적인 잘못을 저지름으로써 남자가 되어가고 있었다. 한편으로는 이 집의 남자가 남자들만의 방식으로 엄마를 배신하고 있었다. 아픈 엄마를, 우리가 아프게 하던 엄마를. 프랭크와 내가 온천으로 돌아가는 꿈도 꾸었다. 사람들이 우리를 안으로 들여보냈고 우리는 그곳이 체비체이스에 있는 부모님의 집이라는 것을 알게 되었다. 우리를 맞으러 나온 엄마가 기다리는 동안 루트비어**를 마시겠느냐

---

* 메릴랜드주의 도시.

** 사사프라스나무의 뿌리나 껍질로 만든 탄산음료.

고 물었다. 한편 나는 도나에게도 알리고 싶었다. 그러면 내가 도나의 눈에 더 경험이 많고 성숙하고 신비롭게 보일 거라고 생각했다. 나는 점점 더 도나에게 집착했지만 그건 음침한 집착이었다. 도나가 엘리너의 딸이라 집착한 것이었으니까. 청소년의 욕망은 서로 교차하는 관계망에 점점 얽혀들어갔고, 그런 관계망의 거의 모든 상호작용에는 과잉결정*이 넘쳐흘렀다. 엄마와 아빠는 이제 싸우고 있었다. 우리는 위층에서 두 사람이 싸우는 소리를 엿듣곤 했다. 높아진 목소리. 쓰지 않는 난로에서 텀블러가 박살나는 소리. 나는 아빠와 엘리너가 어디서 밀회했는지 궁금하다. 호텔에서? 대사관에서? 도나가 뭘 아는지 모르지만—온천에 대해서든, 우리 부모님에 대해서든—그녀는 내게 관심을 갖게 되었다. 혹은 나를 경험하게 되었다. 그녀가 투미 유형을 그렇게 좋아했는지는 모르겠지만 말이다. 주쯔호**의 전망대에서 키스한 일. 영화관의 인공적인 어둠 속에서 더빙된 마티네***가 상영되는 동안 그녀의 브라와 씨름한 일. 아마 〈검은 산호초의 괴물〉이었을 것이다. 어느 날 밤 나는 차고에 주차되어 있는 임피리얼 뒷좌석에서 그녀에게 손가락을 넣었다. 도나 셀키는 엄마가 죽은 지 이 년 뒤 엘리너가 결국 집을 떠나 우리 아빠와 함께 살게 되면서 내 의붓누나가 되었다. 둘은 시청에서 결혼했다. 프랭크가 유일한 증인이었다. 그다음

---

* 모든 징후와 꿈이 한 가지 이상의 연관성으로 인해 여러 의미를 갖는다는 정신분석 용어.

** 대만 양밍산에 있는 호수.

*** 낮시간에 상영하는 영화.

해에 나는 제인을 만났다.

◆ ◆ ◆

1961년, JFK공항 상공을 돌던 비행기 중 한 대가 착륙을 기다리고 있었다. 하늘에서 그 도시에 접근한 건 그때가 처음이었다. 나는 바짝 깎은 머리를 타원형 창문에 기댔다. 프로펠러 때문에 창틀이 진동했다. 소련이 차르 봄바*를 막 터뜨린 때였다. 사상 최대의 인공 폭발이었다. 모든 구름이 버섯구름처럼 보였다. 그리고 1991년 겨울, 빙빙 도는 비행기 중 한 대가 자기 차례를 기다리고 있었다. 비행기를 타고 그 도시에 간 건 그때가 마지막이었다. 기내 흡연은 최근에야 금지되었고 제인과 애덤이 양옆에 있었다. 시마와 시마의 가족은 두 줄 뒤에 앉아 있었고 이라크 공폭이 이십일째 계속되고 있었다. 시마가 쓰는 향수 냄새가, 정말 향수였다면 말이지만, 밀폐된 비행기 안의 퀴퀴한 공기 속에서도 어째서인지 어렴풋하게 내 코에 들어왔다. 머스크와 비 냄새. 둥실둥실 떠다니는 다른 세상의 작은 특징. 나는 그녀가 우리 좌석을 지나 거친 공기 한 조각을 가르며 화장실로 걸어가는 모습을, 난기류에 전혀 영향을 받지 않는 매끄러운 걸음걸이를 지켜보았다. 그녀의 두 팔은 균형을 잡으려고 애쓰는 대신 목뒤로 돌아 펜던트가 있는지 확인하고 그 위치를 약간 조정했다. 고대 주화였다. 어쩌면 그리스 주

* 소련이 개발한 수소폭탄. 역사상 가장 강력한 핵무기로 알려져 있다.

화였는지도 모르겠다. 금으로 만든 드라크마. 하지만 그녀는 보통 펜던트를 목덜미 바로 아래, 등 쪽에 숨겨두었다. 그래서 가느다란 사슬만 걸치고 있는 것처럼 보였다. 말을 하다가 손을 뒤로 뻗어 펜던트를 앞으로 돌려놓을 때도 있었다. 뭔가 강렬한 것, 친밀한 것에 대해서 이야기할 때는 무심코 어린아이 같은 충동에 굴복해 펜던트를 입으로 가져가 살짝 깨물 때도 있었다. 마치 금속을 감정하려는 것처럼. 어쩌면 그런 일은 한 번이나 두 번밖에 없었는지도 모른다. 어쩌면 내가 머릿속에서 그 모습을 여러 차례 돌려본 것인지도 모른다.

변화는 제인의 책이 출간된 지 얼마 안 되어 재단 구내에서 일어났다. 나는 시마 옆을 지나가면서도—방금 톰 박사와의 만남을 마무리한 뒤였다—그녀가 그 자리에 있다는 것을 몰랐다. 시마는 시계탑 맞은편 벤치에서 담배를 피우다가 내 이름을 불렀다. 못 들은 척해도 좋다고 허락하듯 조용한 목소리였다. 나는 돌아봐선 안 된다는 걸 즉시 깨달았다. 뱃속 깊은 곳에서 느껴지는, 절반은 불안하고 절반은 흥분된 느낌. 머릿속에서 조용한 목소리가 말했다. "그러지 마." 뭘 그러지 마? 시마는 아내와 가장 친한 친구잖아. 우리 가족은 대부분의 주말을 함께 보낸다고. 전에도 백만 번은 수다를 떨었어. 시마는 논쟁의 여지 없이 멋진 사람이지만 딱히 찌릿한 느낌이 통하는 건 아니었다. 우리는 함께할 수 없었다. 시마는 윌프레드 비온*에 관한 글을 쓰는 우아한 정신분석가였고 나는 길

* 영국의 정신분석학자(1897~1979).

잃은 소년들을 다루는 전문가였다.

없는 줄 알았던 찌릿한 전율이 생겨났다. 나는 자리에 앉았고 우리는 간단한 대화를 나누었다. 이제 우리 사이의 한 뼘 공간에 전류가 흘러넘쳤다. 흰 실크 바지 아래 시마의 허벅지에 대한 상상, 아니 의식. 그녀를 제대로 쳐다볼 수 없었다. 나는 시계를, 나무를 빤히 보았다. 모든 나뭇잎이 몇 분 전보다 선명하게 눈에 들어왔다. 대화의 내용은—아마 이십 분쯤 나눴을 것이다—기억나지 않지만 그녀가 손을 뒤로 뻗어 펜던트를 앞으로 돌리는 모습을 눈치챈 건 그때가 처음이었다. 그건 어떤 차이의 표시였다. 변화의 신호였다. 그게 우리 만남의 시작, 재단 구내 산책의 시작이었다. 사적인 만남이었지만 쉽게 눈에 띄는 곳에서 이루어졌다.

처음 화제는 에릭이었다. 그게 안전하면서도 안전하지 않은 화제였기 때문일 것이다. 선이 분명히 그어진 우리 관계와 그 관계에 대한 도전을 인정하는 것이었으니까. "우리가 어떻게 처음 만났는지 얘기했었나요? 에릭한테 여자친구가 있었어요. 나도 수업을 함께 들어서 좀 아는 사람이었죠. 그 수업에서 우리는 자주 의견이 갈렸어요. 정신분석학과 문학에 관한 수업이었죠. 그 여자가 대학원생 파티에서 술에 취해 레드와인으로 치아가 물든 채로 계속 내가 에릭한테 추파를 던졌다고 우기더군요(추파를 던지다니, 당시에도 이미 시대착오적인 미사여구였죠). 사실 나는 에릭이 있는 줄도 몰랐어요. 성적인 관심은 확실히 없었고요. 하지만 에릭의 여자친구가 너무 취해서 고집을 부리는 바람에, 그 여자가 화를 내며 친구들과 떠난 뒤 에릭이 내게 사과하러 다가왔죠. 그렇게 모든 게 시작된 거예요." 이 이야기의 교훈은, 전前역사의 의미는 무엇이었을까? 에릭과 그녀의 관계가 빈약하다는 것, 오인에 근거하고 있다는 것? 모든 욕망은 라캉적 의미에서 오인과 관계되어 있다는 것? 사람들이 자신의 두려움과 욕망을 시마에게 투사한다는 것? 반추하는 것, 정신분석의 소용돌이에 휩쓸리는 것은 나다운 일이 아니었지만 시마와 한 시간을 보내고 나면 칠십이 시간 동안 강박적인 생각을 할 자본이 생겼다. 어느 날 밤늦게 제인이 애덤의 의학적 문제로 에릭에게 전화를 걸었을 때, 나는 내 의식이 엉뚱한 방향으로 기울어져 있다는 것을 깨달았다. 아내와 자식과 함께 있었지만 머릿속으로는 에릭 옆에 비몽사몽인 채로 누워 있을 시마를 상상했다. 베개에 늘어진 그녀의 머리카락, 살짝 벌어진 입술, 가슴과 어깨를 잇는 곡선.

내 역할은 듣는 것이었다. 그녀는 다른 모든 사람의 말을 들었지만 내게는 말했다. 그게 내 재능이라고들 했다. 사람들에게 누군가 귀기울이고 있다는 느낌을 주는 것 말이다. 하지만 이번엔 좀 더 복잡했다. 감정전이, 어떤 위반과 관련되어 있었다. 그녀는 나를 통해 클라우스에게 말하고 있었다. 어쩌면 나를 통해, 자기 나이의 신체를 통해 클라우스를 욕망하는 건지도 몰랐다. 나는 느낄 수 있었다. 또 그녀는 제인에겐 도저히 할 수 없다고 느끼는 이야기를 내게 했다. 나를 그런 친밀함으로 초대함으로써 그런 느낌을 갖게 한 제인을 벌주었다. 둘의 '상담'이 시마를 심리치료사로, 제인을 환자로 설정한 이후부터 시마는 과거처럼 자신의 감정적 경험을 제인과 공유할 수 없게 되었다. 시마는 그 점에 분노를 느꼈다. 그렇게 된 게 부분적으로는 자기 잘못이었는데도 말이다. 제인의 아빠에 관한 대화들은 시마와 그녀의 아버지가 맺고 있던 문제적 관계를 떠올리게 했다. 과거의 제인은 시마에게 바로 그런 감정을 털어놓을 만한 상대였다. 제인이 유명해지지만 않았다면 괜찮았을지도 모른다. 결국은 둘의 관계가 다시 설정되었을지도 모른다. 하지만 책이 인기를 얻자 시마는 자신이 희생당한 듯한 기분이 들었다. 그녀는 제인의 치유를 돕는 심리치료사라는 역할 속으로 사라졌고, 그러는 동안 제인은 시마의 아버지라도 결국 신경쓸 수밖에 없을 법한 명성을 얻었다. 시마는 질투가 난다고 했다. 제인에게 내가, 즉 귀기울이는 사람, 감정을 숨길 줄 아는 사람이 있다는 것이 말이다. 반면 에릭은 모든 것을 도파민 아니면 세로토닌의 문제로 보았다. 화학적인 균형만 맞추면, 마법의 알약만 찾으면 된다는 식이었다. 시마의 아빠가 에릭을 마음에 들어했던 이유도 그거였다("에릭과 결혼하기로 한 게 아버지가 지지한 유일한 결정이었어요, 그것 말고 또 내가 무슨 결정을 내렸는지 알아채기는 했는지 모르겠지만"). 둘의 결혼생활이 점점 소원해졌던 이유 중에는 그런 것도 있었다.

나는 이런 역학을 보았고 그 역학을 보는 것이 어떤 식으로든 나를 지켜준다고 생각했다. 심리학자들이 하는 멍청한 실수. 재단 사람이 할 법한 실수. 우리는 감정을 표현할 언어만 있으면 감정을 넘어설 수 있다고 생각했다. 한발 더 나아가 그 감정에 먹이를 주었다. 나는 제인의 성공에 대한 우리의 상호적 카섹시스*를 설명할 수 있었다. 시마에게 갑작스럽고도 심각한 리비도 집중이 일어난 까닭은 아버지의 행동을 반복한 것으로 설명할 수 있었다. 또 나는 제인을 배신하는 경우 레이철에 대한 배신이 단 한 번의 궤도 수정을 시사하기보다는 어떤 패턴이 되리라고 생각했다는 것을 인정하며 그런 나 자신을 꾸짖을 수밖에 없다. 어쩌면 나는 어머니를 대신할 사람을 찾은 다음 아버지처럼 그녀를 떠나는 남자일지도 몰랐다. (우리는 메인에 사는 아빠와 엘리너를 방문하곤 했다. 나는 엄마 얘기는 한마디도 하지 않았다. 감히 엄마의 이름을 입에 올릴 수 없었다. 엄마의 이름이 꼭 암인 것만 같았다.) 곧 시마와 나는 점심을 먹으며 우리 관계에서 나타나는 과잉결정을 처리하게 되었고, 그다음에는 같은 날 오후에 만나 산책을 하며 그 점심시간의 일을 처리했다. 숨기지 않음으로써 그 모든 것을 숨기기. 제인은 책 때문에 자주 출장을 떠났다. 나는—자발적으로든 비자발적으로든—시마와 새로운 친밀함을 쌓게 되었다는 힌트를 제인에게 흘리고는, 제인이 전혀 신경쓰지 않는 것처럼 보이면 격분했다(이런 노여움은 숨겼다). 그러다가 그녀가 관심을 보이는 것 같아도 격분했다. 당신 진심으로 내가, 어쩌고저쩌고. 곧 시마는 내가 일정이 없다는 것을 알면 내 진료실에 들르기 시작했다. 처음으로 닫아둔 문. 모든 면에서 우리는 상담중이었다. 그러다가 하루는 시마가 일어서서 창밖을 내다보며 자기가 본 영화에 대해, 나와 함께 보고 싶은 영화에 대해 이야기하며 펜던트를 입술로 들어올렸다. 아마 그날이 내가 처음으로 자리에서 일어나 그녀에게 다가간 날

* 리비도가 특정한 대상에 집중해 발현되는 일을 가리키는 정신분석 용어.

일 것이다. 나는 베니션블라인드를 닫는다. 등뒤에서 그녀에게 기댄다. 그녀의 손에서, 입에서 펜던트를 가져가 돌린 다음 살짝 잡아당긴다. 가느다란 사슬에 압력이 가해지겠지. 사슬이 끊어질 위험을 피하기 위해 그녀가 고개를 뒤로 젖힐 테고, 그 순간 나는 그녀에게 입을 맞출 것이다. 혀로 그녀의 치아를 훑을 것이다.

하지만 전화가 울린다. 전화가 울렸다. 그리고 시마와 나 사이의 모든 것이 즉시 사라졌다. 나는 애덤이 의식을 잃었던 시간 대부분을 쿠션을 덧댄 병원 의자에 앉아 용서해달라고 기도하며 보냈다. 가족 중 누군가가 죽어야만 한다면 제가 죽게 해주세요. 애덤이 괜찮다면 다시는 아내와 아이에게서 한눈팔지 않겠다고 약속할게요. 절대로, 단 한 순간도 제인이 이룬 성공을 시기하지 않을게요. '남자들' 중 하나가 되지 않을게요, 애덤이 '남자들' 중 하나가 되도록 놔두지 않을게요. 애덤만 괜찮게 해주세요. 그럼 말 잘 들을게요. 신이 아니라 엄마에게 용서를 구했다. 그리고 다음날 기나긴 악몽 끝에 시마가 병원을 찾아왔을 때 그녀와 제인은 끌어안았고 나는 그것이, 우리 사이의 에너지가 철저하게 뿌리뽑혔다는 사실에 놀랐다. 그녀와 제인은 급격하게 원래 자리로 되돌아갔다. 다시 가장 친한 친구가 되었다. 에릭은 우리를 안심시켜주었다. 우리는 그의 냉철함과 유능함, 자신감이 고마웠다. 우리는 서로를 지지하는 사인조가 되어 아이들에게 집중했다. 애덤은—이제야 사람들을 기억하기 시작했다—제이슨이 선물로 가져다준 야구 카드에서 추잉 껌 한 개를 꺼내 내게 주었다. 나는 그 껌을 성찬식 제병이라도 되는 것처럼, 사면이나 새로운 결단의 증거라도 되는 것처럼 받아들었다.

그후로 우리는 한 번도 단둘이 시간을 보내지 않았다. 모든 대화를 멈추었다. 욕망과 욕망에 대한 죄책감이 돌아오곤 했지만 강박이 아니라 찰나의 번뜩임으로 돌아올 뿐이었다. 그러다가 다시 전류가 흘렀다. 신체를 둘러싼 전자기장의 비자발적 변화. 어쩌면 그것은 다른 타락과 관계된 것이었을지 모른다. 클라우스가 계단에서 굴러떨어졌다. 우리에게 그는 아버지의 대체물이자 시마를 도나의 또다른 버전으로 만든 인물이었다. 그는 엉덩이뼈가 부러졌다. 아주 경미한 뇌진탕도 일으켰다. 어쩌면 이 사고는 다수가 러시아에 있는 외가 친척에게 내가 손을 뻗었던 일과 관련이 있을지도 몰랐다. 나는 내 역사에서 그 부분과의 연결을 다시 시도하는 중이었고 그게 동요를 일으켰던 건지도 몰랐다. 그 외에도 수백만 가지 이유가 있었을 것이다. 해석을 통해 밝혀지는 만큼 모호해지는 동물적이고 기본적인 욕구도 그중 하나였을 테고. X 연도의 가려움. 중년의 위기. 하지만 1991년 시마가 거친 난기류 속에서 우리를 지나쳐 자기 자리로 돌아가며 그 완벽한 미소를 지었을 때 나는 엄습해오는 공포와 욕망을 느꼈다. 그녀가 떠난 자리에 홀로 남은 재스민 향기.

승객 여러분, 기장입니다. 가족 여행에서는 아무 일도 일어날 수 없기에 뭔가가 일어났다. 애덤이 제이슨을 응급실로 보낸 다음 날이었다. 제인과 내가 저녁을 먹으러 나가기로 한 날이었다. 에릭과 시마가 그 전날 밤 저녁을 먹으러 나갔으니까. 나는—아마 제인의 아이디어였겠지만—약국에서 이것저것 사서 둘의 호텔로 갔다. 간호사가 추천한 로션과 아이스팩. 제인이 분명 내가 갈 거라고 전화를 걸어 둘이 방에 있는 걸 확인했을 것이다. 내가 프런트에서 전화를 걸자 시마가 받더니 올라오라고 했다. 문이 열렸을 때 나는 그녀가 혼자라는 것을 알았다. 시마는 외출하려고 차려입었을 때와 그렇지 않을 때를 구분하기가 어려웠다. 그녀는 언제나 '정돈된' 모습이었다. 이건 우리 엄마가 여자들을 칭찬할 때 쓰던 표현이었다. 시마는 초승달 모양의 황금 귀고리를 달고 있었다. 그것이 시마의 치마 무늬를 조용히 인용했다. 평소라면 알아채지 못했겠지만 그녀가 내 감각을 고양했다. 그녀는 정돈된 모습이었다. 늘 침착했다. 하지만 그 이면에는 무모한 에너지가 강처럼 흘렀다. 아니, 어쩌면 나는—시마에게 집착하게 된 다른 모두가 그렇듯—그냥 나 자신의 불안한 욕망을 투사하는 걸지도 몰랐다. 침착함과 우아함이 시마를 나머지 우리보다 더 성숙해 보이도록 만들었다. 나머지 우리는 그저 어른이 된 척하는 것만 같았다. 하지만 성적인 저류가 우리 모두의 안정된 일상을 위협했다. 그녀는 더 나이든 동시에 더 어려 보였다.

그녀는 가족이 어디에 있는지 전혀 언급하지 않았다. 나를 안으로 들이지도 않았고 넌지시 떠나라는 말도 하지 않았다. 우리는 문을 닫지 않았다. 그건 일이 벌어지는 동안 그 일이 벌어진다는 사실을 부정하는 한 가지 방법이었다. 카펫이 깔린 복도에 서 있는 우리 근처에 비행기 음료 카트 같은, 누가 놔두고 간 청소 카트가 있었다. 린의 것과 비슷했다. 언제든 누군가 나타날 수 있었고 그러면 우리는 즉시 떨어져야 했다. 그게 우리의 한계였다. 한계가 우리 관계를 가능하게 했다. 완전히 버려진 느낌과 구속이 공존했다. 우리는 각자의 몸속에 있으면서 그 위를 떠다니는 것만 같았다. 나는 내가 떨어뜨린 그대로 바닥에 있는 약국 비닐봉지를 의식했다. 내 혀가 그녀의 치아를, 귓속을 훑고 그녀의 목에서 소금기를 핥아올리는 동안 그 의식이 나를 현실에 희미하게 묶어두었다. 시마는 에릭과 제이슨이 멀리 있다는 걸 알았을까? 아니면 들켜서 이 모든 과잉결정 구조를 우리 위에서 끌어내리고 싶었던 걸까? 1961년에, 1991년에 나는 그녀의 몸에 손가락을 넣었다. 실크의 가장자리 부근에는 사타구니 털이 없었다. 나는 열기에 깜짝 놀랐다. 더이상의 정당화는 필요 없었다. 욕망이 너무도 강렬했다. 참조된 욕망이었다, 고통에 대해서도 참조된 고통이라고 말하는 것처럼 말이다. 다시 말해 그녀는 청바지 위로 나를 잡고 있었고 그 쾌락은, '쾌락'이라는 표현이 부적절하기는 하지만, 내 온몸에 분산되었으며 그것은 옳든 그르든 내가 언제나 여성과 연관시켜왔던 수용성이었다. 어쩌면 나는 여자가 된 것처럼, 제인이 된 것처럼, 꼭 그녀와 제인이 나를 통해 연결되는 것처럼 느낀 건지도 모르겠다. 기장이 안전벨트 등을 켰다고 알려주는 소리처럼, 복도 저편에 도착한 엘리베이터의 땡 소리처럼. 우리는 몸을 뗐고 그녀는 방안으로, 화장실로 걸어들어갔다. 나는 머릿속으로 즉시 그녀를 따라갔다. 우리는 샤워실에서, 흑백 타일 위에서 할 것이다. 하지만 나는 움직이지 않았다. 그리고 비닐봉지를 집어들어 침대에 올려놓고 떠났다.

제인과 애덤은 호텔방에 있었다. 애덤은 축구 경기를 보고 제인은 읽는 척하고 있었다. 나는 둘에게 인사하고 제인에게 샤워를 할 거라고, 데이트 준비를 하겠다고 말했다. 나는 샤워실에 들어가 자위했다. 그런 다음 숙취에 시달리거나 아플 때처럼 욕조에 앉아 울음이 터지기를 기다렸다. 대신 통제할 수 없는 웃음이 흘러나왔다. 불안한 꿈에서 그러듯이. 나는 십대처럼 자위하고 있었다. 내가 낳은 예비 십대가 다른 방에 있는데. 나는 삼루까지 가는 데 성공했다. 1988년에 죽은 프랭크 셀키에게 말하고 싶은 마음을 참을 수 없었다. 남자들의 집단에 털어놓고 싶은 마음을 참을 수 없었다. 하지만 우리 엄마나 엘리너나 레이철에게 말하는 건 어려울 것이다. 도나는 알았으면 했지만.

제인과 나는 메트로폴리탄박물관에 갔다. 시마의 향과 맛이 내 부비강에 남아 떨어지지 않으려 했다. 내가 하는 말이 조증 환자처럼 들린다는 것을 의식하고 있었다. 나는 계속 천천히 말하라고, 아니면 입을 닥치라고 자신을 타일렀다. 나도 모르는 사이 제인에게 우리 엄마가 나오는, 현존하는 유일한 영화를 설명하고 있었다. 코다크롬*, 1960년. 엄마는 말을 타고 있었다. 혹은 조랑말이었는지도 모르겠다. 타이베이 외곽의 무슨 축제인지 카니발이었다. 이 영화를 찍었던 일이 아주 선명하게 기억난다고 제인에게 설명했다. 내가 처음으로 카메라를 잡아본 때였다. 나는 그때를 영화라는 매체에 흥미를 갖게 된 시초라고 기억했다. 그런데 겨우 몇 달 전에야 그녀에게 말했다. 다락방에서 필름을 찾았어. 재단으로 가

* 원본 필름을 바로 영사용 필름으로 사용할 수 있는 천연색 필름.

져가서 봤어. 영화는 내가 기억하는 그대로였다. 다만 색이 바래 있었다. 흑백이 아니었다. 물론 소리는 나오지 않았다. 그녀는 미소 짓고 있었다. 약간 균형이 어긋난 채로. 바람이 그녀의 머리카락을 얼굴 쪽으로 날렸고 지루해진 조랑말인지 작은 말은 긴 보라색 끈에 매여 이리저리 끌려다녔다. 나는 손에 든 카메라의 무게감을, 카메라를 흔들리지 않게 잡으려 애썼던 일을 기억했다. 영상을 찍으면서 엄마가 내 쪽을 보도록 그녀에게 소리쳤던 것이 기억났다. 엄마가 내 쪽을 보더니 손을 흔들었다. 하지만 갑자기 어떤 십대 소년이 그 장면에 나타난다. 엄마에게 뭔가 말하는 것 같다. 나는 그 녀석이 화면 밖으로 걸어나가는 것을 지켜보다가 그게 나라는 것을 깨달았다.

◆ ◆ ◆

1999년에 우리는 난기류를 뚫고 착륙했다. 내 옆의 여자는 여전히 잠든 채 코를 골고 있었다. 그녀의 좌석은 똑바로 세우라는 지시에도 불구하고 여전히 뒤로 젖혀져 있었고 스무 살의 애덤은 뉴욕에서 우리 밑에 깔려 주저앉거나 주저앉기 직전이었다. 뉴욕이란 다른 도시들, 다른 시간들의 대수다. 처음에 나는 그를 일으켜 집으로 데려갈 마음이 들지 않았다. 우리가 애덤에게 엉뚱한 메시지를 전하게 될까봐, 그의 능력을 존중하지 않는 것처럼 보일까봐 걱정했다. 우리 때문에 애덤이 학기를 마치지 못할 거라고 생각하거나 제인과 내가 그렇게 생각하는 것처럼 보일까봐. 하지만 결국 우리는 그가 얼마나 심각하게 무너지고 있는지 걱정하느라—두려워했다는 게 맞을 것이다—우리가 보내는 신호를 신경쓰지 못했다. 우리는 애덤을 눈에 보이는 곳에 두고 싶었다.

애덤은 뉴욕에 결코 자리잡지 못했다. 헤어지기 전에도, 무너져내리기 전에도 애덤의 목소리에서는 약간 조증의 기미가 느껴졌다. 나탈리아는 그 학기에 바르셀로나로 떠났다. 하지만 애덤은 졸업반 때 해외에 가는 대신 컬럼비아대학교에서 가을을 보냈다. 거기에 친구들이 있었고 시인들과 공부하고 싶었기 때문이다. 어쩌면 그의 문학적 영웅들을 만날 방법을 찾을지도 몰랐다. 모국어를 떠나는 것이 두렵기도 했을 것이다. 애덤과 나탈리아는 여전히 연인이었고, 애덤은 학기가 끝나자마자 스페인에서 그녀를 만나 짧게 여행하며 구세계에서 새로운 밀레니엄을 기념할 예정이었다. 노바이카리아*에서 불꽃놀이를 한다나 뭐라나. 그런 다음 둘이서 프로비던스**로 돌아올 생각이었다.

그는 한 학기 동안 뉴욕에 가 있는 것과—안정화시킬 힘으로서의 나탈리아가 없는 채로—집을 다시 완전히 떠나는 것의 유사성을 과소평가했다. 두 사람은 1학년 때 매우 일찌감치 깊은 관계를 맺었다. 나탈리아는 애덤에게 대체 가족이었다. 애덤은 도시 경험이 별로 없었다. 도시는 압도적이다, 특히 토피카에서 자란 사람에게는. 도시의 양극성, 한순간 풍성히 반짝이다가 다음 순간 심

* 스페인 바르셀로나의 해수욕장.

** 로드아일랜드주의 주도, 항구도시.

연이 되는. 그 오만함과 엄숙한 경멸. 게다가 둘의 관계는 대학생 사이의 관계에서 익숙하게 보이는 바로 그 형태로 엉망진창이었다. 그는 쉬는 시간에 집에 왔고(학비가 비쌀수록 쉬는 시간이 길었다) 옛 여자친구들과 얽혔다. 나탈리아는 그가 성숙해지기를 기다렸다. 그런 다음 스페인으로 갔고 더는 기다리고 싶어하지 않았다. 그녀는 스페인 사람과 사랑에 빠졌다. 무슨 음악가라나. 인디 랩 스타인가, 장래가 촉망되는 랩 스타인가. 그녀는 하숙집에서 그의 아파트로 이사했다. 나는 좁은 거리를 내다보는 작은 철제 발코니에서 대마초를 피우는 모습을 상상했다. 안뜰을 가로질러 걸려 있는 빨랫줄에서 말라가는 이불의 뻣뻣함. 그들이 마시는 그 음료. 레드와인과 섞은 코카콜라. 하지만 그것은 내 기억이다.

그녀는 애덤에게 그 남자에 대해 얘기하지 않았다. 어쩌면 그가 뉴욕의 누군가에게 관심을 가지고 그녀와 헤어지기를 바란 건지도 몰랐다. 어쩌면 최소한 처음에는 학기가 끝나가고 실제 인생이 다시 효력을 발휘하면 스페인 사람을 버릴 생각이었는지도 모른다. 하지만 학기가 끝나기 몇 주 전에, 밀레니엄이 끝나기 전에, 애덤이 바르셀로나로 날아가기 전에 그녀는 그에게 이메일을 보냈다. 스페인에 오지 마. 난 정직하지 않았어. 나는 지금 함께 사는 남자를 사랑해. 나는 언제까지나 너를 아끼겠지만 서로 다시 이야기를 나누지는 않는 게 좋을 것 같아. 나는 돌아가지 않을 거야.

그가 브로드웨이에서 처음으로 우리에게 공중전화로 전화를 걸었을 때—그녀의 이메일을 받은 지 몇 분 뒤로, 그는 이 이메일을 컴퓨터 두어 대가 있는 컬럼비아대학 헬스장 로비에서 읽었다—

그는 충격에 빠져 있었다. 이런 말도 안 되는 소리를 믿을 수 있겠어요? 그는 계속 물었다. 믿을 수 없는 게 분명했다. (대학생의 연애가 해외에서의 로맨스로 침몰하는 것이야말로 세상에서 가장 익숙한 이야기라는 사실은 상관없었다. 자신의 삶이 되면 그 무엇도 클리셰로 여겨지지 않는다.) 제인과 나는 둘 다 통화를 하고 있었고—제인은 서재에 있었고 나는 주방에 있었다—우리는 유감이라는 말만 되풀이했다. 내가 남은 하루 동안 뭘 할지 묻자 그가 말했다. 쫓아가야죠. 가서 얘기해봐야죠. (그녀에게 연락할 방법이 없다는 사실, 그에겐 하숙집 번호밖에 없다는 사실 따윈 그에게 떠오르지도 않았다.) 그날 밤늦게 애덤은 Y 스트리트 92번지에서 열리는 중요한 시낭송회에 참석할 생각이라고 말했다. 그의 교수, 즉 이름이 스토크인지 코크인지 하는 시인이 시를 낭송할 예정이었다. 그의 영웅인 존 애시버리도 낭송회가 끝난 뒤 저녁식사에 초대받을 가능성이 있었다. 애덤이 뉴욕을 선택했을 때 꿈꾸어왔던 일이었다. 우리는 그에게 나중에 전화하라고, 버티라고, 우린 그의 편이라고 말하고 전화를 끊었다. 그리고 나는 애덤이 놀랍도록 잘 받아들이고 있는 소식을 정리하러 위층 제인의 서재로 올라갔다.

내가 그녀의 서재에 도착했을 때쯤—삼십 초도 채 안 되어서였다—전화가 다시 울렸다. 제인은 전화를 받더니 인사를 건넸다. 문간에 서 있는 나한테도 전화 소리가 들렸다. 흐느끼는 소리였다. 어떻게 해야 되죠, 난 걜 사랑한단 말이에요, 걔가 필요해요, 걔가 미워요, 씨발년, 어쩌고. 나는 제인이 모든 옳은 일을 하는 동안 그 자리에 서 있었다. 제인은 귀기울였고 사태를 축소하지 않으면서도 그의 장점에 대해, 그를 지지해줄 사람들에 대해 안심이 될 만한 말을 해주었다. 나는 전화기가 있는 아래층 주방으로 돌아가 다시 통화에 합류했다. 이렇게까지 속상해하는 애덤의 목소리를 들은 적이 있던가? 나는 추위도 잊은 채 운동복 차림으로 브로드웨이에서 정신을 놓고 있을 애덤을 떠올렸다. 그 거리에 대한 내 이미지는 과거에 경험한 여러 뉴욕에서 따온 것이었지만. 1969년의 눈보라. 『스포츠맨다운 운전』 한 권이 근처의 버려진 책 무더기 속에 들어 있었다.

결국 그는 조용해졌다. 더 침착해졌다는 뜻은 아니다. 나는 그에게 지금도 Y에서 열리는 낭송회에 참석할 생각이냐고 물었다. 애덤은 잘 모르겠다고, 몸과 마음을 추스를 수 있을지 모르겠다고 말했다. 나는 참석하는 게 좋을 것 같다고, 내키지 않더라도 일정을 지키는 것이, 다른 데로 정신을 돌리는 것이 도움이 될지 모른다고 말했다. 우리는 애덤의 컬럼비아대학 친구인 댄을 알고 있었다. 그는 지난여름 차를 타고 이 나라를 가로질러와서 우리와 하룻밤을 묵었다. 우리는 애덤에게 댄과 연락하라고, 댄에게 낭송회에 함께 가달라 부탁하라고 했다. 또 마약이든 술이든 약물과 거리를 두라고 부탁했다. 이렇게 큰 충격을 경험했으니 말이다. 애덤은 그러겠다고 했다. 마침내 그가 전화를 끊어야겠다고 말했고—그가 바르셀로나에 전화를 걸리라는 점에는 틀림이 없었다, 그래봐야 아무 소용 없겠지만—우리는 밤새 집에 있을 테니 언제든 전화하라고, 단 잠자러 가기 전에는 꼭 전화해주었으면 좋겠다고 말했다.

우리는 걱정했지만 그렇게까지 걱정하지는 않았다. 치유에 오랜

시간이 걸릴 수도 있다는 걸 알았으나, 우리는—최소한 나는—그가 꽤 빠르게 회복되리라 생각했다. 어쨌든 애덤이 정말 나탈리아에게 전념하기로 결정한 건 그녀가 떠난 바로 그 순간이었으니 말이다. 그는 분명 스무 살이라는 나이에, 내가 엄마를 잃고 레이철과 결혼한 때와 비슷한 나이에 장기적 관계를 맺는 것에 양가적인 태도를 보였다. 하지만 몇 시간 후 그가 다시 전화를 걸었을 때 우리는 혼란스럽고 파편화된 그의 말이 불길하게 느껴졌다.

그 파편을 통해 내 머릿속에 한 편의 몽타주가 그려졌다. 그는 낭송회에 가려고 모닝사이드 하이츠를 나선다. 겨울 외투를 잊고 방에 놔둔 채로. 댄과 함께 황혼녘의 공원을 가로지른다. 앞쪽에 애덤이 듣는 시 강의 학생들을 위한 자리가 마련되어 있어 그와 댄은 무대와 꽤 가까운 곳에 앉는다. 사람들이 빽빽하게 들어차 있다. 그의 교수인 코크가 제일 먼저 낭송하기로 되어 있다. 애시버리가 그를 소개할 것이다. 그런 다음 코크가 애시버리를 소개할 것이다. 낭송회에 오기 전에 애덤은 옷을 갈아입고, 세수하고, 눈물을 그쳤다. 이메일을 받은 이후 내내 그랬듯 뱃속에서 구역질이 느껴지지만 잠깐이라도 주변 상황이 주는 약간의 흥분에 멀리서나마 접근할 수 있다. 위대한 사람의 목소리를 듣고, 어쩌면 그를 직접 만날 수 있을지도 모르는 그 기회에 말이다.

건물의 불빛, 오두막의 조명, 그 어스름한 조명이 행사의 시작을 알린다. 최초의 하강이다. 그리고 어둠 속에서, 예상되는 정적 속에서 애덤은 다시 정신을 놓기 시작한다. 편두통과 구분할 수 없는 공황 증상. 애덤의 오른손이 얼얼해지고 혀는 다른 사람의 것처럼 느껴진다. 그는 토할지도 모른다고 생각한다. 나탈리아에게 연락해야만 한다. 그는 생체자기제어를 조금 시도해본다. 두 손을 따뜻하게 해보려 한다. 하지만 소용없다. 이제 애시버리가 강단에 올라 인사하고 프로그램을 소개한다. 애덤은 그곳에서 나와야만 한다. 싸우거나 도망치거나. 그는 자리에서 일어난다. 의자가 시끄럽게 삐걱거린다. 빽빽한 다리들의 숲을 뚫고 움직여야 한다. 사람들이 길을 비켜주면서 더 큰 소음이 인다. 그는 무대 바로 옆을 지나야 한다. 바로 그때 애시버리가 잠시 말을 멈추고 악의 없는 농담을 던지자("그렇게 별로였어요? 우리 시를 들을 때까지만이라도 기다리지") 그곳의 모두가 웃는다. 내 아들을 보고. 제대로 떠나지도 못하는 그의 실패를 두고. 그 순간 아들의 영혼의 동반자가 바르셀로나의 모페드* 뒷자리에 앉아서 자기 남자에게, 그녀가 떡을 치는 진짜 남자에게 매달려 있다는 사실을 두고. 엘바리오고티코**를 이리저리 누비는 동안 마법의 알약이 그녀의 뇌를 세로토닌으로 넘치게 한다. 뉴욕에서 잘해낸다는 것이 시인에게 무슨 의미인지는 모르겠지만 그가 뉴욕에서 잘 지낼 수 있으리라는 생각에 대한 비웃음. 쿨하거나 세련된 작가가 될 수 있다는, 어머니, 엄마, 우리 엄마의 보호를 떠날 수 있다는 생각에 대한 비웃음.

차가운 공기가 폐에 들어차자 기분이 나아진다. 눈물로 젖은 얼굴에 바람이 닿자 따갑다. 그는 댄을 기다리지 않고 다시 컬럼비아

* 모터가 달린 자전거.

** 고딕 스타일의 고풍스러운 건물들이 많기로 유명한 바르셀로나의 지명.

로 돌아간다. 가는 길에 매디슨광장의 공중전화부스에서 스페인으로 전화를 건다. 걸어봤자 하숙집 여주인을 깨워 점점 더 화를 북돋울 뿐인데도. 처음 두어 번 전화를 걸었을 때는 더듬거리는 스페인어로 나탈리아를 찾았다. 이제는 그냥 전화를 끊는다. 바르셀로나는 뉴욕보다 일곱 시간이 빠르다. 칠십 년일지도 모른다. 그곳은 애덤이 삭제된 세상이다. (그가 욕하고 울며 검은색 플라스틱 수화기로 금속 기계를 내려치는 모습을 보라.) 거리에서 들려오는 모든 대화가, 심지어 지나가는 자동차의 음악소리마저도 그를 비웃는 농담처럼 들린다. 다른 날 밤이라면, 본인은 인정하지 않겠지만, 애덤은 어두운 센트럴파크를 가로질러가는 것이 두려웠을 것이다. 아마 무장한 소년들이 어슬렁거리는 토피카에서 자동차를 타고 돌아다니는 것보다는 훨씬 더 안전할 테지만. 그러나 지금 그는 자신에게 무슨 일이 닥치든 관심 없다. 누가 그를 찌르거나 쏜다면 오히려 다행스러운 일일 것이다. 그의 고민을 멈춰줄 뿐만 아니라 나탈리아를 벌주는 행위가 될 테니까. 그러면 나탈리아는 절대로 자신을 용서하지 않을 것이다. 자기가 저지른 끔찍한 실수를 깨달을 것이다. 다름 아닌 나무들이 그를 상대로 음모를 꾸민다. 나뭇잎에 부는 바람은 Y에서 들리던 웃음의 연장이다. 하지만 그는 동료 여행자를 만나지 못한다. 어떤 여관이나 선술집도 지나지 않는다. 아무도 그에게 빵이나 맥주라도 먹고 가라며 건초 수레에서 동전을 던져주지 않는다. 비가 오기 시작하더니 비와 진눈깨비가 번갈아 내린다.

그는 기숙사에, 구층에 있는 자기 방에 돌아와 우리에게 전화를 걸었다. 아무것도 없는 벽. 책과 옷가지가 방에 흩어져 있다. 그는 우리에게 낭송회에 대해 이야기하고는 격노와 슬픔 사이를 오간다. "계획대로 스페인에 가서 나탈리아를 데려올 거예요, 그놈이 두렵지 않아요" 등등. 그러더니 말했다. "엄마, 난 나탈리아를 너무 많이 사랑해요. 견딜 수가 없어요. 멈춰야 해요." 애덤, 자해할 생각을 하는 거니? 내가 물었다. 그렇게 물어보도록 트레이닝받았으니까. 아뇨, 그가 말했다. 망설이지 않았지만 "당연히 아니죠" 하는 말투도 아니었다. 안심을 심어주는 강조는 전혀 없었다. 이번에 제인과 나는 침실에 있었고 애덤은 스피커폰으로 통화를 했다. 나는 어린 시절의 그가 침대에서 우리 사이에 앉아 있던 모습을 떠올렸다. 하지만 모든 세상이 여전히 그애의 눈앞에 펼쳐져 있던 1997년도 괜찮았을 것이다. 우리는 잠깐씩 흐르는 침묵의 성격을 통해 실제로 그가 침묵할 때마다 담배를, 그것도 여러 대를 연달아 피우고 있다는 것을 알 수 있었다. 타이베이의 그 바나나 담배. 머잖아 오직 흐느낌만으로 끊기는 단일한 문장들 속에서 애덤은 분노와 고통과 불신감 사이를 오갔다. "스페인 거기 갈 거예요 이건 가라앉는 안 멈출 것처럼 가라앉는 느낌이에요 걔도 정신을 차리겠죠 아닐까요 그럴 리 없어요." 이런 말의 폭포수. 그러다 그는 우리의 질문에 점점 대답하지 않았다. ("댄은 어디 있어?" "저녁은 먹었니?" "호흡운동을 하면 좀 도움이 되지 않을까?" "내일 어우드 박사님하고 전화 상담을 잡아줄까?" 우리는 피너츠 만화에 나오는 그 어른들 같았다.) 애덤은 자기가 벌을 받는 것만 같다고 말했다. 뭣 때문에 벌을 받아? 내가 물었다. 대런 에버하트 때문에. 맨디 때문에. 나탈리아는 그냥 이 일의 일부일 뿐이에요. 그는 흐느꼈다. 아가, 제인이 말했다. 너는 훌륭한 사람이고 무슨 일로도 벌받는 게 아니야. 너는 실연을 겪고 있는 거야, 심각한 배신을. 지금 당장 중요한 건 호흡에 집중하면서 우리 도움을 받아 마음을 가라앉히는 거야.

하지만 그는 말을 이었다. 이번엔 나탈리아가 아니라 모든 것의 의미 없음에 대한 얘기였다. 대학에서 읽은 문구들이 그의 목소리에 끼어들었다. 그는 계속해서 "도구적 이성"이라는 말을 했는데, 나한테는 적절하게 보였다. 그의 언어에 깃든 음악이 그 의미를 압도한다고 생각했기 때문이다. 어느 순간에는 그가 말이 안 되는 운율을 이야기하는 것 같기도 했다. 그가 쓰는 모든 단어가 충돌하고 다시 합쳐졌다. 토피카 터프가이의 이야기, 빠른 토론, 우울한 독일어와 실험주의적 시인들에게서 가져온 언어, 상심에 관한 익숙한 용어들. 그러다가 유아어에 가까운, 퇴행에 가까운 무언가가 나왔다. 그는 헛소리를 하는 게 아니었지만 나는 토피카의 우리 침실에서 뉴욕의 그가 귀를 전부 덮는 헤드폰을 쓰고 왼쪽 귀로 분당 백팔십 개의 단어를 받아들이는 모습을 상상했다. 언어기제가 붕괴하기 일보 직전이었다. 제인이 먼저 그의 말을 끊으려고 했다. 방향을 다시 잡아주려고 애썼다. 그러는 한편 우리는 불안한 마음에 서로를 계속 보았다. 일종의 무력감이 느껴졌다. 그때 제인이 힘을 실어 그의 이름을 불렀고 그는 말을 멈추더니 제정신으로 돌아왔다(어디에서 돌아왔단 말인가?). "뭐요?" 그가 물었다. "네가 뭐라고 하는지 잘 안 들려." 그녀가 말했다. (나는 그녀에게 어리둥절한 시선을 던졌다. 우리는 그의 말을 크고 선명하게 들을 수 있었다.) "미안," 그녀가 말했다. "연결 상태가 별로 좋지 않구나. 다른 전화기로 걸 수 있니?" "무슨 말이에요?" 애덤이 혼란스러워하며 말했다. "잡음이 심해서 네 목소리가 너무 작게 들려." "폭풍 때문인가봐요." 애덤이 말했다. 지금 뉴욕은 비가 심하게 오는 듯했다. "기숙사나 근처에 공중전화 있니?" 제인이 물었다. 그제야 나는 그녀가 뭘 하는 건지 이해했다. 그걸 이해하자 숨이 턱 막혔다. "지하실 세탁기 근처에 공중전화가 있을 거예요." 애덤이 말했다. 구리 벽 근처에. "근데 그냥 크게 말할게요." 그가 말하더니 그렇게 했다. "미안, 잘 안 들려." 제인이 말했다. '남자들'에게 하던 그대로. "아래층에서 다시 걸어야겠다." "알았어요," 애덤이 마침내 말하고 마음을 가다듬으려 애썼다. "알았어요. 몇 분 뒤에 다시 걸게요."

그는 전화를 끊고 열쇠와 담배를 챙긴 다음 구층의 자기 방을 나섰다. 폭풍우가 몰아치는데 창문을 열어두고서. 아무것도 모르는 채로 그는 시마와 내가 맹렬히 덤벼들었던 그 문을 지나 엘리베이터에 탔다. 나는 어둠 속에서 격분한 채 그에게 가고 있었다. 나는 비행기에 타고 있었고 마침내 난기류를 뚫고 착륙했다. 멀리서 번개가 번쩍였다. 금속 문이 닫히고 착륙장치가 펼쳐졌다. 우리는 하강했다. 일인칭으로, 삼인칭으로, 구름을 넘어서 함께. 제인이 우리를 말로 착륙시켜주었다.

천장에는 빙빙 도는 공이 매달려 있었고 그 표면에는 벽과 콘크리트 바닥과 귀청이 찢어질 듯한 대중가요에 맞춰 링크를 빙빙 돌며 롤러스케이트를 타는 사람들의 몸에 알록달록한 타원형 빛을 던져대는 미러 타일이 천 개나 붙어 있었다. 몇몇 여자애들은 초록색으로 빛나는 화학물질이 들어 있는 플라스틱관을 목에 두르고 있었다. 롤러스케이트를 타다가 쉬는 사람들이나 스케이트를 타기 무서워하는 사람들은 빨대 모양 포장지에서 설탕을 빨아들이거나 종이 원뿔에 든 솜사탕을 먹고 있었다. 학교에서 나온 인솔자들이 어두운 곳에서 '랜돌프초등학교 겨울방학 스케이트 파티'를 감독하고 있을 게 틀림없지만 아이들은 그들의 존재를 느낄 수 없었고 부모나 보호자는 그저 아이들을 마을 북서쪽 외곽의 스타라이트 스케이트장에 내려주었을 뿐이었다. 바깥에서는 광활한 주차장에 주차된 몇 안 되는 자동차 위로 눈이 내렸다.

여러분은 어린 대런이 롤러스케이트를 타고 빠르게 지나가는 사람들을 부러워하면서 매점에 있는 모습을 보게 될 거라고 생각하겠지만 사실 대런은 롤러스케이트를 타고 빠르게 지나가는 사람들 중 한 명이다. 눈에 띄는 노력 없이도 균형을 유지하며 강하고 매끄럽게 활보한다. 그는 두 발 딛고 돌기, 팔을 활짝 펴고 나아가기 등을 할 수 있다. 어릴 때 이웃에게서 배웠다. 대런에게 시카고사의 검은색 롤러스케이트 한 켤레를 선물로 준 이웃이다. 이즈음 대런의 몸에는 바퀴가 달리지 않은 신발로는 도저히 느낄 수 없는 편안함과 리듬감이 배어 있다. 올해를 끝으로 롤러스케이트가 더이상 쿨한 행동이 아니게 될지 모른다는 어렴풋한 눈치가 그에게 우아함과 용기를 더해준다.

그곳에는 그들의 혈류를 타고 흐르는 과당과 피부로 느껴질 만큼 시끄러운 음악, 그들이 조명의 효과로 어두운 형체가 되어 미끄러지듯 가로지르는 바닥의 단단함이 있다. 롤러스케이트 풋내기가 비틀거리면 그녀가 손을 잡아줄지도 모른다. 위험과 신비와 폭력, 작년에 닉 듀이가 무슨 회전 점프를 시도했던 일에 관한 집단적 기억. 평범하기 짝이 없는 조명이 고개를 숙인 채 꼼짝없이 처박혀 있던 그의 모습을 드러냈다. 어른들이 그를 뒤집었을 때 여기저기서 터져나오던 헉 소리. 스케이트의 흐르는 듯한 연속성과 대중음악에 배어 있는 4분의 4박자의 불연속성 사이에는 긴장감이 있었다. 치명적인 성적 신경증을 강화하는 통약불가능성. 하긴, 떡치는 것, 어린 상상력이 그 자신을 넘어선 존재로 만드는 것 말고는 그 반복적인 리듬과 순수한 동요를 화해시킬 방법이 뭐가 있을까?

대런이 이날 밤에 일인칭으로든 삼인칭으로든 동시에 강렬하게 기억하는 것은 '스노볼'이다. 오직 흰색으로만 반짝이는 흩뿌려진 빛을 신호로 시작된 행사. 인터폰에서 디제이의 목소리가 들린다. 라이브인지 녹음인지는 불분명하다. 여자아이들은 링크 이쪽에, 남자아이들은 그 반대쪽에 줄지어 서라고 지시한다. 이전 몇 해 동안은 대런도 인기 없는 수많은 아이와 마찬가지로 이 시점에 링크를 떠나 사탕이나 노란색 액상 치즈를 곁들인 토르티야 칩이 담긴 플라스틱 용기를 산 뒤 자유 스케이트가 다시 시작되기를 기다렸다. 하지만 이번에는 그의 스케이트 실력을 보고 감탄하는 시선을 느껴서인지 대런도 벽을 따라 줄을 선다. 디제이의 목소리가 "스노볼"이라고 외치자 그는 스케이트를 타고 제시카 베이커에게 곧장 달려서 그녀의 손을 잡는다. 그녀도 손을 빼지 않는다. 그들은 천천히 〈레이디 인 레드〉에 맞춰 원을 그린다. 그러다가 디제이의 목소리가 다시 소리친다. "스노볼." 음악이 바뀐다는 신호다. 〈아이 원트 투 노우 왓 러브 이즈〉. 누구에게 갈지 결정하기도 전에 모건 젠슨이 대런을 선택한다. 함께 스케이트를 타는 동안 젠슨이 그에게 전적으로 의존한다는 사실, 둘의 손바닥에서 흐른 땀이 서로 섞이는 느낌. 쇼 미 러브 이즈 리얼, 예 / 아이 원트 투 노우 왓 러브 이즈.*

그러니까 대런이 자기도 모르는 사이 대마초와 맥주, 고양이 똥 냄새가 나는 황혼녘의 지하실에 있었을 때, 베이스음이 그의 가슴을 뒤흔들고 잡종 데이비스가 술에 취한 1학년생을 그에게 밀치며 대런, 이 섹시한 애가 너한테 반했대, 대런, 뭐든 해봐, 라고 말했을 때, 그리고 거의 실신 상태에 있던 그 섹시한 1학년생이 그에게 두 팔을 두르며 혀 꼬부라진 소리로 너 잘생겼다, 라고 말했을 때 대런이 떠올린 것은 스타라이

* '사랑이 진짜라는 걸 보여줘, 예 / 난 사랑이 뭔지 알고 싶어.'

트 스케이트장이다. 그가 멋졌던 혹은 선택받았던 마지막 경험. 물론 이제 사탕은 발효되고 고의로 폭력이 가해지고 부모들은 이 동네에 없어서 아무것도 모른다. 하지만 그 연속성을 느끼는 게, 단단한 표면 위를 빠르게 움직이고 있다는 그 안정감을 여전히 느끼는 게 잘못된 일일까? 키스해, 개 같은 놈아, 키스해, 데이비스가 말하지만 대런은 그냥 미소 지으며 빨간 플라스틱 컵에 든 맥주를 마시고 웨스트리지몰에서 산 새 레이더스* 모자를 바로잡을 뿐이다.

대런의 유니폼이 바뀌었다. 웨스트리지몰에서, JC페니**에서, 엄마가 그를 내려주고 다시 데리러 갔던 곳에서 그는 검은색에 펑퍼짐하고 통이 넓은 청바지 두 벌과 단색 후드티 몇 벌을 샀다. 심장 위에 나이키 로고가 작게 그려진 후드티였다. 풋로커***에서는 에어조던 9와 갈색 팀벌랜드를 둘 다 살까 고민했지만, 그러면 엄마가 준 크리스마스 용돈에도 불구하고 저금한 돈을 다 써버리게 될 터였다. 게다가 그의 부츠는 여전히 전투 준비 태세를 상징했다. 대런은 차마 그런 준비 태세를 떼놓을 수 없었다.

그의 부탁으로 그녀가 그의 머리카락을 1센티미터로 짧게 깎았을 때, 천을 두르고 밝은 노란색 원목 주방 탁자에 앉아 있었을 때, 에버하트 부인은 대런이 외모에 점점 관심을 보이는 것이 그저 새로운 성숙을 의미할 뿐이라고 자신을 속일 뻔했다. 그녀조차 대런의 스타일이 약간 어긋났다는 것을, 이곳과 어울리지 않는다는 것을 알 수 있었다. 예컨대

* 미국의 프로미식축구팀 오클랜드 레이더스.

** 미국의 백화점 체인.

*** 미국의 스포츠 의류 및 신발 소매 체인.

처진 바지를 붙들어매기 위해 그가 차고 다니던 가느다란 베이지색 브레이디드벨트는 그가 유창한 척 흉내내려던 언어 게임에 대한 깊은 몰이해만큼이나 나쁜 결정이었다. 하지만 그는 더 나아 보였다. 더 나이들어 보이는 동시에 더 어려 보였다. 좀더 그의 나이다워 보였다. 가끔 환각을 보는 아들을 땀과 흙과 토사물로 범벅된 채로 그의 침대에서 32킬로미터나 떨어진 곳에서 데려오고 나면, 그의 가장 즉각적인 행동 변화가 좀더 신경써서 옷을 입고 몸단장을 하는 것이라는 사실에 오히려 안도감을 느끼게 된다. 대런은 로렌스 시내에서 수신자 부담 전화를 건 그날 이후 규칙적으로 샤워를 하고 면도를 했다. 공원이나 주차장에서 풀이나 기름얼룩이 묻은 채 오후 늦게 돌아오지 않았다. 대신 에버하트 부인은 그가 레이지보이* 매장에서 뮤직비디오를 보거나 푸시업을 하는 사이사이 쉬는 모습을 보게 되었다. 흠 하나 없는 옷을 걸치고 말이다.

그들이 이미 취한 채로 그를 데리러 왔을 때 그녀는 세인트프랜시스에 있었다. 하지만 맥주 캔과 알코올이 들어간 시그램, 지마 등 탄산음료 유리병으로 그런 일이 있었다는 사실은 알 수 있었다. 서로 다른 놀라움이 서로를 상쇄했다. 누구든 대런과 같이 있으면서 술 마신 증거를 남길 만큼 뻔뻔하다면, 하지만 또한 병과 캔을 비우고 헹궈서 개수대에 가지런히 정리해놓고 집도 다른 모든 면에서는 흠 하나 없다면? 게다가 그녀가 없는 동안 그들이 무슨 짓을 하고 어디를 갔든, 그 첫날 밤 이후로 그녀가 새벽이 다 되어 병원에서 기진맥진한 채 돌아왔을 때 대런은 늘 자기 침대에 있었다. 그녀는 집에 오자마자 카펫이 깔린 계단을 올라

---

* 미국의 가구 제조사.

가 그의 방문을 살짝 열어보았다.

대런을 집으로 데려온 다음 그녀는 무선전화기를 들고 대런이 듣지 못할 곳으로 가서 론 윌리엄스와 로라 심스의 어머니에게 전화를 걸었다. 두 사람은 그녀의 고등학교 동창이었다. 론은 자기가 맥주를 마시자며 대런을 불러냈다고 인정했다. 술을 마시기로 하자마자 그랬다고 했다. 그리고 함께 나간 아이들의 이름을 댔다. 로라의 엄마는 재빨리 다시 전화를 걸어서 알려주었다. 로라는 대런이 다른 차를 타지 못했다는 걸 알았을 때 정말 끔찍한 기분이었다고 했다. 우린 대런과 함께하고 싶었어요, 졸업반이잖아요. 에버하트 부인이 이 젊은이들을 알았다는 점을 알아주기 바란다. 최소한 그들에 관해서는 알고 있었다, 그들의 평생을. 애덤 고든, 마틴 노박, 제이슨 데이비스. 모두 재단 아이들이었다. 그녀는 조너선 고든의 아들이—그녀가 세인트프랜시스에서 돌보던 소년이—자기 아들을 괴롭힐 거라고는 생각지도 못했다. 오언스 가족은 이웃이었고, 이런 일이 있기는 했지만 거의 친구나 마찬가지였다. 모두 대학에, 심지어 캔자스가 아닌 곳의 대학에 갈 예정인 이 졸업반 아이들은 에버하트 부인이 자신들의 부모에게 아주 손쉽게 연락해 뭐든 필요한 만큼 난동을 부릴 수 있다는 걸 의식하고 있을 터였다. 그거면 행동을 조심할 이유가 되지 않겠는가?

그걸 제외하면 그녀는 무력했다. 정신적으로는 몰라도 법적으로는 성인인 대런을 제지할 수 없었다. 예를 들어 대런과 통금시간을 놓고 소리지르기 대회를 벌이는 상상을 하면 몇 초 뒤에는 쾅 닫히는 뒷문과 노숙, 수감 혹은 죽음에 대한 상상이 이어질 뿐이었다. 머릿속에서 그녀는 전화벨소리를 들을 수 있었다. 웬 경찰관이 에버하트 씨나 에버하트 부인과 통화할 수 있을까요? 부인, 지금 앉아 계신가요? 하고 묻는 소리가 들렸다. 그녀는 J 박사가 지난 몇 해 동안 설명하려 노력했던 몇몇 특수 프로그램에 대런을 참여시킬 여력이 전혀 없었기 때문에 그 프로그램의 자세한 내용을 전혀 기억하지 못했다. 농장에서 뭘 한다고 했던가, 호수에서 뭘 한다고 했던가? 보험에서는 그 비용이 일절 지급되지 않았다. 그녀는 쿨한 아이들이 그냥 여운이 남는 친절한 행동으로 토피카고등학교 시절을 마무리하고 싶어했다고, 대학교로 떠나기 전에 열여섯 살에 떨려난 대런이 자기에게도 친구와 동창이 있음을 느끼게 해주기를 원했다고 믿고 싶었다. 그런 일말의 희망을 품었다는 이유로 그녀를 비난해야 할까? 고든과 데이비스의 아들들은 브라이트서클몬테소리 시절부터 그녀의 아들과 알고 지냈다.

키스해, 개 같은 놈아, 키스해. 1학년생은 대런에게서 떨어져 안심한 듯 웃으며 그는 호모가 틀림없다고 말하고는 지하실 가운데로 비틀비틀 물러났다. 거기엔 당구대가 있었고 당구대의 넓은 녹색 베이즈 천 위에는 술과 물담배가 놓여 있었다. 데이비스가 웃었다. 혀 꼬부라진 소리를 알아들은 대런은 분노했다. 하지만 그는 움직이지 않았고 곧바로 미소를 잃지도 않았다. 웃음소리가 고이면서 미소를 흉내내는 작은 경련이 일기는 했지만. 이제 행위와 시간이 분리되고 있었다. 둘 사이의 거리가 빠르게 확장되었다. 그래서 그는 데이비스가 불을 붙인 전구에서 나오는 매캐한 증기를 들이쉰 다음에야 싫다고 말하기로 했다. 저런 소리를 하게 놔둘 거야, 대런? 나 같으면 저 개년한테 씨발 입조심하라고 할 거야. 메타암페타민*, 지하실에 있는 수많은 신체에 처방약으로 순환되고 있는 더 순수하고 정제된 버전의 메타암페타민이 현재를 해체했다. 미래는 즉각적인 과거였다. 그는 손을 뻗어 잡을 컵을 이미 들고 있었다. 다음에 무슨 곡이 나올지 미리 알기보다는 기억 속에서 연주되는 그 음악을 들었다. 분발해야 해, 내 것을 얻어야 해. 음악의 화음은 빠르고 느리고 복잡했지만 대런은 씨발 입조심하라고 말하려고 당구대로 다가가며 그 노래를 한 겹 한 겹 분리할 수 있었다. 그들 주변에 원이 형성되었다.

* 마약의 일종. 미국에서는 종종 ADHD 치료약으로 쓰이기도 한다.

역설적 효과

(제인)

프레드 펠프스 목사는 원시침례교파 목사이자 제명된 변호사로, 지구상에서 동성애를 박멸하는 것을 자신의 영적 사명이자 전업으로 삼았다. 프레드와 그의 추종자들은—여기에는 얼마 남지 않은 그의 교회 신도들이 포함되었는데, 대부분이 프레드의 자식 열세 명과 수많은 손자였고 심지어 열 살도 안 된 아이도 있었다—토피카 스트리트에 모여 **신은 호모를 증오한다, 호모에게 죽음을, 호모 = 죽음** 등등이라고 쓰인 거대한 피켓을 전시했다. 어떤 피켓에는 일종의 해부학적으로 추상화된 비역질을 하고 있는 막대 인간 그림이 그려져 있었다. 한겨울에도 게이지 대로에서 파카나 통통한 오리털 재킷을 입은 펠프스 패거리가 보이곤 했다. 그들의 호흡이 눈에 보였다. 그들은 온기를 유지하려고 발을 굴러댔다. (칠십대인 프레드는 키가 크고 야위었는데, 젊었을 때는 아마추어 권투선수였다.) 혹은 그들이 땀으로 흠뻑 젖은 티셔츠를 입고서—그중 몇 벌은 맞춤 제작한 것으로 레위기에 나오는 구절이 적혀 있었다—탭*을 꺼내려고 음료수 냉장 박스를 뒤지는 모습이 보이기도 했다. 그들은 캔을 목뒤에 대고 있었다. (프레드는 특징적인 카우보이모자 아래에 큼지막한 채색된 안경알을 들어올릴 수 있는 이중 플라스틱 선글라스를 꼈다. 우리 엄마랑 똑같았다. 안경점에 가면 동공 확장 검사를 한 뒤 주는 그런 안경. 눈을 위한 정형외과용 신발 같은 것.) 시위를 하는 동안 펠프스는 종종 매우 쾌활했다. 그들이 〈징글벨〉 곡조에 맞춰 "난 호모가 싫어, 난 호모가 싫어"라고 노래 부르는 소리를 들을 수도 있었다. 펠프스 패거리는 공연예술센터에서 피켓을 들고 시위행진을 했다. 대부분의 시위는 워시번대학교와 장례식장에서 벌였다. 특히 죽음이 에이즈와 연관되었다고 의심할 때는 말이다. **지옥에 또 한 명의 호모가.** 피켓에는 그렇게 적혀 있을 법했다. 1994년 〈20/20〉**에서 "증오의 복음"이라는 제목으로 프레드에 대한 단신을 내보내 펠프스 패거리는 '전 세계적으로 유명'해졌다.

프레드는 '호모'와 '호모빨이'를 싫어했고, 토피카 사람들은 프레드를 싫어했다. 정기적으로 반대 시위가 벌어졌고 프레드에게 괴롭힘을 당한 피해자들에 대한 광범위한 지지가 이루어졌다. 그가 장례식장이나 개인의 집에서 피켓을 들지 못하도록 하는 조례가 통과되었다. 하지만 나는 이런 비난의 속성이 늘 불편하게 느껴

* 코카콜라에서 나온 다이어트 콜라 상품명으로 2020년까지 판매되었다.

** 미국 ABC 방송국의 뉴스 프로그램.

졌다. 한번은 어느 환자가 내게 자신이 프레드를 얼마나 경멸하는지 말했다. 그녀의 딸이 지역 발레단과 함께 춤을 추었는데, 프레드와 그의 추종자들이 〈호두까기 인형〉 반대 시위를 벌였던 것이다. "차를 돌려서 그 사람들을 모조리 치고 싶더라니까요. 내 딸이 왜 그런 사람들에 대해서 알아야 하죠?" 처음에 나는 '그런 사람들'이라는 게 펠프스 패거리를 말하는 줄 알았지만 격분한 어머니가 '게이'를 언급한 것이라는 사실이 금세 분명해졌다. 켄 어우드와 워시번로스쿨의 용감한 교수를 제외하면 나는 토피카에서 커밍아웃한 사람을 한 명도 몰랐다. (나는 늘 클라우스가 게이일지 궁금했다.) I-70번 도로의 광고판에는 성경 공부를 통해 '치유된' 머리를 짧게 깎은 남자들이 미소 짓고 있었다. "희망이 있습니다."

내가 토피카에서 유명했다는 사실을 생각하면(조너선은 "토피카에서 유명하다"라는 표현이 밴드 이름으로 아주 좋을 거라고 말했다), 내가 게이와 레즈비언 인권에 관해 거리낌없이 말해왔다는 점을 생각하면, 내가 유대인이라는 점과 재단에서 일한다는 점을 생각하면, 나는 펠프스 패거리의 주요 표적이 되어야 마땅했다. 하지만 알 수 없는 이유로 그들은 나를 살살 대했다. 팩스가 오기는 했다. 나로서는 속상하기보다 우습다고 느낀 서류들이었다—우리는 그중 하나를 냉장고에 붙여놓았다("롯의 아내를 기억하라!"). 하지만 내 좌담회나 워크숍에 펠프스 패거리가 나타난 적은 거의 없었다. 반면 마을 외곽에서 열린 르네상스 축제는 어떤 식으로든 복장도착증을 부추긴다는 이유로 아침부터 밤까지 피켓 시위의 대상이 되었다. 가족 단위 관객들은 래피* 콘서트에 참석하기 위해 펠프스 패거리를 지나야 했다. 펠프스 패거리는 동성애 혐오를 충분히 보여주지 않는다는 이유로 주의회 의사당에서 대놓고 동성애 혐오를 드러내는 정치인들에게 피켓을 들었다. 그런데도 나를 알아볼 때면—행사에서 나를 보거나 그들이 모여 있는 거리 모퉁이의 자동차 안에서 나를 발견하면—나를 조롱하는 그들의 방식은 이상하게도 온순했다. 거의 아부처럼 느껴질 정도였다. "아, 여기 수뇌부가 있네." 그들은 비웃듯 말하곤 했다. (그들은 토피카의 특정한 '호모빨이'들을 위해 미리 구호와 조롱을 마련해두었다.) "여기 총명한 고든 박사님이 계셔." 이런 말이 슬퍼하는 부모들을 비웃고 소리질렀던 사람들에게서 나왔다. "아들이 지옥에서 불타고 있으니 기뻐하시기 바랍니다."

지난 몇 년 동안 조너선과 나는 펠프스 패거리의 상대적 무시를 설명해보려고 수많은 시간을 보냈다. 아니, 무시가 아니라 자비였을까? 어쩌면 법원 명령에 따라 그들 교회의 일원이 심리치료를 받아야 했을 때 조너선이 잠시 진료를 봐줬기 때문일지도 몰랐다. 하지만 그건 별로 말이 되지 않았다. 조너선과 그 아이는 사실 아무 관계도 없었다. 설령 있었다 한들 조너선이 어떻게 다른 이들에게 영향을 미칠 힘을 가질 수 있었겠는가? 그들이 내게 삼가는 태도를 보이도록 할 힘을 말이다. 혹시 펠프스 패거리가 〈마더 존스〉에 실린 내 글에—이 글은 〈토피카 캐피털저널〉에 다시 게재되었다(분명 이런 일은 그때 한 번뿐이었다)—공감하거나 심지어 고

* 캐나다 태생의 동요 작사가이자 가수.

맙게 여긴 건 아닐까? 그 글에서 나는 펠프스 패거리에 대한 토피카의 보편적 비난이 가진 위선적 성격을 논했다. 그들이 너무도 많은 토피카 사람이 가지고 있는 믿음을 극단적으로 표현했다는 이유만으로 맹렬한 비난의 대상이 되었다고 말이다. 하지만 그건 다소 애매했다.

아무튼 그들은 여성연맹캔자스협회에서 내가 기조연설을 할 때 대거 모습을 드러냈다. 나는 용서라는 주제로 쓴 새 책으로 상과 축하를 받던 터였다. 나는 토피카에서 연설을 자주 하지 않았기에 워시번 캠퍼스에서 가장 큰 강당인 화이트홀의 좌석은 빠르게 매진되었다. (수익금은 '학대당한 여성들을 위한 정의 프로젝트'에 쓰였다.) 나는 애덤이 그 행사에 너무도 참석하고 싶어하는 것처럼 보였을 뿐 아니라—협회에서는 우리 가족이 꼭 참석해줄 것을 요청했다—앰버를 데려가도 되는지 물어서 놀랐다. 앰버는 행사에 졸업 파티에서나 입을 법한 드레스를 입고 왔다. 깊이 파인 브이넥에 드러난 등. 나는 애덤이 내 연설을 자랑거리로 생각했다는 점이 기뻤다. 어쩌면 대학 갈 시기가 다가오면서 더욱 성숙해지고, 더욱 융화된 인격을 갖추게 되었는지도 몰랐다.

우리 다섯은—엄마가 우리와 함께했다—행사가 시작되기 전에 저녁식사를 하려고 사우스웨스트 애시워스에 새로 문을 연 스시 레스토랑에 갔다. 예전에 립크립*이 있던 곳이었다. 나는 마요네즈가 듬뿍 들어간 캘리포니아롤을 놓고 앰버에게 말을 걸어보

* 미국의 바비큐 레스토랑 체인.

려 애썼다. 그녀의 가족과 학교, 졸업 이후 계획에 대해 답이 정해지지 않은 질문들을 던졌다. 하지만 앰버에게서 많은 이야기를 끌어내기는 어려웠다. 앰버가 나름의 방식대로 침착하면서도 조용했기 때문이고, 애덤이 계속 앰버의 말을 끊거나 앰버 대신 이야기하며 말할 틈을 전혀 주지 않았기 때문이다. 조너선이 남자 종업원에게 "우리 꼬마는 겨우 열여덟 살이에요"라고 말해 와인 한 잔을 주문하려던 애덤의 시도에 가볍게 비토권을 행사한 뒤 애덤의 목소리에는 성난 날이 섰다. 그 날카로움은 애덤이 우리 엄마에게 말을 걸 때만 사라졌다.

(앰버가 자기 샐러드에 들어 있던 아이스버그 양상추잎에서 무당벌레를 발견했을 때는 다들 잠깐 놀랐다. 그녀는 진홍색 딱정벌레를 젓가락으로 들었다. 걸쭉한 생강 드레싱을 피한 무당벌레는 그녀가 바람을 불자 비행 능력을 보여주었다.)

내 의식의 일부는 연설을 한 줄 한 줄 연습하는 데 전념하고 있었다(강단에 선 내 앞에 연설문을 놔두긴 하겠지만, 최대한 글을 안 쳐다보고 싶었다. 즉흥연설처럼 보이고 싶었다). 일부는 스시 바에 앉아서 젊은, 아마 한국인일 가능성이 큰 주방장에게 진주만 공격을 용서한다고 설명하는 술 취한 남자의 목소리를 듣지 않으려 애쓰고 있었다. 일부는 식사 비용이 너무 많이 나올까봐 눈에 띄게 걱정하는 엄마에게 반응하지 않으려 애쓰고 있었다. 남은 의식은 깡패가 다 된 아들을 복잡한 사회적, 호르몬적 단계를 지나는 취약한 젊은이로 여기려 노력했다.

나는 애덤의 감수성이 두드러진 과거의 에피소드를 기억함으로

써—그 일을 기억하겠다는 의지를 품음으로써—그것을 해냈다. 나는 최근에 이런 노력을 아주 많이 하고 있었다. 메타 명상의 변주랄까. 어우드가 실제로 권하지는 않았지만 권할 법한 방법이었다. 그날 밤, 벌이라도 주려는 것처럼 엄청난 양의 녹차 아이스크림이 나왔을 때 나는 〈스페이스캠프〉*의 영웅전설을 떠올렸다. (어쩌면 혜성 뉴스에 관한 이야기였을지도 모른다. 혜성은 육안으로도 보였다.)

1980년대 중반에 우리는 애덤과 애덤의 친구 몇 명을 데리고 바로 그 영화를 보러 간 적이 있었다. NASA 훈련 캠프의 젊은 참석자 몇 명이 우연히 궤도로 발사되는 내용이었다. (애덤은 일 년 이상 우주와 관계된 모든 것에 집착했다. 챌린저호에 닥친 재앙에도 주눅들지 않는 듯했다. 제작자는 챌린저호가 산산조각나는 모습이 TV에서 생중계된 뒤 〈스페이스캠프〉의 개봉을 몇 달 미루었다.) 에릭과 시마는 아이들 공통의 관심사에 기반해 애덤과 제이슨을 앨라배마주 헌츠빌에서 열리는 일주일짜리 캠프에 보내면 어떻겠느냐고 제안했다. "아이들은 한 팀을 이루어 일하며 역동적인 문제 해결 능력과 비판적 사고력을 필요로 하는 임무를 마주하게 됩니다." 애덤은 그 생각에 짜릿함을 느꼈고 우리는 애덤이 우리 없이 집을 떠나 시간을 보낼 생각을 했다는 것만으로도 놀라는 한편 기뻤다. 애덤이 뇌진탕을 겪은 지 얼마 되지 않은 터라 특히 그랬다.

애덤은 영화를 보고 나더니 이상하게 조용했다. 배가 아프다고

* 1986년에 개봉한 미국의 공상과학 영화.

했다. 그날 밤 애덤은 우주 캠프에 가기 싫다고 울면서 우리 방으로 뛰어들어왔다. 제발 보내지 마세요, 엄마. 그는 우주 밖으로 발사되고 싶지 않다고 했다. 우리는 꼭 갈 필요는 없다고 애덤을 안심시켰다. 애덤이 캠프에 간다고 해도 우연히 궤도에 오르게 될 가능성은 전혀 없다는 점 또한 분명히 밝히려 했다. 그러나 애덤은 우리 말을 하나도 믿지 않았다. 여덟 살짜리 아들은 우리가 생각을 바꿔 그를 앨라배마로 보낼까봐, 자신이 NASA에 강제로 보내져 외로운 우주선에서 지구가 달처럼 떠오르는 모습을 지켜보게 될까봐 몇 주 동안 두려워했다. (우주에 떨어진 아이보다 외로운 존재가 있을까?) 조너선은 애덤을 진정시키려는 노력의 일환으로 우주비행사가 되는 것이 얼마나 말도 안 되게 어려운지 반복해서 설명했다. 수천 명의 사람들이 수십 년을 훈련에 바치지만 선발되는 사람은 극소수라고 말이다. 그건 강제로 프로 농구선수가 될까봐 걱정하는 거나 마찬가지야. 강제로 대통령이 될까봐 걱정하는 셈이야. 네가 원하지 않으면 일어날 수 없는 일이야. 하지만 애덤은 완전히 안심하지 못했다. 영화라는 증거가 있었으니까. 우주에는 죽은 선생님이 있었고, 애덤이 가지고 있던 어린이책의 소재였던 모스크바의 떠돌이 개 라이카*가 있었으니까. (책에는 그 개가 비행을 시작한 지 몇 시간 만에 스트레스와 열기로 죽었다는 얘기는 전혀 나오지 않았다.) 클라우스는 '캠프'라는 단어의 모든 반향을 떠올려보라고 제안했다.

* 소련의 인공위성 스푸트니크 2호에 실려 최초로 우주에 간 개.

나는 테이블에서 장황한 말을 늘어놓는 젊은이를 바라보며 우리가 (특히 잠잘 시간에) 그를 이 지구에 계속 있도록 해주겠다고, 그가 지구 아래에서, 수백 킬로미터 지구 위에서 떠다니지 않게 해주겠다고 약속하며 보냈던 몇 주, 몇 달을 떠올렸다. 그는 영웅이 될 필요가 없었다, 인류를 위한 위대한 도약을 할 필요도 없었다. 인류는, '남자들'은 늘 전화를 걸어대고 벽에서 감시했다.

남자 종업원에게 신용카드를 건네준 건 나였지만, 그는 계산서를 조너선에게 돌려주었다. 나는 그 계산서를 집으려고 식탁 너머로 손을 뻗었다. 그러고는 내가 영수증에 사인하고 작은 쟁반에서 카드를 집었음에도, 더 많은 돈을 버는 사람이 나였음에도 앰버는 고든 박사님—조너선을 말하는 것이었다—에게 식사를 대접해줘서 고맙다고 했다. 나는 왜 사람들이 늘 남자에게 고맙다고 하는지 최대한 가볍게 물어볼까, 그런 행동이 앰버에게 좋은 본보기가 될까 아니면 앰버를 당황하게 할 뿐일까 고민했다. 하지만 애덤이 잠깐 성숙함을 보이며 말했다. "엄마도 고마워요." 다 같이 자동차로 걸어가면서 나는 아들에게 뿌듯함을 느꼈다. 샤르도네 와인 한 잔과 신선한 공기에 기분이 들뜨고 예민한 신경이 가라앉았다. (연설 장소는 두 블록 떨어진 곳이었다. 아름다운 늦봄의 저녁이었지만 토피카에는 산책을 해야겠다고 생각한 사람이 거의 없었다.)

다음 일은 빠르게 일어났다. 우리는 화이트홀의 예약된 주차칸에 차를 댔다. 그리고 모여 있는 펠프스 시위자들을 지났다. 그중 일부가 '수녀부'를 향해 고함을 치기 시작했다. 조너선과 나는 전혀 반응하지 않았지만 애덤은 앰버에게 자랑하고 싶었는지 그들에게 마주 소리쳤다. 씨발 입 다물라고, 한심하고 얼빠진 머저리들이라고, 똥덩어리들이라고. 조너선은 엄격하게 애덤의 이름을 불렀다. 우리 아들이 펠프스 패거리에게 그들이 탐내는 관심을 주었다는 사실에 놀란 것이다. 그는 애덤을 강당 입구로 계속 끌고 가려 했다. 하지만 애덤은 저항했다. 펠프스 추종자 중 한 명이 애덤에게 호모라고 하자 그 응답으로 애덤은 그녀에게 개 같은 년이라고 소리쳤다. 믿을 수가 없었다. 이제 그 여자는 웃고 있었다. 낄낄대고 있었다. 그러더니 내게 소리쳤다. 저딴 아들을 키운 거야? 엄청 자랑스러우시겠네. 그리고 나는 말하지 않는 것이 낫다는 걸 알면서도 말했다. 아니, 자랑스럽지 않아요. 저런 식으로 말하다니 부끄럽네요. 다른 시위자를 보고 있던 애덤이 고개를 돌렸다. 애덤이라면 "한판 뜨려고" 했다고 말했을 법한 시위자에게서 고개를 돌려 격분한 얼굴로 나를 보며 말했다. 내가 부끄럽다고요? 난 이 개자식들한테서 엄마를 보호해주고 있는데 엄마는 내가 부끄러워요? 나는 그에게 말했다, 명령했다. 날 보호해줄 필요는 없어. 당장 강당으로 들어가. 앰버가 애덤을 그쪽으로, 조너선 쪽으로 끌고 가려 했다. 조너선은 우리 엄마를 모시고 강당의 유리문 안으로 들어가던 참이었다. 펠프스 패거리는 즐거워하며 웃었다. 애덤이 마주보던 남자가 소리쳤다. 엄마 말이나 들어, 호모 새끼야. 총명한 고든 박사님 말씀을 들으라고. 건물에 들어가서 네 호모 아빠 옆에 앉아. '수뇌부'가 자기가 쓴 쓰레기 책에 대해 하는 말이나 들으렴.

그런 다음 나는 연설을 했다. 무대 조명 때문에 앞이 잘 보이지 않았다. 나는 무척 자랑스럽다고, 가족과 함께, 사랑하는 남편과 소중한 아들과 함께, 바위처럼 단단한 내 어머니와 함께 이 자리에 오게 되어 기쁘다고 했다. 하지만 객석에 애덤이 있었을까? 그렇기도 하고 아니기도 했다. 그는 깜빡이는 존재였다. 예약된 좌석에서 빠르게 나이가 변해가는 존재. 내 아버지로부터 보호받는 요람 속의 아기. 아버지는 불행히도 오늘밤 우리와 함께하지 못했다. 그러고 싶어했지만. 특별한 능력을 발달시키던 브라이트서클의 유치원생. 세인트프랜시스에서 뇌진탕으로 의식을 잃고 있던 아이. 「보라색 암소」를 암송하지 못하던. 대신 개 같은 년과 개소리로 운율을 만들던.

◆ ◆ ◆

언니는 그들이 무엇보다 먼저 가장 잠재력이 큰 동물을 찾는다고 설명했다. 대부분은 원숭이야. 원숭이는 오직 눈으로만 말하긴 해도 가장 똑똑하니까. 하지만 천재 앵무새도 몇 마리 있어. 아프리카회색앵무는 어떤 동물보다 똑똑하거든. 오페라도 부를 수 있어. 클래식 음악인 바흐도 부를 수 있고. 하지만 부리에 붓을 물고 있긴 어렵지. 원숭이는 손이 우리랑 똑같고. 앵무새는 아마 잎사귀만 칠했을 거야. 장미는 색을 혼합할 줄 아는 원숭이의 차지니까. 분홍색 장미가 가장 어려워. 전 세계 동물원에서 선발된 동물들이 열대 섬으로 옮겨져 기초 훈련을 받아. 동물에게 그림 그리는 방법을 가르치기 전에 먼저 인간의 언어를 이해할 수 있도록 도와야 해. 그러자면 엄청난 인내심이 필요해. 동물에게 간식으로 보상을 주어야 하고 잘못된 행동을 하면 단호하게 대처해야 하지만, 감정을 해치지 않도록 조심해야 해. 그래서 전 세계적으로 유명한 과학자와 훈련사와 프랑스 출신 예술가가 동물들과 일하고 있어. 프랑스의 수도 파리에서 말이야. 난 미치너 선생님의 수업에서 열대섬의 훈련소에 관해 배웠어. 그런데 프로스펙트파크동물원에서 한 남자가 방문한 거야. 자기네 원숭이 한 마리가 선발되어 무척 자랑스럽다고 말했지. 회의가 열렸어. 네가 아직 아기 제인이었을 때의 일이야. 명주원숭이였지, 아주 작은. 하지만 그는 원숭이가 충분히 뛰어나지 못해서 다시 동물원으로 돌려보내질까봐 초조해하기도 했어. 동물은 부끄러움에 죽을 수도 있어. 슬픔으로 죽을 수도 있고. 하지만 섬에 있으면 동물들은 행복하게 지내. 가장 좋은 음식만 먹고 조그마한 영화배우처럼 대접받는데다 그림을 그리지 않을 때는 자유롭게 돌아다닐 수 있으니까. 이 상자의 잎사귀와 꽃잎 하나하나가 놀라운 생명체의 작품이야. 내가 내 상자를 열었을 때 말을 잃은 건 그래서였어. 네가 자전거를 갖고 싶어하는 건 알지만 이게 자전거보다 훨씬 값진 거야. 아마 자동차보다도 값질걸. 메이시스백화점에 들어가서 판매원한테 이걸 달라고 할 수는 없거든. 돈이 얼마나 많든, 얼마나 유명하든. 동물원에서 온 남자는 메트로폴리탄박물관이 이 상자 하나를 구매하고 싶어했지만 그럴 수 없었다고 했어. 브루클린박물관은 말할 것도 없고. 상자를 받을 사람은 섬사람들이 정했지만, 어떻게 정하는지는 아무도 몰라. 내가 내 상자를 열었을 때 운 이유도 그거였어. 슬퍼서가 아니라 엄마와 아빠가 우리를 위해 휴지 상자를 한 개도 아니고 두 개나 가져왔다는 사실을 믿을 수가 없어서. 아빠가 섬의 누군가를 아는 누군가를 알고, 우리라면 이 상자를 무척 좋아하고 영원히 잘 보관할 거라고 그를 설득한 게 틀림없었어. 우리는 자매니까 둘 중 한 명에게만 상자를 주면 공평하지 않을 거라고 했겠지. 말했지만 이 상자는 부자만을 위한 게 아니야. 아래층으로 내려가서 네가 두고 온 상자를 챙기고 엄마 아빠한테 고맙다고, 죄송하다고, 어쨌든 이 상자가 자전거보다 낫다고 말씀드려. 분명 꽃이 동일하게 생겼을걸. 동물이 그렇게나 똑똑하다니까. 절대로 실수하거나 뭉개진 자국을 남기지 않아. 난 내 상자에 대해 사람들한테 말하지 않을 거야. 다른 보물들과 함께 선반에 올려놓고 한마디도 하지 않을 거야. 질투를 받을 수도 있으니까. 또 모두가 그 상자를 만지고 싶어할 텐데, 사람들의 손에는 기름기가 있어서 물건이 망가지기 일쑤거든. 동일하다는 건 똑같다는 뜻이야.

놀라운 건 내가 휴지 상자에 대한 언니의 이야기를 수십 년이나 믿었다는 사실이다. 상자 자체를 버린 지 한참이 지나서까지 말이다. 아니, 어쩌면 '믿었다'는 건 적당한 단어가 아닐지도 모른다. 상자의 효력은 시간이 갈수록 희미해졌지만 나는 이 이야기를 이성적으로 검토해본 적이 한 번도 없었다. 단 한 번도 이 이야기를 자연에, 물건을 망가뜨리는 기름기에 노출시키지 않았다. 이 이야기는 소소하지만 아주 중요한 이야기가 되어 의식의 경계선에서 살아남았다. 의식의 경첩이 되었다. 그러다 1969년 11월, 소나기가 쏟아진 날이었다. 조너선과 나는 79번가의 올워스*로 몸을 피해 비가 그치기를 기다렸다. 우리가 별생각 없이 훑어보던 할인 상품 전시대에 내가 어렸을 때 받았던 것과 동일한 양철 휴지 상자가 있었다. 분홍색과 흰색 장미로 이루어진 동일한 무늬. 왜 그래? 나와 함께 물을 뚝뚝 흘리며 환한 통로에 서 있던 조너선이 물었다. 어렸을 때 저걸 하나 가지고 있었어. 근데 내 건……

내면에서 어떤 허구가 붕괴되는 느낌. 있는 줄도 몰랐던 허구. 틀, 대들보, 널조각, 버팀대, 이음매. 촛불에 그을린 흔적이 남은 반질반질한 백목이 드러난다. 삼십 분 뒤 우리는 98번가의 그리스 레스토랑에 있었다. 우리 사이에는 현란한 싸구려 상자가 놓여 있었고. 나는 소리를 죽이기는 했어도 대놓고 흐느꼈고, 조너선은 테이블 밑으로 내 두 손을 쥐고 있었다. 우리가 서로에게 진정으로 닿았던 최초의 순간이었다. 내가 미쳤다고 생각하겠지. 아니, 아름다운 이야기라고 생각해. 가족과 예술과 기억과 의미에 관한, 그런 것이 어떻게 만들어지고 해체되는지에 관한. (실제로는 우리가 하는 말을 들을 수 없다. 무성영화다.) 그 모든 테두리 두르기와 틀 잡기와 말리기. 헤르만 헤세의 소설 읽어본 적 있어?

재단의 내 진료실에 보관해둔 것은 두번째 휴지 상자였다. 이 상자에는 환자들에게 건넬 진짜 휴지가 들어 있었다. 섬유를 짜는 특별한 훈련을 받은 거미들이 만든 휴지. 휴지 상자의 볼품없는 외관은 세월이 흘러 빛이 바래며 고풍스럽게 보이기 시작했다. 동물이 색칠한 첫번째 상자는 되찾지 못했다. 엄마한테, 아무것도 버리지 않는 엄마한테 물어봤는데도 말이다. 우리가 틀림없이 약속

* 미국의 잡화 소매점 체인. 풋로커의 전신.

받았던 슈윈사의 자전거 대신 데버라와 내가 그 크리스마스 아침에 동일한 휴지 상자를 받게 된 이유에 관해 더 많은 것을 알게 된 게 그때였다. (우리가 왜 플랫부시에서 크리스마스를 기념했는지는 잘 모르겠다. 엄마는 모든 형태의 종교적 교조주의를 싫어했다. 어쩌면 그건 우리가 '너무 유대인답게' 되지 않도록 하기 위한 엄마 나름의 방법이었을지도 모른다.) 그러니까 내 아버지가 엄마와 상의하지도 않고 엄마가 우리 선물을 사려고 아껴둔 돈의 절반을 설명도 못할 '사업 비용'으로 써버렸던 것이었다. (구직센터의 사무원에게 '사업 비용'이란 없었다.) 엄마는 당연히 그 사실을 알아차렸고 아버지는 또다른 훌륭한 선물을 구해오겠다며 엄마를 안심시켰다. 나한테 맡겨. 크리스마스이브에 뒤늦게 생각난 아버지는 그 상자들을 집어들었을 게 틀림없었다. 내가 상자를 거실 반대편으로 던져버린 그날 아침은 어머니의 눈에서 눈물을 본 몇 안 되는 날 중 하루였다.

명상: 애덤에게 휴지 상자 이야기를 해주었던 때를 기억한다. 애덤은 열 살이었을 것이다. 나는 이 얘기가 상상력의 힘과 아이들 사이의 연대에 관한 귀여운 이야기로 들리기를 바랐지만, 애덤은 내가 브루클린의 가난한 아이였다는 생각에 괴로워했다. 그냥 생각이 아니라 생생한 이미지가 떠올랐기 때문이다. 그는 어린 내가 흐느끼는 모습을 상상하며 흐느꼈다. 우주 캠프가 처음부터 다시 시작됐다. (어떤 원숭이는 궤도로 보내지고 다른 원숭이는 그림 그리는 법을 배운다.) 그러다 아빠가 선물 살 돈을 가져갔다는 부분은 빼고 얘기했는데도 애덤은 약속한 자전거를 주지 못한 내

아버지에게 격분했다. 왜 저금을 안 한 거예요? 왜 좀더 일하지 않았어요? 자전거를 살 방법을 생각해내지 못했다면 왜 엄마가 자전거를 기대하게 내버려둔 거예요? 애덤은 연약함과 보호본능을 느꼈다. (내 아버지가 그보다 훨씬 더 나쁜 짓을 했다는 무의식적 직관을 표현한 것이었을까?) 펠프스 패거리에게 소리쳤을 때 애덤이 느낀 것은 그런 마음이었다. 그렇다고 애덤의 행동이 정당화되는 것은 아니었지만 덕분에 내게는 공감할 자원이 생겼다.

나는 그 자원이 필요했다. 애덤이 대학에 갈 시기가 다가오자 그애와의 가장 일상적인 대화조차 정책토론과 소리지르기 대회로 번지곤 했다. 조너선과 내가—애덤의 항의를 누르고—미니애폴리스에서 열리는 전국웅변술연맹 챔피언십 토너먼트에 참석하기로 한 것이 애덤의 격한 성향에도 불구하고였는지 아니면 그런 성향 때문이었는지는 확실하지 않다. 대회는 6월에 열렸다. 졸업하고 나서 겨우 몇 주 뒤였다. 우리는 조너선의 어머니 쪽 러시아인 사촌들도 벌써 만났어야 했다. 조너선의 도움으로 행방이 드러나 미국으로 들어오게 된 사람들이었다. 이는 조너선이 자신의 역사 중 어머니 쪽과 더 깊은 연결을 맺기 위해 기울인 노력의 일환이었다. 하지만 가장 중요한 것은 우리가 '경쟁적인 말하기'에 그다지 관심을 기울인 적이 없다는 사실에 약간 죄책감을 느끼게 되었다는 점이다. 우리는 그저 애덤의 따지고 드는 성격을 애석하게 생각했을 뿐이었다. 이런 말하기는 대학에 가는 데 도움이 되는 멍청한 활동일 뿐이라는 애덤 자신의 냉소적인 설명을 그럭저럭 받아들인 것에도 죄책감이 느껴졌다. 우리는 이따금 그런 말하기에 대해 질문하고 애덤이 거둔 모든 승리를 축하했지만, 한 번도 그 이상 대화를 이어나간 적은 없었다. 경쟁하는 애덤을 보면서 관심을 표한 적이 한 번도 없다는 생각에 우리는 경각심을 느꼈다. 어쩌면 애덤이 느낀 분노의 일부는 방치에 대한 분노였을지도 몰랐다.

아무튼 내가 보기에는 애덤이 토너먼트 때문에 겁을 먹은 것이, 토너먼트가 그의 다양한 불안과 한데 엮여 있는 것이 분명했다. 애덤은—심지어 〈토피카 캐피털저널〉에서도 그렇게 말했다—즉흥연설 전국 챔피언이 될 거라는 기대를 받고 있었다. 그의 고등학교 '커리어'의 정점이었다. (보너스로 그는 가치토론에서도 높은 자리를 차지할지도 몰랐다.) 애덤은 결승전에 진출하는 것과 그러지 못하는 것 둘 다에 똑같이 겁을 냈다. 그는 편두통이 생길까봐 무서워했고, 무서워하는 것이 편두통을 일으킬까봐 무서워했다. 이 모든 것이 곧 집을 떠난다는 사실, 다시 동부로 돌아간다는 사실과 교차했다. 애덤이 원치 않더라도 우리는 대회를 보러 가서 지지를 보여주기로 했다.

그래서 나는 어느새 남편과 젊은 코치 에번슨 사이에, 에어컨이 너무 세게 나오는 미니애폴리스고등학교 교실의 불편한 일체형 책걸상에 앉아서 단단한 플라스틱 표면을 긁어서 새긴 별과 이니셜을 손가락으로 쓸어보고 있었다. 예선이라 우리 말고는 보러 온 사람이 별로 없었다. 한 줌의 아이들과 코치들뿐이었다. 한 조에 속한 경쟁자는 여섯 명이었고 애덤이 마지막으로 참가할 예정이었다. 나는 이상하게 긴장됐다. 모두를 대신해서 조조한 기분이 드는 것만 같았다.

키가 크고 팔다리가 긴 젊은 여자가 성큼성큼 교실로 들어왔다. 나는 그녀가 골격이 지나치게 크기는 하지만 파란색 긴 슬랙스를 입은 모습이 꽤 예쁘다고 생각했다. 시대착오적인 아름다움이었다. 아마 그녀의 또래들은 잃어버렸을 아름다움. 무척 1920년대적이었다. 그녀는 자신 있게 교실 앞에 자리잡더니 미소 지으며 기운찬 기상캐스터처럼 심사위원들에게 물었다. 준비되면 말씀해주세요. 뒤이어 이어진 한국의 통일 전망에 관해 얘기하는 연설은 반복적이고 단조로웠다. 두드러진 것은 그녀의 몸짓이었다. 그녀는 오직 오른손만으로 손짓을 했다. 몸의 나머지 부분을 전혀 통제하지 못하는 것처럼. 그녀는 클린턴처럼 엄지를 들어 보이고 손바닥을 펼치며 서로 다른 층위의 분석을 시사했다. 하지만 한 팔만 썼다. 어느 쪽으로도 발을 옮겨 딛지 않았다. 나는 듣기를 그만뒀다. 그녀의 마비에 나도 마비되었다. 그녀도 속으로 다른 팔이 움직이기를 바라지만 그러지 못한다고 상상했다. 뇌졸중이라도 온 걸까? 오래전 전쟁에서 얻은 부상일까? 첫번째 참가자가 퇴장하고 삼십 초 뒤에 들어온 두번째 참가자는—다행히도 첫 연사의 몸은 퇴장할 때 생기를 되찾았다—지나치게 간소한 옷을 입은 뚱뚱한 아이였다(연파란색 버튼다운 셔츠 위에 진파란색 스웨터를 입고, 황갈색 면바지를 허리띠 없이 입었다). 그는 중국의 경제력에 관해 통계로 가득한 연설을 속사포같이 쏟아냈다. 그는 자기가 하는 말의 질에는 관심이 없어 보였다. 오직 한 명의 심사위원하고만 눈을 맞췄다. 그는 할당된 시간 중 이 분을 활용하지 않고 남겼다. 나는 그 멀리서도 땀과 올드스파이스*가 섞인 냄새를 맡을 수 있었다. (에번슨은 그가 캘리포니아에서 온 최상위 정책토론자로, 즉흥연설을 어려워하는 게 분명하다고 속삭였다.) 그다음에는 UN 기금에 관한 열띤 연설이 이어졌다. 남부 억양을 쓰는 젊은 여자였다. 그녀는 이번 조에서 유일한 유색인종이었다. 이 연설은 마지막 순간에 엉뚱한 방향으로 흘렀다. 연설 내용을 요약하려다가 첫번째 주요 논점을 까맣게 잊어버린 그녀는 갑자기 할말을 잃고 긴장하더니 똑같은 말을 반복하고 자조적인 농담을 던졌다. 그러는 동안 시간이 흘러갔다. 보기 괴로울 정도였다. (어째서 에번슨은 그걸 즐겼다는 느낌이 들었을까?) 그녀는 당혹감어린 미소를 띠고 교실에서 달려나갔다. 아마 울러 간 것이리라. 나는 심사위원들의 볼펜이 채점표를 긁어대는 소리에 귀기울이며 잔인한 논평을, 진단을 상상했다. 경계성성격장애, 남근선망. 그러고는 혼란스러운—으스스한 동시에 우스꽝스러운—경험이 이어졌다. 검은 정장에 빨간 넥타이를 맨, 비슷하게 생긴 두 소년이 같은 주제로 연설한 것이다. 둘 다 지루하고도 효과적으로 NAFTA가 멕시코에 유리한 건 사실이라고 주장했다. (같은 조에서 이렇게 주제가 겹치는 것은 주최측의 실수라고 에번슨이 말해주었다. 규칙 위반이라고 말이다.) 그들은 국경선을 넘어오는 상품과 서비스의 매끄러운 흐름을 나타내려고 비슷한 손동작을 썼다. 둘 다 P. J. 오로크**를 인용한, 멕시코 정치에 대한 모호하게 기분 나쁜 문장으로 연설을 마쳤다. 둘

* 미국의 남성용 그루밍 브랜드.

** 미국의 정치풍자가이자 언론인(1947~2022).

다 목깃 위로 피부가 빨갛게 튀어나와 있었다. 나는 조너선과 시선을 마주치지 않으려고 애썼다. 그랬다면 웃음을 터뜨렸을 테니까.

동일한 연사 중 두번째 연사가 교실을 나간 뒤 나는 심사위원 한 명이 다른 심사위원에게 속삭이는 소리를 들었다. 다음이 고든 이래요. 그리고 애덤이 들어왔을 때 에번슨은 내게로 몸을 기울이고 이리처럼 얼굴 가득 미소를 지으며 속삭였다. 이제 보세요.

◆ ◆ ◆

그래, 넌 쉽게 이기고 있어. 에번슨은 애덤에게 말했다. 나는 그 말에 담긴 강렬함이 우리에게 도움이 될 거라고 생각했다. 하지만 엉뚱한 방향으로 이기고 있어. (예선전 이틀 뒤에 벌어진 일이었다. 우리는 오후 경연이 끝난 뒤 다른 교실에 있었다. 수요일이었고, 토너먼트의 절반가량이 진행됐다. 교실에는 스피어스와 멀로니와 몇몇 학생 관전자도 있었다. 에번슨만이 이런 식으로 애덤에게 말을 걸 권위를 지녔다는 느낌이 들었다.) 너는 스펙트럼 왼쪽에서 빠르고 유창하게 연설하고 있고 그런 방향성을 공유하는 심사위원들을 쉽게 이끌고 갈 거야. 자유주의적인 세계시민주의자들 말이지. 샌프란시스코와 뉴욕에서 온 심사위원들. 그런 심사위원은 차고 넘쳐. (내 눈이 조너선의 눈과 마주친다. 어쩌면 내가 편집증인 건지도 모르겠지만 나는 에번슨이 직설적으로 "유대인"이라고 말할 것만 같았다.) 하지만 대통령선거에 출마해서 경합주에 왔다고 상상해봐. 피츠버그에서 한두 시간쯤 떨어진 외곽에 있다고 말이야. 너는 똑똑한 모습도 보여야 하지만 수많은 사람의 마음도 얻어야 해. 네 강점은 캔자스 출신이라는 거야. 미국 중부 영어를 쓰니까. 캔자스 말투로 얼른 전환했으면 좋겠다. "돼지는 립스틱을 발라도 여전히 돼지다." 그런 식의 표현 말이야. 주제에서 벗어난 얘기라도 옐친*이 약속을 깬 사건을 유창하게 끼워넣은 다음, "자, 캔자스에서는 그걸 거짓말이라고 부릅니다"라고 말했으면 좋겠어. 북극 원유 시추를 규제하는 조약에 대해 열변을 토한 뒤에는 "자, 캔자스에서는 그런 일에 동의하지 않을 겁니다"라고 해. 그게 진실이든 아니든 상관없어. 그냥 충분히 검증된-진실한 말인 것처럼 들리기만 하면 돼. "충분히 검증된-진실한"이라고 말해. 원한다면 "ain't**"라고 말해도 돼. 사람들이 그게 네 선택이라는 걸, 인용이라는 걸 알고 있으면 문법을 무시해도 괜찮아. 교양 넘치는 유창함을 지역적 품위가 담긴 단조로운 소리로 틈틈이 끊어줘. 사람들이 왜 예일대학교에 간 텍사스 사람들, 아칸소 출신의 로즈*** 장학생들을 선출한다고 생각하냐? 아무튼 뜻이 같은 말을 표현만 바꿔서, 속담이라도 되는 것처럼 반복해. 로지 할머니가 주로 쓰던 말 있잖아. 농장에서 쓰던 말. 미국이 미국이고 해안 도시 엘리트들의 장난감이 아니던 시절에 쓰던 말. 그러면서 두 팔을 펼치고 손바닥을 쫙 펴들란 말이야. 어디 보자. 그게 아니야, 나를 봐. 나

---

* 러시아연방 제1, 2대 대통령 보리스 니콜라예비치 옐친(1931~2007).

** 'am not'의 구어 혹은 미국 남부, 흑인 방언.

*** 영국 옥스퍼드대학교에서 공부하는 미국, 독일, 영연방 출신 학생에게 수여되는 장학금.

는 어깨에 힘을 빼고 있잖아, 힘이 빠져 있다고, 거의 움츠러들 지경이야. 네 캐릭터가 잠깐 무너진 것 같네, 네번째 벽 말이야, 그게 무슨 말인지 아는지 모르겠지만. (허구의 나무 난간.) 그런 다음, 쾅. 완전히 사무적인 태도로 돌아오는 거야. 신동처럼 뛰어난 분석을 내놓고 우리가 함께 연습한 동작을 선보여. 단, 너는 너희 고향의 신동이야. 촌뜨기들을 위해서 뛰고 있다고, 알겠어? 너는 제인 고든의 아들이 아니야(그가 나를 보며 잠깐 씨익 웃는다). 제인 고든이야 언제나 여기 있을 테니까. 그리고 모든 말을 두 박자쯤 늦춰야겠더라. 아, 그리고 클리블랜드 〈플레인 딜러〉를 인용했으면 좋겠어. 누가 네 자료 상자에 그 신문이 있는지 물어봤어? 그냥 네가 그걸 인용했으면 좋겠다고 했지. 〈르몽드〉를 언급할 때마다 클리블랜드 〈플레인 딜러〉도 인용했으면 해. 멕시코 경제는 막강한 성장을 누렸습니다, 클리블랜드 〈플레인 딜러〉의 보도에 따르면…… 로만 헤어초크[*]는 헬무트 콜[**]보다 영향력이 적습니다, 〈플레인 딜러〉의 보도에 따르면…… 하는 식으로. 네가 틀렸다는 걸 아무도 증명할 수 없을 만큼 일반적인 주장을 펼칠 수도 있을 거야. 마지막으로 머리를 튕겨대는 그 행동은 하지 않는 게 좋겠다. 얘기했잖아. 네가 일부러 그러는 게 아니라는 건 알지만, 내 말 믿어. 너는 리듬을 타면, 네 구역에 들어가면 네 말의 리듬에 맞춰서 머리를 움직이곤 해. 부모님한테 여쭤봐. 부모님도 그렇다고

* 독일의 제7대 대통령(1934~2017). 1990년 독일 통일 후 처음 선출된 대통령이다.

** 독일 정치인(1930~2017)으로 1982년부터 1990년까지 서독 총리를, 1990년부터 1998년까지 통일 독일의 총리를 지냈다.

하실걸. 제 말 맞죠, 고든 박사님? (조너선에게 하는 말이었다. 조너선은 그냥 뜨뜻미지근하게 미소를 지었을 뿐이다.) 이건 애들이 모여앉아서 랩을 하는 대회가 아니야. 너는 투팍 샤커가 아니라고. 투팍에게 명복을. 너만의 리듬에 맞춰서 그루브를 탈 필요는 없어. (다른 코치들과 학생들이—그 방에 있는 사람은 모두 백인이었다—이 말에 웃었다.)

끄덕임. 나는 갑자기 1969년의 뉴욕으로 돌아와 있었다. 내 지도교수이자 잠시 내 정신분석가였던 포터 박사에게 피드백을 받는 중이었다. 책이 빼곡히 들어찬 벽과 파이프 담배 냄새. 그러나 나는 그가 담배 피우는 모습을 한 번도 보지 못했다. 한쪽은 유리창인 거울을 통해 상담중인 나를 지켜본 포터는 머리를 움직이는 내 '신경증적 습관'에 집중하며 그 행동을 멈춰야 한다고 강변했다. 내가 상담을 하는 동안 환자의 어조에 맞춰 약간씩 고개를 끄덕인 것은 사실이었다. 이 동작은 뭔가를 긍정하기 위한 것이 아니었다. 그저 내가 듣고 있다는 사실을 알리는 것뿐이었다. 끄덕임은 미묘했고 나는 그런 행동을 하는지조차 몰랐다. 분명 어떤 환자도 신경쓰는 것 같지 않았다. 하지만 포터는 단호했다. 이상할 만큼 강하게 못을 박았다. 나를 호되게 나무라고 싶은데 달리 비판할 거리를 생각해내지 못한 듯했다. (물론 그는 나의 이론적 지향 전체를 비판하고 싶어했다. 내가 축 늘어진 환자 뒤에서 노트를 끄적이는 정신분석가였다면 고개를 끄덕이는 것은 애초에 아무 문제도 되지 않았을 것이다.)

하지만 끄덕임을 멈추고 그 충동을 억누르려 했을 때, 머릿속에서 무언가 내던져졌다. 놀랍게도 신체적 움직임은 억눌리지 않고 대체되었다. 나는 왼쪽 다리를 약간 떨기 시작했다. 그 행동은 환자에게 내가 초조해하거나 조바심을 내며 집중하지 못한다는 느낌을 전해줄 터였다. 하지만 고개도 끄덕이지 않고 다리 움직임도 멈추자 나는 오른손의 펜을 돌리기 시작했다. 고등학교 토론자처럼 말이다. 그 펜을 치워버리니—그 말은 내가 관찰 결과를 더이상 끄적이지 않았다는 뜻이다—나는 산만하게 내 손을 자꾸 의식했다. 계속 손을 무릎에서 의자 팔걸이로, 다시 무릎으로 옮겼다. 사진을 찍으려고 포즈를 잡는 듯한 기분이었다. 여전히 감독을 받으면서, 스트레스 상황에서 완수하지 못할 법한 방식으로 내 역할을 수행하는 중인 것만 같았다.

그러다가 나는 포터의 소파에서 그의 정신분석 때문에 일어난, 거의 희극적인 이런 노력을 언급하는 실수를 저질렀다. 그러자 대화의 초점은 내 감정전이로, 내 아버지로 바뀌었다. 나 자신에게 다시 고개를 끄덕일 수 있게 해주는 단순한 행위가 나의 정신역학으로부터 비겁하게 물러나는 행위가 된다는 것이었다. (내가 말하는 동안 포터는 손으로 뭘 하는 걸까?) 그래, 나는 유명한 정신분석가가(포터는 학생들과 자는 것으로도 유명했다) 내 몸을 조련하는 데 저항했다. 그게 병적인 일일까? 포터가 이런 소소한 틱을 의미심장한 문제로 만든 이유는 왜 분석하지 않는 걸까?

그러자 갑자기 이런 의문이 의미심장한 문제가 되었다. 끄덕임을 억누르는 동안 나는 환자 이력의 중요한 측면들을 잊어버렸고, 다른 사람의 도움을 받아 기억을 떠올려야 했다. 나는 너무 적게 혹은 너무 많이 말했고 침묵을 잘 다루지 못했다. 시간의 흐름을 확인하는 데도 서툴러져 상담시간이 거의 끝났다는 것을 알고 놀라는 경우가 많았다. 기타 등등. 결국 나는 자신을 감시하려던 노력을 멈추었고 모든 것이 정상으로 돌아왔다. 심지어 미묘한 끄덕임에 자긍심 같은 것이 느껴지기까지 했다. 운동선수가 가질 만한 자긍심이었다. 끄덕임은, 가령 자유투 선에서 자신만의 리듬을 지키는 데 도움을 주는 작은 의식이었다. 나라면 절대 쓰지 않을 비유지만. 그런 식으로 나는 트레이닝을 거부했다. 트레이닝을 받은 원숭이 혹은 천재 앵무새가 되기를 거부했다.

이제 나는 미니애폴리스로 돌아와 에번슨이 내 아들을 트레이닝하는 소리를 들었다. 나는 갑자기 애덤의 다리 떨기든, 끄덕임이든, 그 모든 것을 보호하고 싶어졌다. 그건 통로가 만들어졌음을, 언어가 그의 몸을 타고 흐르고 있음을 애덤이 반의식적으로 인정하는 행위였다. 애덤이 말하는 동안 일어나는 일이기는 해도 그것은 듣기의 한 형태, 자신을 매체로 만드는 행위의 한 형태이기도 했다. 애덤의 시인다운 모습이었다. 경연을 벌이는 애덤을 지켜보던 조너선과 나는 둘 다 그의 유창함에, 그의 지배력에 매료되면서도 불안감을 느꼈다. 젊은 에번슨이 우리의 불안 요소를 체현했다. 안무처럼 연출된 자연스러움이, 그 모든 것이 조작과 승리를 위해 쓰였다. 하지만 에번슨이 편집해버리려 한 작은 손짓은 다른 무언가를 의미했다. 그건 〈골트베르크 변주곡〉에서 글렌 굴드*의 흥얼

* 캐나다의 피아니스트(1932~1982).

거림과 비슷했다. 예술가를 넘어서는 예술 옆에 예술가가 있었다는 표시였다. 다만 이 아이들은 바흐의 곡을 연주하는 대신 유럽 화폐의 유효성에 관해 논하고 있었다.

내 아들을 보라, 내 아들을 여러 부위로 나누어보라. 어우드는 애덤에게 근육한테 긴장을 풀 것을 요구해보라고 함으로써 그의 목과 관자놀이와 일반적인 혈관 수축에서 발생하는 긴장을 해결하려 했다. 하지만 에번슨은 역효과를 냈다. 그는 어깨에서 힘을 빼는 것조차 언어적 무술에서 나타나는 일시적 동작처럼 취급했다. 어쩌면 나는 애덤을 샌프란시스코와 뉴욕의 자유로운 세계시민주의자들 사이에서 키워야 했다고 생각했는지도 몰랐다. 계속 그렇게 생각해왔는지도 몰랐다. 어쩌면 아들을 엉뚱한 교육자에게 내준 것일지도 몰랐다. '수뇌부'가 애덤을 '남자들'에게 내준 것일지도. 왠지 몰라도 그가 뭔가를 더 잘 알 거라고 생각했다. 그리고 이제 애덤은 토피카고등학교 졸업반이 되었다. 클리블랜드 〈플레인 딜러〉의 보도에 따르면.

애덤과 에번슨은 링컨-더글러스 토론을 별로 중요하게 생각하지 않았지만 나는 그 토론을 보는 것이 더 좋았다. 애덤의 손짓과 자세는 규칙에 덜 얽매였고, 그의 유창함에는 좀더 내용이 있었으며, 그가 믿는 것을—예컨대 부의 재분배를—실제로 주장하는 순간에는 그의 유창함이 결국 갈무리되어 중요한 사회적 과업에 쓰일 거라는 공상을 즐길 수 있었다. 그는 교차검증을 할 때도 정중했으며—우리가 있어서 더 그랬을까?—논거를 형성하고 미세한 구분을 보이는 인상적인 능력뿐 아니라 매우 매력적인 모습도 자주 보였다. 그는 즉흥연설에 주력했지만 L-D에서도 계속 쉽게 이겼다. 목요일 아침에 열린 토너먼트에서 우리는 준준결승에 참가한 그를 지켜보았다. (모든 '탈락자 선발전'은 몰오브아메리카의 행사장에서 열렸다.)

백 명의 사람들이 회의실에 꾸역꾸역 모였다. 그곳에는 마이크가 세워진 강단이 있었다. 심사위원 다섯 명이 맨 앞줄에 앉았다. 주제는 미국이 보편적 기본소득을 제공해야 하는가였다. 애덤은 찬성측 토론자였다. 나는 애덤이 한 발언의 시적 문구들과 우리가 부의 집중보다는 전체의 번영을 소중히 여겨야 한다는 주장이 마음에 들었다. 단순히 복지국가를 지지하는 대신, 그는 강한 약강격 운율을 실은(그가 고개를 끄덕이는 것을 보라) 산문으로 이윤의 극대화를 사회조직의 기본 원리로 삼는 데 대한 전면적인 반론을 펼쳤다. 터무니없었지만 마음에 들었다. 내 남자-아이가 세계에서 가장 큰 쇼핑몰의 그늘에서 미래의 기업 변호사들과 그들의 로비스트들을 향해 로자 룩셈부르크*를 인용하다니. 발언 후반부는 좀 더 온건했다. 사민주의의 구체적인 이익을 설명하는 좀더 스칸디나비아적인 발언이었다. 하지만 그 발언은 전반적으로 애덤을 신선한 괴짜로 보이게 하는 효과를 발휘했다. 공화당을 지지하는 빨간 주에서 온, 빨간 기저귀를 찬 저 아이는 누구지? 넥타이를 풀고 셔츠 목깃은 누레진 채로, 사유재산이라는 도둑질과 유적 존재**의

---

* 폴란드 태생의 독일 혁명가이자 사회주의 이론가(1870~1919)

** 동물의 존재 방식과 대비되는 자연적 존재이자 사회적 존재로서의 인간의 보편적 존재 방식을 일컫는 마르크스주의 용어.

자유에 관해 너드들과 부모들 앞에서 유창하게 말을 이어가는(바보 같은 헤어스타일의) 저 터프가이 시인은 대체 누구야? 어쨌거나 애덤은 그가 받은 트레이닝에도 불구하고 박학다식했다. 나는 귀기울이며 활짝 미소 지었다. 에번슨은 굳이 참석하지 않았다.

애덤은 교차검증 때 반대측 토론자인 연파란색 정장을 입은 오스틴 출신의 아이가 물어본 것이 너무 적어 놀란 듯했다. 그 아이는 누구를 인용한 것인지 정확히 밝혀달라는 질문만 몇 차례 던졌다. 도덕적 관점에서 부는 자의적인 것이라는, 다른 사람이 굶어 죽어가는데 한 사람이 100억 달러를 가질 자격은 없다는 애덤의 입장을 확인할 때였다. "도덕적 행운"이라는 개념에 관한 짧은 토론. (깎은 지 얼마 안 된 듯한 반대측 토론자의 검은 머리카락이 이마를 덮고 있었다. 그 모습은 멋지게 보이는 한편 지저분한 피부를 숨기는 역할도 했다. 그가 이마에서 땀을 닦을 때 알게 된 사실이었다.) 그런 다음 애덤은 메모할 준비를 하고 자리에 앉았다. 어린 텍사스 사람은 발언을 시작하기 전에 일종의 개괄적인 설명을 했는데, 나는 그 설명이 이상하다고 느꼈다. "그냥 짧은 개요입니다." 그가 말했다. "저는 일단 롤스의 체계를 살펴본 다음 마르크스주의적 분석에 들어가겠습니다. 그리고, 제가 볼 때 이 토론에서 더 우위를 점하고 있다고 생각되는 공리주의적 반론의 틀을 제시하겠습니다. 그로부터 도출되는 도덕적, 경험적 결과를 나열할 테고요." 조너선과 나는 어리둥절해 서로를 힐끗 보았다. 대회장이 술렁였다. 우리는 애덤이 놀랐다는 것을 알 수 있었다. 메모장 위로 웅크리고 있던 그가 자세를 바꿨다. 이 '개요'는—우리야 그 사실을 몰랐지만 다른 모든 사람은 분명히 아는 듯했다—애덤의 상대가 보내는, 그를 발라버리겠다는 신호였다. 캔자스에서는 아니더라도, 발라버리기가 몇몇 주의 가치토론까지 발라버리고 있다는 소문이 돌았던 건 분명했다.

나는 정책토론의 빠른 말하기에 대해 알고 있었다. 애덤이 말하고 읽을 수 있는 선에서 미친 듯한 속도를 시연하는 걸 들은 적도 있었다. 하지만 어쨌든 나는 그날 목격한 것을 볼 준비가 되어 있지 않았다. 반대측 토론자는 '개요'를 제시한 뒤, "공정으로서의 정의"와 "분배의 정의"와 "공동체에 관한 마르크스-헤겔식 낭만적 이론"에 관한 이론들을 공격하는 '근거'를 차례차례 읽어나가며 종잇장을 연달아 바닥에 떨어뜨렸다. 나는 그의 언어를 거의 이해할 수 없었지만 그게 발언의, 이성의 그림자라는 것은 알 수 있었다. 호흡, 헐떡이는 숨소리. 과다호흡증후군을 경험하는 환자들에게서 비슷한 소리를 들은 적이 있었다. 물개 울음소리와 비슷했다. 젊은 남자에게는 일종의 으스대는 기색이 있었지만 나는 그 모습을 고통받는 신체로, 혹은 빙의된 몸뚱이로 주로 경험했다. 나는 애덤을 지켜보았다. 애덤은 빠르게 메모하면서도 이따금 고개를 들고 심사위원들의 기색을 읽으려 했다. 그들도 이 광기에 참여하고 있을까? 모든 주장을 신경쓰면서? 아니면 L-D 토론의 품위를 보호하려 할까? 애덤은 L-D 토론이 바로 이런 식의 헛소리를 피하기 위해 개발된 것이라고 설명한 적이 있었다. 모르겠다. 반대측 토론자가 이마에서 땀을 닦아내며 결론에 이르렀을 때, 관객들 사이에서 웅성거리는 소리가 났다. 나는 그 소리가 승인을 암시한다고 생각했다.

오직 엄마만이 인지할 수 있을 법한 잠깐의 망설임 끝에 애덤이 질의응답을 하려고 일어섰다. 그는 미소 지으며 물었다. "지금 이 토론은 양적인 건가요, 질적인 건가요?"

"둘 다죠." 반대측 토론자가 말했다.

"제가 던진 질문은, 이 토론이 논리와 에토스, 파토스에 관한 것이라면 신중하게 고려하지도 못할 만큼 많은 주장을 성급하게 내놓을 이유가 무엇이냐는 뜻입니다."

"저는 수많은 주장을 신중하게 고려할 수 있다고 생각합니다. 시간을 낭비하는 대신 지금 당장 논쟁을 시작해야 할 것 같은데요." (웃음)

"네, 하지만 정책토론과 달리 상대방이 반박하지 않은 주장이 곧 인정한 주장으로 간주되지는 않는다는 건 아시죠?"

"글쎄요. 저는 찬성측 토론자의 질문에 담긴 함의와는 달리, 정책에서 가치를 분리하는 것은 문제라고 생각합니다. 혹시 토론자님은 정책을 만들 때 가치를 생각하지 말아야 한다고……"

"저는 우리의 토론에 대한 상호적 이해에 관해 질문……"

"누가 더 나은 방법으로 더 나은 주장을 했는지는 심사위원들이 결정해야 한다고 생각합니다."

"정책토론을 해보신 게 분명하니 채점 대상이 되는 것—주제 적합성 같은 것 말입니다—에 관한 주장에는 종종 반론이 있다는 걸 아시겠죠. 그것 역시 토론의 일부입니다. 여기서도 비슷한 걸 할 수 있어야 하지 않을까요?"

"네, 그럼요."

"오늘 이 자리에는 저희 부모님이 오셨는데요. 아들의 경연을 보시겠다고 캔자스에서 여기까지 멀리도 오셨습니다. 무척 감동적이죠." (웃음) "자, 두 분은 지적인 분들이지만 발라버리기에는 익숙하지 않으십니다. 반대측 토론자께서 말씀하시는 동안 꽤 혼란스러운 표정이시더군요." (웃음) "그런 속도로 토론하는 것이 가치라는 문제에 관한 신중한 숙고에 이로운지 저희 부모님께 설명해주실 수 있을까요?"

"글쎄요, 제 생각에는"—그는 이 질문에 준비가 되어 있지 않은 듯했다—"찬성측 토론자의 부모님에게는 그게…… 그러니까 토론에 익숙한 분들에게는 제 이야기가 충분히 명백하게 전달됐을 거라고 봅니다."

"정책토론에 익숙한 사람을 말씀하시는 거겠지요. 고등학교나 대학교 수준의 토론이요. 그 외의 사람들에게는 전혀 익숙하지 않습니다. 이건 가치토론이기 때문에, 토론자께 발라버리기의 가치에 관해 설명해주시기를 요청하는 겁니다. 지금 당장, 이 질의응답에서만이 아니라 다음번 발언에서도 설명해주십시오. 저는 이게 토론자님이 자초한 입증책임이라고 생각합니다."

애덤은 주어진 준비시간을 전부 사용해 맹렬하게 메모한 다음 강단으로 돌아갔다. 긴장감이 팽팽했다. 흥분이 손에 만져질 듯했다. 애덤은 자신이 상대방의 속도에 필적할 수 있음을 보여줄까? 그의 모든 주장에 응답할까? 보답으로 온갖 주장의 폭격을 쏟아낼까?

아니었다. 애덤은 발언의 대부분을 발라버리기와 경제적 성장에 대한 맹목적 전념 사이의 유비관계를 설명하는 데 썼다. 그는 상대방의 속도에 대한 매료와 평등에 대한 사회적 강조가 경쟁을 억누른다는 주장이 사실상 연관되어 있다고 논증했다. 내용과 형식의 위기. 애덤은 이 둘 모두가 더 많은 것이 언제나 더 나은 것이라는, 무슨 대가를 치르더라도 축적해야 한다는 믿음에 달려 있다고 했다. 애덤은—내 생각에는 우아하게—인간의 잠재력을 이윤추구로부터 해방해야 할 사회적 필요와 바로 여기, 이 토론에서부터 시작하는 언어의 새로운 영역의 필요성을 번갈아 옹호했다. 이제 반대측 토론자의 주장 가운데서 가장 중요한 것을 돌아보도록 합시다. 이는 세 개의 주요 영역으로 쉽게 묶을 수 있는데……

오스틴에서 온 남학생은 자리에서 일어나—이번에는 의자에 재킷을 걸어두고 소매를 걷어붙였다—애덤이 요청한 대로 발라버리기를 옹호했지만, 분당 수백 단어의 속도로 그런 주장을 펼치며 신속한 정보처리의 긍정적인 인지 효과부터(그는 심리학자들의 주장에서 근거를 끌어왔다) 헤게모니를 피하기 위해 가치토론에서 최대한 다양한 관점을 포함하는 것의 중요성에 이르기까지 현기증이 날 정도로 주장들을 늘어놨다. (이 고약한 마지막 주장이 나는 특히 거슬렸다. 이해 가능성의 머나먼 한계에서 한다는 얘기가 다양성의 포용이라니.) 하지만 그 발언의 내용이 중요하지는 않았다. 그런 다음 그는 계속해서 애덤이 앞선 발언에서 '포기했던' 다양한 주장들을 '떼어놓으며' 한데 묶으려 한 시도는 그저 반박하지 못하는 주장을 피하기 위한 전략일 뿐이라고 주장했다.

나는 내 아들이 보다 인간적인 척도의 대화를 지키는 모습을 보고, 언어적 과잉 살상을 거부하는 그 모습을 보고 감동했다. 애덤의 아빠와 나는 다름 아닌 애덤의 언어적 과잉 살상에 너무도 자주 고통받아야 했던 것이다. 나는 그가 우리에게 닿으려 한다고 생각하고 싶었다. 어쩌면 일종의 존경심을 표했던 걸지도 모른다. 우리가 그 공간에 없었더라도 애덤은 같은 주장을 했을까? 아니면 상대방 수준으로 속도를 떨어뜨리거나 혹은 높였을까? 아무튼 우리 모두는 대회장 바깥의 카펫이 깔린 복도에서 결과 발표를 기다리는 동안 진정으로 따뜻하게 그의 성과를 축하했다. 나는 적어도 그 순간만큼은 내가 보여준 모범이 에번슨의 모범을 대신했다고 느꼈다.

커리어의 마지막을 장식한 토론에서 애덤은 4-1로 졌다.

◆ ◆ ◆

소냐 세메노프가 있는 양로원은 우리 호텔과 가까운 곳에 있었다. 우리는 그곳에서 소냐의 딸인 니나와 그녀의 남편 레온을 만날 예정이었다. 잠깐 들렀다가 마을을 가로질러 니나와 레온의 집으로 가서 함께 저녁을 먹기로 했다. 나는 애덤이 우리와 함께하기로 해서 기뻤다. 당연히 애덤도 하룻밤쯤은 애플비와 올리브가든*에서, 몰오브아메리카의 하드록카페에서 있을 웅변가들과의 식사에서 빠질 필요가 있었다. 어쩌면 즉흥연설 챔피언십에 대한 불안이

* 애플비와 올리브가든 모두 미국의 레스토랑 체인.

점점 커지면서 우리와 함께 있고 싶은 마음이 커졌을지 몰랐다. 우리와 함께라면 자신의 두려움에 대해 솔직하게 말할 수 있고 우리가 그를 안심시켜줄 테니까.

우리가 렌터카를 몰고 애덤을 데리러 호텔에 갔을 때는 폭풍이 몰아치고 있었기에—우리는 대회 참가자들이 묵는 숙소와 떨어진 곳을 예약했다—와이퍼를 고속으로 작동하고 낮인데도 라이트를 켠 상태로 서머셋양로원을 향해 천천히 나아갔다. 애덤은 우리가 만나러 가는 사람들이 누구인지, 누가 누구와 친척인지 다시 알려달라고 했다. 그 러시아인들을 딱 한 번밖에 만나보지 못했기 때문이었다. 조너선은 소냐가—그녀는 과거에 내과의사였고 지금은 구십대였다—자기 어머니의 육촌이라고 설명했다. 조너선의 엄마는 소냐를 한 번도 만난 적이 없었지만 조너선은 1980년대 후반에 소냐에게 연락해 결국에는 그녀와 그녀의 가족이 모스크바에서 미니애폴리스로 건너오도록 도왔다. 미니애폴리스에는 그들의 친구들이 먼저 이민을 와서 살고 있었다. 세메노프 가족은 1991년에 도착했다. 소냐가 양로원에서 지낸 건 그리 오래되지 않았다. 아마 알츠하이머병이었을 그녀의 치매 증상은 작년에 빠르게 악화되었다. 신체적으로는 무척 건강했지만 그녀는 집을 나와 헤매기 시작했다. 1월의 어느 날 밤에는 목욕가운만 입고 나가기도 했다. 그래서 니나와 레온은 선택의 여지가 없다고 느꼈다. (조너선이 이 모든 이야기를 애덤에게 설명하는 동안 나는 그 늙고 늙은 여자가—그녀는 아프가니스탄에서 위생병으로 복무했고, 기아와 압제에서 살아남았으며, 두 남편과 사별했다—인공 호수를 빙빙 돌며 영하의 온도에서 러시아어로 헛소리를 지껄이는 모습을 상상했다.)

우리는 빨간불에 멈추었다. 비가 잦아들었고 조너선은 와이퍼 속도를 한 단계 낮췄다. 내 쪽 창문 너머로 나는 서쪽의 구름들 사이 벌어진 틈을 보았다. 밝은 파란색 하늘 조각을.

"엄마." 애덤이 뒷좌석에서 말했다. "예전에 어딘가에서 중요한 연설을 해야 했던 이야기를 해주셨죠. 아마 엄마의 첫번째 책이 나온 다음 뉴욕에서였을 거예요. 엄마는 너무 긴장해서 거의 겁에 질려 있었죠. 그리고 비행기가 난기류를 만날 경우에 대비해 상비해둔 알약을 한 알 챙겼다고 하셨어요. 두려움의 날만 무뎌졌을 뿐 정신을 잃거나 하는 일은 전혀 없었다고요. 맞죠? 그거 가져오셨어요? 여행할 때는 늘 가지고 다니시지 않나요?"

나는 잠깐 거짓말을 할까 생각했다. "아주 오래전에 처방받은 발륨*이 있어. 로라제팜이었던가. 거의 안 먹거든."

"결승전에 진출하면 하나 먹어도 돼요? 돌아다니면서도 제가 겁에 질려 오줌을 싸는 상상을 해요. 어젯밤에 그 약을 한 알만 먹으면 걱정을 멈출 수 있으리라는 걸 깨달았어요. 최소한 걱정은 덜 하겠죠. 이러다가 편두통을 일으키거나 다른 방식으로 무너지지 않을까 하는 걱정이에요."

"하지만 넌 약 없이도 훌륭하게 해내고 있어." 조너선이 말했다. "늘 그런 약을 먹을 수 있는 것도 아니고. 그러니까 다른 전략을 개발해야 한다는 말이야. 생체자기제어라든지. 호흡법이라든지."

---

* 신경안정제 상표명.

나는 발라버리기가 나올까봐 마음을 단단히 먹었다. 어우드가 왜 헛소리꾼인지, 조너선의 논리가 왜 근본적인 결함이 있는지, 그런 방법에 대한 우리의 믿음이 왜 우리 자신의 허풍을 드러내는지, 그런 이유가 쉰 가지는 나올까봐. 하지만 애덤은 침착하게 대답했다. "저는 그 약이 다른 방법을 대신할 수 있다고 말하는 게 아니에요. 약이 마법의 해결책이라는 얘기가 아니라고요. 하지만 지금은 유례없이 두려운 상황이에요. 그렇게 생각하지 않으세요? 전 엄청나게 많은 사람 앞에서 메모도 없이, 안전망도 없이 발언을 해야 해요. 안전그물이 없다고요. 방송으로도 나가요. 전국의 교실에서 시청하기 위해 녹화도 하고요."

"하지만 첫번째 큰 대회를 앞두고 약물을 쓰고 싶지는 않을 텐데." 내가 말했다. "약은 역설적 효과를 일으킬 수 있어. 진정제를 투약하고 나서 더 큰 불안을 느끼는 사람도 있단다. 더 긴장하는 거지." 애덤이 학교로 떠나기 전 어느 밤에든 약을 써보고 싶다고 하면 어쩌지? 학교에서 겪을 불가피한 스트레스에 도움을 받기 위해서? 약을 술과 섞기 시작한다면? 내가 안 줘도 애덤이 알아서 약을 구하는 게 어렵진 않겠지만.

"게다가 딱히 적절한 행동도 아니야." 조너선이 말했다. "우리가 처방전이 필요한 약을 나눠준다니."

"우린 진짜 의사가 아니거든." 나는 농담했다. 반농담이었달까.

"게다가 신경이 무뎌질 수도 있어. 즉흥연설에 좋은 건 아니지." 조너선이 말했다. "에번슨이 우리를 죽이려 들걸." 이번에도 우리는 마음을 단단히 먹었다. 하지만 이번에도 애덤은 침착했다.

"부작용이 걱정되신다면 오늘밤에 반을 주세요. 제가 어떤지 볼게요. 두 분이 무슨 말씀을 하시는 건지는 알겠는데, 전 중독자가 아니에요. 엄마 지갑에서 몰래 약을 꺼내지는 않을 거라고요. 이번 한 번만이에요. 제 마지막 연설이잖아요. 두 분이 걱정되신다면 어우드한테 전화를 걸어도 괜찮아요. 부작용에 대해서 물어보세요. 아마 먹지 않을지도 몰라요. 하지만 먹을 수 있다는 걸 아는 것만으로…… 그냥 한번 생각해봐주세요, 부탁할게요."

"약 없이도 이길 거야." 조너선이 말했다.

"안 된다고 하시면 존중할게요. 하지만 한번 생각은 해주세요, 네?"

"알았다." 내가 말했다. 나라도 모자에서 주제 세 개를 뽑아 에번슨 같은 사람들로 꽉 찬 강당에서 연설을 해야 한다면 발륨을 먹고 싶을 것이다. 그냥 귀를 기울이기 위해서라도 한 알 먹을지 모른다.

우리가 서머셋양로원 주차장에 차를 세울 때쯤 비가 그쳤다. 습기도 사라졌고 공기는 청량하게 씻겨내려갔다. 폭풍이 지나간 방향에서 번개가 쳤다. 나는 심호흡을 했다. 양로원이라는 특징적인 환경에 뛰어들기 전에는 늘 그랬다.

조용한 뮤잭이 로비 전체를 휘돌며 내 머릿속에서 서머셋과 몰오브아메리카를, 조너선과 내가 그날 오후 배회했던 그곳을 연결했다. 갈색 소파에서 니나와 레온이 일어섰다. 그들은 구세계 특유의 열정으로 우리에게 인사를 건넸고, 애딤은 레온의 입맞춤을 어색하게 받아들였다. 러시아인들은—그들은 늘 그래왔고 앞으로도 늘 그럴 것이다—조너선을 보게 되어 특히 감동한 모습이었다. 그들은 조너선을 영웅으로 여겼다. (조너선은 그들이 비자를 받도록 도와주었고 레온이 자동차 영업점을 차릴 수 있도록 돈을 빌려주었다—아니, 우리가 빌려주었다고 해야 할까. 자동차 영업은 잘됐다. 대체로 그의 충성스러운 러시아인 고객들 덕분이었다.) 그런 다음 그들은 심한 억양을 실어 애덤을 칭찬했다. "우리 연설 챔피언 선생님." 그들은 중요한 연설을 들으러 가고 싶어 안달했다. 나는 애덤이 그들에게 자신은 결승전에 진출하지 못할지도 모르고 어쨌거나 대회는 지루할 거라고, 신경쓰지 않는 게 좋겠다고 설명하면서 약간 창백해지는 모습을 보았다. 러시아인들은 이 모든 말을 손을 내저으며 뿌리쳤다. 방문객들이 진짜 '시설'에 들어가기 전에 서명하는 책상으로 다가가면서 나는 니나에게 소냐가 어떻게 지내는 것 같으냐고 물었다. 니나가 대답했다. "제가 아는 한 엄마는 그 어느 곳보다 여기에서 행복해 보이세요." 나는 빈정거리는 게 틀림없다고 생각했다. 이런 식의 질문에 응대하고 싶지 않은 니나의 마음이나 영어를 잘 못한다는 사실을 암울하게 표현한 듯했다.

문이 스르륵 열렸다. 우리는 진짜 양로원 공간으로 들어갔다. 나는 벽에 달린 작은 검은색 상자를 발견했다. 환자가 도망치려 하면 팔찌로 작동되는 경보장치였다. 내가 방문했던 다른 모든 양로원과 같았다. 오히려 더 좋은 편이었다. 휠체어들이 커다란 TV 주위에 모여 있었고, 음소거된 〈사인펠드〉* 에피소드 앞에서 흰 머리

* 미국의 TV 시트콤 시리즈.

들이 끄덕거리며 의식을 넘나들고 있었다. 몇몇 환자들이 밥을 먹거나 쟁반에 놓인 음식을 받아먹는 식당도 있었다. 개별 병실에서는 더 많은 TV 소리가 들렸다. 자기를 옮기거나 옷을 갈아입혀주는 걸 거부하는 환자의 일상적이고 고통스러운 소리도 들렸다. 복도 저쪽에서는 신경퇴행성 질환이 깊은 한 남자가 자기만의 언어로 소리치고 있었다. 나는 이곳이 롤링힐스요양원보다 마음에 들었다. 불가피한 불운의 냄새는 미묘했다. 환자와 상호작용하는 직원들은 충분히 따스해 보였다. 벽에 붙어 있는 일정표에는—반짝이와 깃발 같은 독립기념일 장식이 아직도 걸려 있었다—그 주에 어린이 합창단이 지역 유기견 보호소의 강아지들과 함께 방문할 거라고 적혀 있었다. (나는 두 수용소 사이의 유비관계를 생각하지 않으려 애썼다.) 완전히 긴장이 풀린 것은 아니었지만 마지막으로 휠체어를 두고 온 곳에서 빠르게 시들어가는 내 아버지를 보게 될 거라는 생각을 멈추자 어깨가 축 내려갔다.

니나는 우리를 병실로 데려가는 대신 자기가 어머니를 찾으러 갈 테니 무리 지어 있는 베이지색 의자에 앉아 있으라고 했다. 작은 탁자 위에 〈타임〉과 〈뉴스위크〉 과월호가 놓여 있었다. 로즈웰 파일*, X세대에 관한 커버스토리. 벽에 걸린 해바라기 그림. 양로원들은 미술작품을 어디에서 구입하는 걸까? 곧 니나가 미소 짓고 있는 키 작은 늙은 여인을 데리고 돌아왔다. 흰 의사 가운 같은 것

* 1947년 뉴멕시코주 로즈웰 인근 목장에서 정체불명의 잔해가 발견되었는데, UFO 추종자들은 이것이 UFO의 잔해이며 미국이 추락사한 외계인을 대상으로 생체실험을 했다고 주장했다.

을 걸친 그녀는 급하게 우리에게 뭔가를 차례차례 나눠주며 러시아어로 빠르게 말했다. 빨간색과 흰색이 섞인 박하사탕이었다. 나는 간호사실 카운터에 놓인 큰 그릇 안에 그 사탕들이 들어 있는 것을 보았다. 선물을 나눠준 그녀는 자리를 뜨려는 듯했다. 하지만 니나가 그녀의 팔을 붙들고 뭐라고 말하자 멈춰 섰다. 두 여자가 예의바르게 말다툼을 하는 동안 레온은 우리에게 소냐가 니나를 알아보지 못한다고 설명해주었다. 소냐는 그저 우리 모두를 '병원'에 방문한 사람들이라 생각한다고. 소냐는 할일이 너무 많아서 수다를 떨 시간이 없다고 말했다. (그녀의 목에 청진기가 걸려 있었다. 장난감이었을까?) 우린 가족이에요, 니나가 대답했다. 이쪽은 엄마를 보러 온 육촌들이에요. 그녀는 우리 세 사람을 손짓하며 설명했다. 레온이 통역해주자 우리는 모두 어색하게 미소 지었다. 소냐는 마지못해 기다려주었고 니나가 우리 의자 뒤에 서서 한 명씩 차례로 다시 소개했다. 가장 먼저 조너선을, 그다음에 나를, 그다음에 애덤을. (니나가 말하니 왠지 그 이름이 우리의 진짜 이름이 아닌 것처럼 들렸다.) 니나가 말하는 동안 소냐는 자기 손목을 내려다보았다. 손목에는 시계가 없었다. 하지만 니나가 애덤에 대해서 한 어떤 말이—그녀는 애덤의 어깨에 두 팔을 얹었다—소냐의 흥미를 끌었다. 그녀는 애덤에게 다가가더니 그의 볼을 꼬집고 한쪽 귀를 잡아당기고 그의 이두근을 만져보며 그 근육에 깊은 인상을 받았다는 표정을 지었다. (이런 기민한 표현력의 팬터마임을 보니 클라우스가 생각났다.) 니나가 말했다. 엄마는 애덤이 조너선이라고 생각해요. 우리가 미국으로 이사할 수 있도록 도와준 육촌이요. 엄마는 의사로 일하려고 미국에 온 줄 알아요. 소냐는 내 아들에게, 어린 조너선에게 다시 입을 맞췄다. (아이는 어른의 아버지다.) 그때 나는 진짜 조너선을 보고 외가 친척이 자기 아들과 관계맺는 모습에 그가 얼마나 감동했는지 알아챘다. 애덤은 미국 중서부 억양으로 스파시바*라고 거듭 말했다.

소냐는 그 어느 때보다 행복해했다. 커리어 끝 무렵 그녀는 정치적 이유로 소련에서 의료 활동을 금지당했다. 하지만 이곳에서는 일하고 있었다. 그녀는 미니애폴리스로 이사했을 때 니나의 노력에도 불구하고 완전히 고립되어 있었다. 그러나 지금은 걱정거리가 있긴 해도—니나는 소냐가 얇은 담요와 특정 약의 부족, 직원의 무능력에 대해 불평했다고 말했다—하루 중 대부분을 실제로 일하거나 일하는 시늉을 하면서 보냈다. 몸에 밴 트레이닝의 기억이었다. 간호사들은—그중 한 명은 러시아인이었다—소냐가 베개를 폭신하게 만들고 사람들에게 사과소스를 먹여주고 가짜 청진기로 가끔 누군가를 청진하는 것 외에 다른 일을 하려 들지만 않으면 그녀의 망상에 장단을 맞춰주었다. (가짜 청진기로도 진짜 맥박이 들린다. 소냐는 가짜 의사 노릇으로 사람들에게 어느 정도의 진짜 위안을 주었다.) 가끔은 그녀가 니나와 레온이 누구인지 기억했지만 보통은 기억하지 못했다. 그녀는 언제나 두 사람의 방문을 늘 약간 불쾌해했다. 돌봐야 할 환자들이 있는데 그들이 이야기를 하고 또 하려 든다면서.

* 러시아어로 '감사합니다'.

한자리에 머물라고 소냐를 설득할 수 없었던 나나는 그녀로 하여금 우리한테 병원을 구경시켜주게 했다. 우리는 세메노프 선생님을 따라 양로원을 둘러보며 그녀가 이 환자 저 환자를 가리킬 때마다 그녀의 말을 알아들은 것처럼 고개를 끄덕였다. (소냐는 언어적 차이에 관한 모든 개념을 잊은 듯했고 모든 사람이 자기 말을 알아들을 거라 확신했다. 노년의 자신이 에스페란토*라도 구사하는 것처럼.) 그녀는 여러 차례 애덤에게 윙크하며 특별한 애정을 드러냈지만 나는 그 윙크에 다른 의미도 있다고 생각했다. 당연하지, 난 그냥 내가 의사라는 공상을 하는 척하는 것뿐이야. 내가 그저 양로원에 있는 노망난 늙은 여자라는 걸 안다고. 내가 이러는 건 딸 때문이야. 그래야 내가 여기에서 행복하게 지낸다고 생각할 테니까. 난 이 끔찍한 벽지의 꽃들을 그린 게 원숭이가 아니라는 걸 알아.

슬라이드식 자동문에 도착했을 때 소냐는 양해를 구하고 우리 각자에게 차례차례 입을 맞추더니 내 손을 한 차례 꽉 쥐고 애덤의 이두근을 다시 한번 만지고 떠났다. 우리는 그녀가 간호사실로 걸어가 클립보드를 집어들고 간호사 중 한 명에게 헛소리를 시작하는 모습을 지켜보았다. 간호사는 눈을 들지 않은 채 미소 지으며 대답 대신 고개를 끄덕였다. 우리는 서머셋양로원을 나와 다시 자동차에 올랐다. 황망한 침묵이 잠시 흐른 뒤 우리는 소냐의 의기양

* 1887년 폴란드의 안과의사였던 라자루스 루드비크 자멘호프(1859~1917)가 창안해 발표한 국제공용어.

양한 쇠락에 함께 웃음을 터뜨렸다. 함께 경이로워했다.

레온의 후미등을 따라 마을을 가로지르던 그때, 조너선이 엄마에 대해서 몇 마디 하다 입을 다물었다. 나는 이번 방문으로 아주 많은 감정이 일어난 걸 알고 있음을 알려주려 그의 허벅지에 손을 얹었었다. 잠시 차 안에 정적이 흐른 뒤 애덤이 침착하게 알약 얘기를 다시 꺼냈다. 나도 모르게 내가 말했다. 알았어, 지금 반을 줄게. 기분이 어떤지 보렴. 내가 그런 결정을 갑자기 혹은 일방적으로 내린 것은 아니었다. 나는 손바닥을 얹은 조너선의 다리근육에 힘이 들어가는 것을 느꼈다. 괜찮겠어? 나는 조너선에게 물었고 조너선은 어깨를 으쓱했다. 이제 늦었지, 라고 말하는 것 같았다.

세메노프의 집 진입로에서—애덤은 그 집이 앰버의 집과 비슷하다고 말했다—나는 핸드백에 들어 있던 노란 알약 병을 찾아 그중 한 알을 반으로 쪼갰다. 내 충동적인 반응을 후회하면서 그 조각을 애덤에게 건넸다. 내가 후회한 것은 알약 반 개가 아니라—실제 효험이 있을 정도라기보다 마법의 날개처럼 심리적인 효과를 줄 정도였다—조너선과 내가 둘 다 의구심을 표현한 뒤에 내가 아무렇지 않게 약을 나눠주는 데 동의했다는 점이었다.

그 집은 호텔처럼 보였다. 서머셋에 있을 법한 대량생산된 그림들이 걸려 있었지만—나는 뮤잭이 흘러나올지 모른다고 생각했다—독특한 냄새가 났다. 생선과 양배추, 그리고 우리가 니나의 엄마를 만나러 간 동안 그녀가 부글부글 끓어오르게 놔두었던 뭔가의 냄새. 레온은 우리 셋 모두에게 은쟁반에 올려진 작은 잔에 든 보드카를 권했지만, 조너선이나 내가 끼어들 겨를도 없이 애덤이 자기는 그냥 물을 마시겠다고 했다. 나는 알약을 먹는 애덤을 지켜보았다. 레온이 애덤에게 자기와 함께 차고에 가서 튜닝한 자동차를 보자고 강권하고 니나가 주방으로 물러났을 때 내가 말했다.

"우리끼리 더 이야기하지 않고 애덤한테 약을 준 건 완전히 부적절한 행동이었어. 정말 미안해."

평소 성격과 어울리지 않게 조너선은 아무 말도 하지 않았다.

"이렇게 정신없는 상황인 만큼 애덤이 뭐라도 먹는 게 좋겠다고 생각했어. 하지만 중요한 건 그게 아니라는 거 알아. 사과할게. 당신이 걱정된다면 에릭한테 전화해서……"

"에릭한테는 전화하지 않을 거야." 조너선이 불쑥 내뱉었다. "우리 애한테 약을 먹였다고 말하라고? 그런 얘기를 하려고 에릭과 시마에게 전화하지는 않……"

"목소리 낮춰."

조너선은 자리에서 일어나더니 애덤과 레온이 사라진 방향으로 쿵쾅거리며 가버렸다. 분명 이건 로라제팜 0.25밀리그램 때문에 벌어진 일이 아니었다. 나는 숨을 깊이 들이쉬었다. 머릿속에서 엄마가 내가 앉아 있는 검은색 가죽소파가 얼마인지 물었다. 나는 엄마가 결국 동화 같은 치매에 걸려 롤링힐스요양원에 들어가게 된다면 어떤 모습일지 그려보려 했다. 하지만 그 생각은 즉시 엄마가 기억을 잃는다면 아버지가 내게 했던 일에 대한 기억, 아버지가 피닉스에서 토피카로 이사하기 전에 마침내 인정했던 그 일에 대한 기억도 잃으리라는 깨달음에—이런 깨달음은 아무리 뻔해도 심오한 의미를 갖는다—압도되었다. 그러면 사정을 아는 사람이 조너선과 시마밖에 없게 된다. '사정을 안다.' 나는 머릿속에서 그 구절을 발음해보았다. 안에 홀로 남겨진 트라우마는 영구적인 것이 된다. 기차에 탄, 우주 바깥에, 시간 바깥에 있는 아이. 언젠가는 아들에게 말하게 될까?

저녁식사 자리에서 애덤은 사교적이고 매력적이었다. 그게 알약의 효과인지, 알약이 아무 효과가 없다는 증거인지 알기는 어려웠다. 조너선은 미소를 짓고 있긴 했어도 절제하는 모습이었고, 나는 갑자기 기진맥진해졌다. 거의 몸을 가누기가 힘들었다. 약에 취하기라도 한 것 같았다. (뇌에 생겨난 아밀로이드변성과 신경섬유매듭과 남아 있는 모든 것은 운이 좋을 경우 그 사람이 받은 트레이닝의 흔적이다. 내가 그 지식과 함께 홀로 남겨질지 모른다는 것, 그리고 나도 잊어버릴지 모른다는 것.) 나는 레온에게 귀기울이려 노력하다가 그냥 듣고 있는 것처럼 보이려고 노력했다. 레온은 아우디에 관해, 아우디가 볼보보다 얼마나 나은지에 관해 끝없이 떠들어댔다. 나는 그릇을 주방에 내놓은 뒤에야 니나가 내게 도저히 먹을 수 없을 만큼 많은 철갑상어와 감자 요리를 내오지 못하도록 막을 수 있었다.

레온은 보드카를 마셔보라며 조너선을 설득했다. 조너선이 취해 보이진 않았다. 하지만 식사가 끝나고 레온이 다음날 다시 볼텐데도 몇 차례나 조너선을 끌어안으며 눈물어린 작별인사를 건네자 애덤은 자기가 운전하겠다고 나섰다. 최소한 자기가 묵는 호텔까지만이라도 말이다. 조너선은 그러라며 애덤에게 열쇠를 건네주었다. 뒷좌석에서 남편과 아들을 보고 있자니 이상했다. 특히 애덤이 운전을 하고 있어서 더 그랬다. 마치 소냐의 오인이 모두의 역할을 뒤섞은 듯했다. (애덤은 렌터카 회사에 등록된 운전자가 아니었다. 그에게 운전대를 내준 것은 다른 사람의 약을 건네준 것과 다를 바 없었다. 이 점을 조너선과 말싸움할 때 써먹을 수도 있으리라. 토론자의 습관이 내게 옮았다.)

호텔 주차장에 진입했을 때 애덤은 나를 돌아보며 알약에 약간 진정 효과가 있었다고, 다음날 한 알을 주면 고맙겠다고 말했다. 나는 고개를 끄덕였고, 애덤은 자동차 뒷문을 열고 뒷좌석에 앉은 나를 끌어안았다. 조너선이 운전석으로 옮겨가는 동안 나는 마치 신비로운 힘에 붙들린 것처럼 그 자리에 계속 앉아 있었다. 무슨 일이 닥쳐올지 몰랐지만 뭔가 벌어지려 한다는 건 알았다. 조너선이 주차장을 빠져나가 다시 대로를 타기까지 침묵의 시간이 흘렀다. 그런 다음 그가 억누른 분노를 담아 말하기 시작했다. 내가 약을 나눠준 것에 대해, 자신과 상의하지 않은 것에 대해. 나도 부모라고, 어쩌고저쩌고. 나는 서둘러 그의 말에 동의했지만 그가 평소 성격답지 않게 강하게 나온다는 것도 눈치챘다. 조너선은 그 사실에 더욱 화를 냈다. 마치 내가 아니라 앞자리에 앉아 있는 그림자 속 존재에게 말을 거는 것 같았다. "그러더니 나보고 에릭한테 전화하라고……"

"그게 왜 그렇게 말도 안 되는 일인데?"

당신은 경계를 존중할 줄 모르니까. 에릭은 애덤의 주치의도 아니고, 우리 가족 주치의나 심지어 가까운 동료도 아니야. 에릭은 당신이 당신의 심리치료사로 만들어버린 친구의 남편이라고. 그래서 우리가 무슨 꼴이 됐는지 좀 봐. 당신은(이런 말은 하지 않았다) 대런이나 애덤이 유창하게 말하도록 해주거나 시마의 지하실과 타이베이에서의 저녁식사에서 도나의 다리를 만지기 위해 박물관의 밧줄 너머에 있는 마법의 알약에 손을 뻗을 수 없다고.

"잘못된 결정이었을 수도 있어." 나는 대답했다. "그와 별개로, 내가 문제를 완전히 잘못 처리한 건 맞아, 인정해. 미안해, 여기까지 하자. 근데 양로원 때문인지 술 때문인지는 모르겠지만……"

하지만 조너선은 애덤이었다. 알약을 나눠준 것이 경계를 지키지 못하는 내 무능력에 대한 반박할 수 없는 증거임을 증명하려 들었다. 그 공격성, 속도, 관자놀이의 긴장. 내가 모든 것을 서로 교차하는 관계망으로 만든다는 주장. 나는 대런이 근처 언덕에서 쏜 '보라색 암소'를 쓴 '수뇌부'였다. 이제 조너선의 엄마는 그가 미처 만들지 못한 첫번째 영화에서 영원히 그 암소를 타야 했다. 자랑스러워했으면 좋겠군, 가정파괴범이 된 걸. 남근선망이 있는 여장부. 쌍년. 베이터우인지 페이터우에서 온, 남자를 흥분시키는 이세벨 같은 창녀. 그는 말하지 않았다. 놀라울 것도 없어, 당신과 시마의 우정이……

"시마 얘기는 하고 싶지 않아, 알았어? 그건 이 일과 아무 관계도……"

우리는 우리가 묵는 호텔 주차장 빈자리에 차를 세웠다. 조너선은 시동을 끄고도 계속 앞만 보았다. 꼭 앞유리가 프롬프터여서 거기 적힌 글을 짐짓 빠른 속도로 읽는 것만 같았다. 대체 왜 빌어먹을 단 하루도 경계를 흐리지 않고, 선을 넘지 않고 보내지 못하는 거야. 사적인 일과 직업적인 일 사이에. 의사와 환자 사이에. 진짜 의사와 장난감 청진기를 가진 가짜 의사 사이에. (치글러는 암 연구에 특히 존경심을 품었다.) 정책토론과 가치토론 사이에. 나는 앞좌석 헤드레스트를 보고 있었다. 그러다가 눈을 감았다. 그가 하는 말을 거의 알아들을 수 없었다. 한때는 유창하게 쓸 줄 알았던 외국어를 번역해야 하는 기분이었다. 인지 효과가 아무리 긍정적일지라도 점점 더 큰 노력이 필요했다. 하지만 역설적이게도 나는 그가 무슨 말을 하려는지 이미 알고 있었다. 조너선은 고백할 게 있었다. (조너선의 말투가 바뀌기 시작했다.) 그림을 훔쳤다고. 불에 탄 액자에 담긴 〈성모자상〉을 훔쳤다고. 그가 여태 한 일 중 가장 나쁜 일이라고. 그런 다음 이음매가 부러지며 그의 목소리에서 반질반질한 백재白材가 드러난다. 분노는 사라졌다. 그는 무척 미안해했다. (그가 울기 시작했다.) 그리고 나는 여전히 그의 말을 막으려 애썼지만—"시마 얘기는 하고 싶지 않아"—너무 늦은 뒤였다. 너무 미안해, 그는 흐느꼈다. 지팡이를, 모자를, 넥타이를 던지면서.

◆ ◆ ◆

객석의 조명이 1997년 전국연설토론대회의 결승전을 보도하는 기자와 가족과 스태프와 코치와 참가자로 수용 한계까지 꽉 찬 몰오브아메리카 행사장 강당을 비춘다. 내 오른쪽에는 조너선이, 왼쪽에는 니나가 앉아 있다. 앞줄에는 에번슨을 비롯해 캔자스에서 온 다른 코치들과 학생들이 있다. 거대한 파란색 현수막(**연설의 미래**)이 무대의 배경을 이룬다. 현수막 아래 파란색 천이 덮인 탁자 위에는 높은 백랍 트로피가 여러 줄로 늘어서 있다. 십대들이 그 트로피를 따기 위해 경쟁할 것이다. 통로에는 방송 카메라들이 설치되어 있다. 헤드셋을 쓴 남자들이 카메라를 무대 쪽으로 향하게 설치해두었다. 관객은 틀림없이 흥분하고 있다. 그 흥분감이 점점 높아지며 불길해진다. 청중 가운데 다수는 누군가 스트레스로 무너지는 모습을 지켜보고 싶어서 와 있는 것 같다. 연일 미국인이 가장 두려워하는 것은 대중연설이라는 보도가 나온다. 미국인은 핵전쟁이나 비행이나 익사나 뱀이나 거미보다도 대중연설을 더 두려워한다. 설문조사에 따르면 죽음 자체보다 더 두려워한다고 한다. 하지만 정확히 왜 그럴까? 대중 앞에서 말하는 것이 고속으로 운전하거나 대기를 가르며 나아가는 것보다 무섭다는 게 당연한 일인가? (심지어 지구상에서 가장 강력했던 왕조차 반짝이는 새 자동차를 몰아보지 못했으며, 비행기를 타지도……)

이 장면은 언어적 원색장면이다. 그런 만큼 어둠 속에서 클라우스의 목소리가 들린다. 모여 있는 사람들, 공동체는 연사가 개인인 동시에(칭찬받으려면 연설이 독창적이어야 한다) 전적으로 사회적 존재이기를(부족이 알아들을 수 있는 연설이어야 한다) 요구한다. 우리는 개인의 입을 통해 공적 발언을 들어야 한다. 달리 말해, 연사는 그냥 말을 하는 것이 아니라 그런 방식의 발언을 할 수 있는 인간의 능력을 의식에 따라 발현해야 한다. 승리를 거둔다는 것은 사회성의 매체를 환기하는 시인이 된다는 것이다. 언어가 시인의 몸을 타고 흐르는 순간 그는 자신을 넘어서는 존재가 된다. 나나 내 아들처럼 고개를 끄덕이며 음악을 따라 흥얼거리는 글렌 굴드처럼. 이런 노력에서 실패하는 것은 사회적 인간으로서의 지위를 잃는 것, 유아기로 퇴행하는 것(유아기infancy는 말할 줄 모른다는 뜻의 라틴어 인판스infans에서 온 말이다)을 의미한다. 그보다 나쁘게는 짐승의 지위로 떨어진다는 뜻이기도 하다. 이곳의 연설이 즉흥적으로 이루어진다는 가정은—메모도 없고 안전망도 없다—태곳적 경합의 위험성을 높일 뿐이다. 연사는 사실 연설을 준비했다. 유인원처럼 자연스럽게 연설할 수 있도록 훈련받았다. 하지만 그러면 연사는 유인원이라는 정체를 드러낼 위험에 처하게 된다. (동물은 부끄러움에 죽을 수도 있어.)

키가 작은 대머리 남자가 무대로 올라온다. 무대 조명이 윤나는 두피에 반사된다. 전국웅변술연맹의 회장 아서 네일러입니다. 그의 진회색 재킷 옷깃에서 작은 다이아몬드 핀이 조명을 받아 빛난다. 전국 챔피언이 된 학생의 코치는 모두 그 핀을 받는다. 그는 가슴주머니에서 메모 카드를 꺼내 첫번째 결승 진출자의 번호와 이름, 학교명과 논제를 읽는다. 논제를 천천히 반복한다. FARC*와의 갈등을 종식하기 위해 콜롬비아 정부가 할 수 있는 일은 무엇인가? 수백 명이 어둠 속에서 그 논제를 받아 적는 소리가 들린다. 나는 그 직직 긁는 소리를 언어가 아니라 쥐들의 광기어린 행동과

* 콜롬비아무장혁명군. 공산주의 정권을 세우기 위해 설립된 콜롬비아 좌익 반군 단체.

연관지어본다. 동물에게 그림 그리는 방법을 가르칠 수 있다면, 글 쓰는 방법이라고 가르칠 수 없을까? 네일러는 무대 왼쪽으로 나간다. 나는 FARC가 누구인지 기억하려 애쓴다. 게릴라 집단. 아이벡스와 알프스산양과 라마와 남아프리카영양과 멧돼지 집단.

첫번째 연사를 보라. 성인 남자처럼 옷을 입은 아이가 무대에 오른다. 그는 심사위원들과 눈을 맞춘다. 심사위원들은 강당 전면 단상에 있고—그중에는 상원의원과 대학 입학관리처 직원도 있다—시간계측원이 준비되었다는 뜻으로 고개를 끄덕이자 그가 곡예사의 줄 위에 오른다. 나는 클라우스식 과장에, 그가 죽은 이후로 점점 더 커지기만 한 그 과장에 알레르기가 있다. 하지만 지금 이 대회의 이면에서는 어떤 원초적인 것이 느껴진다. 정치와 정책의 언어, 남자들의 언어를 흉내내는 소년. 소년은 곧 준군사 집단에 몸값을 지불하는 것의 위험성을 설명한다. 그것은 더 많은 납치와 인질극으로 이어질 뿐이라고. 하지만 어쩌면 어린 연사는 연극적으로 눈썹을 치켜올려 자신의 능력을 미묘하게 암시하려는 건지도 모른다. 청중 가운데 있는 어른들을 향한 구조 요청일까? 하지만 어른은 없다. 이거야말로 완전히 자라야 알 수 있는 것이다. 부모란 그저 풍경과 날씨를 경험하는 과정에서 공기기둥을 진동시키고 종교나 '세계 빙하 이론'이나 '유대 과학'을 통해 우연한 사태를 필연적인 사태로 다시 설명함으로써, 의미의 영역이 발라버리기로 붕괴하는 가운데 상대방과 심오한 진실을 가름하며 사태를 이해해보려 애쓰는 두 몸뚱이일 뿐이다.

인공 어둠 속에서 첫번째 연사가 농담으로 연설을 마무리하자

청중은 웃음을 터뜨리고 내 주위의 존재들이 깜빡이기 시작한다. 이제 내 양옆에는 포터—파이프 담배의 흔적—와 캐플런과 나를 관찰하고 트레이닝했던 다른 모든 남자가 있다. 그들이 내 아들을(확실히 남자가 아닌 소년, 영원한 소년, 피터팬, 남자-아이, 미국은 끝나지 않는 청소년기니까) 평가하기 위해 이 자리에 왔다. 그는 겨우 몇 주 전에야 더이상 내 참견을 받지 않게 됐고, 조너선과 나를 빈 둥지에 남겨놓았다. 애덤이 보여줄 연설의 미래는 무엇일까? 나는 푹신한 좌석에서 몸을 움직이고 눈을 깜빡이며 그 남자들을 몰아내지만, 내가 조너선과 시마의 뒤통수를 보고 있다는 사실만 깨달을 뿐이다. 새까만 머리카락 사이로 은발 몇 가닥이 간신히 보인다. 펜던트가 그녀의 목뒤로 돌아가 있다. 담배가 있던 자리에 머스크 향이 남아 있다. 그들은 속삭이고 있다. 내가 듣지 못한다고 생각하면서. 조너선이 말한다. 이 토너먼트에서 질 거예요. 아니, 그 말을 한 사람은 에번슨이다. 고개를 돌려 이리 같은 미소를 짓는다. 숨결에 구운 양파 냄새가 배어 있다.

어둠 속에서 조너선이 내 손을 잡는다. 그의 손은 따뜻하다, 유창하다. 내가 이 일을 바로잡을게. 무슨 대가를 치르더라도, 대가를 치러야 한다면. 네일러가 무대로 돌아온다. 미네소타주 애플밸리고등학교에서 온 433NN번 연사—강당 한쪽에서 고향의 총아를 위해 몇 차례 환성이 터져나오다가 네일러의 엄격한 시선에 즉시 멈춘다. 논제는, 카스트로*에게 일시적 보도 금지는 호재였을까, 악재였을까? 논제는, 오래전부터 심리학자가 되고 싶으셨나요? 세계적인 유명 인사가 되는 건(당신의 연설이 독창적이면서도 부족이 알아들을 수 있게 되는 것) 어떤 기분인가요? 파편화된 우정 목걸이 가운데 하나처럼 애덤에게 나눠주고 남은 알약 반쪽은 내 주머니에 들어 있다. (오늘 아침에는 온전한 한 알을 주었다.) 애플밸리에서 온 젊은 여자가 CIA의 카스트로 암살 미수 몇 건을 나열하며 연설을 시작하자(폭발하는 담배, 독을 넣은 펜) 나는—어린애 같은 충동에 굴복해—그 알약을 입에 집어넣는다.

알약에는 역설적인 효과가 있다. 연사는 여전히 입술을 움직이며 손가락으로 수를 꼽고 있지만 나는 그녀의 연설이 들리지 않는다. 처음에 들리는 것이라곤 내 머릿속을 흐르는 피 소리뿐이다. 아무것도 듣지 못하는 청신경의 식식거림. 그러다가 근원이 모호한 일종의 조용한 피리 소리가 들린다. 간신히 알아들을 수 있는 뮤잭 같은. 그 소리가 무대부터 몰오브아메리카와 서머셋양로원과 롤링힐스요양원과 하이퍼마트와 재단과 헌툰 스트리트의 딜런스까지 발라버린다. 역사의 종말을 알리는 백색소음. 형태는 있지만 알아들을 수는 없다. 젊은 여자는 오른쪽으로 몇 걸음을 걸어가며 논점 사이사이마다 자리를 옮기지만, 그녀의 입은 닫혀 있다. 눈으로만 말하고 있다.

나는 눈을 감는다. 몇 분 뒤 귀에 들리는 갈채가 침묵의 연설이 막바지에 이르렀음을 알린다. 내 주변 강당이 비었다고 상상한다. 오른쪽에서 여전히 내 손을 잡고 있는 조너선을 제외하고. 다음 연사는 토피카고등학교의 XN722번 애덤 고든이다. 논제는, 훌리 에

* 쿠바의 정치인, 혁명가(1926~2016).

버하트의 가슴에 적혀 있는 알파벳을, 젖과 남자들의 태초의 언어를 읽을 수 있습니까? 논제는, 그걸 활용해서 시를 쓸 수 있습니까? 가족과 예술과 기억과 의미에 대해서, 그런 것이 어떻게 만들어지고 해체되는지에 관해서? 나는 눈을 뜬다.

나는 애덤의 걸음걸이가 평소와 다르다는 것을 알 수 있다. 그는 꼿꼿함을 연기하고 있다. 자연스러움을 흉내내고 있다. 벤조디아제핀*과는 관계없이 몸을 풀며 침착함을 투사하고 있다. 이제 강당은 완전히 고요하다. 나는 그의 정장 구두가 달칵거리는 소리를 듣는다. 단단한 고무 밑창이 단상 바닥을 스친다. 애덤이 자리를 잡자, 청중을 마주보려 고개를 돌리자, 심사위원들과 한판 뜰 준비를 하자, 나는 그가 무대 조명 때문에 약간 앞이 보이지 않는다는 것을 알아챈다. 하지만 에번슨은 그에게 눈맞춤을 꾸며내라고 가르쳤다. (난간 너머에 있는) 사람 얼굴을 알아볼 수 있는 척하라고. 갑자기 나는 그게 불가능하다는 걸 알면서도 애덤이 나를 곧장 바라보는 것처럼 느낀다. 애덤은 예의바르게 살짝 미소 짓는다. 하지만 알아보지는 못한다. (여기 계신 멋진 분들이 누군지 알겠니?) 그는 그 자리에 꼼짝하지 않고 서 있다. 나와 눈이 마주친 것처럼, 내가 그의 시간을 시작해주기를 기다리는 것처럼.

* 신경안정제의 일종.

대런은 그것이, 큐볼이, 스케이트장으로 이루어진 윤나는 묵직한 구체가, 지하실 창공에 걸려 있는 밀도가 무한히 높은 달이나 죽은 별이, 빛을 비추지 않고 오직 흡수할 뿐인 회전하는 미러볼이 이미 그 자리에 있었다고 생각한다. 영원히 그렇게 생각할 것이다. 대런은 자신이 코너 포켓에서 그 공을 집어들어 그 무게를, 합성수지의 차가움과 매끄러움을 느껴보기 전에 돌아서서 당구대를 향해 던졌다고 느낀다. 섹시한 1학년생이 호모라고 외치기 전에, 덜떨어진 놈이라고 소리치기 전에, 대런이 그녀의 머리카락에 손을 뻗었다가—그녀의 친구들이 둘 사이에 끼어든다—공을 쥐기 전에, 졸업반 학생 두어 명으로부터 벽 쪽의 원래 자리로 떠밀리기 전에, 그 공은 이미 그 자리에 있었다. 허공에서, 제자리에서 빙빙 돌고 있었다. 큐볼, 스노볼, 어느 여름 브렛 넬슨이 그를 '때려박는' 데 썼던 야구공, 석회화되고 법랑질을 한 그의 치아와 가엾은 닉 듀이의 치아로 이루어진, 치아를 부러뜨리는 치아색 공, 축을 따라 천천히 자전하는, 모든 각도에서 볼 수 있는, 사람들이 비킬 수 있도록, 파티가 해산할 수 있도록, 청소할 수 있도록, 레몬 향 글레이드*를 뿌릴 수 있도록, 부모들이 캔자스시티의 밤 데이트에서 돌아올 수 있도록 충분한 시간을 남겨주는 공. 잘 자라는 인사를 하러 내려오는 부모들은 그것이 눈높이에 떠 있다는 걸 알아채지 못할 만큼 지쳐 있다. 졸업반 학생들이 졸업하고 대학에 갈 시간, 대런이 딜런스에서 한번 더 도전해 인스턴트커피에 가격표를 붙이고 자기 서랍에 현금을 쌓아갈 시간을 충분히 남겨주는 공. 그가 클린턴호수의 파티에서 은색 피에로를 몰고 집으로 돌아올 때까지, 모든 눈길이 내게로, 고속도로를 따라서 그 자신의 한 버전을 지나가고, 창문을 내려 그에게 호모라고, 덜떨어진 놈이라고 소리치고, 맨디가 조수석에 타고 있고, 왼쪽 창 너머로 큐볼이 보이고, 그 위치는 변하지 않고. 늘 그러지만 않았어도 그가 큐볼을 던지지는 않았으리라는 점을 알아주기 바란다. 내가 행운을 비는 기도를 하면, 반사, 너한테 가서 붙는 거야.

* 미국의 탈취제 상품명.

올드잉글리시

(애덤)

꿈에서는 트로피가 너무 무거웠다. 할아버지의 방을 찾는 동안 그리스 웅변가의 치켜든 백랍 팔을 잡고 카펫이 깔린 복도를 따라 그 트로피를 끌고 가야 했다. 그러나 현실에서는 그냥 엄마가 1면에 애덤이 상품을 끌어안고 있는 사진이 실린 〈토피카 캐피털저널〉 한 부를 롤링힐스요양원으로 가져갔다.

그와 엄마와 할머니는 늦은 6월의 열기로 후끈한 시멘트 파티오에서 기다렸다. 밖에 다른 사람은 없었다. 그들은 이따금 돌풍이 불 때마다 덜그럭거리는 빨간색 파라솔이 햇빛을 가려주는 금속 탁자에 앉아 있었다. 형편없이 배치된 스프링클러가 시멘트 색깔을 어둡게 바꿔놓았다. 애덤은 한 차례 뿜어진 물이 시멘트 바닥과 대조되게 구름 한 점 없는 하늘을 배경으로 비행운을 그리는 모습을 지켜보았다. 아빠가 마침내 작은 남자가 탄 휠체어를 밀며 자동문을 나와 애덤과 할머니 사이에 세웠다. 늘 그렇듯 할아버지는 일종의 얇은 운동복을 입고 있었다. 이번 옷은 베이지색에 흰 줄무늬가 들어가 있었다. 가까이 붙어 있는 그의 무릎은 위로 들린 채 오른쪽으로 비스듬히 기울어 있었다. 애덤은 그 모습이 허공에서 자세를 잡고 있는 스키선수나 스케이트보드선수 같다고 생각했다. 그런 자세를 하려면 코어 근력이 엄청나게 필요하지 않나? 그 모든 크런치와 그 모든 크리스털. 갈색 슬리퍼를 신은 할아버지의 두 발은 믿을 수 없을 만큼 작아 보였다. 아마 교과서에서 봤을 흑백 사진 속의 묶인 발처럼.

로즈는 남편의 몸을 바로잡는 일련의 빠른 동작을 취했다. 앞부분이 뭉친 숱 없는 흰 머리를 누르고(머리는 다시 튀어올랐다), 양 무릎을 의자 가운데로 밀어 다리를 약간 펼 수 있도록 도와주고, 휴지 뭉치로 그의 입가에 남은 흰 얼룩을 닦았다. 그러더니 그 휴지를 다시 핸드백에 집어넣어 애덤은 깜짝 놀랐다. 그녀는 이런 행동을 애정도, 경멸도 담지 않고 해냈다. 책상을 정리하는 것처럼.

아빠, 애덤에 관한 이 기사를 보세요. 애덤이 전국 챔피언이 됐어요—일종의 토론대회에서요. 웅변으로요. 할아버지는 정말로 기사를 보는 것 같았다. 신문을 집으려는 것처럼 덜덜 떨리는 손을 반쯤 편 채 엄마에게 뻗었다. 하지만 대신 신문을 손으로 스쳤을 뿐이었다. 그는 애덤에게 고개를 돌리더니 입을 열었다기보다 아래턱을 툭 떨어뜨렸다. 아래턱이 살짝 떨렸다. 그가 이야기를 할지 몰라 모두 기다렸다. 애덤은 몸속에서 자기도 모르게 웃음이 터져 나오려는 것을 느끼고 기침으로 눌러 참았다. 마침내 할아버지의 입이 다물어졌고 애덤은 노인의 눈에서 관심이 녹아 사라지는 것을 보았다. 눈가가 붉고 눈곱투성이인 옅은 파란색 눈에서.

"할아버지 손자는 너드예요." 애덤은 천천히 큰 소리로 미소 지으며 말했다. 마음을 내어 할아버지의 약하고 굽은 어깨에 한 손을 올렸다. 그는 휠체어에 앉아 있는 몸뚱이에게 밝게 몇 마디 건네야 한다는 의무감을 느꼈다. 그 몸과 접촉하는 것이 두렵지 않다는 걸 보여주어야 한다는 의무감. 이제 애덤은 땀을 흘렸고 자신의 디오더런트 냄새를 맡을 수 있었다. 내 말을 듣는지 못 듣는지 알 수 없고 대답도 못하는 사람에게 무슨 말을 할지 정하기는 어려웠다(정신분석가에게 말하는 것과는 근본적으로 반대되는 일이었다). "불행히도 투수로서의 재능은 별로 없었어요." 할아버지는 한때 야구팬이었다. 무엇에든 그랬듯 뜨뜻미지근한 태도였지만. 20세기 초 야구 팬덤의 어떤 규칙이 할아버지의 내면에 자리잡았다. 애덤은 노인의 어깨에서 손을 떼다가 예기치 못하게 그의 목 피부를 스쳤다. 피부는 어째서인지 서늘하고 건조했다. 어쩌면 늙은 사람은 더 이상 땀을 흘리지 않는지도 몰랐다.

애덤이 야구하던 모습 기억나세요, 아빠? 아빠가 피닉스에서 잠깐 오셨을 때요. 할아버지가 애덤의 어머니를 보았고, 알아본 것 같은 기색이 얼굴에 스쳤다. 파급효과로 근육이 약간 수축하면서 침묵도 더욱 팽팽해졌다. 할아버지는 말하기 직전인 걸까? 아니면 최소한 속으로는 말을 만들고 있을까? 이번에도 그들은 할아버지가 말을 할지 보려고 어색하게 기다렸다. 이러는 게 점점 더 형식적으로 느껴지기는 했지만. 할아버지는 거의 일 년 동안 한마디도 하지 않았다. 애덤은 스프링클러 소리 너머로 고속도로를 지나다니는 자동차 소리에 귀를 기울였다. 요양원의 낮은 지붕에서 찌르레기들이 찌르륵거리는 소리에 주파수를 맞췄다. 그는 할아버지의 목소리를 떠올리려 했다. 머릿속에서 그 목소리를 들어보려 했다. 하지만 그럴 수 없었다. 사실 애덤은 자신이 누구의 목소리든 '들을' 수 있는지, 마음속에서 무슨 소리가 나게 할 수 있는지 확신이 서지 않았다. 하지만 사람들은 늘 실제로 머릿속에서 뭔가를 들을 수 있는 것처럼 말하지 않던가? 목소리, 음악, 소리에 대해 아는 것을 회상할 수 있을 뿐만 아니라 음조와 음색의 속성을 실제로 재경험할 수 있는 것처럼? 그의 머리는 늘 언어로 가득차 있었지만 소음은 전혀 없었다. 목소리에는 목소리가 없었다. 애덤은 이 말이 그에게 뭔가 문제가 있다는 뜻인지 궁금했다.

이제 아빠가 말하고 있었다. 그저 이야기를 하기 위해서, 리틀리그*에 대해서. 울음을 터뜨릴 때까지 아이들을 일상적으로 깎아내리고 관중석에서 주먹싸움에 뛰어드는 다른 아빠들의 잔인함에 대해서. 하지만 애덤은 머릿속에 귀를 기울이려 애썼다. 겨우 몇 시간 전에 앰버와 이야기했는데, 이제 그녀의 목소리를 들으려고 애쓰고 있었다. 이건 마치 존재하지 않는 근육을 풀려는 시도처럼 느껴졌다. 가상의 감각을 트레이닝하는 것처럼. 그는 잠시 눈을 감고 아래팔로 이마의 땀을 닦았다. 어쩌면 멀리서 메아리치는 앰버의 억양이나마 들을 수 있을지 몰랐다. 그녀가 말하는 모습을 그려보고 그녀의 입술을 읽어보는 데 도움이 되리라. (그녀의 입술 움

* 미국의 유소년 야구 리그.

직임, 혀, 앞니 사이의 살짝 벌어진 틈을 상상하면 발기할 터였다. 애덤은 가족을 만나러 요양원에 와서 거기가 서다니 웬 변태냐고 생각했다.)

그는 에번슨의 목소리가 앰버보다 더 가깝게 느껴지는 것을 깨닫고 동요했다. 어쩌면 그의 몸이 에번슨의 목소리를 따라 하고, 흉내내고, 후두와 구개를 통해 에번슨의 목소리를 내는 방법을 알기 때문인지도 몰랐다. 목소리는 그 목소리를 모방할 수 있을 때만, 그 목소리의 매개체가 될 때만 진정으로 존재하는 것일까? 어쩌면 에번슨의 목소리가 가깝게 느껴진 것은 애덤이 녹음으로 그 목소리를 너무 자주 접했기 때문인지도 몰랐다. 그의 뇌가 이미 체현된 그 목소리의 기원과 목소리 자체를 구분하는 방법을 습득한 듯했다. 그러면 투팍의 음조를 제이슨의 목소리보다 더 쉽게 상상할 수 있는 이유가 설명될 것이다. 드물게나마 전화로 통화한 친척들의 목소리를 자주, 직접 이야기 나눈 수많은 사람의 목소리보다 금방 떠올릴 수 있는 이유도. (어떤 목소리들이 들어오는지, 주입되는지는 확실하지 않았다. 이런 일은 친밀함의 위계를 따르지 않았다. 통제할 수도 없었다.) 하지만 그의 내면에 가장 단단히 자리잡은 목소리들조차 소리를 내지 않았다. 가령 클라우스. 친밀함으로 따지자면 그의 할아버지나 다름없는 클라우스는 자주 그의 머릿속에 들어왔지만 그의 목소리는—그 문학적 통사 구조, 그의 끊임없는 인용—글처럼 '들렸다'. 그건 마치 혼자 시를 읽을 때 운율이 소리도, 침묵도 아니게 되는 것과 같았다. 마음의 귀에 들리는, 들리지 않는 멜로디. 의식의 음소거된 음악. 어쩌면 모두가 그런지도 몰랐다. 목소리를 듣는다고 말하는 건 은유적 표현이다. 정말로 목소리가 들린다면 그는 재단에 속한 사람이었다.

갑자기 할아버지가 어떤 소리를 냈다. 신음 혹은 꺽꺽대는 소리, 깊은 목쉰 소리가 이삼 초 동안 지속됐다. 그 소리의 시작과 끝에서 애덤은 음소를, 의미를, 언어를 만들어내려는 시도였을지 모를 약간의 조음調音을 알아챘다. 작은 언어적 안내섬광. 그건 단어나 구절이나 고통의 표현이나 의미론적인 비자발적 공기 배출, 그를 지나가는 의미 없는 진동이었을까? 할아버지는 고개를 로즈 쪽으로 돌리긴 했지만 그의 무표정한 얼굴은 아무런 단서도 내주지 않았다. 애덤은 이것이 노인의 목소리에 관한 한 사례인지, 아무 의미도 없는, 그것에 대한 부정인지 알 수 없었다. 뭐였든 간에 끔찍하고 적절하지 못했다. 어쩌면 똥을 싼 걸지도 몰랐다. 그러고 싶지 않았지만 애덤은 그 소리를 오르가슴에 수반된 소리라고 상상했다. 그는 자신의 혐오감에, 분노에, 수치심에 놀랐다. 우리한테 말하시는 거예요, 아빠? 하고 싶은 말이 있으세요?

거의 발언에 가까운—언어-이전이 아니라 언어-이후인—이런 길이의 소리가 그의 머릿속에 들어왔다. 그 소리는 그들이, 각자가 작별인사를 하고 할머니만이 아무 반응을 보이지 않는 할아버지를 끌어안을 때도 애덤의 마음속에서 울리고 있었다. 애덤은 아빠와 함께 그 몸뚱이를 휠체어에 실어 다시 안으로 들여다놓고 휠체어를 공용 공간에 세워두었다. 그 몸뚱이는 그곳에서 점심식사를 기다릴 것이다. 그는 직원 몇 명이 앉아 있는 데스크로 다가가 할아버지를 이토록 훌륭하게 돌봐줘서 고맙다는 인사를 전했다. 부모님이 그렇게 하는 것을 자주 봤다. 모든 수고에 정말로 감사드립니다, 저희 가족을 돌봐주셔서요. 그는 말했다, 자기가 말하는 소리를 들었다. 하지만 그의 발언은 머릿속에서 들려오는 할아버지의 터무니없는 불평에 가려졌다. 우리 아들은 유명 인사예요. 아빠가 초록색 수술복을 입은 여자에게 접힌 신문을 건네며 말했다. 전국 연설 챔피언이 됐거든요! 여자는 신문을 받아들고 사진과 애덤을 번갈아 보더니 예의바르게 미소 지었다. 애덤은 자기 비하적인 무슨 말을 했고 그 이면에서 할아버지의 신음을 다시 감지했다.

로즈를 내려주고 집에 돌아갔을 때쯤 그 소음은 기억 속으로 물러났다. 더는 그 소리가 그의 몸뚱이에서 기원한 것처럼 느껴지지 않았다. 방이나 BET*의 〈랩 시티〉를 보러 거실의 TV나 핸드폰이나 캠리가 있는 뒤뜰로 향하는 대신 주방 식탁에 엄마와 함께 앉았다. 아빠는 은색 레인지 위에 놓인 에스프레소머신으로 커피를 내리고 있었다.

"엄마는 어때요?" 애덤이 어머니에게 물었다. 그는 대학에 갈 때를 대비해 바로 그런 목소리를 내려고 연습하는 중이었다. "그런 모습인 할아버지를 봤잖아요. 아무 말도 못하시고. 힘들었을 것 같은데."

"뭐, 차라리 아버지가 그냥 놔버렸다면 더 좋았을 거야. 모두에게 좋았을걸. 내 생각에는 아버지가 자기한테 해로울 정도로 강한

* 흑인 시청자를 대상으로 하는 미국의 TV 채널.

것 같아. 아버지는 한 번도 아프지 않았어. 그러니까 감기 한 번 앓은 적이 없다고."

"우리가 누군지, 할아버지가 어디에 있는지는 아실까요?"

"그런 것 같아. 대부분은."

"그러니까 들을 수는 있지만 대답은 못한다고 생각하는군요."

"응."

"그게 최악인 것 같아요. 악몽이에요. 대꾸를 할 수 없다니."

"그래."

아빠는 이 빠진 파란색 머그잔을 엄마 앞에 내려놓고 함께 식탁에 앉았다. 애덤은 카페인이 들어간 건 전혀 마시지 않았다. 편두통 때문이었다.

"할아버지랑 마지막으로 진짜 대화를 해본 게 언제예요?" 그가 물었다.

"작년만 해도 꽤 말씀을 많이 하셨지." 엄마가 말했다.

"그냥 가끔 간신히 몇 마디 하시는 것 말고 충분한 대화 말이에요."

"몇 년 됐어." 아빠가 말했다.

"네가 중학교에 다닐 때는 대화라고 할 만한 걸 몇 번 했어. 네가 고등학교 1학년이 됐을 때도." 엄마가 말했다.

"뭐에 대해서요?"

"엄청나게 많은 얘기를 했지." 엄마는 커피를 홀짝였다. 다시 홀짝였다. "자라면서 있었던 가족 역동성에 대해서. 예를 들면, 할아버지가 언니만 편애한 일이라든지."

"할아버지가 엄마 책을 읽으셨을까요?"

"훑어보시긴 한 것 같아. 읽었다고 하셨어. 늘 책이 '무척 흥미롭다'고 하셨지. 할아버지는 '제인은 곤경에 빠진 여자들을 위한 책을 써'라고 말하곤 하셨어."

"아마 위협을 느끼셨을 거예요." 애덤이 말했다.

"어떤 의미에서?"

"엄마가 성공했으니까요."

"그럴지도 몰라. 모르겠네. 별 관심 없어 보이셨는데."

"휴지 상자 얘기는 해보셨어요?"

엄마가 웃었다. "딱히."

"저는 기억이 안 나요, 할아버지 목소리가 어땠는지."

"아빠한테 녹음이 있어."

"무슨 얘기를 하는 녹음인데요?" 애덤이 물었다.

"추억에 관한 얘기." 아빠가 말했다. "별 얘기는 없고. 그냥 내가 말을 걸었어. 아주 많은 사람에게 그렇게 하곤 했으니까. 톰 박사님 테이프도 여러 개 있어. 클라우스가 독일어로 자기 극본을 읽는 테이프도 있고. 피닉스에서 가져온 테이프도 분명 있을 거야. 할아버지가 처음 뇌출혈을 일으킨 후의 녹음이지. 그때 피닉스에 갔던 일 기억나?"

"그럭저럭요. 그 녹음 들어볼 수 있어요?" 애덤은 아빠가 엄마를 보며 그녀의 대답을 기다리는 걸 눈치챘다.

"그럼." 제인이 말했다.

"지금 들어보면 어때요?" 애덤이 물었다. 어쩌면 목소리가 담긴 테이프들이 꺽꺽대는 듯한 쉰 소리의 흔적을 지워줄지도 몰랐다.

"조너선, 테이프 어디 있는지 알아?"

아빠는 그들이 아빠의 스튜디오라고 부르는 지저분한 지하실로 카세트테이프를 가지러 갔다. 엄마는 무덤 앞과 그 너머에서 동시에 나오는 아버지의 목소리를 듣는 것이 매우 불편할 수도 있었다. 애덤은 주위의 긴장을 분명하게 느꼈다. "좀 불편할 것 같으면 테이프를 듣지 않아도 돼요."

"아니, 나도 궁금해. 사실 할아버지는 무척 말을 잘하셨어. 훌륭한 즉흥연설가가 되셨을 거야."

"제가 할아버지를 밟아버렸을걸요." 애덤이 농담했다.

"하지만 좋은 토론자는 아니었지." 엄마는 그의 말을 듣지 않았다. "아주 천천히 말씀하셨거든. 듣다보면 짜증이 나기도 했어."

"제가 완전히 밟아버렸을 거예요."

"하나밖에 못 찾겠어." 아빠가 회색 휴대용 카세트 겸용 녹음기를 가지고 식탁으로 돌아오며 말했다. "저 밑에 논문 쓸 때 썼던 오픈릴식 녹음기도 있어." 그가 제인에게 말했다. "애덤한테 주려면 그걸 카세트테이프로 옮겨야겠는데. 그거야말로 '발라버리기'지." 아빠는 테이프를 카세트에 집어넣었지만 아무 버튼도 누르지 않았다. 결국 엄마가 손을 뻗어 재생 버튼을 눌렀다.

처음 몇 초 동안은 테이프가 쉭쉭거리는 소리밖에 들리지 않았다. 그러다가 좀더 금속성에 가까운 젊은 조너선의 목소리가 들렸다(매체의 나이와 조너선 목소리의 젊음을 분리하기는 어려웠다). 자, 자, 갑니다. 무슨 얘기를 하고 있었더라? 장인어른이 J 애비뉴의 브루클린 집에 대해서 말씀하고 계셨죠. 장인어른이 거의 모든……

가구 대부분과 딸들의 장난감도 많이 만들었다는 얘기를 하고 있었어. 이 손이, 내 오른손이 완전히 펼쳐지거나 제대로 쥐어지지 않았는데도 말이야. 지금 같으면 장애라고 했을 거야. 아마 평생 복지 수당을 받을 수 있었겠지, 단 하루도 일하지 않아도 됐을 거야. 하지만 당시엔 다들 그냥 견뎠어. 사실 한 번도……

애덤이 예상했던 것보다 음이 약간 높았다. 어쩌면 테이프 때문일지도 몰랐다. (아니면 기억 속에서 목소리들이 낮아진 것일까?) 모음 뒤에서는 r 소리가 사라지는 것 같았다. 영국인이 되고 싶어 하는 브루클린 사람처럼. 애덤은 그게 허세로 들렸다. 이런 인상은 그 느린 속도 때문에 강해졌다. 자기가 무슨 말을 하든 흥미로운 얘기라고 믿는 가부장의 장광설이었다. 발음은—최근 뇌로 흐르는 피가 막혔음에도, 얼굴에 경미한 마비가 왔음에도—선명했다.

……목공 일을 하는 데 방해가 되지는 않았어. 우리는 상당한 돈을 모았지. 하찮은 정도는 아니었어. 난 이것저것 만들 줄 알았고, 최소한 고칠 수 있었으니까. 로즈가 의자나 다른 버려진 가구를 가져오면 내가 복원하곤 했지. 사실 그걸로 짭짤한 사업을 할 수도 있었을 거야. 로즈는 그 시절에 우리 수입이 아주 적긴 했지만 내가 만들고 건진 것을 계산에 넣으면 사실 형편이 매우 괜찮았다고 즐겨 말하더군. 우리는 집에 별로 돈을 쓰지 않았지만 꽤 괜찮은 집을 가지고 있었어. 물론 딸들은 부족한 게 하나도 없었지. 사실 데버라가 늘 나한테 친구 앨리스한테 줄 장난감을 만들어달라고 떼를 쓰던 게 기억나. 앨리스는 캐럴 스트리트에 살았어. 돈 많은 집안이었지. 난 앨리스한테 아주 예쁜 흔들목마를 만들어줬

지만, 돈은 거절……

"거짓말이야." 엄마가 테이프 소리 위로 말했다. "그놈의 흔들 목마를 만들어주겠다고 몇 명한테 약속했지만 한 번도 만들어준 적은 없어."

……했지. 걔 엄마 이름이 뭐였더라? 그 여자 남편이 전쟁에서 죽었어. 직업군인이었는데. 아시아 전역戰域에서 복무했지. 난 어떤 조건에서도 돈을 받지 않을 생각이었어. S 뭐였는데. 그리고 우리집 수리도 내가 다 했어. 로즈의 사진을 넣을 액자도 많이 만들었지. 괜찮은 디스턴 톱도 몇 자루 있었고. 나는 줄자를 쓰지 않고도 파일럿홀 크기를 잴 수 있었어. 파일럿홀은 목재가 갈라지지 않게 하는 거야. 토피카의 자네 집에 걸려 있는 그림 액자 중 몇 개는 자네도 알다시피 내가 만든 걸세. 이름이 세라였던 것 같군. 난 액자가 고전적으로 보이게, 낡아 보이게 만들었지. 빨간 페인트를 한 번 칠하고 그게 마르면 옅은 회색이나 금색으로 두 겹을 덧발랐어. 그런 다음 아주 미세한 사포로 문질러 빨간색이 좀 비치게 했지. 특히 모서리와 테두리에 말이야. 정직하지 않은 사람이라면 골동품으로 팔 수도 있었을걸. 난 로즈가 차고에 보관하고 있는 그림 인쇄본의 액자도 몇 개 만들려고 했는데, 이제는 제비촉도 못 만들어. 데버라가 앨리스랑 계속 잘 지냈는지 모르겠군. 걔는 여러모로 가족 같았어. 사랑스러웠지. 걔가 끔찍하게 안쓰러웠어, 아버지가 없었으니까. 그 돈이 어디서 났는지 모르겠는데, 그 집에는 쉐보레 벨에어가 있었어. 끝내주는 자동차였지. 문이 네 개에 지붕이 금속으로 된. 크롬으로……

엄마가 갑자기 테이프를 껐다. 세 사람은 식탁에 놓인 카세트를 유골함이라도 되는 것처럼 바라보았다. 목소리는 애덤의 내면에서 계속되다가 흐려졌지만, 그는 그 목소리가 내면 어딘가에 있다는 것을, 예전부터 있었고 앞으로도 있으리라는 것을 알았다. 몸속에서 목소리를 몰아내는 방법은 뭘까? 그것이 내 목소리의 일부가 되지 않도록 막는 방법은? 그는 할아버지가 여전히 얽혀 있는 침묵을 깨고 싶었다. 카세트를 짓밟고, 망가진 테이프 갑에서 자기磁氣테이프를 풀어내는 상상을 했다. (그는 자신의 반응에서 드러난 폭력성을 설명할 수 없다는 걸 알고 있었다. 하지만 이 사실은 그 폭력성을 강화하기만 했다.) 엄마에게, 엄마를 위해서 뭔가 말하고 싶었다. 어서, 연설 챔피언 선생님. 하지만 그가 입을 열었는데 할아버지의 목소리가 나온다면? 더 나쁜 경우 요양원에 갔을 때 들었던 혐오스러운 소음이 나온다면? 아니면 클리블랜드 〈플레인 딜러〉를 인용하는 에번슨의 목소리라든가? 아니면 쌍년들에 관한 라임이라든가? 그 주둥이로 엄마랑 키스하냐? 리틀리그 코치가 머릿속에서 조용히 물었다. 그는 그 표현이 싫었다.

"안 절대로 보고 싶어." 애덤이 말했다. 한 박자도 놓치지 않고 어머니가 그의 말을 고쳐주었다. 이제 미소 짓고 있었다. "절대로 안 보고 싶어." 머릿속에서 그는 테이프를 되감아 카세트의 빨간 버튼을 눌렀다. 할아버지의 목소리를 덮어버리려고 말이다. 그는 바로잡기라도 하려는 것처럼 그 말을 틀리게 다시 인용했다. "조너선," 제인이 말했다. 그녀의 눈이 빛나기 시작했다. "믿을 수가 없네, 시인이자 연설대회 전국 챔피언인 우리 아들이 단순한 문장 한 줄을 못 외우다니." 그녀는 애덤의 말을, 그의 분절된 부정사를, 조금 망가진 미래를 다시 고쳐주었다. 이제 할아버지는 여기에 없었다. 그저 그들 셋, 직계가족뿐이었다. 애덤은 그녀의 목소리를 불러와야 할 때 그가 해야 할 일이라고는 잘못된 문장을 인용하는 것뿐이라는 것을 알았다. 세대를 넘는 반복, 그림자가 드리워진 문단, 약한 주문呪文에 대한 그들만의 의례적 거부. 그러면 어머니는 그의 머릿속에서 대답하며 '남자들'을 압도할 것이다. 아무리 짧은 순간이라도. ("죄송해요, 연결 상태가 좋지 않네요.")

◆ ◆ ◆

처음에는 그 꿈이 목소리를 흡수했지만—경비행기에서 몇 줄 뒤에 앉은 여자가 소리를 지르기 시작했다—머잖아 그 목소리가 허구를 압도했고 그는 눈을 떴다. 갑자기 일어나 앉았다. 어쩌면 영화에서 들린 고함이었을지도 몰랐다. 아니, 그렇다기에는 너무 시끄러웠다. 게다가 이렇게 늦은 시간에 영화를 보지는 않을 터였다. 알람시계의 빨간색 숫자에 따르면 지금은 두시 십칠분이었다. 평일 밤. 이제 그는 어머니의 목소리를 알아들었다. 알아듣기 어렵다고 느끼긴 했지만 말이다. 당연히 예전에도 엄마가 소리지르는 걸 들은 적이 있었지만 이번 외침은 원초적이었다. 그는 잠시 그 소리가 섹스와 관계된 것인지 고민했다. 그가 아는 한은 한 번도 부모님이 "사랑을 나누는" 소리를 들은 적이 없는데도. (이 표현은 애덤의 생각 속에서조차 그 표현을 별로 좋아하지 않으나 인용한다는 의미의 따옴표를 수반했다.) 이건 일종의 말다툼이었다. 아니면 상황이 더 나빠지기 전까지만 해도 말다툼이었다. 엄마가 소리를 지르지 않을 때는 아빠가 말하는 소리를 들을 수 있었다. 아빠도 목소리를 높였지만 그건 엄마를 진정시키기 위해서였다. (단어를 알아듣기 어려운 상황에서도 얼마나 많은 정서적 정보가 벽 너머로 전달되는가.) 그러더니 다시 비명이 들렸다. 어쩌면 흐느끼는 소리인지도 몰랐다. 애덤은 확신할 수 없었다.

그는 방을 둘러보았다. 이제 며칠 뒤면 집을 떠나야 했기에 그의 소지품은 과거에 속한 것처럼, 그가 졸업한 어린 시절에 속한 것처럼 보였다. 책상 위에 나무 향로와 쌓아놓은 CD 케이스 옆으로 몇 년 전에 누군가가 준 커다란 플라스마 유리구가 놓여 있었다. 아마 바르미츠바* 선물이었을 것이다. 그 유리구의 전원을 켜면 파란색과 분홍색 광선이 교차하며(클라우스는 그것을 '리히텐베르크도형'이라고 불렀다) 안쪽의 전극과 외부의 유리 사이를 오갔다. 안내섬광을 기르는 테라리엄. 구체를 만지면 전류가 휘어지며 손 쪽으로 뻗어나왔다. 손바닥 아래에서 전기가 지직거렸다. 그는 구체를 만지는 것이 어떤 식으로든 편두통으로 이어질지 모른다는 걱정을 자주 했다. 이제는 그런 1980년대의 참신한 물건들이 유치하게 보였다. 일 년, 어쩌면 이 년 동안 그것을 한 번도 켜보지 않았다. 내다버렸어야 했다. 엄마의 고함이 다시 시작되자 그는 궁금해졌다—궁금해하고 싶지 않았는데. 이런 건 어떻게 버리지? 그냥 쓰레기통에 넣으면 되나? 유리 안에 어떤 비활성기체가 갇혀 있는 걸까? 유리구가 깨지면 뭐가 나오는 거지? 어쩌면 어우드는

* 유대교 성인식.

깨뜨리고 싶어할지도 몰라.

그는 유리구에 오디오 기능도 있다는 것을 떠올렸다. 전류가 소리에 반응해 맥동하곤 했다. 유리구를 켜면 이 정도 떨어진 거리에서도 전류가 부모님의 목소리에 반응하지 않을까, 전기의 문양이 깜빡이는 상형문자가 되어 어떤 식으로든 싸움의 내용을 그에게 전달해주지 않을까 생각했다. 하지만 그는 싸움의 내용이 드러나기를 원하지 않았다. 그냥 고함이 멈추기만을 바랐다. (방금 전까지만 해도 그는 자기 자신보다, 자기 방보다 나이들어 있었다. 지금은 소음을 두려워하는 어린아이였다.) 그는 최대한 큰 소리로 기침하며 침대 옆 벽을 걷어찼다.

하지만 엄마는 계속했다. 고통스러워하는 동물 같았다. 그는 자리에서 일어나 방 한가운데에 섰다. 그의 옆으로 쐐기 모양 달빛이 황백색 카펫을 비췄다. 그는 사람들이 '마누라 패는 옷'이라고 부르는 러닝셔츠에 사각팬티를 입고 있었다. 침착해. 그는 자신을 타일렀다. 부모님은 싸우기 마련이야. 엄마는 (바라건대) 죽어가는 엄마의 아빠 때문에 스트레스를 받은 거야. 부모님은 '빈 둥지' 때문에 걱정하는 거야. 여러 세대에 걸친 전이. 어쩌면 몸을 추잉 껌으로 감싸고 부모님의 방으로 들어갈 수 있을지도 몰랐다. "그냥 입에서 떨어졌어요." 둘의 신경을 딴 데로 돌리는 것이다. 어쩌면 토론대회용 정장을 입고 그들과 이성적으로 대화할 수 있을지도 몰랐다. 정책과 가치에 관한 논제를 논의하는 것이다. 그는 화장실에 가기로, 가면서 복도에서 엄청나게 시끄러운 소리를 내기로 했다.

그는 버스터 키턴처럼 과장되게 허둥거리는 동시에 말을 너무 많이 알아듣지 않으려고 빠르게 움직였다. 부모님 싸움의 성격을 이해하고 싶지 않다는 욕망은 설명할 수 없었다. 복도에서 엄마가 "플랫부시" "박물관" 같은 단어를 내뱉는 소리를 들었지만 곧 변기 물을 내렸다. 한번 더 내렸다. 하지만 그들은 애덤의 소리를 듣지 못했다. 혹은 엄마는 신경쓰지 않는 듯했다. 선을 넘었다. 그는 화장실 문으로 돌아가 쾅 닫았다. 그 소리는 들겠지. 그런 다음 애덤은 세면대로 걸어가 수도꼭지를 틀고 거울 속 자신을 바라보았다.

아빠는 애덤의 얼굴에 거품 바르는 것을 도와주고 남은 거품을 자기 두 뺨에 바르곤 했다. 그 시절에 애덤은 날이 없는 안전면도를 썼다. 그는 그 면도기를 작은 꽂이에, 아버지의 면도기 옆에 세워두었다. 그는 아빠 옆에 발디딤대를 놓고 올라서서 아침식사 전에 함께 '면도'를 하곤 했다. 애덤은 고른 손길로 거품을 제거하는 일을 무척 진지하게 받아들였고, 얼굴에 길을 한 번 낼 때마다 면도기를 헹궜다. 바바솔 면도크림 향이 무척 좋았다. 애덤은 발디딤대를 딛고도 거울을 들여다볼 만큼 키가 크지 않았지만, 위를 보면 뿌예진 거울에 비친 아버지의 모습을 볼 수 있었다. 아이에서 남자가 될 때까지 아빠의 동작을 따라하곤 했다. 애덤은 거친 뺨을 긁고 지나가는 칼날을 느낄 수 있다고 믿었다. 이제는 정말로 있는 콧수염을 깎지 않도록 조심해야 한다고. 집합적 얼굴. 차가운 물을 끼얹고 애덤이 다시 그 자신이 될 때까지. 아버지가 남은 거품을 수건으로 닦아주며 그의 귓불을 조금 잡아당겨 그를 웃게 만들곤 했는데. 그런 다음 그들은 브라이트서클까지 차를 타고 가곤 했다. 가는 길에 제이슨을 태워주는 때도 많았다.

현재로 돌아온 그는 고함만이 아니라 물건이 쓰러지는, 어쩌면 내팽개쳐지는 소리를 들었다. 무슨 일이 벌어지는지 상상이 되지 않았다. 엄마나 아빠가 화가 나서 뭔가를 부수는 모습은 한 번도 본 적이 없었다.

부모님의 침실에서 화장실까지는 3미터도 되지 않았다. 그는 천천히 걸었다. 일부러 복도를 묵직하게 밟으며 바닥이 삐걱거리게 했다. 이제는 아빠가 말하고 있었다. 의심을 없애는 고통스러운 과정에 대해, 기대를 저버리는 것에 대해, 반복되는 패턴에 대해, "레이철"이라는 이름의 누군가에 대해. 하지만 애덤은 듣지 않으려 애썼다. (듣지 않으려 애쓰는 것이 존재하지 않는 근육을 풀어주는 것처럼 느껴졌다.) 그는 소리치고 싶었다—저기, 무슨 일이에요? 다들 진정하세요. 그래야 부모님이 애덤의 등장에 대비할 수 있을 테니까. 하지만 말을 할 수 없게 된 느낌이었다. 자신이 내는 소리가 공기를 뚫고 전달되기는 하는 건지 의심스러웠다. 그는 부모님과 다른 차원에 있었다. 유령이었다. 벽 속에 있었다. 이제 엄마가 대답하는 소리를 들을 수 있었지만 엄마는 별말을 하지 않았다. 욕을 하고 남자들의 집단에 대해 뭐라고 조롱했다. 그러고는 말이 아닌 소음이 들렸다. 아빠는 조용해졌다.

애덤은 반쯤 열린 문을 시끄럽게 두드린 다음 완전히 밀어 열고 들어갔다. 그는 조금 빈정거리는 목소리로 자신이야말로 성숙한 사람, 부모 같은 사람이 되었다는 농담을 던져보려 했다. 자, 다들 심호흡 좀 하시죠. 유일한 조명은 침대 옆 탁자의 독서등이었다. 아빠는 속옷 바람으로, 애덤 또래라면 '쫄쫄이 흰 티'라고 부를 만한 것을 입고 팔짱을 낀 채 서 있었다. 아빠는 안경을 벗으면 늘 약간 눈이 멀고 연약한 사람처럼 보였다. 엄마는 청바지와 짙은 색 스웨터를 입고(말이 되지 않았다, 밤에도 온도가 26도를 넘었는데) 바닥에 앉아 있었다. 엉망진창인 머리는 핀으로 반만 뒤로 넘긴 채였다. 그녀는 부츠를 신는 중이었다. 엄마가 평소에 할 만한 행동이 아니었다. 방바닥에 앉아 있다니, 스트레칭을 하는 것도 아닌데. 엄마가 보통 신는 신발은 아래층 문 옆에 있었다. 부츠는 옷장에서 꺼낸 게 틀림없었다. 당혹스러움을 감추려는 신중한 태도로 아빠가 마침내 말했다. 아무 문제 없어, 애덤. 다시 자러 가라. 그냥 의견 차이일 뿐이야. 하지만 엄마는 애덤이 지금 여기에 있다는 것뿐 아니라 그의 존재 자체에 충격을 받은 것처럼 그를 응시했다. 뇌진탕이라도 일으킨 양 그를 알아보지 못했다. 그러더니 소리쳤다. "씨발, 사생활 모르니? 응?" 충격을 받은 애덤은 자기도 모르게 말했다—훨씬 더 어린 아이가 말하는 소리가 들렸다. "엄마, 어디 가요?" 침묵이 뒤따랐고 침대 옆 전화기에서 뚜-뚜-뚜 하는 소리가 일정하게 들렸다.

"네 아버지한테 물어봐." 엄마는 허둥지둥 일어섰다. 엄마의 동작에는 뭔가 어린아이 같은 구석이 있었다. 그게 애덤을 더욱 불안하게 했다. 엄마는 억지로 미소를 짓더니 애덤에게 평소 목소리를 부자연스럽게 꾸며내 말했다. "미안해, 아가. 생각을 환기할…… 그러니까 바람을 좀 쐬야겠어." 괴로움이 엄마의 문장에서 서술어를 뒤섞어놓았다. 엄마는 애덤을 지나쳐 계단을 내려갔다. 그녀가 현관 옆 고리에서 열쇠를 챙기는 소리가 들렸다. 그런 다음 엄마는 창문이 덜컹거릴 정도로 문을 세게 닫고 나갔다. 포치를 지나가는 발소리, 자동차 문이 쾅 닫히는 소리, 시동이 켜지는 소리. 애덤은 가까운 창문으로 가서 베니션블라인드 틈을 벌리고 엄마가 진입로를 빠져나가 6번가로 향하는 모습을 지켜보았다.

애덤은 돌아서서 아빠가 서랍에서 안경을 꺼내 쓴 다음 엄마가 던진 게 틀림없는 물건들을 줍기 시작하는 모습을 지켜보았다. 아빠는 황동 탁상시계를 다시 침대 옆 탁자에 올려놓고 로즈가 어딘가에서 얻어온 작지만 무거운 이누이트 석상을 집어들었다. 그리고 서랍장 위에 놓았다. 애덤은 바닥 전체에 흩어진 다양한 물건들이 엄마 때문이라기보다 자기력에 이끌려 그 자리에 놓였다는 이상한 느낌을 받았다. 물건을 원래 자리로 돌려놓으려면 아빠가 맞서 싸워야만 하는 어떤 이끌림의 원칙에 의해서 그렇게 된 것 같았다. 애덤은 아빠가 카펫에서 들어올린 물잔이—짙은 얼룩을 보고 와인이 담겨 있었다는 것을 알 수 있었다—14킬로그램은 된다고 상상했다. 애덤이 뽀빠이 체육관에서 드는 바벨처럼. 구석에는 서랍장 위에서 쓸어버린 책 몇 권과 함께—그중에는 동유럽의 무슨 언어로 새로 번역된 엄마의 책도 있었다—클라우스가 그에게 주었던 밝은색 목재 상자도 보였다. 엄마랑 아빠는 오늘밤에 아주 많은 일을 처리하고 있었는데 일이 걷잡을 수 없게 됐어. 잠을 깨워서 정말 미안해. 다 괜찮아, 정말이야. 엄마는 곧 돌아올 거야. 그냥 잠이나 좀 자자꾸나. 더 알고 싶다는 욕망과 덜 알고 싶다는 욕망이 애덤 안에서 서로 싸우다가 교착상태에 빠지는 바람에 그는 움직이기가 어려웠다. 그는 아빠가 어려운 질문들에 대처할 각오를 하고 있음을 느꼈다.

하지만 애덤은 잘 자라고 인사하고 돌아섰다. 조용히 부모의 방문을 닫고 나왔다. 두 다리가 그의 방을 지나 복도 끝에 있는 엄마의 서재로 그를 이끌었다. 그곳부터는 카펫이 단단한 마룻바닥에 길을 내주었다. 그는 불을 켜지 않았다. 블라인드를 치지 않은 커다란 창문이 뒤뜰 쪽으로 열려 있었다. 데크로 둘러싸인 호두나무의 가지가 바람에 흔들리며 바닥에 그림자를 드리웠다. 그는 최대한 조용히 서서 자동차가 돌아오는 소리가 들리는지 귀기울였다. 어떤 동물이 뒤뜰 울타리 위를 천천히 지나갔다. 덩치 큰 고양이나 미국너구리였을까? 고양이였다. 그는 창문에서 등을 돌려 책상으로 걸어간 다음 바퀴 달린 의자에 앉았다. 엄마의 컴퓨터 모니터 오른쪽에 오악사카에서 가져온, 초록색과 보라색으로 칠한 알레브리헤 거북* 몇 마리가 놓여 있었다. 머리가 조금씩 흔들렸다. 다양한 나이의 그와 엄마 사진을 넣은 경첩 달린 세 폭짜리 액자. 책상 밑의 데스크톱에서 들려오는 낮게 웅웅거리는 소리 때문에 애덤은 엄마가 컴퓨터를 켜놨다는 사실을 알 수 있었다. 베이지색 상자 같은 모니터만 꺼져 있었다. 애덤은 모니터 뒤쪽의 정사각형 버튼을 찾아 눌렀다.

윈도우 1995 버전용 워드. 엄마는 아직 오피스 97을 설치하지 않았다. 열려 있는 문서에는 엄마가 남겨놓은 메모가 적혀 있었다.

* 멕시코 남부 오악사카 지방에서 신성시되는 코팔나무로 만든 거북이 조각. 표면을 다양한 색깔로 채색하여 화려하게 꾸미는 것이 특징이다.

아마 논문을 쓰기 위해서일 것이다. "1차 가족에서의 단절—보엔*을 보라, 변화에 대한 절차적 관점" "추격 주기와 불안" 등등. 그는 자신이 이 문서에 무엇을 입력하든 그 내용이 엄마의 책 어딘가에 나타날 거라고, 엄마가 나중에 그 말을 자기 언어로 착각하고 글에 녹여낼 거라고 상상했다. 그러면 그 내용이 전 세계에 돌 것이다. 어쩌면 독자들의 관계에 영향을 줄지도 모른다. 애덤은 그런 생각이 터무니없다는 것을 알면서도 괜히 겁이 났다.

그는 새 문서를 열었다. 아빠가 했던 말의 파편들을 입력하다가 이제 음절과 강세에 따라 그 단어들을 대강 정리하고 쪼갰다. 그간 시를 쓰면서 실험해온 것이었다.

의심을 없애는 건 고통스러워
나는 언제나 기대를 저버렸어
그렇게 많은 일이 있었는데도

그는 커서가 네 번 깜빡이게 놔두었다. 그런 다음 계속 썼다.

변화에 대한 절차적 관점은
옅은 회색이나 금색의 두 겹이 되지
손바닥 밑의 전기가 되지

---

* 영국의 소설가 엘리자베스 보엔(1899~1973).

이런 식으로 계속. 언어를 다른 목적에 맞게 고치고 목소리를 재분배하고 패턴의 법칙을 바꾸는 일은 어떤 특별한 힘과 연관되어 있었다. 본래 의미의 그림자에서 대안적 의미의 희미한 불꽃이 튀었다. 바로 서사였다. 그 힘은 실제적이면서도 무척 약했다. 멀찍한 신호였다. 그는 3행 연구聯句를 몇 줄 더 썼다. 그중 어느 것도 딱히 훌륭하지는 않았지만 그런 글을 짓는 과정 혹은 어떤 힘이 그로 하여금 그런 글을 짓도록 하는 과정이 조금이나마 그의 긴장을 풀어주었다. 일종의 명상이었다. 그는 "저장 안 함"을 클릭하고 문서를 닫았다.

그는 망설이다가 넷스케이프 아이콘을 더블클릭하고 다이얼소리에 귀기울였다. 그러다가 자동 다이얼이, 삑 소리와 치직거리는 소리가, 모뎀이 유선전화를 통해 다른 모뎀과 소통하는 소리가, 기계들의 언어가 들렸다. 연결되자 애덤은 검색창에 "ALS 스캔"을 입력하고 결과가 뜨기를 기다렸다. 그리고 결과가 뜨자 적절한 링크를 클릭했다. 섬네일이 표시되기까지는 시간이 걸렸다. 그가 가장 좋아하는 사이트는 아니었다. 하지만 "ALS 스캔"이라는 이름은 어떤 식으로든 무슨 감시 권력에 걸린대도 무해하게 들릴 것 같았다. "ALS"는 무슨 질병 이름 아니었나? 애덤은 그냥 어떤 조사를 하고 있었다고 주장할 수 있었다.

그는 그와 비슷한 또래로 보이는 젊은 여자의 작은 이미지를 되는대로 클릭했다. 그 여자는 한 손으로 음순을 벌린 채 다른 손에 든 보라색 딜도를 빨고 있었다. 이미지가 뜨기 시작했다. 컴퓨터에서 나는 뭔가에 가로막힌 듯한 소리가 멀리서 들리는 공사장 소음을 떠올리게 했다. 톱질과 망치질. 꼭 작은 남자들이 컴퓨터 안에 살면서 그 이미지를 손으로 만들어내는 것만 같았다. 이미지는 화면 위쪽부터 아래쪽으로 뜨기 시작했다. 색채의 커튼이 한 번에 몇 밀리미터씩 떨어져내렸다. 전체 이미지가 뜨려면 일 분이 통째로 걸릴 터였다. 느린 비트 속도로 이루어지는 스트립쇼.

화면에서 이미지가 가닿지 않은 부분은 어두웠고, 애덤은 유리에 비친 자기 모습을 볼 수 있었다. 그러다가 아무 경고도 없이 다른 얼굴이 유리에 비쳤다. 누군가 애덤의 어깨 너머로 보고 있었다. 겁에 질린 애덤은 책상 밑 데스크톱으로 어색하게 몸을 날려 전원 버튼을 눌렀다. 다시 일어나 앉았을 때는 이미 자신이 가짜 경고에 반응했다는 걸 알았다. 방은 비어 있었다. 아마 누군가 다가오는 소리를 들었을 것이다. 그는 코로 깊이 숨을 들이쉬고, 입으로 소리가 나도록 내쉬었다. 이제 기진맥진해진 그는 자러 가려고 일어섰다.

하지만 그는 서재 문 앞에서 멈춰 섰다. 엄마가 아침에 컴퓨터를 켰을 때 이미지가 여전히 떠 있을까? 애덤은 그럴 리 없다는 걸 알았지만 머릿속 영상이 불안을 일으켰다. 검색 기록 등 다른 흔적이 남을지도 몰랐다. (그 이미지는 모든 곳의 화면에 나타날 것이고 사람들은 어떻게든 그게 애덤의 짓임을, 애덤의 책임임을 알게 될 것이다. 앰버도 자기 컴퓨터에서 그 이미지를 보게 될 것이고, 로즈는 다음번에 하이퍼마트의 전자제품 코너를 지나다가 그 이미지를 보게 될 것이다. 그 이미지는 펠프스 패거리의 피켓에도 등장할 것이다. 아들이 자랑스러워? 그 이미지는 어떻게든 그녀의 책상 옆 액자에 들어가고 그녀의 책 표지를 차지할 것이다. 과거의 화면과 표면에도 뜰 것이다. 〈고양이 프리츠〉, 조지 브렛 포스터와 그의 〈스타워즈〉 이불에도. 그 이미지가 아빠의 진료실에 있는 샤갈 그림을 대체해 그의 진료를 망쳐버릴 것이다. 미래의 화면에도 증거가 나타날 것이다. 아이폰에, 이 책의 표지에. 엄마는 치욕을 예견하고 도망쳐버린 것이다. 역사의 끈질김.)

그는 책상으로 돌아가 컴퓨터를 다시 켰다. 그는 브라이언 이노가 작곡한, 윈도가 켜질 때 나오는 육 초짜리 소리를 들었다. 그는 캐시 정보를 찾아서 삭제해야 했다. 이제야 그는 엄마가 수정한 내용이 저장되었는지 궁금해졌다.

◆ ◆ ◆

그는 파티 장소에서 몇 집 떨어진 곳에 자동차를 세우고 가장 가까운 가로등이 켜지는 순간 시동을 껐다. 저건 타이머로 작동되는 걸까? 그가 앰버에게 물었다. 아니면 광학 센서를 이용하는 걸까? 내 생각에는 가로등 안에 작은 새가 한 마리씩 들어가 있는 것 같아, 〈고인돌 가족〉*처럼. 그녀가 대답했다. 그들은 담배에 불을 붙여 피우며 동급생 몇 명이 도착하는 모습을 지켜보았다. 그들은 대부분 유리병이나 상자를 가지고 왔다. 애덤과 앰버는 저멀리 보이는 술의 상표를 맞히는 게임을 했다. 지마, 매드독 20/20 코코로

* 미국의 만화영화.

코, 미키스 파인몰트 리쿼. 앰버가 한쪽 눈을 가렸다, 시력검사표 글자를 읽을 때처럼.

담배가 다 타자 그들은 차에서 내려 트렁크로 걸어갔다. 애덤은 트렁크를 탁 열고 각자의 술을 꺼냈다. 둘 다 앰버의 부모님 것이었다. 조금 마신 750밀리리터짜리 앱솔루트와 화이트와인 한 병. 애덤이 트렁크를 쾅 닫자 가로등이 그 소음에 반응한 양 꺼졌다. 앰버가 그의 앞으로 미끄러지듯 다가오더니 애덤과 자동차 사이에 서서 그를 자기 쪽으로 잡아당겼다. 빠르게, 가로등이 다시 켜지기 전에. 애덤은 달콤한 립글로스와 담배의 맛, 박하와 금속의 흔적을 느꼈다. 그 금속의 흔적 때문에 앰버와 키스할 때면 피가 떠올랐다. 선홍색 폐에 선택적 손상을 가하는 것은 좋은 일이었다. 랑콤과 필립모리스, 합성 페로몬과 발암물질 맛이 나는 두 젊은이가 된다는 건 좋은 일이었다. 둘의 가장 친밀한 접촉의 순간에 가장 교환 가능한 공동의 인간이 된다는 것은. 클리셰, 유형.

조플린에 사촌이 있는데, 그녀가 몸을 떼며 말했다(그녀는 늘 갑자기 몸을 뗐다). 자기가 가로등 밑을 지나가면 가로등이 꺼진대. 그게 자기가 가진 초능력 같은 거래. 나쁜 초능력을 뭐라고 불러야 할지는 모르겠지만. 저주랄까. 자기한테 뭔가 잘못된 게 있다는 거야.

애덤이 말했다. 어쩌면 그애 몸 주변에 흐르는 전자기장 때문일지도 몰라.

근데 말도 안 되는 일이 일어났어(그녀는 애덤의 말을 무시했다). 우린—오빠도 거기 있었거든—모두 약에 취해 있었고, 걔가 우리한테 그 얘기를 해주는 중이었거든. 우린 걜 놀렸어. 스털에 대해서, 〈엑소시스트〉에 대해 얘기하면서. 그랬더니 걔가 이러더라. 아니 쫌. 그런 다음 우리는 모두 시내로 걸어갔어. 고모 집에서 800미터쯤 떨어진 곳이었는데 사람이 하나도 없었어. 일요일 새벽 한시였거든. 거기에 구식 가로등이 잔뜩 있었어. 그런데 사촌이 우리한테 기다려보라더니 거리 한쪽에 있는 가로등 아래를 천천히 걸어갔어. 아무 일도 일어나지 않았어. 우리는 낄낄댔지. 그런 다음 걔가 거리 반대편에서 우리를 향해 돌아오는데, 가로등 하나가 진짜로 꺼지는 거야. 우리는 와 씨발, 이라고 했지만 그냥 우연이라고도 말했어. 그래서 사촌이 다시 한번 걸어갔는데 다른 가로등이 하나 더 꺼졌어. 정말로. 정말 미쳤더라니까. 꼭 걔가 생각으로 그렇게 하는 것 같았어. 지금 걔는 프로작*에 취해서 맛이 갔어. 홈스쿨링을 하는 중이야. 나는 걔가 마녀나 뭐 그런 걸지도 모른다고 생각해.

아빠 쪽 사촌 맞지? 너희 아빠 누나의 딸. 애덤이 확인했다.

응. 그녀가 웃으며 말했다.

존나 미친 약쟁이들 같네, 그가 말했다. 그녀의 가계도를 그려보려는 욕망, 그 체계를 머릿속에 간직하려는 욕망이 그를 이상하거나 여리게 보이도록 할 때를 대비해서.

그들은 손을 잡고 제이슨의 집으로 걸어갔지만 집이 가까워지자 손을 놓았다. 손을 잡는 사람은 아무도 없었다, 1950년대도 아

* 우울증 치료제 상품명.

니고. 더 많은 사람이 도착했고 애덤은 그 모든 자동차에 놀랐다. 애덤도, 제이슨도 본격적인 하우스파티를 주최해본 적은 없었다. 시마와 에릭은 제인과 조너선이 그랬듯 약간의 음주는 개의치 않아했고 대마초를 조금 피운다고 해도 수선을 떨지 않았지만, 그보다 센 약이나 인사불성이 된 하급생이나 몸싸움은 참아주지 않을 터였다. 그중에 하나만 걸리더라도 일 년, 어쩌면 몇 년 동안의 '처리'가 이어질 터였다. 제이슨의 부모님은 그날 밤 캔자스시티에 가 있었지만 일단 애들이 모이면 모임을 통제하고 모두가 제시간에 돌아가도록 하기가 어려울 수 있었다. 제이슨은 한 달 반 뒤면 스탠퍼드에 갈 예정이었다. 어쩌면 골치 아픈 일이 생기든 말든 신경 쓰지 않는 걸지도 몰랐다.

그들은 목소리와 음악(퓨지스의 〈더 스코어〉)을 듣고 사람들이 뒤뜰에 있다는 걸 알았다. 집 옆의 나무 대문이 양옆에 작은 조명들을 설치한 돌길을 따라 뒤뜰로 이어졌고, 뒤뜰에선 최근에 졸업한 다른 학생들이 정원용 가구 사이에 흩어져 담배를 피우거나 술을 마시고 있었다. 여기저기에 내추럴라이트* 상자가 놓여 있었고, 노박은 에번윌리엄스**를 병째 들이켜고 있었다. 칼로로시***도 한 병 있었고, 등등. 애덤은 그가 거둔 승리에 대한 가짜 축하와 뒤섞인 관례적인 축하를 받은 다음—"자, 모두 얼간이들의 챔피언에게 건배하자"—이제 칵테일용 음료를 찾으러 안으로 들어갔다.

---

* 미국의 맥주 상품명.

** 미국의 버번위스키 상품명.

*** 미국의 와인 상품명.

왜 그날 밤에는 제이슨의 집에, 기억나는 첫 순간부터 알았던 그 집에 들어가는 것이 낯설었을까? 왜 인류학자나 유령처럼 냉장고와 주방 서랍들을 훑었을까? 왜 오렌지주스를 조리대의 유리병 옆에 내려놓고 음료를 준비하는 대신 거실로 들어가 노란색 가죽 소파와 벽에 걸린 그림들을 살펴보았을까? 그림 중에는 제인이 선물한 고풍스러운 액자에 넣은 래시터의 작은 그림도 있었다. 그는 십 년 전쯤 그 집 커피테이블에 남겨놓은 게 분명한 잇자국을 찾아보았다. 놀다가 넘어졌을 때 생긴 것이었다. 그는 그 자국을 손가락으로 쓸어보고 아빠가 몇 년 전 호텔에서 제이슨의 입술을 교정기에서 빼내던 장면을 떠올렸다. (그들의 유치는 어떻게 된 걸까? 그는 문득 궁금해졌다. 부모님들이 그냥 버린 걸까? 그는 파티에 다시 합류해 졸업반 남녀가 작은 젖니를 내보이며 미소 짓는 모습을 보는 상상을 했다. 젖니가 빠진 자리 여기저기에 틈새가 있겠지. 빠진 치아는 치아를 은화로 바꿔주는 치아 요정에게 주려고 베개 밑에 넣어두었을 것이다.) 딱히 목적지를 염두에 두지 않은 채 애덤은 계단을 올랐다. 발아래 마룻널이 삐걱거렸다. 제이슨의 침실과 TV방은 오른쪽에 있었지만 그는 왼쪽으로 가서 안방 문을 열었다. 전에는 한 번도 들어가본 적 없는 방이었다. 애덤은 시마가 떠오르는 향기를 맡을 수 있었다. 서랍장 위에 커다란 보석함이 열린 채 놓여 있었다. 은과 진주로 상감한 상자였다. 애덤은 팔찌 몇 개를 집어들어 거기 달린 고리들을 바라보았다. 체인이 없는 로켓이 있기에 열어보려 했지만 열리지 않았다. 어쩌면 로켓이 아니었을지도 모른다. 그냥 펜던트였을지도. 하지만 애덤은 그 안에 뭔가가, 오래된 사진이, '세계 빙하' 한 조각이 숨겨져 있을 것만 같았다. 커다란 창문이 뒤뜰 쪽으로 열려 있었다. 애덤은 그리로 다가가 베니션블라인드를 조심스럽게 벌리고 주변 환경을 내려다보았다. 코디와 로라와 함께 도착한 대런을 보라. 대런을 환영하는 저 과장된 열광, 그 신경증적인 예민함. 무슨 일이야, 친구? 와, 이제야 씨발 파티답네. 애덤은 앰버를 무릎에 앉히고 고리버들 안락의자에 앉아 있는 자기 모습을 상상할 수 있었다. 그녀는 자신의 금발을 오른쪽 어깨 위로 끌어올려 포니테일로 만들면서 태닝한 두 팔의 각 잡힌 근육을 드러낸다.

하지만 그의 등을 건드린 사람은 앰버였다. 그는 놀라서 블라인드에서 물러났다. 젠장, 그가 말했다. 어떻게 소리도 내지 않고 계단을 올라온 거지? 여기서 뭐해? 그녀가 물었다. 뭐라 말해야 할지 몰라 그는 공범이라도 된 것처럼 미소를 지으며 문으로 걸어가 은색 손잡이에 달린 버튼을 눌러 잠근 다음 그녀에게 돌아가 그녀를 침대로 이끌었다. 신경써서 정돈해놓은 큰 침대로. 여기서? 그녀가 물었다. 매트리스의 예상치 못한 단단함, 메모리폼. 창밖에서 더 많은 목소리가 들렸다. 파티 규모가 빠르게 커지고 있었다. 앰버가 애덤 위로 올라와 잠시 사랑을 나누었다. 그런 다음 애덤이 그녀를 뒤집고 키스하며 천천히 그녀의 청바지 맨 위 단추로 내려가 그 단추를 풀었다.

애덤의 성적 지식이 당시에는 어떤 합성물, 혹은 포르노와 『우리 몸, 우리 자신』* 사이에서 찾을 수 있는 긴장감을 반영했다는 점을 알아주기 바란다. 『우리 몸, 우리 자신』은 그가 부모님의 소지품에서 찾은 것 중 가장 포르노에 가까운 것이었다. 그는 어머니가 정신분석학 이론에서 클리토리스가 지워졌다고 말하는 것을 들은 적이 있었고, 당연하게도 여성의 신체를 남성의 쾌락을 위해 망가지는 장난감처럼 이야기하는 소년들과 남자들의 말도 들었다. 시인으로서, 페미니스트의 원형으로서, 그 유형들의 대안인 예비 아이비리그 대학생으로서 가진 좋은 차이점을 내세우되 그 과정에서 남성성을 잃지 않는 방식으로 앰버와 상호작용할 방법은 무엇일까? 쿤닐링구스. 교활한 언어학자cunning linguist. 말장난은 그런 식으로 이어졌다. 어쩌면 그를 위해 만들어진 말장난일지도 몰랐다. 언어로 몸을 뒤덮으려고 노력했던 그를 위한. (클라우스의 목소리. 껌은 구강에 대한 관심이 성교에 대한 관심으로 이어지는 것을 의미한다.) 토피카에서 "여자의 거기를 먹는" 소년이 그뿐일 리는 거의 없었지만 그런 기술에 대해 읽어보고 마을에 온 유명한 성문제 전문가와 상의한 녀석, 그런 행위를 할 때 파트너에게 솔직한 피드백을 부탁한 녀석은 1997년 입학생 중 그뿐이었을지 몰랐다. (앰버는 처음에 쑥스러워했다. 하지만 이런 대화 자체가 그녀에게 거의 신체적 접촉만큼이나 큰 영향을 주는 듯했다.) 혀를 뾰족하게 세우는 대신 납작하게 눕히기. 둥글게 돌리거나 세로로 움직이는 변증법. 손가락의 율동. 쾌락이 고조된다고 본능적으로 속도를 높이지 않고, 발라버리려는 본능에 굴복하지 않기. 대학에서 그는 혀로 알파벳을 "쓰는" 것이 여성의 오르가슴을 일으키는 보

* 여성의 성과 건강에 대해 다룬 책.

편적 암호라는 청소년기의 아름다운 신화를 잊어야 했다. 하지만 이 신화는 최소한 애덤이 움직이는 범위를 넓혀주긴 했다. 입에 펜을 물고 읽어보는 게 연습이 돼. 이런 발음은 이상할 정도로 쉬웠다. /t, d/ 같은 치경파열음에 꼭 필요한 혀의 가장자리를 활용하는 것. 애덤이 아는 것이라곤 귀기울이고 반응하고 떨리는 가운데서도 안정을 유지하는 것뿐이었지만 그 정도만 돼도—솔직한 성교와 결합하면—앰버는 그가 수많은 연인 중 단연코 가장 훌륭한 연인이라고 선언할 터였다. 하지만 애덤은 앰버가 이런 순위를 공개하길 바라면서도 구강 자극의 중요성은 폭로하지 않길 바랐다. 그러면 유형들 사이에서의 그의 명성이 위험에 빠질 테니까. 이번에도 그의 혀는 강점이자 약점이었다.

앰버는 절정에 이르렀을 때, 혹은 이른 것처럼 보일 때 내지르는 소리를 누르기 위해 커다란 베개를 자기 얼굴 위로 끌어당겼다. 그녀가 더이상 떨지 않자 애덤은 조심스럽게 자세를 바꾸고 베개를 치웠다. 그들은 잠시 천천히 사랑을 나누었다. 그런 다음 둘 다 누워서 아무 움직임 없는 흰색 실링팬을 바라보았다. 머리 위 어둠 속의 실링팬은 간신히 눈에 들어왔다. 앰버는 보답으로 즉시 애덤에게 입으로 해주는 대신 말을 하기 시작했다.

엄마는 내가 캔자스에서 너무 먼 곳으로 가는 게 싫대. 하지만 무용과 학문을 적당히 섞어서 익히려면 동부로 가야 한다고 설득하면 될 거야. 엄마 조카 중에 스워스모어대학교에 간 애가 있거든. 스워스모어면 사실상 필라델피아잖아. 프로비던스는 멀고 뉴욕은 가깝고. 내가 거기 들어갈 수 있을지는 모르겠어. 헛짓거리를 하느라 웨스트에서 받은 성적표에 C가 잔뜩이니까. 하지만 그 때 이후로는 4.0을 받았고, SAT 수학은 790점을 받았어. 얼간이 같은 토론 챔피언은 아니지만 에세이는 꽤 잘 쓰고. 아니면 네가 나 대신 써줘도 되지. 그것도 아니면 다른 학교도 있으니까. (바하마에 의대가 있는 거 알아? 거기 갔다가 돌아오면 의사가 될 수 있어. 얼마나 좋아. 대학을 졸업하고 거기서 수술하는 방법을 배운 다음, 존나게 취해서 해변에서 쉴 거야. 무용이 잘 안 되면 그렇게 하려고. 소아과도 괜찮지. 소아과에서 오빠 동맥을 고쳐줬거든. 오빠가 대혈관전위증을 가지고 태어나서. 그 잘난 오빠가 축구를 못하는 게 그래서야.) 우리가 언제까지나 소위 연인으로 지낼 거라는 말은 아니지만 어느 주말에는 뉴욕에서 너와 함께 있고 싶어. 박물관에 가고, 너희 아빠가 엉망진창으로 박물관을 둘러본 다음에 그랬듯이 구식 마차를 타고 공원을 가로지르고, 거기서 다른 추억들도 만들고 싶어. 너희 부모님은 둘이 데이트하고 약을 하고 통제력을 잃었던 얘기를 너한테 그냥 해준댔지? 믿을 수가 없어. 우리 엄마는 코가 비뚤어지게 취하고 약이 목구멍까지 차 있더라도 와인 반잔밖에 안 마셨다고 맹세할 사람이거든. 우린 그림을 보거나 음악이나 시나 뭐 그런 걸 듣거나 클럽을 가거나 그냥 영화를 보고 나와서 거리를 산책할 수 있을 거야. 오빠는 지난번에 뉴욕에 갔을 때 올드잉글리시를 사십 병 사서 여객선을 타고 밤새 왔다갔다하면서 물에 비친 도시의 모든 불빛을 지켜봤대. 멋질 것 같더라. 어느 날 밤에는 우리도 그렇게 할 수 있을 거야. 맞지? 네가 머저리같이 굴지만 않으면 내가 너랑 함께하는 걸 얼마나 좋아하는지, 네가 내 목소리를 대변할 수 없을 때조차도 같음과 다름을 안다는 게 어떤 느낌인지 넌 모를 거야. 타인의 정신이라는 문제, 안내섬광phosphenes, 음소phonemes. 뭐랄까, 지금은 내 어린 시절이라는 넓고도 텅 빈 흐릿함이 머릿속에서 짙어져가고 있어. 그냥 가짜 신분증만 있으면 돼. 잘 모르겠어, 어느 때든 내가 너한테 진짜를 말하는지, 아니면 가장 비현실적인 꿈을 말하는지. 두 손으로 이 풀을 문지르면 가로등이 꺼지고 사이렌이 울릴 거야. 헤일봅*이 근일점을 지나기 일보 직전이야, 파란 기체로 이루어진 꼬리가 태양 반대 방향을 가리키고 있어. 파란 얼음. 눈을 감고 누르면 보일 거야. 늘 내 안에 있어, 가장 단단한 것이 꿈속으로 녹아들고 꿈은 단단한 것으로 녹아들어. 그 뒤에 우주선이 있고 우리가 여기에 누워 있는 동안 헤븐스게이트** 회원들은 페노바르비탈***과 애플소스와 보드카를 섞어 들고 이층 침대로 기어든 뒤 보라색 천으로 머리를 가리겠지. 그래야 그들의 몸과 역사가 종말해버린 이 행성으로부터 옮겨질 수 있거든, 1997년 졸업반 학생들이.

그들은 주방에서 얼음이 든 가장 긴 유리잔에 보드카와 오렌지주스를 따른 뒤 뒤뜰로 돌아갔다. 뒤뜰은 이제 모여 있는 사람들 때문에 시끄러웠다. 하급생들이 물밀듯이 도착했다. 몇 분 뒤 애덤은 잔을 다시 채우러 돌아갔다. 이번에는 오렌지주스 양을 줄였다. 그런 다음 숨 돌릴 틈도 없이 앰버에게서 세번째 잔을 받았다.

* 혜성 이름.

** 미국의 UFO 숭배 집단.

*** 진정, 수면, 항경련제의 일종.

어쩌면 네번째 잔이었을지도 모른다. 그는 어쩌다 그 암호가 생겨났는지, 누가 최초의 배우였는지 설명할 수 없었다. 하지만 어느새 그는 쌍년과 총질 등등에 대한 라임을 만드는 졸업반 학생 몇 명과 어깨동무를 하고 있었다. 이 신비의 알약을 먹으면 그들이 쓰는 어휘의 부조리와 불쾌함에서 눈을 돌려, 형식의 압력을 받은 모든 언어 게임에는 사회적 무게가 실린다는 사실에 대한 경이감을 되찾게 된다. 아무리 서툴고 터무니없는 방식일지라도 남성적 유형들이 이런 식의 도용을 통해 언어가 재활용되고 재결합되는 극장을 만들리라는 사실에 감탄하게 되는 것이다. 이날 밤 애덤은 싸움의 멍청한 폭력성과 여성혐오적 클리셰 위로 날아올라, 문장들이 의식으로 통제할 수 없는 속도로 펼쳐지는 구역에 진입했다. 그 시점에는 그가 통사 구조라는 체계에 어떤 단어들을 끼워넣는지는 중요하지 않았다(대체 가능성의 숭고함). 그가 내뱉는 라임이 쌍년에 관한 것인지, 주먹질에 관한 것인지, 스팅레이 감시 프로그램에 관한 것인지는 상관없었다. 그가 머저리처럼 보인다는 것도 상관없었다. 중요한 건 언어가, 사회성의 근본 매체가 추상적인 능력으로 과시되고 있다는 사실, 아무리 잠깐일지라도 그가 순수한 가능성으로서의 문법을 엿보게 되리라는 사실뿐이었다.

대런을 끼워주자는 건 누구의 아이디어였을까? 대런은 알코올과 공유된 에너지의 흐름을 타고 온전히 원 안으로 들어왔다, 들여졌다. 유형들은 축구선수들이 모일 때처럼 대런의 어깨에 형제인 양 팔을 두르고 그에게 보이지 않는 마이크인지 소라고둥인지 발언 막대기인지를 건네주었다. 그는 처음에 어떤 소리도 내지 못한 채 완전히 입을 다물고 있었다. 저 겁에 질린 미소를 보라. 그러자 그들은 결국 그에게로 돌아갔다. 이제 그는 더듬거릴지언정 입을 열었다. 그가 한 기여라고는 애덤이 얼굴에 한 방과 감방의 한 방에 관해 지껄인 구호를 한 단어 한 단어 서툴게 따라 하려던 것뿐이었으나, 그의 형제들은 모두 응원과 감탄의 소리를 내지르며 존재하지도 않는 비트에 맞춰 고개를 끄덕였다. 대런이 생각과 감정의 새로운 영역을, 새로운 세상을 드러내기라도 한 것처럼, 대런이 그들의 캐드먼*이라도 되는 것처럼. 그들은 늘 대런을 포용하라는 말을 들었고, 이 행위는 포용의 정점을 구성했으며 대런을 집합적 말하기에, 그들의 박살난 운율 체계에 동화시키는 것이었으니까. 여기에 어떤 역설이 있을지는 몰라도 그 모든 것이 잔인하지만은 않았다.

하지만 뒤뜰은 너무 시끄러웠다. 이웃이 민원을 넣을 수도 있었다. 결국 제이슨이 암호를 풀고 안으로 들어가야 한다고, 아래층 지하실로 가야 한다고 말했다. 거기에는 커다란 TV와 빈백 의자와 구리 벽과 에릭이 몇 년 전 조너선의 도움으로 클라우스의 집에서 가져온 당구대가 있었다. 당구대는 론 윌리엄스의 트럭에 실어 왔다. 이제 눈에 띄지 않게 회전하는 큐볼, 그 얼음 위성 주위에 자리잡을 때였다. 서두를 건 없었다, 없다. 인턴들이 카메라를 설치하고 배우들은 시대극 의상에 적응해야 한다. 모자 각도를 딱 맞게 잡고 삐삐를 차고 몸단장의 암호를 적용해야 한다. 1909년이다.

* 고대 영시(英詩)의 시조로 불리는 7세기 영국의 종교 시인(657~684).

1983년이다. 2019년에서, 내 딸들이 있는 층에서 본 1997년의 이른봄이다. 노트북의 어둑한 빛, 별도의 창에서 재생되는 〈월광〉, 그러는 동안 지하실에서는 본석스앤하모니*가 재생되고 있다. 밖에서 창을 엿보는 사람들의 소리가 들린다. 오늘밤은 재활용되고 있으니까. 소설 안에서는 웃음과 혀 꼬부라진 소리, 체계가 거의 무너져내린다. 맥주 상자가 벽을 따라 쭉 늘어서 있다. 당구대의 넓은 녹색 베이즈 천 위에는 물담배가 놓여 있다. 매케이브가 제이슨에게 크리스털 봉지를 보여준다. 필라멘트를 조심스럽게 제거한 전구 아랫부분을 어떻게 데우는지 보여준다. 이토록 흔한 현대의 물건들을 가능하게 만드는 데에는 수천 세대에 걸친 기술적 진보가 필요했고, 각 진보는 앞서 살았던 사람들의 성취 위에 이루어졌다. 나무에 템페라. 코다크롬에 마블염. 지우개와 풀.

모두가 붐비는 지하실에 자리를 잡자 불이 꺼진다. 여기저기서 라이터 불빛을 우묵한 그릇에 댄다. 휴대용 스테레오의 파란색 전자 화면. 큐볼을 클릭해서 당구대 가장자리로 드래그한 다음 옆모습만 보이는 맨디 오언의 얼굴 옆에 놓는다. 마우스를 놓으면 당구공이 그녀의 관자놀이 8센티미터 아래를 때린다. 턱 몇 군데가 박살나고 치아 몇 개가 빠진다. 그녀를 기절시키고 발음을 영원히 바꿔놓는다. 불이 다시 켜지자 그녀는 얼굴을 바닥에 대고 누워 있다. 피가 빠르게 번져나가자 비명이 터진다. 마침내 음악이 멈춘다. 몇 명이 맨디에게 달려가 그녀를 천천히 뒤집는다(더 많은 비

* 미국의 힙합 그룹.

명이 터져나온다). 다른 사람들은 대런에게 달려가 그가 달아나기라도 할 것처럼 붙든다. 그의 입가에 미소를 흉내내는 작은 경련이 인다. 다수는 아예 지하실에서 도망친다. 쿵쿵거리며 계단을 오른다. 당구대 아래로 굴러떨어진 큐볼을 찾아서 다시 클릭하고 왼쪽으로 드래그한다. 맨디가 일어서면서 피와 치아가 다시 맨디의 머리로 들어간다. 그녀의 아래턱이 다시 붙는다. 불이 꺼지고 연기구름이 다시 입으로 들어간다. 작은 달이 지하실 창공에서 빙빙 도는 동안 음악이 거꾸로 재생된다. 이 모든 일은 겨우 / 화살이 꽂히고 날아가는 동안 // 활을 떠난 동안에 벌어진 일.* 신경증적인 부모들이 걱정하는 대로 그런 음악들을 천천히 거꾸로 재생했을 때 정말로 가사에서 사탄의 메시지가 드러난다면 얼마나 쉬웠을까. 아무리 음침하다 해도, 공허함에 대한 분노 대신 거꾸로 녹음해 숨긴 비밀 질서가 있었다면. 이제 그것이 그의 손을 가득 채운다.

---

* 단테의 『신곡』 '천국편'에서 인용한 구절.

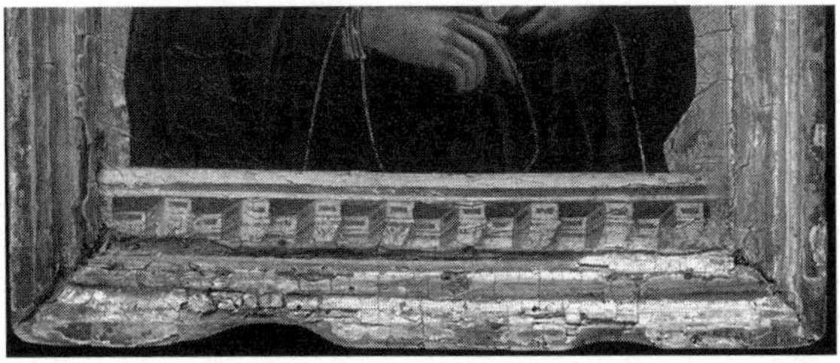

주제 통각 검사

(애덤)

108번가와 암스테르담 애비뉴 교차로에 있는 도냐 알라나의 원룸아파트, 그녀가 비에케스섬*을 떠나 이곳에 도착한 1942년 이래로 사실상 변하지 않은 아파트, 그녀가 홀몸으로 두 딸을 키워낸 아파트, 정성스럽게 정돈해둔 퀸사이즈 침대 옆에는 그녀의 딸들이 잤던 트윈베드가 여전히 정성스럽게 정돈되어 있고, 다이얼식 전화기가, 내 인생 마지막 다이얼식 전화기가(내 딸들은 유선전화에 대해 영영 모를 것이다, 가족 체계의 관점에서는 근본적인 변화다) 옆에 놓여 있는 아파트, 동네가 계속 재편성되는 가운데 남아 있는 유일한 지점처럼 느껴지는 아파트에서 우리는, 나탈리아와 나는 그 계절답지 않은 11월의 온기를 가로질러 쌍둥이 유모차를 밀고 리버사이드 드라이브를 향해 걸었다. 우리는 딸들에게 최

* 카리브해의 섬.

근 점점 더 심해지는 외증조할머니의 치매 증상에 대한 슬픔을 감추려 노력했다. 그녀는 면회시간 거의 내내 나탈리아를 자기 어머니 이름으로 불렀다. 우리 맏딸인 루나를 아들이라고 생각했다. 나탈리아가 루나의 갈색 머리카락을 뒤로 쓸어넘기자 작은 금색 피어싱 귀걸이가 보였기 때문이다. 아이들은 그녀를 비시라고 불렀다. 비시는 갑자기 필사적으로, 어린아이가 할 법한 방식으로 청개구리 냉장고 자석을 어린 아마야의 손에서 낚아챈 다음, 에스 미오* 라고 말했고, 아마야가 울음을 터뜨리자 자기가 방금 무슨 짓을 했는지 혼란스러운 듯 손바닥에 놓인 자석을 바라보았다. 우리는 브로드웨이의 교통섬에 멈춰 서서 보행 신호를 기다렸고, 나탈리아는 우리 왼쪽에 있는 노인들에게 인사를 건넸다. 모음을 삼키는 듯한 발음과 버스가 떠난 자리에서 들리는 새소리 때문에 나는 그 스페인어를 알아들을 수 없었다. 한편 나는 오른쪽에 있는 초록색 금속 쓰레기통을 뒤지는 노숙자를 보지 않는 척했다. 아이들에게 그가 위험한 존재가 아니라는 것을 확인해주고 싶었다. 아이들은 그런 개념 자체가 아예 없었지만 말이다. 지금 아마야는 입에 공갈젖꼭지를 문 채 잠들어 있었고, 루나는 혼자서 하마에 관한 노래를 부르고 있었다. 위를 올려다보자 구름이 빌딩 사이의 공간을 가로지르며 빠르게 움직였다. 이중 주차된 자동차에서 카디 비의 노래가 흘러나왔다. 애들이 우리 대화를 알아듣지 못하기를 바랄 때면 나탈리아와 나는 서로 다음절어로, 조잡한 단어로 말했다. 내가

* 스페인어로 '내 거야'.

오직 영어로만 할 수 있는 말이었다. 덕분에 우리는 심각한 주제도 일종의 게임으로 만들 수 있었다. 어른들의 말투를 조롱하는 아이가 된 기분이었다. 그래서 나는 "신경퇴행은 지켜보기가 부담스럽지만 그분의 근본적 성격은 온전해"라는 식으로 말했다. 나탈리아는 "내가 바라는 것은 그분이 시설로의 재배치를 겪지 않고 임종에 이르는 거야"라는 식으로 말했다. 신호등이 바뀌자 길을 건넜다. 루나가 미스터소프티* 트럭을 가리켰다. 아빠빠, 아이스크림 사준다고 약속했잖아. 아니, 비시네 집에서 쿠키를 먹거나 기다렸다가 아이스크림을 먹을 수 있다고 했지. 아이의 혈당 수치가 높아지는 것에 대한 죄책감. 루나는 징징거리기 시작했고, 오직 아이들하고만 스페인어로 말하는 나탈리아는 징징거림이 어떤 결과를 불러올 수 있는지 말해주었다. 루나는 포기하고 프리스타일 하마 노래를 다시 시작했다. 이제는 "부담스럽다onerous"라는 단어까지 끼워넣었다. 루나는 이 단어를 "오운-러스트own-rust"라고 발음했다. 아이는 입에 발음 교정용 퍼티를 물고서, 관성에 따라 언덕 아래 리버사이드로 내려가는 동안 손뼉을 쳐서 비둘기 몇 마리를 쫓았다. 루나는 공사장 비계에서 턱걸이하는 남자를 보고 신나했다. 아빠빠, 저거 할 수 있어? 당신 할머니도 참 대단한 인생을 사셨어. 나는 늘 그랬듯 나탈리아에게 말했다. 온전히 살아내기에는 특히 정신없는 한 세기 아니었을까? 자동차나 비행기가 등장하기 전에 태어나서, 이제는 외증손녀들이 주변을 뛰어다니는 동안 섬에

* 소프트아이스크림을 판매하는 푸드트럭 체인.

있는 사촌과 (나탈리아의 핸드폰으로) 페이스타임을 하다니. 섬에 전기가 잠깐 복구된 사이에 말이야. 나탈리아는 이런 진부한 이야기, 『스포츠맨다운 운전』에 고개를 끄덕이며 눈물을 참기 위해, 눈물샘에 상방 압력을 가하기 위해 고안된 그 특별한 미소를 지었다. 트럼프는 태풍 마리아가 지나간 뒤에 군중에게 키친타월을 던져대고, FEMA*는 스키틀즈를 비롯한 기업발 당류 제품을 나눠주었다. 그러는 동안 나는 유모차를 밀고 도로 경계석을 넘어 간선도로의 주요 인도에 올라섰다. 우리는 왼쪽으로 돌아서 91번가의 하마 놀이터가 있는 남쪽으로 향했다.

놀이터에 도착했을 때 루나는 나와 나탈리아가 유모차를 들고 돌계단을 내려갈 수 있도록 유모차에서 폴짝 뛰어내렸다. 나는 안전띠를 풀고 아마야를 안아올린 뒤(딸들의 이름을 소설화하는 게 왜 위험하게 느껴질까?) 깨우기 시작했다(왜 아이는 잠들어 있을 때 더 무거울까?). 내가 아는 하마에 관한 노래를 부르면서. 하마는 '취약종'이긴 하지만 '멸종위기종'으로 분류되지는 않았다. 아빠빠가 그네 밀어줄게, 작은 하마야. 나는 결국 아이가 보보라고 부르는 공갈 젖꼭지를 입에서 뽑아낸다. 그러자 아이는 속눈썹이 긴 눈을 뜨고, 보보를 돌려달라고 요구하기 위해서이긴 하지만 입을 연다. "아빠빠 보보 좀만 더." 나는 공갈 젖꼭지를 돌려주고 아이를 내려놓은 다음, 아이의 무지개 줄무늬 바지 고무줄을 당겨 기저귀를 확인하고 놓아주었다. 그리고 아이가 언니에게 아장아장

* 미국 연방재난관리청.

다가가는 모습을 지켜보았다. 루나는 특유의 머뭇거리는 태도로 작은 하마 석상에 기어올라가 계속 내게 미소 지으며 손을 흔들었다. 나는 반의식적으로 놀이터를 훑어보았다. 그러지 않을 수가 없었다. 아이들을 괴롭힐 만한 녀석이나 아스팔트 바닥에 깨진 유리가 있는지 확인해야 했다. 그리고 놀이터 시설의 상대적 높이를, 이런저런 추락에 어떤 부상이 따를 수 있는지를 머릿속에 새겨놓았다. 그런 다음 나는 액정 프레임 너머에서 들어오는 메시지를 보려고 핸드폰을 확인했다. 공갈 젖꼭지가 루나를 진정시키듯 나를 발라버려 진정시키는 헤드라인과 스캔들, 태고로의 퇴행, 최신 '세계 빙하'를 확인한 다음 딸들과 함께 있겠다는 각오를 새로이 다지며 핸드폰을 껐다. 모든 순간에 끼어들지는 않겠다는 새로운 각오도 다진 터였다. 그런 의미에서는 지나치게 함께 있지 않으려 했다고도 할 수 있다. 그래서 루나와 아마야가 내 시야 밖에서 작은 노란색 금속 사다리를 타고(아마 저기에서 떨어져도 뇌진탕은 일으키지 않을 것이다) 정글짐에 올라가도 그냥 놔두었다. 여러 나잇대의 아이들이 정글짐에서 여기저기로 뛰어다니거나 구름사다리에 매달려 있었다. 정글짐에는 폭이 넓은 금속 미끄럼틀이 달려 있었다. 나탈리아는 조금 떨어진 곳에 세워둔 유모차 아래 바구니의 책가방에서 물병을 가져오고 있었다.

루나는 미끄럼틀을 타려고 자기보다 키가 큰 여자애 두어 명 뒤에 줄을 섰다. 아마야는 눈을 반짝이며 언니를 따라 그 뒤에 섰다. 내가 그 소년을 의식한 건 그때였다. 아마 일곱 살이나 여덟 살쯤 되었을, 루나보다 몇 살 많은 아이였다. 그애는 미끄럼틀을 타지 않고 미끄럼틀 금속판에 발을 쾅쾅 굴러대며 위에 앉아만 있었다. 여자애 몇 명이 소년에게 미끄럼틀을 타게 비켜달라고 부탁하자 그가 말했다. 이 미끄럼틀은 남자용이야, 여자는 미끄럼틀 못 타, 저리 가. 여자아이는 근처에 있던 아버지를 불러, 차례를 지키지 않는 소년에 맞서 자기를 도와달라고 했다. 루나와 아마야는 어떤 상황이 펼쳐질지 골똘히 지켜보고 있었다. 내가 보기에는 뭐든 인생의 교훈을 내면화할 준비를 하는 것 같았다. (그런 근본적인 수용의 자세, 아이의 눈에 떠오르는 특별한 표정, 존재와 부재의 혼합, 이런 눈빛은 어떤 인상을 받기 직전, 밀랍처럼 그런 인상이 찍히기 직전에 드러나 어른인 척하는 우리의 언어와 행동에 엄청난 압박을 준다.) 억양으로 보아 아마 프랑스계 흑인인 듯한 여자아이의 아버지는 소년에게 부드럽게 미소 지으며 다른 아이들에게도 기회를 주라고 요청했다. 그러자 소년이 쏘아붙였다. 아뇨, 여자는 이 미끄럼틀 못 타요, 저리 가요. 그 말에 아이 아버지는 여전히 미소 지으며 말했다. 지금 너희 아빠나 엄마는 어디 계시니? 소년은 잠시 망설이며 무릎의 딱지를 긁어대더니 10미터쯤 떨어진 곳의 벤치에 앉아 있는 남자를 향해 마지못해 고갯짓했다. 그는 멀리서 미끄럼틀의 상황을 지켜보는 것 같았다. 나는 루나와 아마야의 시선을 다른 데로 돌리려 했다. 너희 구름사다리 봤니? 하지만 아이들의 관심은 이미 한곳에 사로잡혀 있었다. 그들은 미소를 유지하며 벤치의 아버지를 향해 걸어가는 아버지를 눈으로 좇았다. 그러는 동안 소년은 계속해서 천둥 같은 소음을 일으켰고 큰 여자애들은 불만스럽기는 해도 인내심 있게 줄을 서서 어른의 개입을 기다렸다. 나는 두 아버지의 대화를 좇지 않는 척했지만 머잖아 여자아이의 아버지가 당혹스러운 표정으로 돌아왔다. 조금 충격을 받은 것 같기도 했다. 그는 딸에게 이제 그네를 타러 갈 시간이라고, 어쨌거나 곧 가야 한다고 말했다. 그 아버지와 나는 눈을 맞췄고 그는 벤치에 앉아 있는 아버지를 만난 건 재수없는 일이라는 의미로 눈썹을 치켜올렸다. 나는 벤치에 앉아 있는 아버지를 노골적으로 바라보았다. 아들의 행동을 제어하러 오지 않는 나쁜 아버지에게, 나는 좋은 아버지의 편이라는 뜻을 전하기 위해서였다. 동시에 나쁜 아버지를 평가할 기회도 잡았다. 그러지 않을 수가 없었다. 그는 나보다 키가 크고 말랐다. 일요일이었지만 퇴근이라도 한 것처럼 놀이터의 다른 어떤 어른보다도 격식을 차린 옷차림이었다. 그는 카키색 면바지와 재킷과 분홍색 버튼다운셔츠 차림에 넥타이는 매지 않았다. 나는 그가 금융 쪽에서 일한다고, 무슨 증권 관련 일을 하지 않을까 생각했다. 터프가이는 아닌 게 틀림없었다. 그는 내 것과 같은 검은 테 안경을 쓰고 있었다. 이 도시의 다른 아버지 수백만들과 마찬가지로. 그는 백인이었으므로 우리 사이에 복잡한 정치적 역학이 문제될 일은 없었다. 그런 문제 때문에 다른 아버지와의 상호작용은 굴절되었을지 모르지만. 나는 딸들을 돌아보았다. 아이들은 불안해하며 여전히 기다리고 있었다. 모두 미끄럼틀을 양보하지 않으려 드는 소년을 지켜보고 있었다. 그는 계속해서 천둥 같은 금속성 소리를 냈다. 내 머릿속에서는 이제 마치 폭풍이, 거대한 온난성 폭풍이 다가오는 소리처럼 들렸다. 나는 무나에게 그네를 타면 된다고, 엄마한테 물을 좀 받아오자고 말했다. 엄마는 유모차 근처에서 지인인 듯한 어떤 여자와 이야기하고 있었다. 하지만 루나와 아마야는 앞에 줄 서 있는 큰 여자아이 한 명과 마찬가지로 꼼짝하지 않으려 들었다. 아빠빠, 미끄럼틀 타고 싶어요. 저 남자애가 안 착한 일을 하고 있어요.

이제 여자애들한테도 타게 해주는 게 어떨까? 나는 내 앞의 아버지가 미소 지은 것처럼 미소 지으며 소년에게 말했지만, 소년은 미끄럼틀을 몇 번 더 걷어차더니 소리쳤다. 안 돼요, 이 여자애들은 멍청해요, 이 여자애들은 못생겼어요, 못생기고 멍청한 여자애들은 안 돼요. 내가 아는 한 네 살과 두 살인 딸들이 그런 식으로 불린 건 그때가 처음이었다. 나도 모르게 소년의 멱살을 잡고 미끄럼틀에서 들어올리는 상상이 떠올랐다. 대신 나는 말했다. 미소는 더이상 짓지 않았지만 목소리는 평온했다. 그건 나쁜 말이야. 큰 여자애가 울기 시작했고 루나가 그 뒤를 따랐으며 그 뒤를 아마야가 따랐다. 아마야는 보보까지 빼고 울부짖었다. 네가 저애들의 마음을 얼마나 다치게 했는지 알겠니? 나는 벤치에 앉아 있는 나쁜 아버지를 보며 말했다, 무슨 일이 벌어지는지 본 게 틀림없는 나쁜 아버지를. 지금 당장 미끄럼틀에서 내려와야겠다. 나는 말했다. 하지만 소년은 그냥 다시 금속을 걷어찼다. 나는 나도 모르는 사이 나쁜 아버지를 향해 걸어갔다. 머릿속에서 내 아버지의 목소리가 들렸다. 그러지 마라, 네 딸들을 데리고 그네로 가. 미끄럼틀은 남자아이한테 넘겨줘(남자애들이 다 그렇지). 딸들에게는 그런 모범을 보여줘야 하는 거야. 대립을 통해서 얻을 건 아무것도 없어. 나는 나쁜 아버지와의 거리를 좁혀가면서 애써 다시 미소 지었고, 그의 앞에 서서 말했다. 안녕하세요? 나는 내 아버지의 목소리에 닿으려 했다. 왠지 다른 남자들을 무장해제하는 목소리, 마초의 대본에 따르지 않고 다른 방식으로 행동하는 걸 허용해주는 목소리. 나쁜 아버지는 알아들었다는 뜻으로 고개를 까닥했다. 좀 도와주실래요? 나는 최대한 침착하게 말했다. 아드님이 미끄럼틀에서 놀고 있는데 제 딸들뿐만 아니라 다른 아이들도 미끄럼틀을 타고 싶어해서요. 아이가 공간을 함께 쓰는 걸 어려워하네요. 나쁜 아버지는 화를 내며 대답했다. 아뇨, 안 갈 겁니다. 절대로 안 가요. 애들이 알아서 하게 놔두세요.

내 아버지가 말했다. 애덤, 이 남자는 엄청난 일을 겪고 있는 게 틀림없어. 떨고 있는 걸 좀 봐라. 어쩌면 자기 아들을 다룰 수 없다고 느끼고 어찌할 줄 몰라하는 것일 수도 있어. 결혼생활이 파탄 지경인지도 모르지. 끔찍한 병을 진단받았을 수도 있고. 누가 알겠니? 우리가 아는 건 더이상 대화해봐야 도움이 되지 않으리라는 것뿐이야. 나와 의견이 달랐지만, 내 아버지는 말했다. 저 사람의 대처가 형편없는 건 사실이야. 하지만 아이들은 실제로 문제를 해결할 거다. 그러니까 루나와 아마야는 그냥 놀 만한 다른 장소를 찾을 거야. 나는 내 아버지에게, J 박사에게, 그의 침착함에 고개를 끄덕였다. 아마 누구도 알아차리지 못했겠지만. 그러는 동안 내 목소리가—목소리는 침착했지만 호흡이 빨라졌다—대답했다. 당신 아들이 내 딸들을 괴롭히게 놔둘 수는 없습니다. 가서 아들을 좀 데려가시죠. 그러자 나쁜 아버지가 말했다. 아니, 당신 명령은 듣지 않을 거요. 더이상 대화할 생각 없습니다. 나쁜 아버지는 자신의 오른손목을 잡더니 떨리는 것을 멈추려는 듯 가슴에 어색하게 댔다. 지연성운동장애. 아니면 손이 제멋대로 나를 때리지 못하게 막는 걸지도 몰랐다. 나는 이런 자세가 나를 위협하는 것인지, 아니면 임박한 신경쇠약을 의미하는 것인지 알 수 없었다. 우리는 다양한 훈육 전략을 가진 무지렁이 백인 특권층이었다. 우리는 원초적 대립 직전에 있는, 홉스적 자연 상태의 통치자 없는 남자들이었다. 나는 침착한 목소리로, 하지만 나 자신의 미약한 자제력을 느끼며 말했다. 제가 부탁드리는 건 가서 아이들이 함께 놀도록 도와달라는 겁니다. 다른 부모가 이미 얘기한 거 압니다. 당신이 아마 아들을 다룰 수 없다고 느낄지 모른다는 것도, 어찌할 줄 몰라하는 것일 수 있다는 것도 알아요. 아니면 당신의 결혼생활이 파탄 지경인지도 모르죠(왜 내 아버지의 공감 능력을 무기로 쓴단 말인가?). 하지만 당신 아들이 내 딸들을 욕하게 놔두지는 않을 겁니다. 물러서요, 나쁜 아버지가 이렇게 말하며 안경을 벗어 재킷 안주머니에 넣었다. 당장 물러서. 싸울 준비를 하느라 안경을 벗은 걸까? 안경을 벗으면 진정하는 데 도움이 되기 때문일까? 나는 코로 깊은 숨을 억지로 들이쉬고 참았다가 소리가 나도록 내쉬었다.

나는 벤치의 나쁜 아버지를 떠나 미끄럼틀로 돌아왔다. 그곳에서 소년을 비롯한 모든 아이가 조용히 우리를 지켜보고 있었다. 가자, 내가 딸들에게 말했다. 루나가 싫다고 하자 내가 쏘아붙였다. 지금, 나는 식식댔다. 지금 당장 따라오지 않으면 바로 집에 갈 거야. 내가 그 아버지다. 문학이 육체성을 언어로 대체함으로써 극복해야 한다는 남성적 폭력의 태곳적 매체다. 이때 나탈리아가 와서 무슨 일이냐고 물었다. 나는 억지로 아무렇지 않은 체하며 소년이—어린 남자가—노는 데 문제가 있다고, 그애 아버지와 이야기를 했다고, 아버지들이 나를 통해서 이야기했다고 설명했다. 이제 여자아이들은 다른 활동을 찾아야 할 시간이라고도 말했다. 나탈리아는 내가 속상해하는 걸 알아채고 특유의 우아한 방법으로 딸들을 그네로 데려갔다. 소년은 또 한번 천둥을 울리기 시작했다. 나는 나쁜 아버지의 시선을 느꼈다. 그의 승리감을 느꼈다. 나는 돌아서서 그의 미소를 보지 말라고 스스로를 타일렀다.

나는 돌아서서 그의 미소를 보았다. 그런 다음 단 한 걸음에 거리를 좁힌 것처럼 나쁜 아버지의 코앞에 서서 그를 내려다보았다. 검은 머리가 빠진 자리에 새하얀 두피가 드러나 있었다. 두 손이 차가웠다. 편두통이나 분노, 혹은 둘 다의 익숙한 신호였다. 몸속에서 상징계가 무너져내리는 징조. 그는 키가 큰 만큼 닿는 범위가 넓다는 이점이 있었다. 소위 고릴라 지수*가 높을 것이다. 반면 내 체형은? 나는 딸들에게 대물림되어서는 안 된다고 밤마다 기도해야 할 만한 유전적 증후군의 징후가 있는지 살피느라 병원에서 꼼꼼한 검진을 받았다. 의사들은 대동맥이 심장과 이어지는 부분이 늘어난 것을 알아냈다. 그러나 나는 이자를 쓰러뜨릴 수 있을 것 같았다. 토피카에 살던 시절 이후로 진짜 육탄전을 해본 적은 없었지만 말이다. 토피카에서와 달리 그가 무기를 가지고 있을 가능성은 희박했다. 그의 옷에 불거진 권총자국은 보이지 않았다.

* 양팔을 펼친 길이와 키의 비율.

본능적으로 나는 기습 양동작전을 노렸다. 난 당신의 도움을 받으려고 했습니다. 나는 재단에서 쓰는 단어를 앞세우되 욕을 하듯 그 말을 전했다. 놀이터를 내 딸들에게 안전한 공간으로 만들 수 있게 도와달라고 당신의 도움을 구했습니다. 당신 아들에게 한 내 행동이 그저 그에게만 해당하지 않는다는 걸 압니다. 이건 여자 거시기 잡기* 문제입니다. 내가 딸들을 끌어들인 이 세계에 대한 내 공포와 관련된 문제입니다. 나쁜 아버지는 걱정과 냉담의 혼합에, 뒤엉킨 단어들에 놀란 게 분명했다. 그가 대답했다. 애들이 알아서 하게 놔두세요. 내 아들은 미끄럼틀에서 놀고 있습니다. 누굴 괴롭히는 게 아닙니다. 걔는 일곱 살이라고요, 아시겠습니까? 아뇨, 내가 말했다. 안 괜찮은데요. 아이는 어른의 아버지입니다. 아이들이 '알아야' 하는 건 반복입니다. (나는 그녀를, 이방카를, 내 딸 이방카를 만드는 데 일조했습니다. 그애는 키가 183센티미터이고 몸매가 끝내줍니다. 엄청나게 많은 돈을 벌었죠.** 스타가 되면 여자들이 그러라고 놔두니까요. 뭐든 할 수 있습니다. 권한이 생겨요. 지하실 창공에 걸려 있는 밀도가 무한히 높은 달이나 죽은 별.)

그 아버지는 아무 말도 하지 않았다. 그는 핸드폰을 꺼내 문자메시지를 보내기 시작했다. 내 존재를 전혀 위협적으로 느끼지 않는다는 과시였다. 내 말 무시하는 겁니까? 내가 바보처럼 물었다.

---

* 도널드 트럼프가 "유명한 남자가 되면 무슨 짓을 해도 여자들이 그냥 놔둡니다. 유명한 남자들은 뭐든 할 수 있습니다. 거시기를 잡든지"라고 말해 큰 물의를 빚은 바 있다.

** 도널드 트럼프가 어느 인터뷰에서 딸 이방카를 두고 한 말을 그대로 인용했다.

그 아버지가 나를 올려다보았다. 이제 우리 둘 다 나쁜 아버지였다. 그가 말했다. 더는 얘기하지 않겠습니다. 나를 가만히 놔두라고 했을 텐데요. 이젠 꺼지라고 말하겠습니다. 나는 아스팔트에 부딪히는 탁 소리를 듣고서야 내가 그의 손에서 핸드폰을 쳐냈다는 걸 완전히 인식했다.

◆ ◆ ◆

비행기는 기계상의 문제 때문에 몇 차례 연착되었다. 우리는 딸들과 무빙워크를 타고 앞뒤로 오가며 공항 슈퍼마켓에서 파는 지나치게 비싼 가공식품을 아이들에게 계속해서 권했다. 우리는 아이들이 핸드폰으로 자신들이 춤추는 동영상을 보게 계속 놔두었다. 캔자스시티에 내려서(하강중에 심각한 난기류가 있었다. 나는 아이들에게 책을 읽어주며 두려움을 숨겼다. 불안한 기류에는 아무 관심이 없던 아마야가 내 손에서 책을 가져가기 전까지는) 보안 검색대를 통과한 유모차를 가지고 나와 부모님을 만나고 수하물을 찾은 뒤 토피카까지 한 시간 동안 차를 몰고 갔을 때(전신주 위의 말똥가리, 갈색 밀밭과 푸른 콩밭, 〈빌리 브로크 볼츠〉 〈골든 배니티〉 같은 노래를 부르며 아이들을 데려가는 할머니와 할아버지, 로렌스 외곽에서 토하는 바람에 휴게소에서 옷을 갈아입은 루나), 그리고 마침내 취한 내가 너무도 자주 캠리를 주차해두었던 진입로에 들어섰을 때, 워시번대학교에서 열리는 낭송회까지는 겨우 몇 시간밖에 남지 않은 상태였다. 샤워기 물줄기를 맞으며 서서 나는 이십 년이 지워진 것 같은, 씻겨나간 것 같은 기분을 느꼈다. 다시 열여덟 살이 된 것 같았다. 나탈리아가 딸들을 데리고 빅토리아식 주택과 자갈길로 이루어진 동네로 산책을 나갔다는 사실에 이런 불안한 기분은 더욱 고조되었다. 내가 꾸린 가족의 소리가 전혀 들리지 않았다. 그 모든 것이 꿈이었다. 엄마는 서재에서 뭔가를 타이핑하면서 유선전화가 울려도 자동응답기로 넘어가도록 놔두었고, 아빠는 장을 보러 잠깐 딜런스에 갔다. 유지방 우유와 마카로니 등을 사려고, 혹시 있으면 유기농으로. 나는 웨스트리지몰에서 산 정장은 아니지만 그럭저럭 옷을 차려입었고—나는 토론을 준비하는 것이 아니라 시를 읽을 예정이었다, 내 코치들이 참석하기는 하겠지만—엄마에게 행사 전에 차를 타고 잠시 돌아보겠다고, 아빠랑 같이 행사장에서 보자고 말했다. 엄마는 흰색 프리우스의 열쇠가 어디에 있는지 말해주었다. 부모님은 레온 세메노프에게서 차를 샀다. 나는 나탈리아에게 그날 밤늦게, 수십 년 뒤의 미래에 그녀와 아이들을 만날 것을 알려주는 문자메시지를 보낸 다음 핸드폰을 껐다. 핸드폰은 아직 발명되지 않았다.

전기자동차의 조용함에 유령이 된 듯한 기분이 더욱 깊어졌다. 풍경은 차치하더라도 나 자신의 나이가 아닌 것 같은 기분이 들었다. 역사는 끝난 것이 아니라 잠시 멈춘 것이었다. 나는 흰색을 연파란색으로 다시 칠한 클라우스의 집을 지났다. 모르는 사람이 잔디를 깎고 있었다. 내가 손을 흔들자 그는 의심스럽다는 듯 고개를 끄덕였다. 나는 차를 몰고 예전에 머리를 부딪혔던 그 골목을 지났다. 그런 다음 잠시 혼수상태에 빠져 있었던 7번가의 세인트프랜시스를 지났다. 우주에 있는 아이. 내 정신은 가짜 바닥이 달린 상자였다. 머잖아 나는 오클리 애비뉴의 브라이트서클에 이르렀다. 대런과 나는 그곳에서 우리의 힘을 처음으로 개발했다. 나는 차창을 내리고 아주 느린 속도로 일층짜리 유치원을 지났다. 아이들이 뒤뜰에서 노는 소리가 들리는 듯했다. 지금쯤 모두 집에 갔을 테지만. 그저 기억일 뿐이었으나 진흙과 썩어가는 낙엽의 베이스 노트 위에 곁들여진, 다가오는 폭풍을 암시하는 오존 향을 맡을 수 있었다.

오클리에서 나는 6번가의 옛 재단 부지로 향했다. 라디오에서는 카디 비가 흘러나오고 있었다. 그 부지는 재단이, 아니면 재단의 잔재가 있던 시절 이후 버려졌다. 재단은 2003년에 텍사스로 옮겨갔다. 2005년에는 수많은 건물이 사무실로 임대되었고 시계탑도 그런 목적에 따라 대대적으로 개조되었다. 하지만 그때 공공 기물 파손이 일어났다. 손상이 너무 심해서—혹은 너무 당황스러워서—임대는 무한 연기되었다. 토피카동물원을 두고 그랬듯 나는 "전 세계적으로 유명한"이라는 재단의 경칭이 공식적으로 취소되었다고, 기록에서 지워졌다고 생각했다. "경찰관으로 이십구 년을 복무하면서 건물이 이렇게까지 심하게 공격당한 걸 본 적이 없습니다." 랜들 리스트롬은 〈토피카 캐피털저널〉에서 말했다. "이건 아주, 아주 화가 난 누군가의 소행입니다. 여기서 엄청나게 많은 시간을 보낸 사람이죠. 아이들이 한 시간 정도 재미를 봤다고 이렇게 되지는 않습니다." 〈베를리너 로칼안치이기〉에 따르면 체포되지 않은 범죄자들은 "건물 도서관에 있는 책장을 넘어뜨리고 화장실에 불을 질렀으며 욕실 세간을 망가뜨리고 어느 방에는 인간의 분변 더미를 남겨놓았다. 또한 엘리베이터 제어반을 망가뜨렸으며 건물 전체에 음란한 낙서를 남겼다." 그들이 구리 벽도 훼손했을까?

나는 묘지를 지날 때 그러듯이 라디오를 껐다. 그리고 시계탑과 가장 가까운 빈 주차 공간에 프리우스를 댔다. 나는 톰 박사에게 헌정된 철제 벤치를 발견하고 멈춰버린 시계를 바라보았다. 세시 오십분, 진료시간의 영원한 끝이었다. 그 시계탑을 보면 나는 늘 〈백 투 더 퓨처〉가 생각났다. 나는 입천장에 혀를 댔다. 멀리서 들리는 공기드릴소리, 숲에서 들리는, 아래로 처지는 새들의 휘파람소리. 이른 노을 속에 숲이 빛나기 시작했다. 나는 손을 덥히려고 애썼다. 다가오는 낭송회에 대한 불안 때문이었다. 재단에서 나온 모든 말이 어떤 식으로든 공기 중에 아직 남아 있다고 상상했다. 주파수만 맞추면 오래전 라디오방송이 얼음으로 이루어진 천체에 튕겨 우주에서 돌아오기 시작할 것처럼. 아마추어 무선통신가가 허버트 모리슨*의 1937년 〈힌덴부르크〉 재난 방송을 잡아낼 것이다. 프리츠가 태어난 해의 그 방송을 2014년에. 아, 인류여. 전자기 방사선이 지구로 다시 떨어지는 것이다. 나는 눈을 감고 귀를 기울였지만 전파방해가 너무 심했다. 빅뱅의 소음, 불꽃이 타닥거리는 소리, 번개, 별, 하얀색 실크 아래의 격앙된 몸, 혼선.

재단 부지와 그곳의 유령들을 떠날 때도 운전대를 잡은 손은 여

---

* 미국의 라디오 방송인(1905~1989).

전히 차가웠다. 나는 사우스웨스트 워너메이커 로드를 타고 스타라이트 스케이트장과 하이퍼마트를 지나 셔우드호수까지 갔다. 나는 페이스북을 통해 앰버가—그녀는 카리브해의 아메리칸대학교에서 의학 박사학위를 받고 캔자스대학교 의과대학에서 전공의 과정을 수료했다—지금은 오마하에 살며 보험 영업사원인 남편과 아들 둘을 두었고 허스커스*의 엄청난 팬이며 엄격한 구석기 식단을 따르고 있다는 것을 알았다. 하지만 그녀는 또한 그녀의 집에, 그 모든 집들에 있었고, 내가 계획적으로 설계된 동네를 헤매고 다니는 동안 커튼 뒤에서 움직이기도 했다. 판 전체에 초록색 가루가 펼쳐진 풀밭, 청소년기 욕망의 반향이 나를 놀라게 했다. 치아를 훑는 혀, 최초의 강렬함, 인공 호수에서 불어오는 바람, 내가 대변할 수 없는 목소리. 셔우드호수를 떠나 21번가의 신호등에 멈춰 섰을 때 나는 롤링힐스를, 조립식 건물로 이루어진 스털을 보았다. 하지만 그곳은 힘을 잃었다. 이제는 재가 된 내 할아버지는 작은 판지 상자에 담겨 포트윈으로 돌아갔다. (신호가 바뀌기를 기다리면서 나는 대학교에서 처음으로 돌아왔을 때 들렀던 펜웰가벨장례식장에서의 한 장면을 떠올렸다. 할머니에 대한 가장 사랑스러운 기억이었다. 지금은 할머니도 재가 되었다. 그러나 할머니는 벚꽃이 피어나는 어느 봄날 브루클린식물원에 몰래, 사랑스럽게 뿌려졌다. 장례지도사는 로즈에게 "사랑받으며 떠난 사람의 유골함"이라며 묵직한 파일에 들어 있는 자료를 계속해서 보여주었지만, 로

* 네브래스카대학교의 스포츠 팀.

즈는 모든 선택지가 너무 비싸다고 생각했다. 로즈는 장례지도사에게 유골을 비닐봉지에 넣어달라고, "그이의 유골을 핸드백에 넣어가면 되잖아요"라고 반복해서 부탁했고, 장례지도사는 그건 불법이라고 우겼다. 거의 한 시간 동안 협상한 끝에 그녀는 장례지도사에게—현금 40달러에—안에 대리석 유골함이 든 소나무 상자를 사기로 했다. 처음에 엄마는 자기 엄마의 고집스러움에 짜증을 냈다. 끝날 때쯤에는 한 발도 물러서지 않으려는 로즈 때문에 우리 모두가 카타르시스를 느끼며 배꼽을 잡고 웃었다. 그림이 그려진 깡통 유골함을 샀다면 좋았을 텐데.)

시내로 돌아와 웨스트버러를 지났지만 시마나 에릭이 들락날락하거나 정원에서 일하고 있을까봐, 나를 보고 잠깐 멈추라고 할까봐, 어색하게 안부를 주고받게 될까봐 제이슨의 집은 피했다. 어쩌면 나 자신의 한 형태가 머물렀던, 지금도 그 자리에 머물며 자기 자리를 차지하려고 언제까지나 기다리는 그 집 지하실 근처에 가고 싶지 않았던 건지도 몰랐다. 대신 17번가에 있는 퀵숍에서 말버러 레드 한 갑을 사고, 워시번대학교 화이트홀에서 가장 멀리 떨어진 주차장에 차를 댄 다음 보닛에 걸터앉아 담배 두 개비를 피웠다. 한 개비는 다른 담배로 불을 붙였다. 그러면서 내 책들을 휙휙 넘겨보았다. 내가 읽어야 할지 모를, 귀퉁이를 접어 표시해둔 페이지들을. 그러는 동안 주위에는 어둠이 내려앉았다. 재단 극장의 객석 조명처럼. 이런 낭송회에 누가 참석할까? 한 줌 정도 되는 지역 시인들이겠지. 워시번대학교 영문학과의 몇몇 강의에서 낭송회 참석을 강제했다. 치글러 영화에 나온 과거의 수많은 스타와 부모님의 확장된 공동체에 속한 다른 사람들. 브라이트서클유치원과 랜돌프초등학교와 로빈슨중학교와 토피카고등학교의 다양한 교사들. 친구도 몇 명 있을 것이다. 그중에는 맨디도 있겠지. 그녀는 내게 메시지를 보내 낭송회가 끝난 뒤 잠깐 안부를 나누고 싶은 마음이 굴뚝같다고 했다. 어우드도 코발트크롬합금과 티타늄으로 된 새로운 무릎에 체중을 실을 수만 있다면 참석할 것이다. 펠프스 패거리도 올 것이다. 아니, 왔다. 나는 마침내 화이트홀에 다가가면서 그들을 보았다. 나는 두 시대 사이를 오가며 깜빡였다. 진정제가 효과를 내기 시작했다. 내가 "잘 알려진 시인"이어서가 아니라 '수뇌부'의 아들이었기에.

이제 시위자 중 한 사람의 사진을 보여주겠다. 대런은 지난번 보았을 때보다 살이 찌고 턱수염을 길렀으며 총을 가지고 있는 게 거의 확실하다. 다만 사진에는 옷 위로 불거진 권총자국이 보이지 않는다. 그는 빨간색 야구모자를 쓰고 조용히 피켓을 들고 있다. 그와 눈이 마주친다면 가짜 경련만이 그가 알아봤다는 기색을 드러낼 것이다. 이 순간 무슨 일이 일어나고 있는가? 등장인물들은 무엇을 느끼고 생각하고 있는가? 이 장면이 나오기까지 어떤 일이 있었는지 설명해보라.

◆ ◆ ◆

지하철역으로 들어갈 때는 날이 흐렸지만 시티홀역에서 밖으로 나오니 해가 쨍쨍했다. 우리는 북쪽으로 몇 블록을 걸어 폴리광장으로 갔다. 그곳은 주코티공원이 철거된 이후 마련된 대체 공간이었다. 고전적인 관공서 건물들이 주위에 우뚝 솟아 있었다. 루나가 법원의 석조 전면에 새겨진 표어를 읽어달라고 해서 내가 읽어주었다. 하지만 표현을 바꿔 설명하려는 내 시도는 미약하고도 일관성이 없었다. "누구 허락을 받고 건물에 글자를 쓴 거야?" 루나가 물었다.

루나는 중앙에 커다란 검은색 화강암 조각상이 있는 분수에 동전을 던지고 싶어했다. 노예무역을 기념하는 조각상이었다. 나는 1센트짜리 동전이 없어서 10센트짜리를 주었다. 루나는 무엇을 빌어야 할지 한참을 생각하더니 동전을 던졌는데, 동전이 물에 닿기 직전에 햇빛에 반짝였다. "나한테 소원이 뭐냐고 물어볼 생각은 하지도 마, 아빠빠." ('생각은 하지도 마'는 새로운 말버릇이었다. 부모가 별생각 없이 내뱉은 경고의 말을 듣고 베낀 게 분명했다. 루나는 대개 이런 말을 잘못 적용했다. 최소한 약간씩은 그랬다. 예를 들어 간식이 먹고 싶을 때 "내가 지금 얼마나 배고플지는 생각하지도 마" 하는 식이었다.) 머리 위로 시대착오적으로 보이는 비행기가 자동차보험을 광고하는 흰색과 빨간색 현수막을 꼬리에 달고 날아갔다. 루나가 한 번도 본 적 없는 종류의 광고 형식이었다. "다시 내려오면, 비행기가 다시 내려오면 어떻게 돼?" 모르겠다. 착륙하기 전에 공중에서 현수막을 떼어버리려나? 현수막이 착륙장치에 걸릴 수도 있지 않나? "훌륭한 질문인데, 아가." 우리는 계속 걸어갔다. 루나는 여기저기에 멈춰 서서 인도에 떨어진 날개 달린 시과를 주웠다. 내가 토피카에서 어린 시절을 보낼 때 "헬

리콥터"라고 부르던 열매 껍질 중 하나였다. 머잖아 우리는 페더럴 플라자 26번지 제이컵 재비츠 빌딩에 다다랐다. ICE* 사무실이 있는 인상적인 유리 건물이었다. 나탈리아는 모여드는 다른 시위자들과 문자메시지를 주고받고 있었다. 루나는 무슨 소원을 빌었을까?

보안 경계선 안으로 들어간 우리는 미리 약속한 대로 시위에 참여한 다른 가족들을 모르는 척했다. 하지만 루나는 지난번 시위 때 보아서 기억하는 몇몇 아이들에게 인사했다. 우리는 루나에게 거짓 행동을 요구하지 않았다. 루나는 시위하러 갈 거라는 말을 들었는데도 계속해서—금속 탐지기와 소지품을 담을 플라스틱통 때문에—비행기를 타러 가는 건지 궁금해했다. "밑에 사람들이 읽을 수 있는 걸 매단 비행기를 타는 거예요?" 경비원들은 우리에게 거의 아무것도 묻지 않았다. 갑자기 방문객들이 들이닥쳤는데도 말이다. 우리는 이 사십층짜리 건물에 있는 어느 행정관청에서 사회보장 관련 서류를 작성해야 한다고 말했다. 루나는 이 말이 경비원의 질문에 대한 답이 되었다는 듯 자기가 거의 다섯 살이라고 선언하며, 경비원이 헤아려보려고 할 때를 대비해 손가락을 폈다. "동생은 여기 없어요, 걔는 두 살이에요." 우리는 아마야를 브루클린의 친구들에게 맡겨두는 것이 최선이라고 생각했다.

엘리베이터가 여러 대 모여 있는 메인 로비에 가족들이 조용히 모여들었다. 평화적으로 분노한 사람들의 율동이었다. 우리는 엘

* 미국 이민세관단속국.

리베이터 두 대를 동시에 잡을 수 있을 때까지 기다렸다. 그래야 모두가 동시에 ICE에 도착할 수 있었다. 루나가 구층 버튼을 누르자 문이 닫혔고 아이는 어머니가 맨 아기 띠에서 달랑거리는 아기의 스타킹 신은 발을 기분좋게 만지작거리기 시작했다. 불편할 정도로 더웠다. 땀냄새와 디오더런트 파우더 냄새, 말라가는 모유와 내 옆에서 눈에 띄게 긴장하고 있는 아빠의 수박 껌 냄새가 났다. 올라가는 동안 주최자 중 한 명이 모두에게 와줘서 고맙다고 했다. "들어오는 데 성공하신 것을 축하합니다." 그러더니 서둘러 사람들에게 첫번째 경비원을 "밀고 지나가야" 한다고 설명했다. 이 말에 루나는 긴장했다. "사람을 미는 건 나쁜 거 아니에요?" 훌륭한 질문이었다. 나탈리아는 다 괜찮다고, 안전하다고, 우리는 그냥 누군가 귀기울일 만한 장소로 가려는 것뿐이라고 조용히 설명했다. 나는 나탈리아를 보며 눈썹을 치켜올렸다. 우리는 강제로 밀치고 지나가야 한다는 사실을 몰랐다. 난 엘리베이터가 열리는 대로 그 공간을 점거하고 노래를 부르고 구호를 외치고 메시지를 전달하기만 하면 되는 줄 알았다. 아이들에게 약간의 즐거운 토론회를 제공하고, 떠나라고 하면 떠나는 줄 알았다. 아이가 불안하게 느낄 만한 충돌은 뭐든 피하도록 신경쓰면서 말이다.

땡 하는 금속성소리가 우리의 도착을 알렸다. 엘리베이터 두 대의 문이 동시에 열렸고 전부 열다섯 가족인 우리 집단은 경비원 한 명이 데스크에 앉아 있는 복도를 향해 걸어갔다. 우리의 단호한 접근에 혼란을 느낀 경비원은 자리에서 일어나더니 우리를 막으려고 두 팔을 벌렸다. 저기, 안 됩니다. 모두 명단을 작성하세요. 방문자

등록을 하고 신분증을 보여주십시오. 여긴 제한구역입니다. 하지만 부모들은 그를 밀치고 지나갔다. 오른쪽과 왼쪽이 모두 뚫렸다. 잠시 몸싸움이 벌어지자 루나는 겁에 질려 내게 말했다. "안아, 안아, 안아." 그래서 나는 루나를 안아들었고 아이는 내 목에 얼굴을 묻었다. 그런 채로 경비원의 팔 밑을 지나갔다. 루나의 머리카락에서 지난밤의 미스터버블* 향이 났다. 아이 목덜미에 내가 지나치게 많이 발라준 자외선차단제 냄새도. 우리는 ICE 집행부가 있는 좁은 복도에서 다시 모였다. 몇 안 되는 창문 너머로 흰색 히잡을 쓴 여자가 책상에 앉아 있는 모습이 보였다. 그녀의 양옆에 파란색 정장을 입은 남자들이 있었다. 그 공간은 철저하게 방음이 된 게 틀림없었다. 그들은 소란을 전혀 알아차리지 못하는 듯했다. 다시 모인 집단은 노래하기 시작했고(〈디스 리틀 라이트 오브 마인〉. 언제나 그랬듯 나는 나 자신의 당황스러운 목소리를 극복해야만 했다), 몇몇 부모와 아이들은 배낭과 토트백에서 피켓을 꺼냈다. 이제 핸드폰 몇 대가 현장을 녹화하고 있었다. act.tv라는 실시간 방송 사이트에서 나온 카메라맨도 한 명 있었다. 아이에게 매이지 않은 몇몇 어른은 ICE가 절차를 집행하는 공간으로 들어가려 했지만, 경비원들이 그들을 거세게 밀치고는 문을 닫았다. 이런 실랑이가 루나를 더욱 불안하게 했다. 아이는 내 왼쪽 귀에 대고 계속 말했다. "나가고 싶어요." "우린 그냥 여기 복도에서 노래를 부르고, 아이들에게 사랑한다고 전하고 갈 거야." 나는 그렇게 말했지만

---

* 미국의 유아용 바디워시 상품명.

아이를 이렇게 격렬한 일에 노출한다는 것에 갈등을 느꼈다. 다른 아이들은 수학여행이라도 온 것처럼, 자연사박물관에라도 온 것처럼 웃고 노래하고 있었음에도. 이 모든 소동에도 잠들어 있는 아기의 어머니가 아이들을 어머니에게서 떼어놓는 일에 대해, 철창에 갇힌 아이들에 대해, 이날의 행정명령에 속지 않겠다는 결심에 대해 간단히 발언했다. 목소리와 환호성이 좁은 복도에 메아리쳤다. 루나는 내 목에 얼굴을 더 세게 묻었다. 나는 아이를 안심시켰지만 루나는 아마 내 말을 알아듣기보다 내 목소리의 떨림을 더욱 크게 느꼈을 것이다.

나는 최소 일 년 동안 느끼지 않았던 감정을 경험하기 시작했다. 아장아장 걸어다닐 때 루나는 저체중이었다—'성장 부진', 일련의 결론 없는 검사들, 하지만 지금은 멀쩡히 자라고 있었다. 특히 불안했던 시기에, 보통은 아이를 안고 가볍게 흔들어 재울 때 나는 루나가 품안에서 점점 가벼워진다고 상상하곤 했다. 그러다가 아이의 물리적 실체에 대한 감각을 완전히 잃기 시작했다. 아이가 증발이라도 하는 것처럼 말이다. 그건 내가 브라이트서클에서 처음 마주쳤던 "떠다니는 팔 속임수"의 악몽 버전이나 다름없었다. 문에 두 팔을 바짝 대고 천천히 열까지 센다. 한 발 물러서면 두 팔이 내 의지와 상관없이 머리 위로 떠오른다(콘슈탐* 현상이다, 클라우스의 목소리. 첫 오토마티즘** 경험). 나는 내 목을 누르

* 독일의 신경학자 오스카 콘슈탐(1871~1917).

** 프로이트가 말한 무의식의 세계를 예술의 방법과 재료로 삼는 시와 회화 기법.

는 아이의 얼굴이 고마웠다.

나탈리아가 스페인어로 구호를 시작했다. 더이상 몸싸움은 없었지만 다른 층에 있던 경찰들이 도착하기 시작했다. 그중 몇몇은 전술 장비인 방탄조끼를 과시했다. (그저 모여서 노래하는 가족들과 맞서기 위해 저런 옷을 입는 건 어떤 기분일까?) 이제 복도는 엘리베이터만큼 더웠다. 아마 에어컨을 끈 듯했다. 점거에 대처하는 평범한 첫 반응이었다. 경찰은 모여 있는 우리를 일부러 심술궂게 가르고 지나갔다. 한 명은 지나가면서 나와 다른 아버지에게 부딪쳤다. 곧 복도 양옆에 경찰이 배치되었다. 그들은 우리를 해산시킬지, 아니면 그냥 잡아두기만 할지 명령을 기다리는 듯했다. 우리는 체포될 가능성은 거의 없다고 생각했다. 아기와 아이들이 있었으니까, 아무도 이 이상 사무실로 뚫고 들어가려 하지 않았으니까. 하지만 나는 나탈리아 같은 노련한 시위자조차 규칙이 무엇인지, 국가의 대리인이 무엇을 할 수 있는지 잘 모른다는 걸 감지했다. 이제는 미국은 다시 위대해졌으니까.* 경찰의 모습이 마음에 들지 않았던 루나는 구호를 마친 엄마에게 물었다. 그 남자들 중 누가 ICE냐고. "저 사람이 ICE예요?" 나탈리아는 우리는 완전히 안전하다고, 우리가 이곳에 와 있는 이유는 정부와 경찰에게 부당한 대우를 당하는 다른 가족들을 위해서라고 다시 설명했다. ICE는 사람이 아니라 대통령의 명령에 따라 불공정한 일을 하는 사람들의

* 도널드 트럼프 전 대통령을 연상시키는 표현이다. '미국을 다시 위대하게'는 그의 대선 슬로건이었다.

집단이라고. (얼음은 태고의 우주부터 있던 원소란다, 아가, 불보다도 기본적인 거야.) 소모스 악티비스타스, 베르다드, 루나?* 나탈리아는 내게서 루나를 데려가려 했다. 루나와 함께 바닥에 앉아 다른 피켓을 만들려고 했다. 원한다면 그 피켓을 경찰에게 줄 수 있을 것처럼. 하지만 루나는 내 품에서 떨어지지 않으려 했다. 나는 아이를 떼어놓는 것이 물리적으로 불가능하다는 걸 알았다. 아이 엄마한테도 말이다.

아이를 데려온 것이 잘못이었을까? 루나는 겁에 질린 것도, 신경질을 부리는 것도 아니었다. 하지만 동요하고 있었다. 나는 좀더 공격적인 시위자가 다시 한번 사무실 진입을 시도해 경찰이 우리에게 달려들고 루나를 더욱 겁먹게 할까봐 걱정됐다. 또다른 구호. "가족에게 안전을, 아이들에게 안전을." 구호 사이사이에 나는 나탈리아에게 말을 걸었다. 우리는 대체로 입 모양으로 대화했기 때문에 과장되게 발음했다. 루나를 데리고 나갈게, 알았지? 여기 있어도 괜찮을 것 같아, 나탈리아가 대답했다. 진정할 거야. **가족에게 안전을.** 우리는 소리쳤고 다른 사람들이 외쳤다. **아이들에게 안전을.** 그리고 구호 사이의 짧은 틈에 우리는 루나와 내가 나갈지 남을지 결정하려 했다. 루나는 이제 조용해졌지만 내 목에서 얼굴을 떼지 않으려 했다. 내 목이 눈물과 땀으로 젖었다. 결국 루나는 얼굴을 뗐으나 그건 그냥—단호하게, 우리가 거의 항상 귀하게 여기는 목소리로—가고 싶다고 말하기 위해서일 뿐이었다. 알았어,

* 스페인어로 '우린 활동가야, 그렇지, 루나?'

내가 말했다. 나탈리아는 약간 머뭇거리기는 했지만 동의한다는 뜻으로 고개를 끄덕였다. 나는 시위자들을 지나 경찰에게 갔다. 경찰은 우리를 마지못해 보내준다는 시늉을 했다. 엘리베이터 문이 닫히자 루나는 차분해져 미소를 지었다. 건과일을 달라고 했다.

우리는 건물 밖에 모여 연대하고 있는 시위자들을 보았다. 건물 점거를 불편하게 생각하는 가족들이거나, 지지를 표현하기 위해 온 부모가 아닌 사람들이었다. 이곳이 건물 안 시위자들이 ICE 사무실에서 나오면 모일 장소였다. 카메라 기자들이 그들을 맞을 준비를 하고 있었고 루나를 인터뷰하려 했다. 하지만 루나는 수줍게 미소 지으며(아이의 왼쪽 앞니가 빠진 자리를 보라) 다른 아이들 몇 명이 놀고 있는 광장으로 달려갔다. 도로를 포장한 커다란 돌을 이리저리 건너뛰면서 갈라진 틈을 밟지 않고. 누군가가 가져온 분필로 어린 남자아이가 바닥에 그림을 그리고 있었다. 곧 루나도 자기가 "마음 분수"라고 부르는 것을 그렸다. 루나는 그게 ICE를 막을 거라고 말하더니 내게 ICE가 뭐냐고, 철창에 갇힌 아이들은 어디에 있느냐고 다시 물었다. 철창은 동물원에 동물("이들은 오직 눈으로만 말한다")을 가두려고 있는 것 아니냐고. 나는 최선을 다해 대답했다. 나탈리아에게서 문자메시지가 왔다. 곧 나간다고, 체포된 사람은 없다고, 사태가 진정되었고 아이들 몇 명이 연설을 하고 있다고. "루나도 여기 있었으면 좋겠다."

전술 장비를 착용하고 상체에 군사용 무기를 멘 경찰이 계속 핸드폰을 보고 있던 나에게 다가오더니 명백한 경멸을 담아 시위 주최자 중 한 명이냐고 물었다. "이거 당신이 계획한 쇼입니까?" 나는 모호하게 미소 지었다. 말을 못 알아듣는 사람의 미소였다. 육중한 덩치에 어깨가 넓은 백인 경찰이 말했다. “그놈의 시위는 여기에서 할 만큼 하게 해줬잖아요. 하지만 이건 안 되죠, 이건 안 됩니다.” “뭐가 안 됩니까?” 내가 말했다. 그는 노란색과 빨간색 분필로 바닥에 심장과 나선을 그리고 있는 루나와 소년을 가리켰다. “이 아이들은 정부 재산을 훼손하고 있습니다.”

“이해가 안 되는데요.” 나는 천진난만하게 말했다.

“뭐가 이해가 안 됩니까?” 경찰이 조바심을 내며 말했다.

“정부 재산이 뭔지 이해가 안 되는 거 같아요.” 나는 돌림노래를 부르듯 말했다. “‘정부 재산’이 ‘공공재산’ 같은 건가요? 왜냐면 이 분필은 분명—비가 오면 씻겨내려가거든요—인도에 쓸 수 있는 것이니까요.”

“애들한테 그만두라고 할 거요, 아님 내가 할까요?” 루나와 더 어린 남자아이가 우리를 올려다보았다. 말은 이해하지 못했지만 격렬함을 인식한 것이다.

“그림은 거의 다 그린 것 같은데요.” 내가 말했다. “자, 마저 그리렴, 애들아.” 아이들은 다시 그림을 그렸다. 이제 루나는 자기 이름을 쓰고 있었다.

“당신이 제지하지 않으면 내가 할 수밖에 없습니다.” 거의 식식대는 소리였다. “알겠습니까?”

“아뇨.” 나는 목소리를 낮추며 말했다. “유감이지만 저는, 모르겠는데요. 저애들을 제지한다는 게 정확히 어떤 상황일까요? 애들한테 수갑이라도 채울 겁니까? 철창에 가둘 거예요?”

"당신이 애들을 제대로 가르치지 않으면……"

"어쨌거나." 나는 분노와 두려움을 동시에 느끼면서도 최대한 가벼운 목소리로 그의 말을 잘랐다. "딸이 제 말을 듣지도 않고요." 루나는 분수 주위에 별을 그리고 있었다. "오늘 아침에도 지하철을 타기 전에 끈이 아니라 벨크로가 달린 운동화를 신으라고 했는데……"

"이게 마지막 요청입니다."

"……뭘 신었는지 좀 보세요. 아이가 있나요? 저는 권한이 없어요, 제가 하고 싶은 말이 그거예요. 저는 이 아이들에게 아무 권한이 없어요. 그쪽은 권한이 있으세요? 그 권한은 어디서 생겨나는 겁니까?"

건물을 점거했던 집단이 나오자 주변의 시위자들이 환호하기 시작했다. 루나는 그림 그리기를 멈추고 내 셔츠를 당겼다. 가서 네 엄마한테 박수 쳐주자. 더 어린 소년도 그림 그리기를 멈추고 우리와 함께했다. 그런 다음 둘은 경찰이 차례를 기다리기라도 했다는 듯 그에게 분필을 내밀었다.

우리는 나탈리아를 발견했고 루나는 그녀를 끌어안으며 목말을 태워달라고 했다. 나탈리아는 그렇게 해주었다. 주최자 중 한 명이 석제 벤치 위에 서서 소리쳤다. "마이크 체크." 우리 모두 그 말을 따라 외쳤다. 연사 주위에 모여 연사가 하는 말을 따라 소리치는 사람들은 허가가 필요한 장비 없이 목소리를 증폭하는 "인간 마이크" 혹은 "민중의 마이크"였다. 이런 모습에 나는 당황했다. 늘 그랬다. 하지만 나는 억지로 참여했다. 이 소소한 대중연설의 일부가 되었다. 발라버리기가 한창인 가운데 다시 천천히 말하는 방법을 배우는 대중 학습.

감사의 말

두초의 〈성모자상〉은 허구의 난간을 두른 진짜 그림으로, 불에 그을린 액자로 둘러싸여 있다. 하지만 메트로폴리탄박물관이 이 그림을 소장하게 된 것은 2004년의 일이다. 『토피카 스쿨』 전체에 등장하는 그 시대착오적인 모습은 사실과 허구의 불안정한 혼합을 나타낸다고 할 수 있다.

이 책의 일부 장면과 문장은 〈하퍼스 매거진〉에 실린 '말의 경연'이라는 제목의 에세이에 처음 썼던 것이다. 이 소설의 초고 발췌본은 〈그랜타〉에 실렸다. '역설적 효과'라는 장의 처음 몇 페이지는 해리엇 러너의 논문 「프레드를 증오하다」의 문단들을 전용한 것으로, 그 글은 1994년 〈심리치료 네트워커〉에 실렸다.

아리에게 고맙다. 내 편집자인 미치 에인절과 에이전트인 애나 스타인에게도 고맙다.

해리엇 러너, 스티브 러너, 맷 러너, 애니 베이커, 마이클 클룬,

조슈아 코언, 사이러스 콘솔, 스티븐 데이비스, 제프 돌븐, 데이비드 그럽스, 마이클 헬름, 비올레인 휴스먼, 에런 쿠닌, 레이철 쿠시너, 매기 넬슨, 제니 오필, 에드 스쿠그가 응원과 비평을 해주었다. 휴지 상자 이야기를 해준 수전 골도에게 고맙다. 제프리 G. 오브라이언은 이 책을 너무 자주, 너무 자세히 읽어줘서 우리의 대화는 공동 작업에 가까워졌다.

루시아와 마르셀라, 사랑한다.

옮긴이의 말

바야흐로 분열의 시대다.

1970년대의 캔자스주 토피카라는 낯선 도시를 배경으로 전개되는 이야기를 번역하면서 지금 이 순간의 대한민국이 자주 연상되었던 건 바로 이런 시대 분위기가 『토피카 스쿨』 곳곳에 배어 있기 때문이었을 것이다.

주인공 애덤은 태생부터 갈등의 한복판에 있었던 것이나 다름없다. 그는 보수적인 정치 성향으로 유명한 미국 중서부 캔자스주에 사는 백인이지만, 굳이 따지자면 백인 중에서는 소수자라고 할 수 있는 유대인의 피를 물려받았다. 그러나 애덤의 마음속에 사회적 분열이 깊이 자리잡는 이유는, 딱히 철저히 지켜지지도 않는 유대교 전통 때문이 아니라 그의 부모가 캔자스주와는 전혀 어울리지 않을 법한 정치, 문화, 사회적 배경의 사람들이기 때문이다.

애덤의 부모인 조너선과 제인은 심리상담사로, 결혼 후 캔자스에 정착하긴 했으나 미국 자유주의의 본거지라 할 수 있는 뉴욕 등지에서 고등교육을 받았다. 조너선은 자유주의적 가치관을 유지하면서도 유화적인 태도로 캔자스 주민들과 별다른 문제 없이 잘 어울린다. 대화와 친절이 남자답지 못한 것으로 여겨지는데도 상관하지 않는다. 오히려 청소년기 아버지의 외도를 목격하고 성구매를 하는 등의 경험으로 생겨난 왜곡된 이성관 때문에 끊임없이 외도를 한다는 것이 그의 문제다.

한편 제인은 페미니스트, 그것도 전국적으로 유명한 페미니스트 작가다. 그녀의 행보에 불만을 품은 정체 모를 남자들로부터 걸려온 익명의 전화로 성희롱과 위협을 당할 뿐만 아니라 장을 보는 중에도 남자들의 불쾌한 시선이 따라다닌다. 그런데 남자들의 조롱은 아내보다 유명하지 않고 큰 성공을 거두지도 못한 남자 조너선에 대한 비웃음을 종종 함께 담고 있다. 더 나아가 캔자스주에 근거를 두고 있으며 동성애 혐오 등을 주요 교리로 설파하는 펠프스 목사는 (남편인 조너선에게는 별다른 공격성을 드러내지 않으면서도) 제인을 '바빌론의 탕녀' 취급한다. 조너선은 그럭저럭 실력이 좋은 심리치료사지만, 제인에게는 의지할 만한 상대라기보다 바람을 통해 그녀를 결정적으로 배신한 '남자들' 중 하나가 되고 만다.

이런 상황에서, 부모와 사이가 나쁘지 않은 애덤은 부모가 구축한 자유주의적 세계관에서도 좋은 아들 노릇을 하는 한편 헬스와 패싸움, 과음 등의 일탈로 남성성을 과시하는 노래 집단에서도 좋은 평판을 유지해야 하는 이중의 압력을 받는다. 애덤은 엄마를 사랑하고 그녀가 말하는 페미니즘의 여러 가치에 공감하는 한편, 또래에게 자신의 이런 모습을 들켜 약자로 찍힐까봐 두려워한다. 그는 '남자들'을 두려워하면서도 그 '남자들'의 세계에 적응해야만 하는 상황에 놓였다.

이때 애덤이 선택하는 무기는 다름 아닌 언어다. 여기서 흥미로운 건 일반적으로 언어는 인간이라는 종이 서로 소통하기 위해 고안된 도구이나 애덤이 사용하는(또 그가 속한 사회에서 사용하는) 언어는 오히려 상대를 소통에서 배제하기 위한 무기로 쓰인다는 것이다.

흑인 슬럼가에서 시작됐지만 이제는 그 뿌리와 아무런 관계도 없이 가난하지 않은 백인 청소년들 사이에 패션으로 자리잡은 랩과 랩 '배틀'이 애덤에게는 다른 남자들과 싸우고 자기 자리를 지킬 수 있는 한 가지 방편이다. 이런 랩 배틀에서는 가사의 내용보다는 운율을 맞춰 끝없이 말을 쏟아내는 것이 주요 전략으로 통한다. 아무도 랩을 하는 사람이 쏟아내는 말을 제대로 알아들을 수 없고, 그게 중요하지도 않다.

애덤의 또다른 무기는, 토론 대회에서 상대방을 '발라버리는' 것이다. 토론 대회에서도 중요한 건 주장의 내용이 아니다. 찬성 혹은 반대 팀이 정해지는 대로 입장을 바꿔가며, 그는 말꼬투리 잡기, 신문기사 인용, 통계 근거를 숨도 쉬지 않고 읽어내려가기 등의 기술로 상대를 '발라버리는' 데 탁월한 재능을 발휘한다. 때로는 랩을 할 때처럼 말의 형식 자체에 완전히 몰입해, 말을 하는 자신조차도 알아듣지 못할 소리를 방언 터뜨리듯이 쏟아놓는다. 발라버리기 기술을 쓰는 사람이 애덤만도 아니고, 그런 능력은 오히려 애덤에게 유리하게 작용한다. 애덤을 아이비 리그에 들어가게 하고, 더 나아가 미국 의회에 데뷔시켜줄 수 있을 만한 능력이다.

모든 인물이 뒤엉켜 있으나 소통이라 할 만한 것은 전혀 일어나지 않는 이 사회에서, 피해자이자 가해자로 등장하는 인물이 있으니 바로 대런이다. 애덤의 친구로, 약간 지능이 떨어지는 대런은 또래에게 교묘한 왕따를 당한다. 그러면서 인종차별과 성차별에 찌든 푸념을 늘어놓는 동네의 퇴역 군인을 친구로 여기고, 그가 하는 말을 제대로 이해하지 못한 채로 흡수한다. 친구들에게 무시당한다는 느낌을 받은 그는 한 여학생을 당구공으로 무자비하게 폭행하고, 성인이 된 다음에는 레드넥red neck 혹은 '백인 쓰레기white trash'라고 알려진 저소득 백인층의 전형이 되어 펠프스 목사와 함께 혐오 발언이 적힌 피켓을 들고 다닌다.

작가가 그려내는 이토록 심란한 사회의 단면, 전면적 소통의 실패에 대한 증언은 대선이라는 정치적 사건을 중심으로 불거진 대한민국 사회의 각종 문제를 조명하는 렌즈로서도 손색이 없는 것이라, 나는 번역하는 내내 머리가 아팠다. 댓글창을 볼 때 느껴지는 답답함과 분노가 그대로 느껴지는 한편, 내가 모르는 어떤 해법을 작가가 작중에서나마 제시해주지 않을까 싶은 헛된 기대를 끝내 버리지 못하고 책장을 끝까지 넘겼다.

한 가지 짚고 싶은 작품의 특징은, 대런의 이야기를 다루는 부분이 전부 이탤릭체로 서술되어 있다는 것이다. 그 까닭은 대런의 이야기가 그의 사건을 객관적으로 전달한 것도, 대런 자신이 말한 것도 아니기 때문이다. 누군가(애덤이?) 받는 심리치료의 일부인 주제 통각 검사에서는 펠프스 목사의 혐오 시위에 나온 대런의 사진을 보고 그가 어떤 과정을 거쳐 저 자리에 가 있게 되어 있을지 상상해보라는 문항이 제시된다. 작중에 이탤릭체로 제시된 대런의 이야기가 이 문항에 대한 답변이라고 읽을 수 있는 한 가지 단서다.

이런 장치는 어떤 메시지를 전달하려는 것일까? 대런에 관해 이해해보려는 노력이 주제 통각 검사를 받는 누군가(애덤? 독자?)에게 심리치료의 효과를 낼 수 있다는 암시이려나? 결국 대런에 관해 이야기하는 사람은 대런 자신이 아니고, 사회적 갈등의 양단에 있는 사람들은 서로의 입장을 상상만 할 수 있을 뿐 결코 소통할 수 없음을 다시 한번 강조해 보여주려는 것일까? 그럼에도 다시 한번 상상하고 소통해보라는 권유일까? 심리치료사인 애덤의 부모가 제 머리를 깎지 못했듯, 이 모든 노력이 실패할 수밖에 없음을 다시 한번 웅변하는 현대사회의 실패에 대한 절망적 예견일까?

나는 이런 질문에 대한 답을 얻지 못했다. 다만 대런과 그 친구들이 이런 폭풍 같은 청소년기를 보내고 있을 때 어른들은 무얼 하고 있었느냐는 질문을 던지고, 어른들이 각자 하고 있던 이런저런 일에 관해 서술하는 대목에서 미래 세대에 대한 어른의 책임 의식이 해답 비슷한 것이 될 수도 있으리라는 아주 작은 희망과 기대를 부득부득 찾아 손에 쥘 수 있었다. 어른이 된 애덤이 딸들과 함께 공적 연대의 장에 참여하는 마지막 장면에서도.

이 작품의 마지막 구절은 "하지만 나는 억지로 참여했다. 이 소소한 대중연설의 일부가 되었다. 발라버리기가 한창인 가운데 다시 천천히 말하는 방법을 배우는 대중 학습"이다. '남자들'의 세계에서 축출당하지 않으려 애쓰면서도 어머니의 언어를 간직하며 성장한 애덤이 그랬듯, '내용이 있는 말하기' '상대와의 소통을 목적으로 삼는 말하기'를 통해 이 작품을 함께 읽는 우리도 그 대중 학습에 참여하는 것이기를 바란다.

강동혁

옮긴이 **강동혁**

서울대학교 영문학과와 사회학과를 졸업하고 동 대학원에서 영문학 석사학위를 받았다. 옮긴 책으로 『올드 스쿨』 『이 소년의 삶』 『그후의 삶』 『밤의 동물원』 『일곱 건의 살인에 대한 간략한 역사 1, 2』 『워터 댄서』 『아이 앰 필그림 1, 2』 『우리가 묻어버린 것들』 『타인의 외피』 등이 있다.

문학동네 세계문학

토피카 스쿨

초판 인쇄 2022년 6월 18일 | 초판 발행 2022년 6월 30일

지은이 벤 러너 | 옮긴이 강동혁
책임편집 정혜림 | 편집 류현영 오동규
디자인 김현우 이원경 | 저작권 박지영 형소진 이영은 김하림
마케팅 정민호 이숙재 박치우 한민아 박지영 안남영 김수현 정경주
브랜딩 함유지 함근아 김희숙 안나연 박민재 박진희 정승민
제작 강신은 김동욱 임현식 | 제작처 천광인쇄사

펴낸곳 (주)문학동네 | 펴낸이 김소영
출판등록 1993년 10월 22일 제2003-000045호
주소 10881 경기도 파주시 회동길 210
전자우편 editor@munhak.com | 대표전화 031) 955-8888 | 팩스 031) 955-8855
문의전화 031) 955-3578(마케팅) 031) 955-8861(편집)
문학동네카페 http://cafe.naver.com/mhdn
인스타그램 @munhakdongne | 트위터 @munhakdongne
북클럽문학동네 http://bookclubmunhak.com

ISBN 978-89-546-8740-9 03840

잘못된 책은 구입하신 서점에서 교환해드립니다.
기타 교환 문의 031) 955-2661, 3580

www.munhak.com